Lizzie Huxley-Jones

Weihnachten – nur du und ich

Roman

Aus dem Englischen von
Anna Julia und Christine Strüh

HarperCollins

Die Originalausgabe erschien 2022 unter dem Titel
Make You Mine This Christmas bei Hodder Studio,
an imprint of Hodder & Stoughton, an Hachette UK company, London.

2. Auflage 2023
© 2022 Lizzie Huxley-Jones
Deutsche Erstausgabe
© 2023 für die deutschsprachige Ausgabe
by HarperCollins in der
Verlagsgruppe HarperCollins Deutschland GmbH, Hamburg
Gesetzt aus der Stempel Garamond
von GGP Media GmbH, Pößneck
Druck und Bindung von Scandbook, Lithuania
ISBN 978-3-365-00424-1
www.harpercollins.de

Für Tim, die Liebe meines Lebens

Kapitel 1

Für Haf Hughes ist in aufsteigender Reihenfolge das Beste an Weihnachten: all-you-can-eat-Mince-Pies, Pullover mit Weihnachtsmotiven, die Tatsache, dass man in dieser Zeit das Recht hat, permanent zu voll und leicht angetrunken zu sein, und das Wichtigste: dass man keine funktionierende Person zu sein braucht.

Weshalb sie, als sie mit ihren Eltern telefoniert, über die Worte stolpert: »Wie meint ihr das – ihr fahrt über Weihnachten in den Urlaub?«

Eigentlich hatte sie ihre Eltern gar nicht anrufen wollen. Die letzten Tage bei der Arbeit waren so hektisch gewesen, dass sie nie das Gefühl hatte, richtig wach zu sein. Sie war erst um die Mittagszeit endlich aus dem Bett gekrochen, was immer öfter passierte, hatte sich auf die Couch gelümmelt und zum zehnten Mal die *Gilmore Girls* angeschaut. Ihr Zeitgefühl war nur zurückgekehrt, als Netflix sie freundlich fragte, ob sie immer noch schaute. Zweimal. Erst als die Staffel sich der regulären Weihnachtsfolge näherte, hatte Haf daran gedacht, dass sie vielleicht doch ein winziges bisschen Lebensverwaltung unterbringen und ihre Eltern fragen könnte, welchen Zug sie für die Fahrt nach Hause nächste Woche am besten buchen sollte.

Aber in ihrem Dämmerzustand betätigte sie aus Versehen den Knopf für einen Videocall, und ihre Mum war in Rekordzeit am Apparat. Was eigentlich absolut typisch ist, weil Haf gerade nicht die beste Version ihrer selbst verkörpert, und sie ist sich ziemlich sicher, dass ihre Mum erschrocken zurückgezuckt ist, als ihre Tochter mit tiefdunklen Tränensäcken, fahler Haut und einem Hoodie, der ihre ungewaschenen Haare so gut wie gar nicht verbirgt, auf dem Bildschirm erschien.

»Erinnerst du dich nicht, Darling? Ich bin sicher, dass ich es dir gesagt habe.«

Himmel, ein funktionierendes Gedächtnis. Haf kann sich nicht erinnern, dass sie jemals eines hatte.

»Ich weiß nicht«, murmelt sie.

Ihre Mum sonnt sich im goldenen Licht des sogenannten Schlupfwinkels – ein Zimmer, das früher Hafs Schlafzimmer war, jetzt aber ein zugegebenermaßen sehr komfortables Sofabett, einen kleinen Fernseher und jede Menge Strickzubehör beherbergt. Im Gegensatz dazu sitzt Haf praktisch im Dunkeln, mit halbherzig zurückgezogenen Vorhängen im Wohnzimmer, wo nur der winterliche Glanz der *Gilmore Girls* für etwas Licht sorgt.

»Wir dachten einfach, es wäre eine schöne Abwechslung. Die Frau im Reisebüro hier im Dorf – erinnerst du dich an Emma? – hat ein echt nettes Hotel auf Madeira gefunden, und wir werden Weihnachten am Strand verbringen. An Heiligabend fliegen wir hin. Alles inklusive, zwei Wochen, nur wir zwei und die Sonne. Wir freuen uns wie verrückt!«

»Nur ... ihr zwei?«

»Ja, nur wir zwei, Schätzchen. Weihnachten zu zweit hatten wir seit deiner Geburt nicht mehr. Du erinnerst dich doch bestimmt daran, dass wir darüber gesprochen haben, oder nicht?«

In Gedanken geht Haf die letzten Monate durch – ein Nebel von Anstrengungen bei der Arbeit, immer Überstunden, dazu gelegentliche Gespräche mit ihren Eltern, bei denen sie aber nur halb bei der Sache war, weil sie andere wichtige Lebensprozesse zu erledigen hatte – beispielsweise zu essen oder Rechnungen zu bezahlen oder, nur ein einziges Mal, auf der Toilette zu sitzen.

Leider kommt keine Erinnerung zum Vorschein.

»Nicht wirklich, Mum«, gesteht sie. »Hier war alles ein bisschen hektisch.«

»Na ja, das kann man ja nicht anders erwarten mit deiner vielen Arbeit und allem, aber deshalb haben wir auch nicht damit gerechnet, dass du nach Hause kommst. Du warst so beschäftigt, und wir sind natürlich sehr stolz auf dich. Aber wir haben es dir wirklich erzählt. Stimmt's, David?«

Jetzt erscheint das Gesicht ihres Vaters zur Hälfte auf dem Bildschirm. Ganz egal, wie viele Technikdemonstrationen Haf in der Vergangenheit vorgenommen hat, ihre Eltern haben es nie ganz geschafft, die Kamera so zu positionieren, dass man sie beide sehen kann.

»Ja, klar, Mari«, antwortet er und wendet sich dann an Haf: »Damals im Oktober, als wir dich angerufen haben und du wissen wolltest, was eine Pension ist.«

Mist. Anscheinend hat sie es vergessen oder einfach nicht richtig zugehört. Eigentlich schwer vorstellbar, dass man so etwas Wichtiges wie Weihnachtspläne vergisst, aber Haf ist in den letzten Monaten alles Mögliche entfallen.

Ihre Eltern oder zumindest die Teile ihrer Gesichter, die sie sehen kann, wirken ein bisschen besorgt, also wählt sie die Option, die ihr unter den Umständen am besten erscheint.

»Ach ja! Natürlich«, sagt sie mit einem unechten Lachen. »Wie dumm von mir. Mein Hirn ist heute nicht richtig angeschlossen.«

»Es ist müde vom vielen Denken.« Ihre Mum strahlt übers ganze Gesicht.

»Wir sind wirklich stolz, dass du in den letzten Monaten so hart gearbeitet hast.«

Sie haben ja keine Ahnung.

»Danke.«

»Ich hoffe, du machst auch hin und wieder was Schönes?«, erkundigt sich ihr Dad.

Nicht so schön wie zwei Wochen All-inclusive-Urlaub, denkt Haf bitter.

»York ist zu Weihnachten auch sehr schön, oder nicht?«, sagt ihre Mum – eher eine Feststellung als eine Frage.

»Ja, klar. Viel Schnee. Viele Leute, die ihre großen Weihnachts-Shopping-Trips machen. In allen Pubs gibt's Glühwein zum Mitnehmen ...«

Ein Anflug von Panik steigt in ihr auf, doch Haf ignoriert sie und versucht weiter, so zu tun, als wäre sie keine komplette Versagerin.

Doch diese Panik ist zu einer beinahe ständigen Begleiterin geworden, was bestimmt nicht normal und auch nicht gesund ist, obwohl es leider Gottes zum Erwachsenenleben dazuzugehören scheint ... jedenfalls, soweit sie das beurteilen kann.

»Feierst du Weihnachten nicht mit Ambrose?«

»Oh, nein. Ambrose fährt nach Hause zu deren Eltern. Dey ist über Weihnachten nicht hier«, sagt sie in bemüht lockerem, heiterem Ton, als freue sie sich sehr für Ambrose, dass dey Weihnachten mit deren Familie verbringt und nicht mit ihr.

Also, natürlich freut sie sich für Ambrose. Sie wünschte nur, sie hätte auch einen Plan B, ein alternatives Weihnachtsarrangement für einen Fall wie diesen.

Aber sie hat rein gar nichts.

Und es ist schon der dreizehnte Dezember, also bleibt ihr kaum noch Zeit; alle, die keine kompletten Versager sind, haben schon vor Wochen Pläne gemacht.

Der Abgrund eines einsamen Weihnachtsfests klafft vor ihr auf.

»Bist du traurig? O je, David, sie ist traurig.«

Haf verflucht sich innerlich. Ihre Eltern haben einen Radar für negative Emotionen und sind wie Bluthunde, die speziell darauf trainiert sind, Lügen aufzuspüren. Und es hilft nicht, dass Hafs Gesicht jeden Gedanken und jedes Gefühl, die sie je hatte, auf der Stelle verrät.

»Ich hab dir doch gesagt, wir hätten sie noch mal fragen sollen, Mari«, murmelt ihr Dad, dessen Wangen unter seinem Bart rot angelaufen sind.

»Haben wir doch!«, faucht Hafs Mutter und dreht das Handy so, dass Haf nur noch die Decke sehen kann, während ihre Mum ihn ausschimpft. Nach einem Moment erscheint sie wieder und fragt lautstark: »Bist du traurig, Schatz?« Haf ist sich ziemlich sicher, dass sie tröstlich klingen will, nicht wie die Stimme Gottes, die ohrenbetäubend laut durchs Zimmer schallt.

»Ich …«

»Datest du gerade jemanden? Vielleicht könnt ihr ja zusammen was Schönes machen?«

»Ich …«, stammelt Haf, entsetzt, dass dieses Gespräch irgendwie noch schlimmer geworden ist.

Unter diesen Umständen ist es wohl das Beste, wenn auch zugegebenermaßen nicht die erwachsenste Lösung, so schnell wie möglich aufzulegen. Wenn ihre Eltern erfahren, dass sie nichts Besseres zu tun hat, werden sie sich nur Sorgen machen. Sie wird sie später noch mal anrufen, wenn sie weiß, was zur Hölle sie über Weihnachten machen wird, oder zumindest eine bessere Coverstory hat.

Sie mag zwar verzweifelt sein, aber sie ist noch nicht ganz so weit, ihre Eltern anzuflehen, sie zu ihrem romantischen Weihnachtsurlaub mitzunehmen.

»Nein! Nein, mir geht's gut!«, ruft sie und setzt ein strahlendes Lächeln auf. »Ich habe schon andere Pläne. Ich muss mir nur noch überlegen, was mir am besten gefällt, ha ha. Ambrose und ich wollen auch gleich zu einer Party, also muss ich gleich gehen. Oh, da ist dey ja schon! Okay, ich muss los! Ich ruf euch ganz bald an! Hab euch lieb, bye!«

Als sie auflegt, unterbricht sie ihre Mum beim Verabschieden.

Nur für den Fall, dass ihre Eltern ihr im Anschluss an das Telefonat noch irgendwelche nett gemeinten Nachrichten schicken, legt Haf ihr Handy mit dem Display nach unten auf den Couchtisch und lässt die *Gilmore Girls* weiterlaufen.

»Schlechte Neuigkeiten?«

Haf springt erschrocken auf, als Ambrose im Wohnzimmer erscheint, eine Tuchmaske im Gesicht. »O Gott, warn mich bitte, bevor du damit reinkommst. Ich dachte, du wärst ein Geist.«

»Aber ein sexy Geist, oder? Einer, von dem du gern heimgesucht würdest.« Ambrose lässt sich auf die Couch sinken und zieht eine perfekt geformte Augenbraue hoch. »Hast du nicht gerade deiner Mum gesagt, dass ich hier bin?«

»Ähm, ja. Aber das war eine Lüge.«

»Normalerweise lügst du deine Eltern nicht an. Darin bist du scheiße«, sagt dey, nimmt die Fernbedienung und pausiert die *Gilmore Girls*.

»Sie fahren über Weihnachten in den Urlaub«, stöhnt Haf.

»Oh, cool ... oder nicht cool? Haben sie dir nichts davon gesagt?«

»Anscheinend schon, aber ich hab es völlig vergessen«, grummelt sie und zieht sich die Decke über den Kopf.

»Uh-oh.«

»Uh-oh, ganz genau. Natürlich endet dieses beschissene Jahr damit, dass ich Weihnachten allein verbringe. Ich schwöre, Baby Jesus hat's auf mich abgesehen.«

»Angesichts dessen, dass du eine Heidin bist, denke ich eher, das interessiert ihn einen Scheiß«, sagt dey, schlingt einen Arm um die Rückenlehne der Couch und streichelt Hafs mit der Kapuze bedeckten Kopf.

Es war wirklich nicht ihr Jahr.

Zuerst die Trennung. Sie und Freddie waren seit ihrer Studienzeit in Liverpool zusammen gewesen und nach ihrem Abschluss in ein kleines Haus in der Vorstadt gezogen, wo die richtigen Erwachsenen wohnten, weit weg von den mit großen Gebäuden gesäumten Straßen, in denen nur Studierende hausten. Gemeinsam hatten sie sich ein Zuhause geschaffen, und so blieb es eine Zeit lang. Doch dann war Haf für einen Job, der ihren Qualifikationen entsprach, weggezogen, und Freddie hatte beschlossen, dass er doch lieber mit einer Frau zusammen wäre, die ihr Leben im Griff hatte – wie Jennifer, die er zu daten anfing, sobald Haf in den Zug gestiegen war.

Zweitens war der Job, der auf dem Papier so toll geklungen hatte, längst nicht so angenehm und spaßig, wie sie gehofft hatte. Ein Communications-Job für eine Wildlife-Charity mit festen Arbeitszeiten, einem besseren Gehalt und Weihnachtsurlaub war eine schöne Abwechslung von der Arbeit im Einzelhandel, auch wenn ihr die Routine immer gefallen hatte. Obwohl ja Gott und die Welt umweltbewusst leben wollten, gab es so gut wie keine

Jobs in diesem Bereich, und als sie die Stelle online entdeckte, zögerte sie keine Sekunde, sich zu bewerben. Und sie bekam den Job, weil sie mit Twitter umgehen konnte und eine ziemlich gute Texterin war. Allerdings musste sie rasch feststellen, dass Wohltätigkeitsorganisationen zwar eine gute Sache, aber eben auch nur Arbeitsplätze sind, und schlechte Jobs und schlechte Manager, die auf Micromanagement abfahren, gibt es überall. Ihr eigener grauenhafter Micromanager bestand darauf, dass sie ihre Arbeitszeit auf die Minute genau nachwies, ohne dass sie je herausfand, wofür genau man sie eigentlich angestellt hatte, was bedeutete, dass ihr immer mehr Verantwortlichkeiten aufgebürdet wurden, weil der Geschäftsführer der Charity verlangte, dass sie auf jeder Plattform präsent waren. Zu guter Letzt wurde von ihr verlangt, »auch mal so ein Click-Clock-Video« zu machen.

Und jetzt, da ein Unglück selten allein kommt, steht ihr ein einsames Weihnachten bevor.

»Das einzig Gute, was mir dieses Jahr passiert ist, bist du«, jammert Haf.

»Natürlich«, erwidert Ambrose mit einem wölfischen Grinsen. »Ich bin ja auch exzellent.«

Durch pures Glück hatten sie sich über Twitter kennengelernt, als Haf über ihren bevorstehenden Umzug nach York gepostet hatte und Ambrose jemanden suchte, der sich dieses wunderschöne Haus mit zwei Schlafzimmern und Terrasse mit demm teilte. Es war eins dieser perfekten Cottages, um die einen jeder beneidet – nahe genug am Fluss, um ästhetisch ansprechend zu sein, ohne bei Hochwasser überflutet zu werden, und nur ein paar Straßen von den guten Brunchlokalen entfernt. Nach nur einem Abend, an dem sie Nachrichten über ihr Lieblingsessen und ihre Restaurantwunschliste ausgetauscht hatten, entschied Ambrose, dass Haf einziehen konnte. Haf ist sich ziemlich sicher, dass ihre Freundschaft mit Ambrose die erfolgreichste Langzeitbeziehung ist, die sie je hatte. Sie haben den Mietvertrag sogar noch um ein Jahr verlängert. Ein Hoch auf queere Leute, die ihre gesamte Freizeit online verbringen.

Haf zieht an der Kordel ihres Hoodies.

»Hast du die Fahrt nach Hause schon gebucht?«, fragt Ambrose. »Soll ich die Leute vom Kundendienst anrufen und ihnen Angst machen, damit du dein Geld zurückkriegst? Das mache ich sehr gern.«

»Nein, zum Glück nicht.« Die Zugtickets nach Nordwales waren immer deprimierend teuer, ganz egal, wie weit im Voraus sie ihre Fahrt buchte.

»Na, dann kannst du das Geld ja für edles Weihnachtsessen ausgeben. Zumindest haben wir schon alles dekoriert.«

Um die Deko hatten sie sich schon am ersten Dezember gekümmert. Ambrose war strikt gegen Lametta, und Haf wollte überall Lichterketten aufhängen, doch sie hatten einen guten, wenn auch etwas exzentrischen Kompromiss gefunden. Den winzigen, aber erstaunlich echt wirkenden Baum hatten sie mit Ambroses wunderschönen gold-silbernen Weihnachtskugeln und Hafs Sammlung seltsamer Verzierungen geschmückt, darunter auch ihre neueste Errungenschaft: eine glänzend rosafarbene Garnele, die eine Zuckerstange in den Scheren hält. Außerdem hatten sie all ihre Duftkerzen in ihrem – rein dekorativen – Kamin aufgestellt, aber schnell festgestellt, dass es womöglich lebensgefährlich war, sie alle gleichzeitig anzuzünden, damit es wie ein echtes Feuer wirkte. Außerdem wurde ihnen von den vermischten Düften schwummrig. Seitdem beschränkten sie sich auf eine einzige. Heute fiel die Wahl auf Zimtapfel.

»Ich weiß, aber das will ich nicht. Ich will nur mit Essen versorgt werden und an nichts denken müssen ... Wahrscheinlich wollten meine Eltern genau das Gleiche.«

Ambrose lächelt sanft, als hätte dey genau das sagen wollen, aber sich zurückgehalten. »Das wird schon.«

»Du hast leicht reden – deine Pläne ändern sich nicht in letzter Minute.«

»Man kann nie wissen. Vielleicht überrascht mich meine Mum und verkündet, dass sie eine Kreuzfahrt macht. Ehrlich gesagt hätte ich nichts dagegen.«

Haf wirft demm einen grimmigen Blick zu, weil Ambroses Mutter so etwas nie tun würde, und das wissen sie beide. Weihnachten bei den Liews ist immer ein großes Familienfest mit Tanten, Onkeln, Cousins und allen Großeltern. Ambrose hat schon versprochen, Haf zu den Mond-Neujahrs-Feierlichkeiten nach Hause mitzunehmen, und so gern sie demm auch fragen würde, ob sie auch an Weihnachten noch Platz für sie haben, schämt sie sich zu sehr. Es ist nicht das Gleiche, wenn man nicht ausdrücklich eingeladen ist, und außerdem musste Ambrose sie schon das ganze Jahr über ertragen; bestimmt braucht dey eine Pause.

»Du benimmst dich wie ein quengeliges Baby.«

»Tja, du bist in meiner Notlage einfach nicht nett genug zu mir«, erwidert Haf und versucht, ihren weinerlichen Ton zu ignorieren.

Ambrose steht auf, kommt ein paar Minuten später mit einer Tasse Tee und der Keksdose zurück und bedeutet Haf, etwas von dem ekelhaft süßen, starken Tee zu trinken. Nachdem sie sich einen großen Schluck genehmigt hat, gesteht sie ein: »Okay, vielleicht benehme ich mich wirklich wie ein quengeliges Baby.«

»Weil du so damit beschäftigt bist, dich wie ein quengeliges Baby zu benehmen, entgeht dir allerdings, dass du jetzt die Chance hast, ein perfektes Weihnachtsfest zu verbringen. Du kannst tun, was du willst, trinken, was du willst, dir all die guten Filme reinziehen. Du kannst es zu deinem perfekten Tag machen – mit einem schönen warmen Bad, einem einfach zubereiteten Weihnachtsessen und all den widerlichen Rosé-Weinen, die du so sehr liebst. Himmlisch.«

Dieser Austausch zeigt, wie verschieden Ambrose und Haf sind. Ambrose ist nicht direkt unsozial, aber Haf ist die einzige Person, mit der dey problemlos länger als ein paar Monate zusammengewohnt hat. In gewisser Hinsicht ist Ambrose eine Katze. Dey wird gern bewundert, mag Gesellschaft aber nur zu deren eigenen Bedingungen und ist auch gern für sich.

Haf hingegen ist ein Welpe. Ein sehr bedürftiger Welpe, der Menschen um sich herum, Aufmerksamkeit und viel Lob braucht.

»Weihnachten allein ist nicht mein Ding«, murmelt sie.

»Hör zu, ich fahre an Heiligabend. Ich werde nur ein paar Tage weg sein, und zwischen den Jahren können wir unser eigenes Ding machen.«

»Das stimmt …«

»Hat die Situation nicht auch was Gutes? Schließlich hast du dich durch das ganze letzte Jahr gehetzt, hast nur versucht, in deinem grauenhaften Job mit deinem Arschloch von Chef irgendwie durchzuhalten, und durch den ganzen Stress sogar vergessen, dass deine Eltern zu Weihnachten wegfahren. Vielleicht wäre es gar nicht schlecht, mal ein bisschen Ruhe in deinem hübschen Hirn zu haben.«

»Das klingt aber wie das genaue Gegenteil von dem, was ich gern machen würde.«

»Was man braucht, ist nicht immer das, was man will. Aber vergessen wir das erst mal. Ich glaube, du *brauchst* Ablenkung und ein bisschen Spaß, und ich *will* heute Abend zu einer Party, also gehen wir hin.«

Haf vergräbt sich noch tiefer in ihrem Deckennest. »Ich weiß nicht, ob ich ausgehen will, Ambrose«, jammert sie.

»Wir haben seit Monaten nichts Spaßiges oder Albernes mehr gemacht. Ich musste zusehen, wie aus der fröhlichen, begeisterungsfähigen, spontanen Haf … *das hier* geworden ist. Du hast dich von Tabellen und Verwaltungskram unterkriegen lassen, und es ist höchste Zeit, zu einer Party zu gehen, Spaß zu haben und die alte Haf rauszulassen, damit sie ein paar alberne Entscheidungen trifft. Gönn dir einen Abend, an dem du dir keine Sorgen um so wichtiges Zeug wie deinen Job machst oder ob du deinen Scheiß geregelt kriegst.«

»Woher weißt du, dass ich nicht schon Pläne habe?«, fragt Haf und bläst trotzig die Backen auf.

Ambrose sagt nichts, deutet nur stumm auf die *Gilmore Girls* und Hafs zugegebenermaßen etwas schmuddeligen Hoodie und pikt ihr in die Wangen, sodass die Luft entweicht.

»Und weißt du, was das Beste daran ist?«, fährt dey fort, ohne auf ihren Protest zu achten. »Es ist eine Party für Erwachsene, was bedeutet, dass es gute Snacks gibt.«

»Snacks …«, murmelt Haf und wirft Ambrose einen Seitenblick zu.

»Snacks. Gute Snacks. Leckere Snacks für erwachsene Leute aus der Mittelschicht. Partysnacks von Marks & Spencer.«

»Ich hasse es, dass du mich so gut kennst.«

»Nein, tust du nicht, denn sonst hättest du niemanden, der dich uneingeladen zu Partys von Wildfremden mitnimmt, weil es dort das beste Gratisbuffet gibt.«

Haf hat Essen schon immer geliebt, und dank der brillanten, cleveren fettpositiven Babes online fühlt sie sich jetzt wohl genug in ihrem Körper, dass sie das nicht mehr verstecken muss. In ihrer Welt wird Essen nicht als *Laster* bezeichnet, und man redet auch nicht darüber, dass man Pfunde sofort wieder abzustrampeln hat. Ambrose ist schlank, aber hat ihr nie das Gefühl gegeben, sich für ihren Körper rechtfertigen zu müssen, wenn sie über ihre geteilte Liebe zum Essen reden.

»Wessen Party ist es?«

Ambrose winkt ab. »Keine Ahnung. Irgendjemand aus der Psychologischen Fakultät, glaube ich. Ich wurde von jemand anderem eingeladen, der auch hingeht.«

»Also sind wir Partycrasher um drei Ecken?«

Dey zuckt die Achseln.

Haf ist sich nicht sicher, ob sie das zugeben will, aber vielleicht hatte Ambrose recht. Die letzten Monate waren wirklich beschissen. Mal aus sich rauszugehen und einen der vielen für die Arbeit zu farbenfrohen Lippenstifte auszuprobieren, die sie an besonders deprimierenden Mittwochnachmittagen im Büro online gekauft, aber noch nie benutzt hat, könnte ihr wirklich guttun. Und wenn nicht, kann sie ihre Handtasche einfach mit Pork Pies vollstopfen und ein Taxi nach Hause nehmen. Unter den gegebenen Umständen ist sie sich für diesen Plan B absolut nicht zu fein.

»Also gut. Ich komme mit.«

»Ausgezeichnet. Ein wahres Weihnachtswunder.«

Kapitel 2

Das Beste daran, uneingeladen auf Partys in mittelgroßen Universitätsstädten aufzutauchen, ist die hohe Wahrscheinlichkeit, dass man, wenn überhaupt, nur wenige Leute kennt. Und das bedeutet, man muss kein mustergültiges Verhalten an den Tag legen oder so tun, als wäre man normal. Die meisten Partygäste werden einen sowieso nur als das komische Mädchen in dem flauschigen schwarzen Mantel in Erinnerung behalten. Zumindest ist das Hafs Hoffnung.

Ambrose hat Hafs Garderobe, die dey für äußerst fragwürdig hält, gründlich durchforstet und darauf bestanden, dass sie ein Kleid trägt, das sie im Sale erstanden haben, weil demm zufolge ihre Titten darin fantastisch aussehen würden. Das schwarze Samtkleid mit tiefem V-Ausschnitt ist einer dieser seltenen, einem Mythos gleichkommenden Funde in Übergröße – kein Blumenmuster, keine Rüschen –, deshalb drängte Ambrose sie, es »nur für den Fall des Falles« zu kaufen.

Mit knallrotem Lippenstift und ein bisschen Goldglitzer auf den Wangen fühlt Haf sich nicht nur festlich, sondern auch sexy. Ganz besonders, nachdem sie sich den Lippenstift von den Zähnen gerubbelt hat.

Ja, sie wird Weihnachten alleine verbringen, was sich wie ihr schlimmster Albtraum anfühlt, aber jetzt, in diesem Moment, sieht sie heiß aus und wird hoffentlich eine Menge Alkohol und Gratisessen konsumieren können.

Ambrose sieht in deren scharlachroten, mit Wolken, grünen Schmetterlingen, Sonnen und Drachenschuppen bestickten Blazer so umwerfend aus wie immer. Dazu trägt dey ein schlichtes, aber elegantes weißes Seidenhemd, eine hoch taillierte schwarze Hose und spitze Schuhe. Haf findet, dass dey immer aussieht wie ein Popstar – ein Kompliment, bei dem Ambrose so tut, als fühle dey sich nicht geschmeichelt.

Als sie kurz nach halb neun ankommen, sind die meisten Gäste schon stark angetrunken, fläzen im Wohnzimmer herum und singen Karaoke. Ambrose scheint ein paar Leute zu kennen und winkt ihnen zur Begrüßung zu, aber niemand kommt Haf bekannt vor. Im letzten Jahr hat sie ein paar derer Kollegen und Freunde kennengelernt – alles Leute von der Uni, eine Mischung aus Verwaltungspersonal wie demm, ein paar Akademikern und Doktoranden, die aussehen, als hätten sie seit Wochen kein Sonnenlicht und auch keine anständige Mahlzeit mehr gesehen. Die meisten Leute hier scheinen wohlgenährt zu sein, haben wahrscheinlich einen Babysitter und wissen, wie man Whiskey trinkt, seinen Spaß hat, aber dennoch bis spätestens um elf im Bett ist. Echte Erwachsene eben.

Zwei Typen in Rentierkostümen grölen zu einem Song mit, der wie eine funky Ode an Mrs. Claus klingt.

»Jemand wird heute Abend auf seine Kosten kommen«, meint Ambrose mit einem schelmischen Grinsen, als ein paar Frauen von der Couch aufspringen und sich ihnen für den Refrain anschließen.

Seltsamerweise kommt niemand, um Ambrose zu begrüßen oder Hallo zu sagen.

»Wer hat dich eigentlich zu dieser Party eingeladen?«, fragt Haf, während sie sich durch Gruppen von Leuten in mehr oder weniger festlicher Kleidung schlängeln.

Ambrose hört sie entweder nicht oder ignoriert sie, vermutlich Letzteres, doch Haf lässt es demm dieses eine Mal durchgehen, weil dey sie direkt in die Küche geführt hat, die reichlich mit Essen ausgestattet ist. Ein gigantisches Buffet erstreckt sich über einen langen Tisch und bis über die meisten Küchenschränke.

»Gern geschehen«, sagt dey.

»Es … Es ist wunderschön.« Haf tut, als würde sie sich eine Träne aus dem Augenwinkel wischen, aber ist so überwältigt, dass sie fast wirklich weinen muss.

Wer immer diese Party gibt, ist nicht nur ein Erwachsener, sondern ein Erwachsener, der einen Großteil seines dürftigen Akademikergehalts ausgegeben hat, um die Massen zu ernähren. Ein richtiger Weihnachtsengel.

Es gibt ein ganzes Tablett voll gerösteter Gnocchi auf Cocktailspießen mit sonnengereiften Tomaten, ein bisschen Spinat und einer winzigen Mozzarella-Kugel an beiden Enden. Kleine Auflaufförmchen mit verschiedenen Dips stehen auf dem Tisch verteilt. Neben einer kunstvoll arrangierten Wurstplatte – genau wie sie auf Pinterest gepostet werden – liegen frisch gebackene (oder zumindest aufgewärmte) Brote mit Essiggurken und mehr Käse, als Haf je außerhalb eines Supermarktes gesehen hat. Es gibt nicht nur einen, sondern gleich zwei gebackene, mit Knoblauch und Rosmarin gewürzte Camemberts, an denen Meersalzkristalle glitzern. Kleine, in Senf und Honig gewälzte Würstchen. Unmengen von Mince Pies – nicht nur die Standardversion mit normalem Teig, jemand hat auch welche mit Blätterteig gemacht, die an Eccles Cakes erinnern.

Ambrose leckt sich die Lippen, während demm sich einen Pappteller mit Rentiermuster von dem Stapel nimmt, stellt ihn jedoch abrupt auf den Tisch zurück, als sei demm plötzlich etwas Wichtiges eingefallen.

»Ähm, ich muss schnell mal jemanden suchen«, sagt dey und verschwindet in der Menge, bevor Haf protestieren kann.

Pass dich immer den lokalen Gepflogenheiten an, denkt sie und nimmt sich den Teller, den Ambrose zurückgelassen hat. Die dünne Pappe biegt sich in ihrer Hand. Sie respektiert die Entscheidung der Gastgeber, viel Geld für teures Essen auszugeben, aber bei den Tellern zu sparen, bis sich einer der Gnocchi von dem Cocktailspieß löst, vom Teller rollt und mit einem hörbaren Klatschen auf den hübsch glänzenden Schuhen eines Partygasts landet.

»Ohhh«, stöhnt Haf, sowohl, weil sie die schönen Schuhe versaut hat, als auch, weil sie den Verlust des köstlichen Kartoffelklößchens betrauert.

Da sie sich an die Fünf-Sekunden-Regel hält, will Haf den Gnocchi vom Schuh ihres Retters klauben, wird jedoch von seinen strahlend blauen Augen abgelenkt. Ein Blau, wie man es eigentlich nur auf den Fotos von Instagram-Influencern am Meer sieht, fast zu blau, um real zu sein. Erstaunlich.

Die Farbe fasziniert sie so sehr, dass sie nicht schnell genug reagiert, als der Blauäugige den Gnocchi in den Müll wirft.

»Möge er in Frieden ruhen«, sagt sie, besorgt, dass sie den Fremden zu auffällig anstarrt, als habe er sie hypnotisiert wie die Schlange aus dem *Dschungelbuch*.

»Wir ehren sein selbstloses Opfer«, antwortet der Mann mit einem Lächeln.

Er ist objektiv, klassisch schön, auf eine Art, die Haf innehalten lässt, obwohl er – jetzt, da sie nicht mehr nur seine Augen sehen kann – eindeutig überhaupt nicht ihr Typ ist. Ambrose meint, sie stehe auf Typen, die »wie Waschbären leben und auf schmuddelige Art heiß sind«, wie Robert Pattinson oder irgendeiner der Typen aus dieser italienischen Band, die vor ein paar Jahren den Eurovision Song Contest gewonnen hat. Die Frauen, die sie attraktiv findet, sind das krasse Gegenteil: schick gekleidet, in Wahrheit ziemlich dorky und jederzeit zu Schandtaten aufgelegt. Auf diesen Mann trifft nichts davon zu, er sieht so adrett aus wie die Hauptperson in einem Kostümdrama.

»Es gibt nichts Schlimmeres als eine verschwendete Kartoffel«, meint Haf.

»Wirklich? Mir fallen da schon ein paar Sachen ein.«

»Oh, natürlich! Aber auf einer fröhlichen Weihnachtsfeier?«

»Ich hab mal gesehen, wie jemand rohes Hähnchenfleisch servieren wollte.«

»Rohes Hähnchen? Ist das dein Ernst?«

»Die Person meinte, es sei *halbgar*. Und hat es filetiert wie Sashimi.«

»Wow. Ich dachte eher an leicht verstörende Weihnachtspullis mit einem mordlüsternen Schneemann drauf oder so. Aber das übertrifft alles. Wer hat die Party veranstaltet? Ein Rudel Wildhunde?«

»Nah dran. Mein Mitbewohner im Studium.«

»Mein Gott.«

»Das hab ich auch gesagt.«

»Ich hoffe, du bist es losgeworden.«

»Das Hähnchen oder den Mitbewohner?«

»Beides.«

»Das wäre wahrscheinlich besser gewesen. Er hat auch dreckige Pfannen unter der Spüle stehen lassen.«

»Wie kann es sein, dass es in jeder WG einen Spinner gibt, der so was macht?«

»Brauchst du Hilfe beim Beladen?«, fragt er und deutet mit einer Kopfbewegung auf ihren Teller.

»Oh, wärst du so nett?«

Er legt seine Hände mit den Handflächen nach oben aneinander, und Haf legt den Pappteller vorsichtig, fast ehrfürchtig darauf ab. Seine Finger sind lang und schlank, fast mädchenhaft. Was man Pianistenfinger nennen würde, wenn man die Art Mensch wäre, die diesen Ausdruck verwenden kann, ohne *Penisfinger* zu denken.

»Normalerweise würde ich nicht so etwas Ketzerisches vorschlagen, wie sich einen Teller zu teilen, aber da du die ganze Arbeit machst, soll ich auch ein bisschen was für dich drauftun?«

»Bitte«, sagt er mit einem sanften, etwas schiefen Lächeln.

Auf strukturelle Integrität und das Maximum an Snacks bedacht, nimmt sich Haf etwas von allem, das lecker aussieht. Aus ein paar Oliven und einem Würstchen formt sie ein eindeutiges Bild, und der Teller wackelt, als der Blauäugige ein Kichern zu unterdrücken versucht.

Gut, denkt Haf. Jemand, der keine Kalorien zählt und über ihre schrecklich schlechten Witze lacht, ist genau die Art Mensch, mit der sie in Abwesenheit von Ambrose, demm immer noch nicht zurückgekommen ist, abhängen möchte.

»Vorsicht«, sagt sie. »Du solltest der Standfestere von uns sein.«

Er erstarrt wie ein Gardist des Königs, während sie die letzten Köstlichkeiten hinzufügt. Der Teller ist ein bisschen überfüllt.

Als sie fertig ist, strömt eine Gruppe von Leuten herein. Die eine Hälfte steuert direkt auf den Buffettisch zu, während die anderen jede verfügbare Fläche mit Cocktailzutaten zustellen und ein YouTube-Tutorial befolgen, das sie immer wieder pausieren und zurückspulen. Hier drin gibt es nirgends genug Platz, um gemütlich herumzustehen und sich zu unterhalten, und Haf möchte wirklich gern mit diesem netten Mann plaudern.

Zwei Leute kommen durch die Hintertür herein, schieben sich an ihr vorbei und lassen einen Schwall eisiger Yorkshire-Abendluft herein. In der winzigen, stickigen Küche ist das eine Wohltat. Haf späht durch die Tür und erblickt ein paar Stühle, ein kleines Lagerfeuer und Lichter, die Outdoor-Heizstrahler, die sie aus guten Pubs kennt, sein könnten.

Ihr Retter gesellt sich zu ihr. »Wollen wir uns nach draußen setzen?«

»Ja, hier drin ist es furchtbar heiß. Wir können uns unter den Lampen sonnen wie Eidechsen.«

»Ich bringe das Essen mit, wenn du meinen Mantel holst.«

Mit einer Kopfbewegung deutet er auf die Garderobe, und sie geben sich Zeichen, damit Haf errät, welcher sein Mantel ist. Wie sich herausstellt, ist es ein langer, schwarzer Mantel mit geradem Schnitt und feinen Details. Er hat etwas vage Architektonisches an sich.

Haf wirft sich seinen Mantel über die Schulter, nimmt sich ein paar Dosen Gin Tonic, die auf der Theke bereitstehen, und stopft sie in die tiefen Taschen seines Mantels. Doch bevor sie ihm nach draußen folgen kann, platzt Ambrose mit zwei leeren Gläsern herein.

»Wer ist dein neuer Freund?«, fragt dey und schiebt sich an den Cocktailmachern vorbei zur Spüle.

»Wie hast du das vom anderen Ende des Raumes gesehen?«

»Ich sehe alles. Ich weiß jederzeit genau, welche Missetaten du im Schilde führst«, sagt Ambrose und spült die Gläser mit Leitungswasser ab. »Gute Arbeit übrigens. Er ist ein echt guter Fang, auch wenn er für deinen Geschmack ein bisschen zu sauber ist. Wie heißt er?«

»Weiß ich noch nicht«, antwortet Haf und versucht, lässig und mysteriös zu klingen.

Ambrose legt ihr die Hand auf die Schulter und dreht sie zu sich um. »Du kleines Luder.«

»So ist es nicht. Es ist nur eine Gelegenheit, ein bisschen Spaß zu haben und zu flirten, weiter nichts.«

»Ach nein? Du nimmst ihn nicht mit nach Hause?«

»Nein, ich denke nicht.«

»Zu sauber.« Ambrose nickt weise. Dey weiß, was Sache ist.

»Aber du machst ihm keine falschen Hoffnungen, oder?«

»Nein, ich bin mir ziemlich sicher, dass wir der gleichen Ansicht sind – es sei denn, seine Vorstellung von Flirten besteht darin, dass er mir dabei zusieht, wie ich so viel mit Knoblauch übersäten Camembert wie möglich mampfe.«

»Man kann nie wissen. Es gibt für alles und jeden einen Fetisch.«

»Außerdem habe ich einen großen Slip an.«

»Genau das meine ich. Unterschätz nicht, wie sexy große Hosen sein können«, sagt Ambrose todernst. »Jedenfalls wollte ich dir sagen, dass ich gehe.«

»Ich hab dich so gut wie gar nicht gesehen, seit wir hier sind, und wir sind erst vor zehn Minuten angekommen. Was hast du getrieben?«

Stille.

»*Mit wem* hast du es getrieben?«

Ambrose verdreht die Augen. »Nur mit Paco.«

Kreischend vor Freude und Aufregung knufft Haf demm gleich mehrmals in den Arm. Ambrose ist schon seit Monaten heimlich in Paco, den schönen brasilianischen Postdoktoranden im Fachbereich Erziehungswissenschaften, verliebt. Haf hat geahnt, dass es etwas Ernstes ist, weil dey seinen Namen zu drei verschiedenen Gelegenheiten in ganz und gar positivem Kontext erwähnt hat, was für demm ein sehr hohes Lob ist.

»War *er* es, der uns eingeladen hat?«

»Vielleicht«, sagt Ambrose und verschränkt die Arme vor der Brust.

»Aww, du hast mich als emotionale Unterstützung mitgenommen, oder?«

»Nein, hab ich nicht. Halt die Klappe, ich hasse dich«, erwidert dey schmollend.

Haf zieht demm in eine feste Umarmung.

»Kommst du allein zurecht?«

»Na klar. Ich hab meinen neuen großen Freund, und wenn mir langweilig wird, nehme ich einfach ein Taxi nach Hause.«

Ambrose grübelt einen Moment darüber nach und beschließt dann offenbar, dass dey sich lange genug zerknirscht gezeigt hat, greift an Haf vorbei in einen Beutel, der an einer Stuhllehne hängt, und holt eine Flasche Prosecco hervor, die ein paar Preisklassen über dem Alkohol liegt, den Haf für gewöhnlich trinkt. Dey bietet sie ihr an.

»Wow, danke. Willst du den nicht?«

»Nein, damit will ich wiedergutmachen, dass ich mich einfach weggeschlichen habe.«

»Okay, ist akzeptiert. Dann geh und hab Spaß. Pass auf dich auf. Schreib mir, wenn du zu Hause bist«, sagt Haf und küsst demm auf die Wange. »Hab dich lieb.«

»Ich dich auch.« Ambrose huscht davon.

Mit der Flasche Prosecco und mehreren Gin-Tonic-Dosen in jeder Tasche beschließt Haf, die Gläser mitzunehmen, die Ambrose abgewaschen hat, falls sie sich zu vornehm fühlen, um direkt aus der Flasche zu trinken.

Auf dem Weg nach draußen fällt ihr Blick auf den Beutel, der immer noch an der Stuhllehne hängt. Darauf ist ein Uni-Logo zu sehen, und ihr wird auf einmal etwas klar: Ambrose würde niemals Uni-Merchandise benutzen, also gehört der Beutel nicht demm, und das bedeutet, dey hat ihr eine Flasche überlassen, die dey eigentlich für sich selbst stehlen wollte. Wie rührend.

Die kalte Luft ist erfrischend nach der stickigen Hitze im Haus, doch Haf hofft, dass die Lampen und ihre Jacke sie warm genug halten, dass ihre Titten nicht abfrieren. *Es riecht nach Schnee*, denkt sie und stellt dann infrage, ob Weihnachten allein mit noch mehr Fernsehserien aus den Nullerjahren wirklich gut für sie wäre.

Ihr neuer Freund steht am Lagerfeuer und wärmt sich die Hände. Der mit allerlei Köstlichkeiten beladene Teller steht auf einem Gartentisch zwischen zwei Stühlen.

»Sorry, dass ich so lange weg war. Ich hab mich von jemandem verabschiedet«, erklärt sie und reicht ihm seinen Mantel.

»Heilige Scheiße«, sagt er, als er merkt, wie schwer sie plötzlich ist. »Meine Taschen sind voller Dosen.«

»Ja, das stimmt wohl. Ich hab auch noch was Besseres für nachher. Falls wir die Kälte aushalten.«

Haf stellt die Gläser und den Prosecco auf dem Boden ab, gerade weit genug weg, dass sie sie nicht umkicken können.

Sie setzen sich und genießen einen Moment einfach nur die Wärme des Feuers, dann holt er zwei Dosen Gin Tonic heraus und reicht ihr eine. Beim Öffnen laufen sie fast über, und er trinkt schnell einen Schluck.

»Du darfst dir zuerst was aussuchen«, sagt sie und deutet auf den Teller. »Da du so hart dafür gearbeitet hast.«

»Unterschätze nicht deinen eigenen Beitrag. Die richtige Zusammenstellung war sehr wichtig, ganz besonders das Kunstwerk, das du spontan eingebaut hast. Wunderschön«, meint er und wirft sich ein ganzes Mini-Scotch-Egg in den Mund.

Haf nimmt sich eine Scheibe Brot und tunkt sie in den geschmolzenen Camembert. An der Oberseite schaut eine ganze geröstete Knoblauchzehe hervor, die sie mit dem Finger auf ihr Brot befördert. So schmeckt es gleichzeitig süß und sehr kräftig.

»Also, mein mysteriöser Freund, was führt dich her?«, fragt Haf und leckt sich einen Käsefaden vom Daumen.

»Nach York oder in diesen Garten?«

»Beides.«

»Ich bin mit Sally zur Schule gegangen.«

»Sally?«

»Sally.«

»Wer ist Sally?«

»Sally ist die Person, der dieses Haus gehört. Es ist ihre Party«, sagt er langsam, als sollte Haf das wissen.

»Oh.«

»Du hast keine Ahnung, von wem ich rede.«

»Nicht wirklich, nein. Du hast mich erwischt. Ich bin nicht nur ein ungebetener Gast, ich bin ein ungebetener Gast zweiten Grades. Vielleicht auch dritten Grades. Da hab ich leider den Überblick verloren.«

»Du meinst, du bist ein schlechter Gast?«

»Nein, ich wurde von jemand anderem eingeladen, der von jemandem eingeladen wurde, der *tatsächlich* eingeladen wurde.«

»Wie das Kleine-Welt-Phänomen auf eine Party bezogen?«

»So in etwa. Also ja, ich fürchte, ich kenne Sally nicht, aber sie ist mein neuer Lieblingsmensch, weil sie uns mit all diesen Köstlichkeiten versorgt hat.«

Zum Glück lächelt er. »Sie ist eine Postdoktorandin in der Psychologischen Fakultät. Schlafwissenschaft, falls dir das weiterhilft.«

»Nein, nicht im Geringsten.«

Er lacht.

»O Gott, ist sie deine Mrs.?«

»Meine ... Mrs.? Nein, ist sie nicht. Sally ist nur eine Freundin. Aber ich würde sie auch nicht so nennen, selbst wenn sie es wäre.«

»Oh, er ist Feminist, Mädels!« Haf lacht, und er stimmt mit ein. Sein warmes, herzhaftes Lachen kommt tief aus seiner Brust.

»Und um deine Frage zu beantworten, ich bin geschäftlich in York, und Sally hat mich eingeladen, weil sie wusste, dass ich in der Stadt bin. Angeblich bin ich hier, damit wir endlich mal wieder quatschen können, aber ich hab sie seit einer halben Stunde nicht mehr gesehen.«

»Da drin geht es ganz schön wild zu, oder?«, sagt Haf, als lauter Jubel aus der Küche ertönt, prostet den Feiernden zu und trinkt die Dose in einem Zug aus. »Wohnst du in London?«

»Wie hast du das erraten?«, fragt er und lehnt sich auf seinem Gartenstuhl zurück.

»Du hast so einen London-Vibe.«

»Kann schon sein«, lacht er. »Ja, ich wohne in London. Und du? Arbeitest du auch an der Uni?«

»O Gott, nein, aber ich lebe hier«, erklärt Haf und nascht noch ein paar gerösteten Gnocchi. »Ich arbeite für eine Wohltätigkeitsorganisation in der Stadt. Tierartenschutz, aber ich bin nur für die Kommunikation zuständig, also ich schreibe über die interessanten Sachen, die andere Leute machen.«

»Wie sie die Dachse retten und all so was?«

»Ja, wir haben uns auch um ein paar Dachse gekümmert. Motten, bodenbrütende Vögel, hin und wieder kleine Säugetiere. In letzter Zeit ging es hauptsächlich um Fischereizonen und um Bienen. Es muss so viel getan werden.«

»Klingt interessant.«

»Na ja ... ja, schon. Vielleicht.« Genau das dachte sie anfangs ja auch. »Was wir machen, ist wichtig, aber ich wünschte, ich könnte aktiver mithelfen. Ich will wirklich etwas *tun*. Was ist mit dir? Kannst du mit Gesprächshöhepunkten wie Fischerwirtschaft mithalten?«

Als sie sich ihm zuwendet, sieht sie, wie er das Gesicht verzieht.

»So schlimm?«

»Ich fürchte, es ist noch viel schlimmer.«

»Dann erzähl, jetzt bin ich neugierig.«

»Ich arbeite im Finanzwesen.«

»Ach du lieber Himmel.« Haf hält sich die Seite, als hätte sie furchtbare Schmerzen, und schreit auf. »Du musst ein Mädchen doch warnen, bevor du anfängst, über Finanzen zu plaudern. Das ist harter Tobak.«

Er lacht. »Kannst du laut sagen.«

»Dann bist du also ein vornehmer Junge, der in London wohnt und im Finanzwesen arbeitet.«

»Ich weiß, ich bin ein wandelndes Klischee.«

»Du erfüllst jedenfalls sämtliche Klischees von Leuten aus dem Süden, das ich je gehört habe. Nicht böse gemeint.«

»Schon gut«, sagt er lachend. »Ich weiß, wie das klingt.«

»Gefällt es dir?«, fragt Haf und knabbert eine Möhre mit einem nicht näher spezifizierten, aber sehr leckeren Dip.

»Es bezahlt die Rechnungen.«

»Das ist schon mal mehr, als ich behaupten kann.«

Die Bezahlung ist besser als in ihrem letzten Job, aber trotzdem reicht es kaum zum Leben, selbst wenn sie überallhin mit dem Rad fährt. Wenn es kalt wird, schickt ihr Dad ihr immer einen Zwanziger und ermuntert sie per Textnachricht, den Bus zu nehmen.

»Du meinst, Wohltätigkeitsarbeit wird nicht gut bezahlt? Schockierend.«

»Ja, oder? Vielleicht mache ich irgendwas falsch. Ich sollte die Herrschaft an mich reißen, damit ich ein sechsstelliges Gehalt bekomme und zur Abwechslung mal andere Leute jammern müssen. Bist du noch eine Weile in York?«

»Nur die eine Nacht.«

»Schade.«

Eigentlich wollte sie das nicht laut sagen, aber es kommt einfach so heraus.

»Schade?« Seine Augenbraue hebt sich ganz leicht, und ein kleines Lächeln umspielt seine Lippen. Er holt noch zwei Dosen Gin Tonic aus seinen Manteltaschen und reicht ihr eine. »Sei ehrlich, meine Tellertragefähigkeiten haben dich verzaubert, oder?«

»Es ist immer schön, Freunde aus der Gegend zu haben. Denk nur an all die Partys, auf denen wir zusammen Essen stibitzen könnten.« Haf bemüht sich um einen lässigen Ton. »Wie Bonnie und Clyde, nur für Pastetchen. Außerdem scheinst du nichts dagegen zu haben, dass ich mich darüber lustig mache, wie vornehm du bist, und das ist eine Eigenschaft, die ich an vornehmen Leuten sehr schätze.«

In Wahrheit will Haf nicht zugeben, dass er seit Ambrose der Erste ist, mit dem sie sich richtig gut versteht, weil sie dadurch traurig, vielleicht sogar verzweifelt wirken würde.

Doch sie denkt es. Die Chemie zwischen ihnen erinnert sie an ihren ersten Nachrichtenaustausch mit Ambrose; wie sie sofort wusste, dass sie auf derselben Wellenlänge waren und etwas Gutes dabei herauskommen würde.

»Nun, es ist mir eine Ehre, dein Gefährte in dieser schönen, minus vier Grad kalten Winternacht zu sein.«

Sie öffnen ihre Dosen beide gleichzeitig und stoßen an.

»*Iechyd da.*«

»Gesundheit.«

»Das ist Walisisch, du englischer Volltrottel.« Sie lacht und versetzt ihm einen Fußtritt.

»Ich weiß, einer meiner Mitbewohner an der Uni war aus Wales.«

»Mein Gott, ich hoffe, es war nicht der mit dem Hähnchen-Sushi.«

»Nein, war es nicht.«

»Oh, okay. Dann sei dir verziehen.«

Eine Zeit lang sitzen sie schweigend beisammen, trinken ihren Gin Tonic und beobachten die tanzenden Flammen. Das Essen geht zur Neige, die Dosen leeren sich, und der Alkohol lässt die Welt an den Rändern verschwimmen.

»Hier sieht man den Himmel so gut«, sagt er nach einer Weile. »Das vermisse ich am Leben auf dem Land. In London ist es durch die Lichtverschmutzung immer so trüb. Keine Sterne.«

Haf legt den Kopf in den Nacken und blickt hoch. Es ist eine kalte, klare Nacht, und am tiefschwarzen Nachthimmel glitzern die Sterne. »Damit würde ich nicht klarkommen«, sagt sie wahrheitsgemäß. »Ich bin dafür bekannt, dass ich mithilfe des Polarsterns nach Hause finde, wenn ich betrunken bin.«

»Zum Glück gibt es bei uns U-Bahnen, die auch nachts fahren, sodass das nicht unbedingt nötig ist.«

»Ja, ja.«

Plötzlich fällt ihr etwas ins Auge. Über ihr, mit einer dünnen Schnur an den Pfosten der Wärmelampe gebunden, hängt ein mickriger, mitleiderregender Mistelzweig. Die Blätter hängen schlaff herunter, und die Beeren sind angekokelt, weil sie der Lampe zu nah sind.

»O Mann«, lacht Haf und steht auf, um ihn genauer zu betrachten. »Sieh dir das an! Er wirkt ein bisschen elend, oder?«

Ihr neuer Freund erhebt sich ebenfalls, etwas wacklig auf den Beinen.

»Ganz ruhig, Bambi«, sagt sie lachend und nimmt seinen Arm, um ihn zu stützen.

»Ach je, ich glaube, er ist dem Tode nah.«

»Das ist traurig! Er ist so allein«, sagt sie. »Stell dir vor, du würdest langsam von einer schicken Outdoor-Lampe verbrannt. Hoffentlich haben sich wenigstens Leute darunter geküsst. Stell dir vor, du opferst dich für deinen Job auf, und dann machst du ihn nicht mal gut.« Hafs Worte gehen in einem nervösen Lachen unter, als ihr klar wird, dass sie seit Monaten niemanden mehr geküsst hat. Moment, war ihr letzter Kuss etwa mit Freddie? Denn das wäre unglaublich deprimierend.

»Kann ich mir vorstellen«, murmelt er. »Leider.«

Es muss am Alkohol liegen, dass sie beide in hysterisches Gelächter ausbrechen.

»Wie viel Gin ist da drin?«, fragt er und liest die Aufschrift auf der Dose. Oder er versucht es zumindest, aber eigentlich starrt er nur angestrengt darauf.

»Hör zu, ich hab eine Idee«, sagt Haf und fasst ihn am Arm. Plötzlich ist sie ihm näher, als ihr bewusst war, aber das ist in Ordnung, denn sie hat einen Arm, an dem sie sich festhalten kann. »Anscheinend kommen wir beide nicht mit unseren Jobs klar. Der Mistelzweig«, sie deutet darauf, »ist offensichtlich auch nicht gut in seinem Job. Also sollten wir ihn gebührend verabschieden, sicherstellen, dass wenigstens einer von uns einen guten Arbeitstag hat.«

»Schlägst du vor, dass wir ihm Frieden schenken und es ihm ermöglichen, seine Pflicht zu erfüllen, bevor er das Zeitliche segnet, indem wir ... uns küssen?«, fragt er mit einem leisen Lachen. Die zarte Röte, die seine Wangen überzieht, breitet sich bis über seine Ohren aus, und sie sieht, wie seine Selbstsicherheit ins Wanken gerät.

»Ja!«, ruft sie lachend. »Das tu ich!«

In der Ferne bellt ein Hund, und sie prusten wieder los und bedeuten einander, still zu sein.

»Dann sind wir uns einig?«, fragt Haf, sobald sie sich wieder gefasst haben.

»Worüber? Dass wir beide betrunken sind?«
»Das hab ich nie gesagt.«
»Aber so ist es. Eindeutig. Es ist eine unbestreitbare Tatsache.«
Anscheinend wird er wortreicher, je betrunkener er ist. Entzückend.
»Ich habe gemeint, dass wir rumknutschen sollten, um den Mistelzweig aufzumuntern!«
Bei dem albernen Gedanken fangen sie wieder an zu kichern, aber Haf denkt: *Was soll's? Schließlich hat Ambrose mir gesagt, ich soll Spaß haben. Ich kann auch gute Entscheidungen für mich selbst treffen. Wahrscheinlich.*
Und bevor sie noch irgendetwas sagen können, stellt sich Haf auf die Zehenspitzen und küsst ihn.
Wenn der Mistelzweig einen romantischen Kuss brauchte, um aufzublühen, tja, dann ist er jetzt wohl bitter enttäuscht.
Sie krachen mit den Zähnen zusammen, und ihre Nasen stoßen aneinander. Haf lacht in seinen Mund, sie kriegen beide schon wieder einen Kicheranfall und klammern sich im Feuerschein ungeschickt aneinander. Es ist ein wirklich beschissener Kuss.
»Wow, tut mir echt leid, aber das war wahrscheinlich der schlechteste Kuss, den ich je erlebt habe«, prustet Haf und hält sich weiter an ihm fest, um nicht ins Lagerfeuer zu taumeln.
»Echt grauenhaft«, stimmt er zu, sieht ihr ins Gesicht und berührt sachte mit dem Daumen ihre Unterlippe. »Hab ich dich gebissen? Ich mach mir Sorgen, dass ich dich gebissen habe.«
»Isch schon okay«, lallt sie, während er immer noch ihre Lippe inspiziert.
Gerade will sie sagen, wie lustig es ist, dass sie sich einfach aufeinander gestürzt haben und dass sie nicht mal seinen Namen kennt und wie albern das alles ist, als sie unterbrochen werden.
»O mein Gott, Toph?!«, ruft eine schrille, etwas nasale Stimme. »Bist du das?«

Kapitel 3

Sie halten sich immer noch in den Armen, als zwei Leute auf sie zukommen, und Haf kann sich gerade noch davon abhalten, hastig zurückzuspringen, sonst wäre sie womöglich ins Lagerfeuer gefallen.

Die Frau, der die Stimme gehört, ist alarmierend groß und gertenschlank. Sie trägt einen dicken Wollmantel – die Sorte, die wie ein Bademantel aussieht, es sei denn, man ist schick genug, dass sie einem trotzdem steht – und braune Reitstiefel. Ihre dunklen Haare sind so gestylt, dass sie sich sanft um ihre Schultern legen wie eine Pelzstola. Ihr Stil ist eine Kombination aus Luxus-Influencerin und dem klassischen »Ich trage Perlenketten ohne jegliche Ironie«-Look, was an ihr fantastisch aussieht.

Haf ist so fasziniert von dieser wunderschönen Riesin, dass sie gar nicht merkt, dass der Typ, den sie gerade noch geküsst hat, sie losgelassen hat und auf die Unbekannte zusteuert, um sie zu begrüßen.

»Laurel? Hi. Was machst du denn hier?«

»Jetzt knutschst du also unter einem Mistelzweig rum«, stellt sie mit hochgezogenen Augenbrauen fest, ohne auf seine Frage einzugehen, und verschränkt die Arme vor der Brust.

»Hör zu, es ist nicht, was du denkst«, erwidert der Typ, mit dem Haf unter einem Mistelzweig rumgeknutscht hat, reibt sich den Nacken und kaut nervös auf seiner Unterlippe.

Oh fuck, denkt Haf, *habe ich gerade den Freund dieser wunderschönen Riesin geküsst?*

Wenn sie es sich recht überlegt, hat er nicht gesagt, dass er Single ist, sondern nur, dass er nicht Sallys Freund ist. Aber es wäre eine seltsame Masche, auf einer Party so zu tun, als kenne man niemanden, nur um unter einem angekokelten Mistelzweig eine Wildfremde zu küssen.

Vor allem angesichts dessen, wie hundsmiserabel das gelaufen ist. Hoffentlich hat sich keiner von ihnen einen Zahn abgebrochen.

Dass er mit einer anderen Frau erwischt wurde, scheint ihn eher in Verlegenheit zu bringen, als zu alarmieren.

»Ach komm, Toph, mir kannst du nichts vormachen«, sagt Laurel schmollend.

Eindeutig nicht die Reaktion einer betrogenen Liebhaberin. Sie wirkt eher verärgert, dass ihr der neueste Tratsch vorenthalten wurde.

Ist sein Name wirklich Toph? Vor Hafs geistigem Auge erscheint Ambrose, um ihr mitzuteilen, dass das eher nach dem Niesen einer vornehmen Person klingt als nach einem Namen.

Hinter der riesigen Frau steht ein Mann, der direkt aus der Flasche trinkt. Seine Haare sind so blassblond, dass sie sich kaum von seiner Hautfarbe abheben. Er strahlt beträchtliches Selbstbewusstsein aus. Ein muskelbepackter Typ, eher wie ein Klotz als wie ein Mensch geformt. Wahrscheinlich ein Rugbyspieler.

»Du hast uns nicht mal gesagt, dass du zu Sals Party kommst, Chrissy«, sagt der quadratische Mann, der Spitznamen ebenfalls zu lieben scheint. »Ich wusste, dass du beruflich in der Stadt bist, aber ich dachte nicht, dass du hier rumlungerst.«

Chrissy passt noch weniger zu ihm, und er zuckt zusammen, als er so genannt wird.

Christopher.

Bestimmt heißt er Christopher. Die ganze Fülle dieses Namens passt viel besser zu ihm als die Spitznamen, die ihm die Neuankömmlinge verpasst haben.

Wer auch immer sie sind.

Haf sieht zu Christopher in der Hoffnung, dass er ihr die beiden vorstellt. Das unbekannte fünfte Rad am Wagen zu sein, ist selbst im besten Fall ihre persönliche Hölle, aber dass sie zudem noch beim schlechtesten Kuss der Welt ertappt wurden, ist wirklich zu viel des Guten.

»Na ja, ich hab mich ganz kurzfristig dazu entschieden«, erklärt er. »Ich bin beruflich in der Stadt, und Sally hat mich eingeladen. Ich hatte keine Ahnung, dass ihr auch hier sein würdet.«

»Das will ich doch hoffen, sonst wäre ich empört, dass du nicht mit uns hergefahren bist«, schnaubt die Riesin und wirft die Haare zurück. »Jetzt komm, mach uns mit deiner neuen Freundin bekannt.«

Oh-oh.

Laurel denkt, sie wären zusammen.

Wie zur Hölle hat sie das aus einem Kuss geschlossen, der sie beide zum Lachen brachte? Hat sie das womöglich gar nicht gesehen, sondern nur das Nachspiel, wie sie eng umschlungen vor dem Lagerfeuer standen und Christopher zärtlich ihre Unterlippe berührte? Oh ... O je. Das ist ein ganz anderer Vibe.

Christopher ist erstarrt, und sein rötlich blasses Gesicht nimmt eine kränklich grünliche Farbe an. »Ich ...«

Doch er wird von der Riesin unterbrochen, die Hafs Hand nimmt und sie näher an sich heranzieht, um sie besser sehen zu können. Ein gekonnter Move – anscheinend weiß sie, dass jeder sie kennenlernen will. Und dass sie immer bekommt, was sie will.

»Dann muss sie uns ihren Namen wohl selbst verraten«, sagt sie. »Hallo, Darling. Ich bin Laurel, und das ist Mark.«

Laurel sieht auf Haf herunter, als wäre sie das interessanteste Wesen, das ihr je begegnet ist. So müssen sich Hunde bei einer Hundeausstellung fühlen, überlegt Haf. Oder denkt sie das nur, weil Laurel auf eine Art vornehm wirkt, als könnte sie als Jurorin bei einer Hundeausstellung arbeiten? Vielleicht gewinnt Haf ja einen Preis.

Haf schluckt schwer. »Heya. Ich bin Haf.«

»Half?« Laurel fügt ein überbetontes L ein, das bei dem Wort »half« eigentlich nicht ausgesprochen wird.

»Nah dran!«, sagt Haf und lächelt ein bisschen zu breit. »Haf. Hafff. Das ist Walisisch.«

»Entzückend. Hat der Name eine Bedeutung?«

»Sommer?« Vor lauter Nervosität klingt ihre Antwort wie eine Frage, und sie sieht hilfesuchend zu Christopher, der jedoch zu beschäftigt damit ist, auszusehen, als wolle er vor Scham im Boden versinken.

»Mark, ist sie nicht entzückend? So reizend und walisisch«, sagt Laurel zu Mark, der ihnen kaum Beachtung schenkt, vermutlich, weil sie nicht über ihn reden.

Es sagt viel über Engländer aus, in welchem Teil von Wales sie schon waren. Die meisten Leute aus dem Norden, die Haf an der Uni getroffen hat, redeten nur über den inzwischen stillgelegten gefährlichen Wasserpark in der Nähe von Hafs Geburtsort. Dort gab es eine Indoor-Licht-Show und ein Wellenbad, in dem einer örtlichen Legende nach schon mehrere Kinder spurlos verschwunden waren. Allerdings gab es auch eine Krakenrutsche, die wirklich gefährlich werden konnte, wenn man sie im falschen Moment mit Höchstgeschwindigkeit herunterrutschte, weshalb einigen Kindern in ihrem Jahrgang die Frontzähne fehlten.

Stattdessen erzählt ihr Laurel voller Begeisterung von dem Wellness-Urlaub, den Mark und sie in Portmeirion gemacht haben; ein pastellfarbenes, italienisch anmutendes Küstendorf und der frühere Drehort der Kultserie *The Prisoner*, das früher, als Haf noch klein war, an einen verlassenen Themenpark erinnerte, aber inzwischen zu einem Luxusresort umgebaut wurde.

Haf nickt höflich, aber sie ist zu bemüht, Christopher auf sich aufmerksam zu machen, um den Anekdoten reicher Leute zuzuhören. Was will er von ihr? Je länger diese Unterhaltung andauert, desto schwieriger wird es, das Missverständnis aufzuklären, und obwohl sie normalerweise einfach reinen Tisch machen würde, zögert sie, weil sie das sichere Gefühl hat, dass hier noch etwas anderes vor sich geht, was sie nicht begreift.

»Toph, deine Eltern werden sich sehr freuen, dass du jemand Neues kennengelernt hast. Weiß Kit es schon? Ich wette, sie hat keine Ahnung, du kleiner Heimlichtuer. Ich muss ihr unbedingt davon erzählen!«

»Laurel, bitte …«

»Ich bin so froh, dass er eine neue Freundin hat«, wendet sich Laurel in verschwörerischem Ton an Haf, aber sie spricht bewusst laut genug, dass alle sie hören können. »Ich hab mir schon Sorgen gemacht. Ich dachte nicht, dass er datet, obwohl wir uns schon vor Ewigkeiten getrennt haben, aber ich bin echt erleichtert, dass er mit dir zusammen ist, denn du bist total nett und umwerfend.«

Oh fuck. Sie ist seine Ex.

Eine Erinnerung steigt in Haf auf. Nachdem Freddie mit ihr Schluss gemacht hatte, fuhr sie mit dem Zug nach Liverpool, um ihre restlichen Sachen abzuholen, hegte aber immer noch die Hoffnung, ihm die Trennung ausreden zu können. Doch während sie gerade eine leidenschaftliche Rede darüber schwang, warum sie zusammenbleiben sollten, kam Jennifer – die Frau, die sie ersetzt hatte – mit dem Schlüssel in der Hand herein.

Das steht ziemlich weit oben auf der Liste der schlimmsten Arten, wie man die neue Partnerin seines Ex kennenlernen kann. Idealerweise würde man sie doch treffen, wenn gerade alles richtig gut läuft – zum Beispiel bei einem Event, bei dem sie eine humanitäre Auszeichnung dafür erhält, dass sie so gut mit Twitter umgehen kann. Aber nein – stattdessen ist sie ihr begegnet, nachdem sie so viel geheult hat, dass sich Tränen und Rotz zu einem nassen Fleck auf ihrem Top gesammelt und es durchsichtig gemacht haben. Typisch – da trägst du einmal in deinem Leben ein weißes Top, um etwas Neues auszuprobieren, und präsentierst deinem Ersatz deinen durchnässten BH. Ein heißer Anwärter auf den peinlichsten Moment ihres Lebens, was beeindruckend ist, wenn man bedenkt, wie viele sie schon hatte.

Und jetzt sieht sie in Christophers Gesicht genau den Ausdruck schierer »Bitte erschieß mich einfach«-Demütigung, den sie so gut kennt. Er sieht aus, als hätte er einen Geist gesehen. Jetzt ist er derjenige in dem durchsichtigen Top, und Haf ist die Einzige, die ihm helfen kann.

Wenn sie es schafft, jemanden vor dieser grauenhaften Blamage zu bewahren, wird das vielleicht ihren eigenen Schmerz lindern …

Was kann eine kleine Lüge schon schaden?

»Haha, na ja, jetzt muss sich keiner mehr Sorgen um uns machen. Wir sind sehr glücklich miteinander, nicht wahr, Christopher?«

Die Worte sind aus ihrem Mund, bevor sie richtig darüber nachdenken kann.

Christopher blinzelt sie an. Ist er verwirrt? Erleichtert? Haf ist sich nicht sicher, aber sie geht zu ihm und schlingt den Arm um seine Taille, als hätte sie das schon unzählige Male gemacht. Einen Moment erstarrt er, entspannt sich aber schnell wieder, legt den Arm um ihre Schultern und drückt sie an sich.

Es gibt gute Lügen, und es gibt schlechte Lügen, und es gibt Lügen, die einfach nur ... die Wahrheit ein bisschen ausschmücken. Klar, sie daten nicht wirklich, aber sie hatten eine schöne Zeit zusammen, und er wirkt ziemlich ausgeglichen, zumindest soweit man das von einem Mann behaupten kann, der sich Sorgen um einen Mistelzweig macht. Vielleicht sind die Sorgen seiner Familie wirklich unbegründet. Sie flunkert nur ein bisschen, um ihm aus einer heiklen Lage herauszuhelfen.

Laurel drückt die Hand ans Herz. »Ihr zwei seid so süß. Wie lange seid ihr schon zusammen?«

»Oh, noch nicht lange ...«, sagt Haf und sieht mit großen Bambi-Augen zu Christopher auf, in der Hoffnung, dass er den Wink mit dem Zaunpfahl versteht und die Geschichte mit Details untermauert, die in seine Welt passen.

»Ein paar Monate«, fügt er mit einem zittrigen Lächeln hinzu.

»Und ich nehme an, ihr habt euch über Sal kennengelernt«, schaltet sich Mark wieder in das Gespräch ein. Er formuliert es als Feststellung, nicht als Frage, sodass niemand antwortet.

Irgendwas an diesem Mann mag Haf überhaupt nicht. Bei seinem Anblick verspürt sie den instinktiven Drang, ihm in die Kniekehlen zu treten und wegzurennen. Christopher scheint jedes Mal zusammenzuschrumpfen, wenn Mark seine Aufmerksamkeit auf ihn richtet, und aus irgendeinem Grund will sie ihn beschützen.

»Oh, sieh nur, wie sie einander anhimmeln, Mark«, sagt Laurel lächelnd. »Ist das nicht bezaubernd?«

Mark stößt ein männliches Grunzen aus, das wohl »Ja« bedeuten soll.

Da beschließt Haf, dass es Zeit ist, die Flucht zu ergreifen.

»Tut mir echt leid, aber eigentlich wollten wir gerade gehen. Christopher fährt morgen Früh, und ich wollte ihn vorher noch zum Frühstück einladen«, sagt Haf mit ihrer süßesten Stimme. Zum Glück fällt es ihr nicht schwer, beim Gedanken an ein leckeres Frühstück ins Schwärmen zu geraten. Sie liebt Frühstück.

Christopher erwacht wieder zum Leben, als sie ihn leicht am Arm zieht. »Ja, sorry. Wir sollten los, aber es hat mich gefreut, euch zu treffen.«

»Wolltet ihr die nicht hier aufmachen?«, fragt Mark mit Blick auf die Flasche Prosecco und die Gläser beim Lagerfeuer.

Ach, fick dich doch, Mark, denkt Haf, hebt die Flasche aber auf. Sie wird diesen Leuten nicht Ambroses Diebesgut überlassen. Sie können sich ihren eigenen gestohlenen Alkohol leisten.

»Die Zeit vergeht einfach zu schnell. War schön, dich zu sehen, Mark«, sagt Christopher und schüttelt ihm zum Abschied die Hand.

»Wir sehen uns an Weihnachten, alter Junge«, antwortet Mark und klopft ihm auf die Schulter.

»Tut mir echt leid, Laurel, ich hätte mich gern noch ein bisschen mit dir unterhalten«, sagt Christopher.

Haf ist vollkommen klar, dass er gelogen und sich kein bisschen gefreut hat, Mark zu sehen, aber dass er nur so wenig Zeit für Laurel hatte, scheint ihm wirklich leidzutun.

Sie legt ihm liebevoll die Hand auf die Schulter, eine Geste, die vertrauter wirkt als eine Umarmung oder ein Kuss. »Wir sehen uns ja sowieso nächste Woche.«

Laurel muss sich herunterbeugen, um Haf einen Luftkuss zuzuwerfen. »Schön, dich kennenzulernen.«

So höflich wie möglich treten Christopher und Haf den Rückzug an und lassen Laurel und Mark unter dem Mistelzweig stehen, der diesen ganzen Schlamassel verursacht hat.

Haf zieht ihn an der Hand durch den dichten Pulk betrunkener, verschwitzter Leute und hinaus an die frische Luft. Ohne Lagerfeuer und Heizstrahler ist es eisig. Das Adrenalin, das durch ihren Körper strömt, lässt sie die Kälte zwar kaum spüren, aber ihre Titten drohen definitiv abzufrieren.

Draußen lässt sie Christophers Hand los, fasst ihn stattdessen am Arm und führt ihn durch die verschlungenen Straßen in Richtung ihres Zuhauses. Nach ein paar Minuten erreichen sie den Fluss, der von den Straßenlaternen in warmes orangegelbes Licht getaucht wird.

Eine Weile geht Christopher schweigend neben ihr her, und sie lässt ihm Zeit, anstatt sofort eine Erklärung dafür zu verlangen, was zur Hölle eigentlich gerade passiert ist.

»O Mann, danke für deine Hilfe«, sagt er schließlich.

»Gern geschehen.«

»Das hättest du nicht tun müssen.«

»Ich weiß.«

»Warum hast du es getan?«

»Ganz ehrlich? Du sahst aus, als würdest du auf der Stelle tot umfallen. Und, na ja, ich hatte schon einige peinliche Begegnungen mit Ex-Freunden und -Freundinnen und ihren neuen Partnern. Das ist scheiße, und ich dachte, ich kann vielleicht helfen. Laurel hatte schon entschieden, dass wir ein Paar sind. Da war es leicht, mitzuspielen.«

»Mag sein. Moment, wohin gehen wir eigentlich? Ich hab keine Ahnung, wo wir sind«, sagt er und wird langsamer, als er seine Umgebung wieder wahrnimmt.

»Zu mir nach Hause. Ich dachte, wir könnten den Prosecco trinken oder einen Kaffee, wenn du einen brauchst, und dann kannst du mit dem Taxi zurück ins Hotel fahren.«

Er tätschelt zustimmend ihre Hand. »Das … ist eine sehr gute Idee. Danke.«

Haf liebt es, am Fluss nach Hause zu schlendern. Der frische Duft der Pflanzen mischt sich mit dem Rauschen des Wassers, und es ist gerade hell genug, dass man nachts gefahrlos hier spazieren gehen und dennoch die Sterne sehen kann. Hinter ihnen liegt die hell erleuchtete Stadt, in der Ferne ist sogar das York Minster zu sehen, auf das Haf ihn aufmerksam macht. Vor ihnen erstreckt sich eine geschwungene, moderne Metallbrücke, beleuchtet in den Farben des Regenbogens wie eine Pride-Flagge, die ihnen den Weg weist.

Sie verfallen wieder in angenehmes Schweigen.

»Du bist ziemlich brillant, weißt du das?«, sagt er nach ein paar Minuten.

»Ziemlich? Ich bin gekränkt. Du weißt echt, wie man einem Mädchen Komplimente macht«, neckt sie ihn, und er errötet.

»Aw, diese süßen rosa Bäckchen. Es ist viel zu leicht für mich, dich in Verlegenheit zu bringen. Ich glaube, das mag ich mit am liebsten an dir.«

»Es freut mich, dass meine …«

»Englischheit? Vornehme Art? Steife Förmlichkeit?«

»… dich so sehr amüsiert. Ich … ich will nur klarstellen, dass ich deine Gastfreundlichkeit nicht ausnutzen werde.«

Haf versucht, nicht zu lachen.

»Was hab ich jetzt schon wieder Lustiges gemacht?«

»Ich weiß auch nicht. Du bist einfach so … nett.«

»Das klingt nicht wie ein Kompliment.«

»Ist es aber! Ganz ehrlich. Ich will dich in eine warme Decke hüllen und dich beschützen. Als wärst du ein gigantischer Siebenschläfer oder so.«

»Mein Ego wird heute gründlich niedergemacht.«

»Jetzt hör mal zu: Okay, du hattest gerade eine grauenhafte Begegnung mit deiner Ex und ihrem beschissenen neuen Freund, aber du bist mit einer brillanten Fake-Freundin – mir! – entkommen, und ich sehe heute Abend wirklich fantastisch aus, wenn ich das mal so sagen darf.«

»Alles sehr wahr.«

»Danke«, sagt sie. »Jedenfalls habe ich nur mein Möglichstes für die anderen Singles dieser Welt getan. Ich hätte für eine heiße Braut an meinem Arm getötet, als ich meinem Ex begegnet bin.«

Keiner von ihnen redet über seinen Herzschmerz, aber er hängt zwischen ihnen in der Luft wie feiner Nebel.

Sie überqueren die Brücke, die erbebt, als ein Fahrradfahrer an ihnen vorbeirast, aber ansonsten ist alles still bis auf die Rufe zweier Eulen in der Ferne.

»Also, nur um sicherzugehen: Du heißt Christopher, stimmt's? Oder wirst du wirklich lieber Toph oder Chrissy genannt? Oder soll ich mir einen eigenen Spitznamen einfallen lassen? Wie wär's mit Ipher?«

»Bitte nenn mich nicht so. Nichts davon«, sagt er mit einem leisen Lachen, seine Augen im Dämmerlicht glitzernd. »Christopher ist super.«

»Christopher.« Sie spricht seinen Namen langsam und betont aus, als wäre er ein Zauberspruch.

»Und du bist Haf.« Im Gegensatz zu Laurel liegt er gleich beim ersten Versuch richtig. »Was keine Abkürzung ist?«

»Nein, einfach nur Haf. Zum Glück kann man mit einem Namen mit drei Buchstaben nicht viel anstellen.«

»Na ja, ich könnte dich H nennen.«

»Wie der Typ aus der walisischen Band *Steps*?«

»Oder die Bombe. Hmm, lieber nicht.«

Ein paar Minuten später kommen sie bei ihrem Haus an. Drinnen brennt kein Licht – anscheinend ist Ambrose noch mit Paco unterwegs und macht sich einen schönen Abend. Gut für demm! Christopher zieht seine Schuhe an der Tür aus, und sie geht ihm voraus ins Wohnzimmer.

»Kaffee oder …?« Sie wedelt mit der Flasche Prosecco.

»Hast du die zur Party mitgenommen?«

»Nein, Ambrose hat sie mir gegeben, was vermutlich bedeutet, dass dey sie jemand anderem geklaut hat.«

»Dann bist du nicht nur ein Partycrasher zweiten Grades, sondern auch ein Dieb zweiten Grades?«

»Scheint so.«

»Du bist ein kompliziertes Mädchen. Wahrscheinlich sollten wir sie trinken und die Beweise vernichten.«

»Ich mache schon noch einen Verbrecher aus dir, Christopher …?«

»Calloway.«

»Klingt wie ein Filmstar«, meint Haf und holt zwei Tassen aus dem Schrank. Sie will etwas Stabiles, woran sie sich festhalten kann. Wer braucht schon schicke Gläser, wenn man nur gemütlich ein bisschen Schampus schlürfen will?

»Ich glaube nicht, dass ich jemals Prosecco aus einer Tasse getrunken habe«, sagt er, als sie ihm eine großzügige Menge einschenkt.

»Es ist eine Nacht neuer Erfahrungen! Worauf wollen wir anstoßen? Auf … unser zweimonatiges Jubiläum?« Haf streckt ihre Tasse aus, und Christopher lässt seine leicht dagegenklirren. »Allerdings habe ich eine unumstößliche Kondition, und daran, dass ich die großen Worte raushole, merkst du, wie ernst es mir ist.«

»Schieß los.«

»Gib mir eine richtig gute Backstory für unsere Trennung, ja? Denk dir eine fatale Inkompatibilität aus, damit du mich leicht aus deinem Leben entfernen kannst, aber lass mich bitte in einem guten Licht dastehen, okay? Sonst wird Laurel, die Riesin, womöglich bis an mein Lebensende Jagd auf mich machen. Den Eindruck macht sie auf mich. Sie ist ein Pferdefan, oder?«

»O ja, das ist sie.«

»Wusste ich's doch. Hast du noch Gefühle für sie?«, fragt Haf und streckt die Beine aus, sodass ihre Fersen am Rand des Couchtischs ruhen.

Christopher seufzt tief.

»Du musst mir nicht antworten«, sagt Haf, als ihr aufgeht, dass das wahrscheinlich ein zu rasanter Übergang für jemanden war, der nicht an ihre Art, von einem Thema zum nächsten zu springen, gewöhnt ist.

»Nein, ist schon gut. Ich glaube nicht, nein, aber … es gibt noch einiges, worüber ich mir klar werden muss. Nicht nur Beziehungskram. Echt wichtige Sachen. Lebensentscheidungen. Laurel kennt mich besser als jeder sonst, und sie ist wie ein Bluthund, wenn sie solches Zeug wittert. Wir kennen uns schon seit unserer Kindheit, zusammengekommen sind wir mit fünfzehn, und wir waren die gesamte Studienzeit hindurch ein Paar. Sie weiß immer, wenn mit mir etwas nicht stimmt. Hoffentlich hat sie dein Auftritt glauben lassen, dass ich die Trennung einfach noch verarbeiten muss.«

Haf trinkt einen Schluck Prosecco, und die Bläschen prickeln ihr in der Nase.

»Laurel ist auf eine Art beängstigend, die ich zutiefst bewundere.«

»Das hört sie sicher gern.«

»Was ist mit dem quadratischen Mann?«

»Dem quadratischen Mann?« Christopher krümmt sich vor Lachen.

»Tu nicht so, als würdest du es nicht sehen.«

Er wird wieder ernst. »Na ja, ich versuche, Mark gar nicht mehr zu sehen, wenn es sich vermeiden lässt.«

»Moment, wart ihr mal Freunde?«

Er lehnt sich zurück und stößt noch ein völlig ermattetes Seufzen aus. »Ja, wir waren zusammen an der Schule und an der Uni. Wir kennen uns schon fast so lange wie Laurel und ich.«

»O mein Gott, er ist doch nicht der Hähnchen-Sushi-Typ, oder?«

»Ich glaube nicht, dass Mark je irgendwas für sich selbst gekocht hat, also nein.«

»Hat er sie dir ausgespannt?«

»Herrje, du kommst direkt zur Sache, oder?«

»Eine Begleiterscheinung, wenn man mit der unverblümtesten Person der Welt zusammenwohnt.« Sie zuckt entschuldigend die Achseln. »Das färbt ab.«

»Mark hat sie mir nicht ausgespannt ... jedenfalls nicht direkt.« Er trinkt einen Schluck. »Zuerst solltest du wissen, dass wir als Teenager angefangen haben zu daten. Natürlich haben wir uns zueinander hingezogen gefühlt, und unsere Eltern waren begeistert. Aber in den letzten paar Jahren haben wir uns oft gestritten, hauptsächlich über belangloses Zeug. Meistens waren es Missverständnisse. In den zehn Jahren, die wir zusammen waren, haben wir uns sehr verändert, und ich glaube, die Erinnerung, wer wir früher waren, und die Erwartungen, was aus uns werden wird, lasteten zu schwer auf uns. Also haben wir Schluss gemacht, und kurz darauf ist sie mit Mark zusammengekommen. Aber dass er schon die ganze Zeit offensichtlich Interesse an ihr gezeigt hat, hat den Prozess wohl beschleunigt.«

»Du meinst, er war schon hinter ihr her, als ihr noch zusammen wart?«

»Ich glaube, ja.«

»Hinterlistiges Arschloch.«

»Kann man so sagen.«

»Ich wusste doch, dass ich ihn nicht leiden kann!«

»Du musst nicht meinetwegen wütend auf ihn sein.«

»Aber das bin ich. Außerdem bist du viel zu nett, wenn es um ihn geht. Das Universum braucht das Gegengewicht, dass ich ihn völlig zu Recht ein blödes Arschloch nenne, wenn du so höflich bist. Erscheint mir wie eine gute Neue-Freundin-Pflicht.«

»Auf neue Freunde«, sagt er und stößt erneut mit ihr an.

»Gott, meine Nase tut weh«, klagt Haf und reibt sie behutsam.

»Wir sind ganz schön heftig zusammengeprallt.« Er lacht.

»Meinst du, selbst schlechte Küsse zählen für Mistelzweige als erfüllte Pflicht? Ich mache mir Sorgen, dass wir es vermasselt haben.«

»Sagen wir einfach, das tut es. Und, äh, nur damit das klar ist …«

Seine plötzliche Unbehaglichkeit bringt Haf zum Kichern. »Keine Sorge, für mich war es auch nur ein alberner Mistelzweig-Kuss.«

»Okay, das beruhigt mich. Jetzt, da ich wieder etwas nüchterner bin, hab ich mir Sorgen gemacht, dass ich dir den falschen Eindruck vermittelt habe.«

»Der einzige Eindruck, den du mir vermittelt hast, ist, dass du bereit bist, bei meinen dummen Plänen mitzumachen, und das gefällt mir sehr.«

»Dann ist ja gut.«

Echt schade, dass er am anderen Ende des Landes wohnt, denkt sie. Dieser Abend war so seltsam, aber sie fühlt sich erstaunlich wohl mit ihm.

Sie wird ihn vermissen, wenn er nach Hause fährt.

Und was wartet danach auf sie? Noch ein paar an ihrer Lebensenergie zehrende Wochen bei der Arbeit und dann Weihnachten allein.

»Lass uns noch irgendwelchen Scheiß im Fernsehen gucken, in Ruhe austrinken und dich dann nach Hause in dein altes Leben bringen«, sagt sie, denn sie möchte diesen Moment so lange wie möglich festhalten.

Ein paar Stunden später wacht Haf auf der Couch auf, ihr Mund so trocken, als wäre er mit Sägespänen gefüllt.

Sie reibt sich den Schlaf aus den Augen und sieht Christopher direkt neben sich, ihre Beine über seinen Schoß drapiert. Offenbar sind sie eingeschlafen, bevor sie ein Taxi rufen konnten. Sein Kopf ist auf die Sofalehne zurückgesunken, und er schnarcht ganz, ganz leise. Genau wie ein Siebenschläfer.

Haf wälzt sich von ihm und der Couch herunter und nimmt die Überreste von letzter Nacht in die Küche mit. Auf dem Weg stellt sie den Wasserkocher an.

Draußen ist es dunkel, aber da es im tiefsten Winter nie richtig hell wird, hat sie keine Ahnung, wie spät es ist. In der Küche gibt es keine Uhr, und auf der Mikrowelle blinkt, schon seit sie eingezogen ist, 00:00. Ihr Handy hat sie leider auch nicht in den BH gesteckt. Anscheinend hat sie es irgendwo abgelegt, als sie gestern Abend nach Hause gekommen sind. Hoffentlich hat Christopher seinen Zug nicht verpasst.

Sie weiß nicht, wie er seinen Tee am liebsten mag, also macht sie zwei identische Tassen mit Milch und einer großzügigen Ladung Zucker, was sie vermutlich beide brauchen.

Als sie ins Wohnzimmer zurückkommt, ist Christopher wach. Und sehr, sehr blass. Er hält sein Telefon in der Hand und scrollt fieberhaft vor und zurück. Auf dem Display ist ein Chatfenster geöffnet, aber sie sieht bewusst nicht hin.

»Alles in Ordnung?«

Er antwortet nicht, aber leckt sich nervös die Lippen.

»Keine betrunkenen Nachrichten, die du jetzt bereust, hoffe ich«, witzelt sie im Versuch, die Stimmung aufzulockern, doch er wirkt todernst.

»Schön wär's.«

»Tee?«, fragt sie und stellt die Tasse auf dem Couchtisch vor ihm ab. »Ich wusste nicht, wie du ihn magst, also hab ich ihn genauso gemacht wie meinen.«

»Danke.« Er unterbricht sein panisches Scrollen, um sie anzulächeln.

»Was ist passiert? Bist du okay?«, fragt sie behutsam und setzt sich neben ihn.

»Äh, na ja. Es ist nichts Schlimmes passiert. Niemand ist krank. Oder tot.«

Allerdings sieht er aus, als wäre er es gern.

»Nur eine, ähm, schwierige Situation.«

»Erzähl.«

»Es ist peinlich.«

»Wir sind vollständig bekleidet zusammen auf dem Sofa eingeschlafen, nachdem ich in einer ganz schön peinlichen Situation so getan habe, als wäre ich deine Freundin. Schlimmer geht es wohl kaum, oder?« Sie rollt sich zusammen und schiebt ihre eisigen Füße unter seine Oberschenkel.

»Herrje«, stöhnt er, womit er sich ebenso auf ihre eisigen Füße wie auf das Problem, das ihn beschäftigt, beziehen könnte. »Also ... wie soll ich es erklären? Du erinnerst dich doch noch an Laurel?«

»Wie könnte ich sie je vergessen?«

»Na ja, anscheinend hat Laurel ein paar Leuten von uns erzählt.«

»Von dir und ihr?«

»Nein, von dir und mir.«

»Oh! Aber das ist doch nicht schlimm. Wir haben uns darauf geeinigt, dass du mich einfach hinter den Kulissen abservierst, oder?«
»Na ja ... Die Situation hat sich etwas zugespitzt.«
»Zugespitzt?«
»Ja.«
»Christopher, sprichst du eigentlich immer in Rätseln? Ich fühle mich, als unterhalte ich mich mit einem Zauberer auf einer Brücke.«
Er stößt ein trauriges Lachen aus, scrollt auf seinem Handy nach oben und reicht es ihr. Auf dem Display ist sein Familien-Gruppenchat namens »Die Calloways« zu sehen – und eine Nachricht, die ihm seine Mutter heute Morgen geschickt hat:

Mutter: Wir haben die wundervollen Neuigkeiten von Laurel gehört! Wir freuen uns so sehr für dich! Du musst sie nächste Woche unbedingt mitbringen. Ich werde vorher noch mal einkaufen gehen, damit wir genug zu essen haben. Gib mir Bescheid, wann sie zu Besuch kommt.
Christopher: Ihr ladet Laurel zum Essen ein?
Mutter: Nein, Christopher. Deine neue Freundin Haf. Laurel meinte, sie ist reizend – natürlich wirst du sie an Heiligabend auch zu den Howards mitnehmen. Ihr solltet beide ein paar Tage vorher kommen, damit wir sie kennenlernen können.

»Oh-oh«, sagt Haf. »Okay, das wird wohl ein bisschen schwieriger als gedacht.«
»Allerdings.«
»Kannst du nicht einfach einwilligen und mich dann morgen abservieren?«
»O Gott, das wäre noch erbärmlicher.«
»Interessieren sie sich wirklich so sehr für dein Liebesleben?«
Plötzlich hat Christopher einen sehr traurigen Ausdruck in den Augen. Keine Tränen, aber ... er sieht völlig erschöpft aus.

Als habe man ihn wegen dieser Sache schon mehrmals in die Mangel genommen.

»Laurel und ich haben uns vor knapp einem Jahr getrennt, und … alle dachten, dass wir heiraten. Wir waren schon seit der Highschool zusammen. Unsere Eltern kennen sich sehr gut, darum hatten sie im Stillen darauf gehofft, dass wir irgendwann zusammenkommen, aber es hat sich ganz natürlich ergeben, als wir Teenager waren. Und als wir uns dann nach zehn Jahren getrennt haben … Das war, als hätte ich meine gesamte Familie enttäuscht. Als würde die Tatsache, dass ich Laurel nicht glücklich gemacht habe, ein schlechtes Licht auf sie alle werfen.«

»Oh, Christopher.« Haf legt ihm mitfühlend die Hand auf den Arm. »Das ist nicht fair. Dafür bist du nicht verantwortlich.«

»Mag sein. Manchmal denke ich, sie machen sich Sorgen, dass ich keinen Erben zeugen werde.«

»Wie *Downton Abbey* von ihnen.«

»Da liegst du gar nicht mal so falsch. Sie haben all diese Pläne für mich, und ich scheine ihren Erwartungen nie gerecht zu werden, und das ist …«

»Ermüdend.«

Er murmelt zustimmend.

»Was wirst du jetzt machen?«

»Ich weiß es nicht. Wenn ich ihnen sage, dass das mit Laurel nur ein Missverständnis war, werden alle unsere Bekannten – und damit meine ich wirklich alle – denken, ich hätte Laurel nur eifersüchtig machen wollen, und mich für absolut erbärmlich halten.«

»Aber das ist doch auf meinem Mist gewachsen.«

»Sie werden nicht verstehen, dass du mir nur helfen wolltest. Ich konnte sie nur mit Mühe davon abhalten, mich mit jemand anderem zu verkuppeln. Und sie hatten es endlich aufgegeben, immer wieder nachzufragen. Das ständige *Geht es dir schon besser?* und *Bist du immer noch nicht über sie hinweg?* Alles ging wieder seinen gewohnten Gang, und … ich weiß nicht, wie ich damit fertigwerden soll, jetzt, wo auch noch … wo auch noch …«

Haf will ihm gerade sagen, dass alles gut werden wird, da klingelt ihr Handy, das zwischen den Sofapolstern steckt. Als sie es herauszieht, sieht sie, dass ihre Eltern anrufen.

»Sorry, lass mich sie nur schnell abwimmeln«, sagt sie und tätschelt ihm im Vorbeigehen den Kopf.

Sie drückt das Telefon an ihre Brust und huscht zurück in die Küche, wobei sie über die kalten Fliesen unter ihren nur mit einer dünnen Strumpfhose bekleideten Füßen flucht.

»Haf?«

Wieder einmal verflucht sie ihre ungeschickten Finger dafür, dass sie einen Videocall mit ihren Eltern angenommen haben, die in diesem Moment eine Nahaufnahme von ihrem Dekolleté zu sehen bekommen. Sie hält sich das Handy vors Gesicht und zuckt beim Anblick ihres verschmierten Lippenstifts, der dicken Augenringe und völlig zerzausten Haare vor Schreck zusammen.

»Dir auch einen guten Morgen, Schatz«, sagt ihre Mutter trocken.

»Sorry. Hi, Eltern.«

»Du hattest wohl einen schönen Abend gestern, was?«

»Kann man so sagen. Wie viel Uhr ist es?«

»Oh, ungefähr neun.«

»Und das ist eine normale Zeit, um mich anzurufen? Moment, ist jemand gestorben?«

»Niemand ist gestorben.«

»Okay, gut, das ist eine Erleichterung.«

Sie lehnt das Handy an den Toaster und schenkt sich ein Glas Orangensaft ein, in der Hoffnung, dass sie sich dadurch mehr wie ein Mensch fühlen – wenn auch nicht so aussehen – wird.

»Neun Uhr ist eine vollkommen normale Zeit, meine Tochter anzurufen«, erwidert ihre Mum ein bisschen eingeschnappt.

»Ich weiß nicht, von welcher Tochter du redest, aber ich bin es bestimmt nicht.« Natürlich ist Haf ein Einzelkind.

»Wir rufen an, um zu fragen, ob bei dir alles in Ordnung ist«, wirft ihr Vater ein, beschwichtigend wie immer.

»Mir geht's gut, Dad, wirklich«, beteuert Haf und durchsucht die Küchenschränke nach irgendetwas, was als Frühstück durchgeht. In der Brotpackung sind nur noch die Kanten übrig – ein echt erbärmlicher Anblick. Vielleicht hat Christopher ja Lust auf Frühstück von McDonald's.

»Könntest du zuhören, wenn wir mit dir reden?«, fragt ihre Mum.

»Ich versuche nur, wach zu werden. Ihr seid diejenigen, die mich mitten in der Nacht angerufen haben, ohne zu fragen, ob ich verkatert, angezogen oder auch nur bei Bewusstsein bin. Ich bin nur eins davon. Na ja, anderthalb.«

In diesem Moment rauscht Ambrose in deren seidenem Morgenmantel in die Küche. »Ich bin so verkatert, dass ich sterben könnte. Aber nicht wirklich, nur ... ein bisschen.«

»Warst du die ganze Zeit zu Hause?«, flüstert Haf.

»Ist das Ambrose?«, ruft Mum. »Hallo, Ambrose!«

Ambrose richtet sich auf, bewegt sich ins Blickfeld der Kamera und winkt Hafs Eltern zu. »Hallo, Mr. und Mrs. Hughes. Und nein, ich hab vor etwa einer Stunde ein Taxi nach Hause genommen. Ich hab keine Lust, Paco beim Arbeiten zuzusehen, wenn ich gemütlich im Bett liegen kann.«

»Oh, sieht Ambrose nicht bezaubernd aus? Dey ist immer so schick gekleidet«, hört Haf ihre Mum zu ihrem Dad sagen.

Ambrose wirft einen Blick auf Haf und schüttelt den Kopf. »Du musst dich abschminken, bevor du ins Bett gehst«, flüstert dey ihr zu und wischt ihr einen Fleck unbekannten Ursprungs von der Wange. »Also, wer ist der Mann, der auf unserer Couch einen Nervenzusammenbruch erleidet?«

»Christopher. Erinnerst du dich nicht an ihn? Ich habe dir gesagt, dass wir uns gestern kennengelernt haben.«

»Christopher ...?«, fragt Ambrose und reibt sich die Augen.

»Wer ist Christopher?«, ruft ihr Dad. »Bist du noch da, Liebes?«

»Oh! Dein *Freund*!«

»Du hast einen Freund?«, fragt ihre Mum.

»Er ist nicht wirklich mein Freund«, zischt Haf.

»Nicht wirklich? Wie meinst du das?« Ambrose mustert sie eindringlich.

»Er ist mein Fake-Freund«, formt Haf lautlos mit den Lippen.

»Dein Fake-Freund? Oh, macht man das neuerdings?«, erwidert Ambrose in normaler Lautstärke.

»Freund? Ohnmacht? Ist dein Freund in Ohnmacht gefallen?«, fragt ihre Mum.

»Niemand ist in Ohnmacht gefallen, Mum«, sagt Haf und verscheucht Ambrose aus der Küche. Dey geht direkt zu Christopher – hoffentlich ist dey nett zu ihm.

»Wenn jemand in Ohnmacht gefallen ist, solltet ihr seine Beine hochlegen und ihm ein Glas Wasser mit Salz holen«, fügt ihr Dad hinzu.

»Niemand ist in Ohnmacht gefallen!«

»Tut mir leid, Liebling, ich glaube, die Verbindung ist schlecht, wir konnten dich nicht verstehen. Ist dieser Christopher dein Freund? Das freut uns zu hören!«

Als sein Name durch den Lautsprecher dröhnt, sieht Christopher auf, und ihre Blicke begegnen sich durch die offene Tür.

In diesem Moment wird Haf klar, dass sie zwei Optionen hat. Entweder kann sie Weihnachten hier verbringen, allein mit ihren Gedanken, den *Gilmore Girls* und der Brandgefahr in Form von Kerzen. Ein einsames Weihnachtsfest, an dem sie sich auf Instagram ansehen kann, wie schön andere Leute die Feiertage verbringen, während sie versucht, Ambroses Pflanzen am Leben zu erhalten.

Oder sie könnte weiter die Fake-Freundin spielen. Sie könnte Weihnachten bei den Calloways feiern. Sie könnte Christopher helfen und nicht allein sein.

»Ja, er ist mein Freund. Tut mir leid, ich bin noch nicht dazu gekommen, euch von ihm zu erzählen.«

»Oh, wie schön!«

»Ja, und seine Mutter hat mich zu ihrer Weihnachtsfeier eingeladen«, sagt sie, ohne den Blick von Christopher abzuwenden. Erleichterung macht sich auf seinem Gesicht breit. Mit gesenkter

Stimme fügt sie hinzu: »Also müsst ihr euch keine Sorgen um mich machen.«

Ambrose macht das volle Spektrum von verwirrt, schockiert und wütend durch, wie es nur Menschen können, wenn sie kapieren, was für ein Chaos man gerade anrichtet.

»Was für eine Erleichterung! Wir haben uns ein bisschen Sorgen gemacht, als du neulich einfach aufgelegt hast.«

»Oh, ja, wir hatten nur noch keine festen Pläne mit seinen Eltern gemacht, darum wollte ich noch nichts sagen. Aber jetzt haben wir alles geklärt. Ich werde nächste Woche zu ihnen fahren und über die Feiertage bleiben.«

»Gute Idee, Liebes, solche Sachen sollte man nicht beschreien«, flüstert ihre Mum.

Ambrose stürzt zu Haf und zeigt ihr die Notizen-App, in die dey eine Nachricht an sie getippt hat: DARÜBER REDEN WIR NACHHER NOCH. Ohne deren drohenden Blick von ihr abzuwenden, dreht Ambrose sich um, schreitet die Treppe hinauf und ruft ihr noch ein ärgerliches »Bis später!« zu.

»Hör zu, Mum. Du musst dir keine Sorgen machen. Alles ist gut, aber ich muss los. Christopher verpasst sonst seinen Zug.«

»In Ordnung, Liebes, schönen Tag noch«, sagt sie. »Ganz liebe Grüße an Christopher!«

Haf legt auf, tappt ins Wohnzimmer zurück und lässt sich auf die Couch fallen. Diesmal rührt sich Christopher kaum, als sie ihre kalten Füße unter seine Oberschenkel schiebt.

»So, das wäre erledigt. Problem gelöst. Ich komme über Weihnachten zu dir, helfe dir, die Feiertage mit deiner Familie zu überstehen, und im Gegenzug gibst du mir etwas anderes zu tun, als den ganzen Tag Däumchen zu drehen.«

»Das musst du nicht tun, Haf.«

Aber das ist nur ein unsicheres Nein, hinter dem sich ein starker Wunsch verbirgt. In seinen blauen Augen leuchtet Hoffnung auf.

»Ich weiß. Aber du wirkst, als bräuchtest du ein bisschen Hilfe, und ich bin offiziell die einzige Person, die helfen kann. Also ist die Sache klar.«

»Meine Familie ist nicht einfach, Haf«, warnt er.

»Wessen Familie ist das schon? Du hast meine gehört. Wir beide können aufeinander aufpassen. Für wie lange fährst du nach Hause?«

»Normalerweise bleibe ich bis nach dem zweiten Weihnachtstag. Und ich fahre am einundzwanzigsten hin.«

»Okay, also ich könnte es genauso machen. Das sind, ähm, sechs Tage? Was sind schon sechs Tage? Nicht mal eine Woche. Das kriegen wir hin.«

»Haf, wir haben uns gerade erst kennengelernt. Bist du immer so schnell bereit, Wildfremden zu helfen?«

»Nur wenn sie so traurig aussehen wie du«, neckt sie ihn. »Aber im Ernst, ich hab nichts Besseres zu tun – meine Eltern fliegen für ein sonniges Weihnachtsfest nach Madeira, und ich bin nicht eingeladen. Ich hab es komplett vergessen, deshalb hab ich keine anderen Pläne gemacht. Ambrose fährt über die Feiertage zu deren Familie, und ich will mich nicht aufdrängen. Wenigstens hat deine Mum mich eingeladen, auch wenn sie denkt, dass ich ihre zukünftige Schwiegertochter bin. Ganz ehrlich, du tust mir einen Gefallen.«

»Da bin ich mir nicht so sicher«, erwidert er und starrt in seine Tasse, als suche er nach einem Teeblatt, aus dem er die Zukunft lesen kann. Leider wird er nichts finden, es sei denn, der Teebeutel ist gerissen.

»Lass mich dir helfen. Komm schon, wir haben Laurel ziemlich glaubhaft vorgespielt, dass wir zusammen sind. Was sind da schon ein paar Tage mehr?«

Christopher seufzt und wendet sich Haf zu. Er nimmt ihre Hand, und zum ersten Mal an diesem Morgen wirkt er zufrieden, fast glücklich.

»Okay«, sagt er.

Kapitel 4

Sieben Tage später trifft Haf wie abgemacht zur Mittagszeit in King's Cross ein. Weihnachtsmusik treibt durch die Luft, und alles ist in den sanften Schein der Lichterketten getaucht, die an Balkonen und Ladentüren aufgehängt sind. Das Dach der Station leuchtet weihnachtsmannrot, was an einen Horrorfilm erinnern könnte, aber es wirkt warm, gemütlich, festlich.

Im Bahnhof wimmelt es von Leuten, die zu ihren Zügen eilen oder auf ihren Handys herumscrollen, um sich die Wartezeit zu vertreiben, und dazu überteuerten Kaffee trinken, als wäre es der Nektar der Götter.

Einige Leute haben diese schicken kleinen Koffer, die aufrecht stehen und schwerelos neben ihnen hergleiten. Haf beobachtet sie fasziniert und sehr neidisch.

Vielleicht hätte sie sich auch etwas Neues kaufen oder sich zumindest Ambroses Ersatztrolli ausleihen sollen. Den riesigen, unhandlichen Rucksack auf ihrem Rücken hat sie gebraucht für einen Uniausflug erstanden und zum letzten Mal benutzt, als sie umgezogen ist. Er ist, um es milde auszudrücken, viel zu groß für einen sechstägigen Trip. Im Zug nach York hat sie schon ein paar Leute angerempelt, und jetzt ist sie in höchster Alarmbereitschaft, um bloß nicht irgendeine winzige Oma damit auszuknocken. Hoffentlich sind ihre Klamotten nicht völlig zerknittert.

Ganz oben befindet sich gut geschützt eine Geschenkbox mit den besten Köstlichkeiten von Bettys – mit Fat-Rascal-Scones, Tee und Keksen kann man nichts falsch machen. Christopher meinte, sie müsste sich keine Gedanken darüber machen, er würde sich um alles kümmern, aber sie hatte das Gefühl, dass sie wenigstens irgendwas mitbringen sollte.

Haf: Ich hab's geschafft
Haf: Ich bin in London
Christopher: Super! Wir sehen uns in einer Stunde, okay? An der St Pancras Station auf der anderen Straßenseite gibt es schöne Cafés und Läden, und die Toiletten sind kostenlos
Haf: Du sprichst meine Sprache, Iphy
Christopher: Hör auf, mich so zu nennen

Da er schon in der Stadt war, um noch ein paar Sachen zu erledigen, hat Christopher vorgeschlagen, sie abzuholen, sodass sie zusammen nach Oxlea fahren können. Für Haf war das eine große Erleichterung. Das Letzte, was sie wollte, war, allein dorthin reisen zu müssen. Da sie beide bis kurz vor Weihnachten arbeiten mussten, haben sie noch nicht alle Details ihrer Fake-Beziehung geklärt, aber auf der Fahrt müssten sie genug Zeit dafür haben. Wie schwierig kann das schon sein?

Es ist ein strahlend sonniger Tag mit klarem blauem Himmel. Während sie an der Kreuzung wartet, schreibt sie noch schnell an Ambrose, dass sie gut angekommen ist.

Als Antwort bekommt sie zwei Emojis: eine Erde und einen Asteroiden.

Ambrose ist in der klassischen »Ich bin nicht wütend, nur enttäuscht«-Phase der Missbilligung, seit dey herausgefunden hat, dass Haf sich aus dem erholsamen, vernünftigen, besinnlichen Weihnachtsfest allein zu Hause herausgewunden und sich stattdessen ins Privatleben eines völlig Fremden eingemischt hat. Haf hat ihr Möglichstes getan, es demm zu erklären, aber dey hat es so an sich, dass dey den Quatsch, den man demm erzählt, sofort durchschaut. Ambrose hat einen Röntgenblick dafür.

Sie haben darüber geredet, nachdem Christopher gegangen war, um seinen Zug noch zu erwischen, und Haf sich ins erste Stockwerk geschlichen, ihren Schlafanzug angezogen und sich zu Ambrose ins Bett gelegt hatte.

»Haf, wenn du denkst, das wäre völlig normales Verhalten,

dann machst du dir entweder erfolgreich was vor, oder du hast wirklich den Verstand verloren«, hatte Ambrose gesagt und sich die Schläfen gerieben, um die Verspannungskopfschmerzen abzuwehren, die dieses Gespräch mit Sicherheit auslösen würde.

»Ich glaube nicht, dass es normal ist, aber was hätte ich denn tun sollen? Er brauchte meine Hilfe. Ich konnte ihn nicht einfach seiner Familie überlassen.«

Ambrose hatte sie mit grimmigem Blick taxiert. »Genau das hättest du tun sollen, du Pflaume.«

»Du warst es doch, der mir gesagt hat, ich soll mein früheres Ich aktivieren und so richtig die Sau rauslassen. Ein paar impulsive Entscheidungen treffen.«

»Ich meinte, hab ein bisschen Spaß, gönn dir ein paar teure Süßigkeiten. Knutsch vielleicht mit einem Fremden rum. Ich wollte dich nicht dazu anstiften, dich mit besagtem Fremden anzufreunden und mit ihm eine aufwendige Lüge zu entwickeln, um euren Familien weiszumachen, dass ihr beide gut angepasste Erwachsene seid. O Gott, was habe ich getan? Das ist meine Schuld, oder?«

»So schlimm ist es auch wieder nicht.«

»Stehst du auf ihn? Ist es das, worum es hier geht? Die altbekannte Vom-Fake-Dating-zur-wahren-Liebe-Geschichte?«

»Nein, wir sind nur Freunde. Nichts Romantisches. Wir verstehen uns einfach, okay?«

»Dann ist es rein platonisches Fake-Dating? O Gott, irgendwie ist das noch schlimmer.«

Natürlich ist Haf da anderer Meinung. So ist es viel leichter. Und auch wenn Christopher ihr mehrmals gesagt hat, dass sie immer noch abspringen kann, hat sie ihm geschworen, dass sie das nicht tun wird. Weil sie das hinkriegen werden. Okay, vielleicht müssen sie hin und wieder einen kleinen Kuss austauschen und ein bisschen knuddeln, um die Scharade aufrechtzuerhalten, aber es ist ja nicht so, als müssten sie sich beim Weihnachtsessen nackt ausziehen und Kinder in die Welt setzen.

Zugegebenermaßen war Haf keine besonders gute Freundin gewesen. Sie hatte erst zwei volle Tage später nach Ambroses

Date mit Paco gefragt (das sehr gut gelaufen war, dey würde ihn im Januar wiedersehen), weil sie zu tief in ihrem eigenen Drama feststeckte. Während Ambrose ihre Anwesenheit größtenteils ignorierte, starrte dey immer wieder verträumt kichernd auf deren Handy, und bei dem Anblick wurde ihr Herz schwer – sie wollte nur mit demm darüber reden.

Ambrose zeigte ihr nicht absichtlich die kalte Schulter, das wusste sie. Deren Missbilligung ihres Plans, kombiniert mit dem starken Wunsch, dass Haf ihr Leben wieder in den Griff bekam, führte dazu, dass dey wirklich nicht wusste, was dey sagen sollte, und nicht helfen wollte, weil sie das womöglich als Unterstützung missverstehen könnte. Also sorgte dey stattdessen dafür, dass die Lebkuchendose immer voll war. Haf wusste, dass Ambrose das alles aus Liebe tat. Dey würde schon noch einlenken. Oder Haf würde in einen solchen Schlamassel geraten, dass selbst Ambrose sich nicht länger zurückhalten konnte.

Nach einem kurzen kostenlosen Toilettenbesuch schlendert Haf durch die wunderschön dekorierte Haupthalle der St Pancras Station mit ihren Shops und Lokalen. Mitten im Zentrum steht ein riesiger Weihnachtsbaum, mit demselben goldenen und roten Lametta geschmückt, mit dem auch die Galerie verziert ist. Leute strömen von dem Bahnsteig, an dem der Eurostar hält, und unter dem Baum finden Dutzende kleine Familientreffen statt. In den Schaufenstern locken Weihnachtsgeschenke – Schreibwaren, Pullis, bequeme Gummistiefel und Spielsachen aller Art warten nur darauf, gekauft und hübsch verpackt zu werden. Alles ist hell und laut und überwältigend, aber auf eine gute Art. Es ist eine weihnachtsspezifische Reizüberflutung. Zwar ist es nur ein Bahnhof, aber zum ersten Mal kommt Haf endlich in Weihnachtsstimmung.

In einem Eckchen unter der Galerie versteckt findet sie einen kleinen Buchladen. Sie ist keine große Leserin, und in letzter Zeit ist sie wegen ihres Jobs sowieso nicht oft zum Lesen gekommen, aber vielleicht ist es Zeit, sich eine Kleinigkeit zu gönnen. Es wäre schön, zur Abwechslung mal was anderes zu lesen als trockene wissenschaftliche Abhandlungen oder Tweets für die Charity.

Außerdem scheint Christopher der Typ Mensch zu sein, dem es gefällt, wenn alle still zusammensitzen und ein Buch lesen. Vielleicht sind die Calloways alle so. Sie hat keine Ahnung, was sie erwartet. Ein Buch könnte ein gutes Gesprächsthema sein oder zumindest ein Vorwand.

Als sie hereinkommt, nickt ihr der Verkäufer, der gerade den Becher mit Gratislesezeichen an der Kasse auffüllt, zur Begrüßung freundlich zu. Der Laden ist viel größer, als es von außen den Anschein hatte.

Auch hier läuft Weihnachtsmusik wie überall sonst, aber ein anderes Lied, das sie nach einem kurzen Moment als das Duett von Ariana Grande und Kelly Clarkson aus der »Mach Weihnachten queer«-Playlist erkennt, die Ambrose schon den ganzen Monat rauf und runter hört.

> **Haf:** Bin grad in einem Buchladen, in dem das Weihnachtslied von Kelly und Ari läuft. Vermisse dich x

Als Antwort schickt Ambrose ihr nur ein Cowboy-Emoji. Und nach ein paar Sekunden Stille:

> **Ambrose:** vermisse dich auch. ein bisschen.

Selbst mit der Einschränkung ist das schon deutlich besser als der Meteor.

> **Ambrose:** und ich hab womöglich gestern abend nach einem glas prosecco eine höhnische umfrage gepostet
> **Ambrose:** sorry x

Haf öffnet Twitter, ruft Ambroses Seite auf und bricht in Gelächter aus.

> @ambroseliw meine freundin fakedatet einen mann,
> den sie gerade erst kennengelernt hat an
> weihnachten. ist das die blödeste idee, die ihr je
> gehört habt?
> Ja: 99 %
> Nein: 1 %
> 301 votes

Das wird sie demm durchgehen lassen. Es ist nur eine Umfrage. Und sie hat sie zum Lachen gebracht.

Zugegebenermaßen kennt sie nur wenige der ausgestellten Bücher. Beim Herumschlendern entdeckt sie ein paar Klassiker, die Erinnerungen an Schulprüfungen und BBC-Serien wachrufen, aber von den Neuveröffentlichungen erregt nichts ihre Aufmerksamkeit. An der Wand hängt eine Liste von Bestsellern, und sie erspäht ein neues Buch von einer Autorin, deren ersten Roman sie vor Jahren in den Sommerferien gelesen hat.

Sie nimmt das Buch aus dem Regal, doch es rutscht aus ihren klammen Fingern und landet mit einem ohrenbetäubenden Knall auf dem Boden. Verdammte Hardcover. Sie murmelt eine Entschuldigung in Richtung des Verkäufers, der nur die Augenbrauen hochzieht und die Achseln zuckt, als wolle er sagen: nichts zu machen.

Natürlich ist es unter das Regal geschlittert, sodass Haf in die Hocke gehen muss, um es zu holen. Als sie sich wieder aufrichtet, wird ihr mit Schrecken klar, dass sie mit ihrem gigantischen Rucksack an dem Tisch hinter ihr hängen geblieben und viel zu schnell aufgestanden ist. Mit einem lauten Rums kracht der Tisch zurück auf den Boden, und der ganze Aufbau von Büchern fällt herunter.

Fuck.

Haf stellt das gerettete Hardcover zurück ins Regal, nimmt ihren Rucksack ab und lehnt ihn ganz vorsichtig an die Wand.

Wie durch ein Wunder steht der Tisch noch, aber um sie herum ist eine Bücherlawine niedergegangen. Auf Händen und Knien sammelt Haf sie auf. Die meisten sehen zum Glück unversehrt aus. Sie legt die Bücher in kleinen Stapeln zurück auf den Tisch, dann rappelt sie sich auf.

»Die hast du fallen lassen.«

Sie dachte immer, der Satz wäre ein reines Klischee, aber ihr Herz setzt tatsächlich einen Schlag aus, als sie zu der Frau vor ihr aufsieht. Zwei Bücher klemmen unter ihrem Arm, als wolle sie sie mit ihrem smaragdgrünen Wollmantel aufwärmen. In der anderen Hand hat sie einen schicken schwarzen Gehstock mit geschwungenem Griff wie ein Fragezeichen und einem goldenen Fuß.

»Und das da«, fügt sie hinzu und deutet mit ihrem Stock auf ein Buch zu ihren Füßen. Ihr intensives Beinahe-Lächeln könnte man auf den ersten Blick für unecht halten, aber es erreicht ihre bernsteinbraunen Augen.

»Danke«, krächzt Haf, nimmt ihr die beiden Bücher ab und hebt das letzte vom Boden auf. »Das ist eine Katastrophe, oder? Hoffentlich bekomme ich nicht lebenslang Hausverbot, weil ich die Ware beschädigt habe ... und vermutlich auch noch den Laden.«

Um etwas zu tun zu haben, schichtet Haf die Bücher zu gleich großen Stapeln.

»Oh, da wäre ich mir nicht so sicher. Wahrscheinlich tust du ihm einen Gefallen, wenn du ein paar von denen umnietest«, flüstert die Frau und nimmt ein Buch von einem dieser Autofreaks aus dem Fernsehen, das auf aggressive Art *Für Männer* ist. »Der Typ, der dieses Buch geschrieben hat, ist ein echtes Arschloch. Eine richtig schöne Delle kann es nur aufwerten. Oder vielleicht lassen sie es dann einstampfen, sodass es niemand lesen muss. Vermutlich hast du der Literaturwelt einen großen Dienst erwiesen.«

Ihre Stimme ist tief, kratzig, kaum mehr als ein Flüstern auf ihren kirschroten Lippen. Haf würde sich am liebsten darin einhüllen.

Es ist lange her, dass sie mit einer Frau geflirtet hat. Sie fühlt sich eingerostet, unbeholfen, nervös.

Als sie gerade erst wieder Single geworden war, hatten sich Ambrose und sie zu einem regelmäßigen queeren Treffen in einem nahe gelegenen Pub gewagt. Doch ihnen wurde schnell klar, dass keiner von ihnen Verpflichtungen oder organisierten Spaß mochte, so nett die Leute auch waren, also gingen sie nicht wieder hin. In York gibt es eine queere Bar, in der Haf nie war, und obwohl sie die meiste Zeit im Internet verbringt, erfüllen sie Dating-Apps mit einem ganz speziellen Grauen – wie vermarktet man sich, wenn man sich mindestens neunzig Prozent seines Lebens wie eine Muschel fühlt, die niemand sammeln wollte. Wenigstens ist ihre Twitter-Blase mit Leuten gefüllt, die genauso unbeholfen und weird sind wie sie. Auf einer Dating-App könnte man alle möglichen Leute kennenlernen. Normale, gut angepasste Leute. Beängstigend.

»Wohl wahr, schlimmer kann ich es kaum machen«, antwortet Haf und hofft, dass keine lange Pause entstanden ist, während sie versucht hat, sich zu erinnern, wie man flirtet.

»Ganz ehrlich, ich glaube, wir würden der Menschheit einen großen Gefallen tun, wenn wir dieses Buch einfach unter das Regal kicken. Was meinst du?« Die Augen der geheimnisvollen Fremden funkeln schelmisch.

»Ma'am, versuchen Sie etwa, mich dazu zu überreden, ein Verbrechen zu begehen?«

Ihr Lachen ist Musik in Hafs Ohren. »Nur ein kleines. Wirklich winzig.«

Haf sieht zu dem Kassierer, der völlig ungerührt wirkt. »Ich glaube, dieses eine Mal werde ich artig sein und das Chaos beseitigen, das ich mit meinem gigantischen Rucksack angerichtet habe.«

»Wow, das war keine Übertreibung. Gehst du auf eine Expedition?«, fragt die Fremde mit Blick auf Hafs Gepäck. »Zum Nordpol vielleicht?«

»So was in der Art.«

Zusammen schaffen sie es, den Aufbau zumindest grob wieder so herzurichten, wie er vorher war, indem sie das Pyramidenlayout der anderen Tische mit den größten Stapeln in der Mitte nachahmen. Haf kann nicht aufhören, aus dem Augenwinkel zu der

Frau hinüberzusehen. Sie ist sorgfältig, streicht die Bücher mit ihren feingliedrigen Fingern glatt und legt die schönsten nach oben. Ihre dunklen Haare fallen ihr übers Gesicht wie ein Wasserfall aus Zartbitterschokolade.

»Danke für deine Hilfe. Und ich verspreche, wenn ich je zur Kleinkriminellen werde, rufe ich dich an.«

Als Antwort zwinkert ihr die Frau zu. Sie *zwinkert* einfach. Ein ganz natürliches Zwinkern, ohne die Augen zuzukneifen. Haf schmilzt dahin.

Alle Luft weicht aus dem Raum, und mit einem Mal gibt es nur noch sie beide. Was sagt man zu jemandem, der einem zugezwinkert hat? Na ja, sie meinte, sie würde anrufen. Wäre das nicht der perfekte Moment, um nach ihrer Nummer zu fragen? Doch die Worte bleiben Haf in der Kehle stecken. Die Frau ist so schön, so souverän. Was könnte Haf ihr schon bieten außer einem gigantischen Rucksack und der ein oder anderen witzigen Bemerkung?

Die Fremde nimmt ein Buch aus dem Regal und liest den Klappentext, und Haf überkommt ein tiefes Verlustgefühl, als hätte sie die einzige Gelegenheit verpasst, weiter mit ihr zu reden. Wie würde es sich anfühlen, von ihr berührt zu werden? Wenn diese Frau sie betrachtet, sie streichelt, ihr ins Ohr flüstert. Wie würde es sich anfühlen, diese schmunzelnden Lippen zu küssen, sanft in ihre Unterlippe zu beißen?

Reiß dich zusammen, ermahnt sie sich innerlich und atmet tief durch.

Ein kleines Stück entfernt entdeckt sie noch eins der verlorenen Bücher und bückt sich, um es aufzuheben. Das Cover zieht sie an. Darauf ist eine Frau mit einer orangeroten Baskenmütze zu sehen, die in die Ferne blickt. Eine Hand ruht auf einer leeren Leinwand, die andere steckt in der Tasche ihres grauen Mantels. Sie hat etwas so Faszinierendes an sich, dass Haf den Blick nicht abwenden kann.

Carol von Patricia Highsmith. In dem ganzen Chaos muss es vom Nebentisch heruntergefallen sein, einem Display der »besten

LGBTQ+-Bücher«. Selbst hier findet sie nur wenig Bekanntes. An der Uni hat sie eine Zeit lang alles gelesen, was sie in die Finger bekommen konnte, für gewöhnlich abgegriffene Exemplare aus Secondhandläden, daher hat sie eine Menge Bildungslücken. Das ist eins der Dinge, die sie unbedingt nachholen will, seit ... nun, schon seit ein paar Jahren.

»Na, das ist mal ein richtiges Buch.«

Die Fremde hat sich ihr wieder zugewandt, und die beiden Frauen halten einen langen Moment Blickkontakt.

Unsicher, was sie tun soll, hält Haf das Buch hoch.

»Wie gut ist mein Geschmack?«

»Kommt drauf an«, antwortet die unfassbar attraktive Frau und sieht mit flatternden Wimpern zu ihr auf.

Haf schluckt schwer. Heilige Scheiße.

Die Fremde hängt den Gehstock an ihren Unterarm und nimmt Haf das Buch ab.

»Hast du das schon gelesen?« Sie wendet das Buch in der Hand und lächelt es an wie einen alten Freund.

»Nein. Ach, Moment, gibt es davon nicht auch einen Film? Ich könnte schwören, dass mir alle gesagt haben, den soll ich mir unbedingt ansehen.«

»Du musst das Buch lesen.« Sie tippt mit ihren rot lackierten Fingernägeln auf das Cover.

»Ach ja?«

»Ja. Es ist eine Romanze, aber es ist wie ein Thriller geschrieben. Zwar gibt es ein bisschen Homophobie, einen beschissenen Ehemann ... das Übliche eben. Aber auch ein Happy End für die Lesben, wahrscheinlich das erste überhaupt in der Literatur, was echt schön ist.«

Haf nimmt das Buch wieder in ihre schwitzigen Hände und klammert sich daran fest, als würde ihr Leben davon abhängen.

»Oh«, sagt sie, und auf einmal bekommt sie keine Luft mehr. »Das ist mal was Neues.«

Mit diesem Teil hatte sie immer Probleme – sie weiß nicht, wie sie anderen Frauen klarmachen soll, dass sie queer ist. Die meiste

Zeit fühlt sie sich wie ein Alien, das vorgibt, ein Mensch zu sein, und das hier kommt ihr vor wie eine Unterhaltung auf Expertenniveau, womit sie schon immer Schwierigkeiten hatte. Wenn es doch nur ein eindeutiges Signal gäbe oder alle noch Polari sprechen würden. Es wäre echt hilfreich, wenn sie einen Regenbogen-Anstecker an ihrem Rucksack hätte, obwohl darauf zu zeigen wahrscheinlich genauso unbehaglich wäre wie das, was sie jetzt versucht.

»Spielt es zur Weihnachtszeit?«

»Teilweise, ja. So lernen sich die beiden Frauen kennen. In einem Laden.«

Haf leckt sich über die Unterlippe und beißt sich dann darauf.

»Der Film ist auch echt gut und lohnt sich schon allein wegen Cate Blanchetts Outfits. Und dann gibt es noch diese Szene, in der sie auf dem Boden sitzt und so elegant aufsteht, ohne sich mit den Händen abzustützen ... Du wirst verstehen, was ich meine, wenn du es siehst. Es ist fast erotisch.«

Haf fühlt sich, als würde sie jeden Moment in Ohnmacht fallen. Anscheinend ist die Botschaft angekommen. Sie kann nicht glauben, dass sie sich tatsächlich verständlich gemacht hat.

»Erinnere dich, wie man flirtet! Erinnere dich, wie man flirtet, du wandelndes Desaster!«, schreit Ambroses Stimme in ihrem Kopf. »Frag sie, ob sie den Film mit dir gucken will! Besorg dir ihre Nummer!«

Ich kann das, versucht sie sich in Gedanken gut zuzureden.

Sie beschwört Party-Haf herauf – die selbstbewusste Draufgängerversion ihrer selbst, die mit Christopher geflirtet hat, die Haf, die weiß, dass sie sexy und brillant ist. Diese Haf existiert nicht vollständig getrennt von ihr, sie ist nur die Version von ihr mit der großen Persönlichkeit. Sie hat all ihren Mut dort aufbewahrt.

»Vielleicht ...«

Doch bevor sie den Satz beenden kann, geht die Frau an ihr Handy. »Hallo? Oh, ja, hi. Alles okay?«

Und eilt aus dem Buchladen.

Fuck.

Haf bleibt mit *Carol* in der Hand stehen und wartet, doch sie kommt nicht zurück. Sie ist einfach ... weg.

Haf hat ihre Chance verpasst.

»Alles in Ordnung bei Ihnen?« Der Verkäufer erscheint an ihrer Seite, die Hände tief in den Taschen seiner Strickjacke vergraben.

»Nein, ganz und gar nicht«, murmelt sie, ohne den Blick von der Tür abzuwenden.

»Verzeihung?«

»Oh! Nein, mir geht's gut, meistens jedenfalls, ha ha«, sagt sie zu laut. »Ähm, kann ich das kaufen?«

Er wirft ihr einen wissenden, mitfühlenden Blick zu und nimmt ihr das Buch ab, das sie mit ihrem Klammergriff leicht verbogen hat. Wortlos folgt sie ihm zur Kasse und schleift ihren Rucksack hinter sich her.

»Ich erlebe nicht oft ein echtes Meet-Cute hier drin.«

Haf erwacht aus ihrer Schockstarre, ein bisschen verlegen, dass er ihr Scheitern mitangesehen hat. »Ich hätte gedacht, in Bahnhöfen erlebt man so was ständig.«

»Seltener, als man annehmen könnte. Für gewöhnlich sehe ich nur Geschäftsleute, die nach etwas zu lesen für die Reise suchen, oder Eltern mit ihren Kindern. Zwei junge Leute, die sich über ein queeres Buch hinweg schöne Augen machen? Absolut perfekt.« Er lacht in sich hinein. »Das ist doch mal eine erste Begegnung, wie sie sich so viele erträumen, eine queere Liebesgeschichte, wie wir sie alle verdienen.«

Haf bezahlt per iPhone. »Freuen Sie sich nicht zu sehr. Ich hab nicht nach ihrer Nummer gefragt. Nicht mal nach ihrem Namen.«

Sein Mund bleibt offen stehen. »Das ist nicht Ihr Ernst, oder? Haben Sie wenigstens ihren Insta-Account? Twitter? TikTok? Irgendwas?«

Haf schüttelt den Kopf.

Er macht ein tadelndes Geräusch und seufzt. »Ach je.«

»Ich war ... total neben der Spur«, stöhnt sie.

»Das gibt's doch nicht. Sie sah aus, als wäre sie Ihnen schon völlig verfallen«, sagt er und gibt etwas in die Kasse ein. »Vielleicht kommt sie zurück.«

Sie sehen beide hoffnungsvoll zur Tür, aber die Unbekannte erscheint nicht wieder.

Seufzend reicht er ihr das Buch, in eine Papiertüte eingewickelt, mit einem Gratislesezeichen zwischen den Seiten.

»Das ist uns allen schon mal passiert. Ich hab Ihnen übrigens zehn Prozent Rabatt gegeben.«

»Oh, ich bin keine Studentin.«

»Ich weiß, aber Sie haben mir fünf Minuten Unterhaltung und eine schöne Anekdote fürs ganze Leben geschenkt.«

»Freut mich, dass ich helfen konnte. Sie können sie *Die Geschichte des bisexuellen Desasters* nennen.«

Haf macht ihren Rucksack auf und legt das Buch vorsichtig auf die Schachtel von Bettys, die wie durch ein Wunder unversehrt geblieben ist. Sobald sie es sicher verstaut hat, setzt sie den Rucksack wieder auf.

»Wollen Sie Ihre Nummer dalassen? Falls sie doch noch zurückkommt?«, fragt er mit großen Augen, das Kinn auf die Hände gestützt.

»Denken Sie, das sollte ich?«

»Ja. Auf jeden Fall. Ich meine, wahrscheinlich verstößt das gegen irgendeine Datenschutzregel, aber ich tue es für die Liebe.«

Haf kaut unentschlossen auf ihrer Unterlippe. Das könnte sie, aber was, wenn sie nichts gemeinsam haben? Was, wenn die fremde Frau gar nicht erst zurückkommt? Ihre Nummer könnte bis in alle Ewigkeit auf der Rückseite einer Quittung in der Tasche des Verkäufers ihr Dasein fristen, zurückgelassen und unbegehrt.

»Oder«, sagt er langsam und zieht die Augenbrauen hoch, »haben Sie Handschuhe? Sie könnten auch einen Handschuh dalassen.«

»Warum sollte ich einen Handschuh dalassen?«

»Wenn Sie das Buch lesen, werden Sie es verstehen.«

Leider hat sie keine Handschuhe, aber sie könnte auch ihre E-Mail-Adresse dalassen. Vielleicht auch ihren Twitter- oder Insta-Account.

Ihr Handy vibriert. Eine Nachricht von Christopher, der ihr mitteilt, dass er unterwegs ist und sie sich in zwanzig Minuten beim französischen Café in der Nähe des Weihnachtsbaums treffen.

»Nein, ist schon okay. Es sollte wohl einfach nicht sein.«

Mit ihrem Fake-Freund ist ihr Leben momentan schon kompliziert genug.

Der Verkäufer wirkt enttäuscht. »Na gut. Fröhliche Weihnachten. Viel Spaß mit dem Buch.«

»Ihnen auch. Danke für alles«, sagt sie und meint damit sowohl das Buch als auch die Solidarität. Sie winkt ihm zum Abschied zu und schlurft aus dem Laden zu dem Café, an dem riesigen Weihnachtsbaum und einer weiteren Flut mehrsprachiger Wiedersehen beim Eurostar vorbei.

Haf schleppt ihren Rucksack durch das überfüllte Café zu einem Tisch ganz hinten in der Ecke, zu dem sie der Kellner führt. Kurz scheint das Universum auf ihrer Seite zu sein, denn sie rempelt niemanden an.

Sie bestellt einen Kaffee, holt das Buch aus dem Rucksack und packt es aus. Die Wartezeit erscheint ihr wie eine gute Gelegenheit, etwas Neues zu lesen. Doch sie kann sich nicht konzentrieren, weil sie zu sehr mit der Reihe von Fehlschlägen beschäftigt ist, die dieses Buch in ihren Besitz gebracht haben. Schließlich legt sie es auf den Tisch und scrollt stattdessen auf Twitter herum.

> @thehafofit Hatte ein Meet-Cute im Bahnhof und hab's komplett vermasselt. Buhu.

Der Post bringt ihr ein paar tröstende Kommentare und sogar einen Mitleids-Like von Ambrose ein.

Eine Weile verliert sie sich in irgendwelchem Drama zweitklassiger Celebritys, von denen sie keinen einzigen kennt, und Christopher erscheint, als sie gerade ihre erste Tasse Kaffee ausgetrunken hat.

»Hallo!«, sagt er viel zu fröhlich.

»Hi«, antwortet sie im selben Ton.

Sie umarmen sich unbeholfen und versuchen, in ihrem Bemühen, den enormen Größenunterschied auszugleichen, keine benachbarten Tische umzuwerfen.

»Wie geht's dir?«, erkundigt er sich.

Soll sie es ihm sagen? Es könnte helfen zu erklären, warum sie die nächste Stunde noch unsicherer sein wird als sonst, zumindest bis sie sich von der Aufregung erholt hat.

Doch bevor sie antworten kann, fährt er fort: »Wollen wir hier was essen, bevor wir gehen? Meine Eltern erwarten uns erst zum Abendessen, also müssen wir uns nicht beeilen.«

»Ja!«, ruft sie ein bisschen zu eifrig. Essen ist eine gute Ablenkung. »Ich bin schon am Verhungern.«

Sie essen pochierte Eier mit zerlaufenem Eigelb, Champignons und weiches Brot und trinken dazu noch mehr Kaffee in winzigen Schälchen.

Der Small Talk ist erstaunlich angenehm, sie jammern beide über die anstrengende Woche, die sie hinter sich haben, und fühlen sich schon bald wieder genauso wohl miteinander wie auf Sallys Party. Es lag nicht nur am Alkohol, dass sie sich so gut verstanden haben, stellt Haf erleichtert fest. Das Gespräch fließt mühelos, sie freut sich aufrichtig, ihn zu sehen, und wie es aussieht, beruht das Gefühl auf Gegenseitigkeit.

Du solltest dich auf Christopher konzentrieren, sagt sie sich. *Ja, dein Ego ist verletzt. Ja, dir ist etwas entgangen, das sich sehr real und sehr gut angefühlt hat, aber dieser Mann ist seit Ambrose die erste Person, zu der du sofort eine tiefe Verbindung gespürt hast. Zeit, den Kopf freizubekommen und sich auf das wirklich Wichtige zu konzentrieren.*

Christopher besteht darauf zu bezahlen, was eine Erleichterung ist. Der Zug hierher und der dringend benötigte Kaffee in der letzten Arbeitswoche haben viel Geld gekostet, und Haf wird erst Ende des Monats bezahlt. Was echt gemein ist.

»Wollen wir gehen?«, fragt er und nimmt ihr netterweise den riesigen Rucksack ab. An ihm wirkt er normal groß. »Wir müssen die Tube nach Paddington nehmen und von dort mit dem Zug weiterfahren. Hoffentlich sind die Bahnen nicht so voll.«

Auf dem Weg zu ihrem Gleis blickt sie immer wieder zu dem Buchladen zurück und sieht sich die Gesichter aller Passanten an. Keine Spur von der mysteriösen Fremden.

»So bereit, wie ich nur sein kann.«

Kapitel 5

Unbeschadet kommen Haf und Christopher an der Paddington Station an. Weitestgehend. Haf ist sich sicher, dass sie beim Aussteigen beinahe in der Tür der Tube stecken geblieben ist, obwohl Christopher behauptet, dass sie nicht wirklich in Gefahr war. Die Paddington Station ist ganz anders als King's Cross: ein tiefer, höhlenartiger Tunnel, von dem sich alle Gleise in die Ferne schlängeln.

Als Christopher auf der Anzeigetafel die Abfahrtszeit ihres Zuges nachsieht, wird Haf zu ihrer Bestürzung klar, dass sie keine Ahnung hat, wo Oxlea überhaupt liegt, geschweige denn, welchen Zug sie nehmen müssen. Ambrose wäre erschüttert. Zu wissen, wohin man will, wenn man mit einem Fremden unterwegs ist, ist wohl das absolute Minimum.

Immer, wenn Haf einen Moment Ruhe hat, schweifen ihre Gedanken zu der Begegnung im Buchladen zurück. Das Exemplar von *Carol* in ihrem Rucksack fühlt sich an wie ein Leuchtfeuer.

Bis ihr Zug kommt, dauert es noch eine Weile, und Haf schlägt vor, sich die Zeit damit zu vertreiben, ein paar Pärchenfotos zu machen und sie zum Beweis, dass sie wirklich daten, auf Social Media zu posten. Ein Passant macht ein Bild von ihnen vor dem riesigen Weihnachtsbaum, und Christopher fotografiert Haf dabei, wie sie ein paar Münzen in die Spendendose der Carol Singers wirft, die in ihren roten Samtoutfits an sämtliche Familienmitglieder in der Verfilmung von *Betty und ihre Schwestern* aus den Neunzigern erinnern.

Sie besteht darauf, dass sie ein Foto vor dem Paddington-Bear-Laden machen und eins von ihnen zusammen neben der Paddington-Statue auf dem Bahnsteig, an dem ihr Zug bereitsteht.

»Hast du nur eine Schwäche für Paddington? Oder für alle fiktiven Bären?«, fragt Christopher und wuchtet ihr Gepäck in den Zug.

»O mein Gott, hast du *Paddington 2* nicht gesehen, den tollsten Film der Welt? Paddington gegen die Gefängnisindustrie? Paddington ist radikal!« Hafs Stimme wird ein bisschen schrill, weil sie tatsächlich eine Schwäche für Paddington hat.

»Nein, habe ich nicht.«

»Dann werden wir ihn auf der Fahrt gucken. Ich hab ihn für Notfälle auf mein Tablet geladen.«

»Ich wusste nicht, dass es in deinem Leben so viele bärenbasierte Notfälle gibt.«

»In deinem Leben gibt es wohl nicht viele queere Leute, was?«, lacht sie.

Er wird knallrot. »Doch, gibt es«, sagt er schmollend.

Im Zug wimmelt es bereits von Leuten, die über Weihnachten nach Hause fahren. Haf und Christopher haben Plätze im Ruhewagen, und überall um sie herum sitzen Leute, die ihre Laptops auf den winzigen Tischen balancieren, um vor den Feiertagen noch schnell mit der Arbeit fertig zu werden. Normalerweise wäre Haf dankbar dafür. In einem normalen Zugwaggon herrscht ein solcher Lärm – Anrufe, lautes Schnäuzen, Leute, die Chips futtern, um nur ein paar der grässlichen Geräusche zu nennen, die ihr durch und durch gehen. Doch ein Waggon, in dem man leise sein muss, ist nicht der ideale Ort, um ihre Pläne zu besprechen.

Haf nimmt ein paar Sachen aus ihrem Rucksack, dann setzt sie sich auf den Platz am Fenster, während Christopher ihr Gepäck auf der Ablage über ihnen verstaut. Die Klimaanlage läuft wegen der vielen Menschen im Zug auf Hochtouren, deshalb benutzt sie ihren Mantel als Decke.

Christopher setzt sich neben sie und streckt seine langen Beine aus, muss sie jedoch wieder anziehen, als noch mehr Leute einsteigen.

»Hier«, sagt sie und reicht ihm sein Handy. »Ich hab das Foto von uns vor dem Baum zu deinem Hintergrundbild gemacht und bei mir das Foto von uns mit Paddington. Hast du einen Insta-Account?«

»Wann hast du mein Handy genommen? Hast du mich bestohlen?«

»Ja, vor ungefähr dreißig Sekunden, als du unser Gepäck verstaut hast.«

»Du machst mir Angst«, sagt er und mustert sie genau.

»Ich arbeite mit Social Media, Christopher. Ich bin effizient.«

»Ich hab nicht viel auf meinem Insta-Account«, gesteht er.

»Hab ich gesehen.«

»Warum fragst du, wenn du es sowieso schon weißt? Und warum hast du das Foto nicht einfach für mich gepostet?«

Haf zuckt die Achseln. »Ich wollte dich erst um Erlaubnis bitten.«

»Nachdem du mir mein Handy geklaut hast?«

Sie nimmt ihm das Handy wieder weg und zeigt ihm den Beitragsentwurf, den sie gemacht hat. Ein quadratischer Ausschnitt des Fotos vor dem Weihnachtsbaum, und sie hat die Farben noch ein bisschen aufgehellt. Es ist ein schönes Bild, und mit seinem Arm um ihre Taille und dem Lächeln, das sie ihm zuwirft, sehen sie aus wie ein echtes Paar. Die Bildunterschrift lautet: Going home for Christmas.

»Heilige Scheiße, du bist echt schnell.«

»Die schnellsten Finger im Wilden Westen. Oder Osten. Obwohl wir jetzt im Süden sind ...«

»Du hast nicht viel geschrieben.«

»Du kommst mir nicht wie jemand vor, der lange Bildunterschriften mit einem Haufen Hashtags verfasst.«

Haf wirft einen Blick über seine Schulter, während er ein paar Änderungen vornimmt, und sieht, dass er *mit dem tollsten Mädchen der Welt* hinzugefügt hat, gefolgt von einem Schneeflocken-Emoji.

»Dem tollsten Mädchen der Welt? Mir kommen gleich die Tränen. Aber hast du mich soeben als special little Snowflake bezeichnet?«

»Das ist doch nur ein Weihnachts-Emoji ... Und ich hab nie verstanden, warum man das als Schimpfwort benutzt. Aber okay, ich ändere es zur Sicherheit.«

Er macht stattdessen einen Weihnachtsbaum, passend zum Foto.

»Hat dich noch nie jemand als Snowflake bezeichnet?«

»Nicht dass ich wüsste.«

»Du bist ja noch jung«, sagt sie und tätschelt ihm die Hand.

Während der Zugführer die zugestiegenen Fahrgäste begrüßt, kommt noch jemand herein, schiebt sich an Christophers Beinen vorbei und setzt sich an den Tisch auf der anderen Seite des Gangs. Mit dem ärgerlichen Schnaufen eines Mannes, der die Schnauze voll hat, nimmt er Mantel und Hut ab, klappt seinen Laptop auf und beginnt fieberhaft zu tippen. Sein gestresstes, wütendes Auftreten steht in krassem Gegensatz zu seinem festlichen Pulli mit einem Schal, in dem man Sachen verstauen kann – in seinem steckt eine Wasserflasche. Haf macht eine mentale Notiz, so einen nach Weihnachten auf eBay aufzutreiben.

Ihren eigenen Instagram-Feed hat sie schon seit ein paar Monaten nicht mehr aktualisiert. Die letzten Fotos sind alles Variationen roter Herbstblätter vor verschiedenen Sehenswürdigkeiten in York – das York Minster, ein Selfie auf den York City Walls, der Fluss, Bettys Halloween-Schaufenster. Sie postet auch das Paddington-Foto mit der Bildunterschrift: Weihnachten mit dem tollsten Mann der Welt ... Paddington Bear.

»Hey«, lacht er. »Du weißt aber schon, dass du die Farce nicht auf deinem eigenen Profil aufrechterhalten musst.«

»Doch, natürlich. Meine Eltern denken, du wärst mein neuer Freund, was mir recht ist, denn dadurch werden sie zumindest zwischenzeitlich vergessen, dass ich ein totales Wrack bin. Und deine Familie wird mich doch bestimmt auch auf Social Media stalken. Wenn man vom Teufel spricht ...«, sagt sie, als ein neuer Kommentar von ihrer Mutter unter dem Foto erscheint: Ganz viel Spaß euch beiden, er ist sehr attraktiv!!!! Und süßer Bär.

»Ich glaube, du hast einen Fan«, sagt sie. »Oh, und ich hab

meinen Twitter-Account nur zur Sicherheit privat gestellt. Niemand muss sehen, wo ich hingehe, um in die Leere zu schreien.«

Der Mann auf der anderen Seite des Gangs hustet demonstrativ, als der Zug losfährt, also senkt Haf die Stimme und hofft, dass es reicht, um niemanden mehr zu stören.

»Bevor ich dir eins der größten filmischen Meisterwerke unserer Zeit zeige, müssen wir noch ein paar Sachen besprechen. Unsere Beziehung, unsere Geschichte, wie wir das Ganze in die Praxis umsetzen. Was wir den Leuten erzählen, wenn wir ankommen. Apropos, wohin genau fahren wir eigentlich? Ich weiß, dass Oxlea unser Ziel ist, aber ...«

»Du hast keine Ahnung, wo das ist, oder?« Er versucht, ein Lächeln zu unterdrücken, und in seinem Mundwinkel bildet sich eine kleine Falte.

»Im Süden natürlich.« Sie kann nicht erklären, warum sie nicht einfach nachgeguckt hat, aber da Christopher die Reiseplanung übernommen hat, war ihr Hirn wohl der Ansicht, es könnte von der Liste wichtiger Dinge, die noch zu erledigen waren, gestrichen werden.

»Natürlich. Aber geht es auch ein bisschen konkreter? Weißt du, in welchem County es liegt?«

»Oh, klar. Nein, ich hab absolut keine Ahnung. Aber es ist ja nicht so, als wüsstest du, woher ich komme«, entgegnet sie und öffnet den Deckel ihres KeepCup-Bechers, um den Dampf herauszulassen.

Christopher legt eine Serviette auf den Klapptisch am Sitz vor ihm. »Du kommst aus Aberelwy in Nordwales, direkt am Meer«, erwidert er selbstzufrieden, womit er leider hundertprozentig recht hat.

»Woher wusstest du das?«

»Als wir an dem Abend, an dem wir uns kennengelernt haben, *Gilmore Girls* geguckt haben, meintest du, die Stadtratssitzung erinnere dich an zu Hause.«

»Bild dir bloß nicht zu viel darauf ein«, knurrt sie.

»O doch, das werde ich.« Er holt zwei Chocolate-Chip-Cookies aus einer Papiertüte und legt sie auf die Serviette. »Vergeben und vergessen?«

»Vielleicht«, erwidert sie, bricht sich aber ein Stück davon ab. »Also, wohin fahren wir?«

»In die Cotswolds.«

»Moment, da gibt es doch so viele Chocolate-Box-Cottages, oder?« Ihre Stimme wird ein bisschen zu laut, und der gestresst wirkende Mann auf der anderen Seite des Ganges wirft ihr einen warnenden Blick zu.

»Sorry«, formt sie mit den Lippen und senkt die Stimme wieder zu einem Flüstern. »Okay. Also, wir sind seit ein paar Monaten zusammen – das haben wir Laurel gesagt. Wie haben wir uns kennengelernt?«

»Ich glaube, Laurel hatte den Eindruck, wir hätten uns über Sally kennengelernt.«

»Okay, ich weiß nur, dass ich uneingeladen auf ihrer Party aufgekreuzt bin, aber erzähl mir eure Vorgeschichte.«

»Wir sind auf dieselbe Schule gegangen, aber Sally war im Jahrgang meiner Schwester, ist also ein bisschen älter als Laurel und ich. Sie ist nett, die Art Mensch, die es gernhat, wenn all ihre Freunde auch untereinander befreundet sind.«

»Okay, dann lass uns bei der Wahrheit bleiben, dass Ambrose mich zu einer Party mitgebracht hat und wir uns dort kennengelernt haben, nur ein paar Monate früher.«

Christopher überlegt einen Moment. »Sagen wir im August, da war ich tatsächlich beruflich in Yorkshire.«

»Wow, sieh an, wir sind schon seit vier Monaten zusammen! Nicht schlecht! Sagen wir, kurz darauf hatten wir unser erstes Date und sind eine Fernbeziehung eingegangen. Viel FaceTime und der ganze Kram. Moderne Liebe. Und auf dieser Party haben wir uns endlich wiedergesehen – dann müssen wir nicht so tun, als hätten wir uns die ganze Zeit heimlich getroffen. Und es erklärt auch den Mangel an Fotos.«

»Okay, das ergibt Sinn«, sagt er langsam, während er sich das Ganze noch mal durch den Kopf gehen lässt.

»Es ist leichter, wenn die Geschichte ein Körnchen Wahrheit enthält. So ist sie viel überzeugender, weil man auf Sachen zurückgreifen kann, die wirklich passiert sind«, erklärt sie. »Man lügt nicht seine ganze Familie an, sondern schmückt die Wahrheit nur ein bisschen aus. Ach ja, wo wir gerade dabei sind, gib mir die Besetzungsliste. Die Namen aller wichtigen Familienmitglieder, was ihnen gefällt und wen ich beeindrucken soll.« Sie hält einen Moment inne. »Bestimmt deine Mum, oder? Du kommst mir wie ein Mamakind vor.«

»Bin ich nicht«, erwidert er empört, bricht ein Stück von dem Cookie ab und steckt es sich in den Mund. Nach einem Moment sagt er: »Mutter …«

»Mutter?!«, unterbricht ihn Haf schnaubend. Wieder ertönt ein demonstratives Husten, diesmal von der Reihe hinter ihnen.

»Ja, Mutter«, sagt er und verdreht die Augen. »Ihr Name ist Esther. Sie … Na ja, sie ist … ein bisschen eigen. Sie war Hausfrau, solange wir klein waren, aber hat so ziemlich jedes Komitee im County geleitet.«

»Und dein Dad? Dads lieben mich.«

»Mein Dad, Otto, ist ein *echter Kerl*. Er hat vor langer Zeit sein eigenes Geschäft gegründet – so eine Art Airbnb für reiche Leute und ihre vielen Häuser –, und es läuft wohl ziemlich gut. Nebenbei macht er noch andere Sachen. Er ist sehr innovativ, das muss ich ihm lassen. Ihm liegt sehr viel an meinem beruflichen Erfolg, und ich … äh … bin mir ziemlich sicher, dass ich sein Geschäft irgendwann übernehmen soll.«

»Aber das willst du nicht?« Er wird blass, deshalb beschließt sie, das Thema lieber erst mal fallen zu lassen. »Trinkt er gern Whisky?«

Christopher nickt.

»Super. Ich hatte eine Cool-Girl-Phase im Studium, in der ich viel Whisky getrunken hab, was, wie sich herausgestellt hat, sehr nützlich ist, wenn man sich mit Dads unterhält.«

Bei Freddies Dad hat das hervorragend funktioniert, denn letzten Endes mochte er Haf lieber als Freddie selbst. Immer, wenn

Freddie von seinen Eltern zurückkam, brachte er eine Flasche Whisky mit, die sein Dad ihm für sie mitgegeben hatte.

»Okay, Otto und Esther Calloway. Echt süß. Hast du Geschwister?«

»Nur Kit.«

Hafs Handy vibriert. Ambrose hat ihr ein Zug-Emoji geschickt, gefolgt von einem Fragezeichen. Sie schickt demm einen Daumen hoch, ein rosa Herz und eine Sonnenblume, Ambroses Lieblingsemojis. Zwei blaue Häkchen erscheinen, aber sonst nichts.

»Alles in Ordnung?«

Haf seufzt tief. »Ambrose denkt nur, das wäre eine schlechte Idee.«

»Da hat Ambrose nicht ganz unrecht.«

Sie tauschen ein warmes Lächeln aus.

»Wenn mir ein Freund sagen würde, dass er jemanden zu Weihnachten fakedatet, würde ich wahrscheinlich auch ausrasten«, gibt Haf zu.

»Es klingt, als wäre es toll, mit Ambrose befreundet zu sein.«

»Das ist es.« Abgesehen davon, wie dey auf Twitter über mich herzieht, denkt sie, behält es aber für sich, um Christopher nicht zu beunruhigen. »Wir sind sehr verschieden, darum kriegen wir uns manchmal in die Haare, aber ist schon okay. Ich bin ein Welpe mit schlimmen Trennungsängsten, der viel Aufmerksamkeit braucht, und kann durchaus verstehen, dass ich deshalb manchmal ein bisschen nervig bin.«

»Dann freut es dich sicher zu hören, dass meine Eltern zwei Hunde haben. Aber keine Trennungsängste.«

»Kein Problem, ich hab genug für uns alle zusammen. Na dann, zeig mir ein Bild.«

Christophers Handy ist voller Fotos von zwei braunen Terriern mit drahtigen grauen Haaren an der Schnauze. »Stella und Luna«, sagt er. »Border Terrier. Wahrscheinlich die stärksten Persönlichkeiten bei uns zu Hause. Wenn du ihnen ein Stück Speck gibst, hast du Freunde fürs Leben gefunden.«

»Ich liebe sie«, flüstert Haf. »Ich vermisse es, Tiere um mich zu haben. Für so was ist eine Mietwohnung echt scheiße. Nur zur Warnung, ich werde wie eine Klette an ihnen hängen.«

»Mit den Hunden Gassi zu gehen, ist außerdem eine gute Ausrede, wenn wir mal fliehen müssen.«

»Heißt das, ich sollte mich auf Familiendrama gefasst machen?«

Christopher schweigt einen Moment zu lang. »Keine Sorge, es geht nicht zu wie bei den *EastEnders* – nur die eine oder andere doofe Bemerkung. Vielleicht auch ein, zwei Auseinandersetzungen.«

»Gut zu wissen. Ach, und du hast deine Schwester übersprungen. Erzähl mir alles, damit ich sie auf meine Seite ziehen kann.«

»Katharine, aber die meisten ihrer Freunde nennen sie Kit. Sie ist zwei Jahre älter als ich und Architektin.«

»Wow, eine Erwachsene.«

Er lacht. »Ja, mehr oder weniger.«

»Steht ihr euch nahe?«

»Früher schon, ja. Wir sind größtenteils mit denselben Leuten befreundet – daher kenne ich auch Laurel. Aber das Architekturstudium war ganz schön hart, deshalb hatte sie immer weniger Zeit für mich, und dann ... du weißt schon ...« Er lässt den Satz in der Luft hängen. »Es ist schwer, sich der Person nahe zu fühlen, an der dich deine Eltern messen.«

Bevor Haf noch etwas fragen kann, dreht sich der Mann auf der anderen Seite des Gangs zu ihnen um. »Entschuldigung? Hi. Könntet ihr bitte still sein?«

»Tut mir leid«, sagt Haf, »wir führen gerade ein sehr wichtiges ...«

»Hört mal zu, ich muss arbeiten, aber werde ständig von eurem Palaver über eure seltsamen Pläne abgelenkt, von denen ich nichts wissen will. Es interessiert mich nicht, dass ihr seine Familie belügt oder was immer ihr vorhabt. Bitte hört auf, so laut und seltsam zu sein.«

Irgendjemand vor ihnen bestätigt die Bitte mit einem sanftmütigen: »Ja.«

»So seltsam ist das gar nicht«, protestiert Haf, ehe sie sich davon abhalten kann.

Jetzt hält der Mann neben ihnen einfach nur einen Finger an die Lippen und sagt im strengen Ton eines Lehrers: »Ruhe bitte.«

Um sie herum ertönt halbherziger Applaus, und der Mann macht sich wieder an die Arbeit, mit vor Stolz geröteten Wangen, weil er jemandem die Meinung gesagt hat.

Beschämt sinken Haf und Christopher in ihre Sitze zurück. Sie nimmt ihr Tablet und reicht ihm wortlos einen Earpod. Zum Glück haben sie ja *Paddington 2* dabei.

Genau eine Stunde und vierundvierzig Minuten später wischen sich Haf und Christopher die Tränen weg und nehmen die Kopfhörer aus den Ohren. Um nicht erneut den Zorn ihrer Mitfahrer zu erregen, nickt Christopher ihr nur zu, als wolle er sagen: »Okay, du hattest recht.«

Kurz darauf verkündet der Lokführer, dass der nächste Halt Guildwick ist, ihr Zielbahnhof.

Sobald sie ausgestiegen und von der aufgezwungenen Stille befreit sind, gähnt Haf laut und streckt sich. »Gott sei Dank, ich darf wieder reden.«

»Das musst du nicht unbedingt«, neckt Christopher sie, und sie tritt nach ihm.

»Werd nicht frech. Wohin jetzt?«

»Wir nehmen ein Taxi. Bestimmt sind alle zu beschäftigt, um uns abzuholen, und so sind wir schneller da.«

Die Station ist die kleine Chocolate-Box, die sie erwartet hat. Die Gebäude sind alle aus demselben Stein, und die Brücke ist frisch mit grüner Farbe gestrichen. So würden die Bahnhöfe in Wales vielleicht auch aussehen, wenn sie besser erhalten beziehungsweise nicht abgerissen und durch potthässliche Bauten aus den Achtzigern ersetzt worden wären. Hier gibt es nicht einmal eine Ticketsperre, was sich sonderbar anfühlt.

Christopher wuchtet ihr Gepäck in den Kofferraum des Taxis,

und dann geht es los. An einer roten Ampel hält ein anderes Taxi neben ihnen, und als Haf den gestresst wirkenden Mann aus dem Zug erkennt, wendet sie sich schnell ab.

»Bist du bereit, meine Familie kennenzulernen?«, fragt Christopher.

»So bereit, wie ich nur sein kann.« Sie strahlt übers ganze Gesicht.

Ihre Zuversicht, dass alles glattgehen wird, hält beinahe die gesamte Fahrt an.

Bis sie von den Landstraßen abbiegen, über die sie bisher dahingebraust sind, und einen kleinen Schotterweg hinaufholpern, von dem Christopher ihr ganz nebenbei erklärt, dass es ihre Privateinfahrt ist, an deren Ende ein großes sandsteinfarbenes Haus aufragt.

Kapitel 6

Haf traut ihren Augen kaum. Eine Privateinfahrt. Eine mit Bäumen gesäumte Privateinfahrt.

Wer um alles in der Welt hat eine Privateinfahrt?

Nun, offenbar Christophers Eltern, aber trotzdem ... Die einzigen Privateinfahrten, die Haf je gesehen hat, gehörten zu den Bauernhöfen die Straße runter, in der sie aufgewachsen ist, und die sind privat, damit man nicht von einem Traktor überfahren wird, nicht wegen des Bedürfnisses reicher Leute, sich von allen anderen abzugrenzen.

Das Taxi hält, bevor sie nicht nur die Privateinfahrt, sondern auch das gigantische Haus vor sich richtig erfassen kann, und o Gott, müssen sie jetzt aussteigen? Kann sie nicht mit dem angenehm stillen Fahrer im Taxi sitzen bleiben?

Anscheinend nicht.

Haf holt tief Luft, während sie aus dem Auto taumelt. Hier riecht es sogar gut. Im Garten ist alles alarmierend ordentlich, und die Autos vor der Garage glänzen im Sonnenlicht. Ihre Doc Martens knirschen zu laut auf dem Schotter, als sie auf die leuchtend grüne, mit einem Adventskranz dekorierte Tür zugehen. In den kleinen eingetopften niedrigen Hecken am Wegesrand hängen Lichterketten, die in der Abenddämmerung golden funkeln.

Haf fühlt sich jetzt schon fehl am Platz.

Doch bevor sie etwas sagen kann, schwingt die Tür nach innen auf.

In der kleinen Vorhalle erscheint Christophers Mutter in einer eleganten Hose, einer cremefarbenen Bluse und einem langen, wallenden Cardigan, der mit ziemlicher Sicherheit aus Kaschmir ist.

»Schätzchen, willkommen zu Hause«, ruft sie mit etwas rauer, aber sehr schneidiger Stimme.

Obwohl Christopher an die dreißig Zentimeter größer ist als sie, schlingt sie die Arme um seinen Hals und zieht ihn in eine kurze Umarmung, die sie mit drei leichten Schlägen auf den Rücken beendet. Es wirkt mütterlich, aber beherrscht, als hätte sie sich einen Timer gestellt, wie lange eine angemessene Umarmung dauern sollte.

»Hallo, Mutter«, sagt er und küsst sie, als sie ihn loslässt, auf die Wange. »Schön, dich zu sehen.«

Als Esther sich ihr zuwendet, erkennt Haf sehr deutlich, wie sehr sich Mutter und Sohn trotz des Größenunterschieds ähneln. Dieselbe fast bläulich blasse Hautfarbe und wie im Ausgleich dazu auffallend rosige Wangen. Die langen Wimpern hat Christopher wohl von jemand anderem geerbt, aber Haf erkennt sein Lächeln auf Esthers Lippen wieder. Sie haben die gleichen hellbraunen Haare, bei ihr allerdings in Kinnlänge zu weichen Locken gestylt, sodass darunter schimmernde Perlenohrringe zum Vorschein kommen.

Esther umfasst Hafs Oberarme, was nicht wirklich als Umarmung durchgeht, aber dennoch Zuneigung ausdrückt. »Willkommen bei uns zu Hause, Haf«, sagt sie, und die Fältchen um ihre Augen vertiefen sich, so strahlend lächelt sie. In ihrer schneidigen Sprechweise trifft sie das wie ein V ausgesprochene F in Hafs Namen, das Engländer sonst nie richtig hinbekommen, ganz genau, und Haf wird richtig warm ums Herz.

»Ich freue mich sehr, Sie kennenzulernen, Mrs. Calloway«, sagt Haf, ihr Mund staubtrocken vor Nervosität.

»Bitte nenn mich doch Esther, meine Liebe. Und Schluss mit dem Siezen. Es ist so wundervoll, dass Christopher dich über die Feiertage mitgebracht hat.«

Eine bedeutsame Pause tritt ein, und Haf hat das Gefühl, dass Esther sie prüfend mustert. Da sie nicht weiß, was sie tun soll, solange Esther sie festhält, hebt sie eine Hand, um die Geste zu erwidern. Doch im selben Moment bewegt sich Esther nach vorn und …

O Gott.

Haf ist sich ziemlich sicher, dass sie gerade den Busen von Christophers Mutter getätschelt hat.

Esther hat entweder nichts davon mitbekommen oder macht keine große Sache daraus, wofür Haf ihr sehr dankbar ist. Stattdessen öffnet sie die Tür, die von der Vorhalle ins Haus führt, und komplimentiert sie hinein.

»Kommt rein, kommt rein. Gehen wir gleich in die Küche«, sagt sie und ist auch schon um die nächste Ecke verschwunden.

Bitte mach, dass ich mir das nur eingebildet habe, sendet Haf ein Stoßgebet ans Universum. *Bitte.*

Die Ironie dessen, dass sie sich solche Sorgen gemacht hat, das Falsche zu sagen, nur um bei der ersten Gelegenheit Christophers Mutter zu befummeln, entgeht ihr nicht.

Warme, nach Zimt und Gewürznelken duftende Luft strömt von drinnen in die Eingangshalle, es riecht heimelig und ein bisschen vornehm, als würde in jedem Raum eine teure Weihnachtskerze brennen.

»Alles okay?«, flüstert Christopher, an den Türrahmen gelehnt, während Haf ihren Rucksack auf dem Boden abstellt. »Du bist ein bisschen blass geworden.«

»Du hast mir nicht gesagt, dass deine Familie so vornehm ist«, faucht sie und versucht zu vergessen, dass sie womöglich gerade seine Mutter begrapscht hat. Für mehr als eine Krise hat sie wirklich keine Zeit.

»So vornehm sind wir nun auch wieder nicht«, erwidert er in einem Ton, der um Bescheidenheit bemüht ist, aber nur ahnungslos wirkt.

»Also echt, Christopher«, sagt sie und verdreht die Augen. »Glaub mir, das alles ist verdammt vornehm. Nicht nur für mich. Die meisten Leute sind nicht in einem Anwesen aufgewachsen.«

»Ich würde es nicht als Anwesen …«

Sie starrt ihn ausdruckslos an. »Kannst du es nicht hören?«

»Was denn?«

»Den komfortablen Klang geerbten Reichtums, Christopher«, murmelt sie und hofft, dass seine Eltern sie nicht gehört haben.

Vielleicht hätte sie sich das angesichts seines ganzen Vibes denken können, aber in ihren Ohren klingen alle Leute aus dem Süden gleich (abgesehen von Essex – sie hat an der Uni genug *The Only Way Is Essex* geguckt, um Leute von dort zu erkennen). Haf ist sich nie sicher, ob jemand mit einem südlichen Akzent mit BBC Radio 4 aufgewachsen ist, zum niederen Adel gehört oder einfach aus Surrey kommt. Natürlich könnte auch alles drei gleichzeitig der Fall sein, und sie hätte keine Ahnung.

Sie dachte, er würde in einem netten, großen Haus im schicken Stadtrandviertel wohnen. Oder so. Doch offenbar handelt es sich hier um ein dreistöckiges Anwesen auf einem extragroßen Grundstück, damit es der Pöbel nicht zu sehen bekommt. Oder zumindest keine dahergelaufenen Leute, die mit ihrem Hund spazieren gehen.

»Kommt ihr, Darling?«, ruft Christophers Mutter.

»Moment, wir sind gleich da«, antwortet er.

Benommen beugt Haf sich herunter, um ihre Doc Martens auszuziehen und sie aufs Schuhregal neben die Joggingschuhe zu stellen, die fast so dreckig sind wie ihre Stiefel. Wahrscheinlich hätten sie vor der Reise geputzt werden sollen. Oder überhaupt mal.

Christopher bückt sich ebenfalls, um ihr mit den verknoteten Schnürsenkeln zu helfen, und senkt die Stimme zu einem Flüstern.

»Ich hab versucht, dich zu warnen, dass meine Eltern anstrengend sind.«

»Ich dachte, du meinst, sie sind passiv-aggressiv. Nicht, dass du von früheren Etonians abstammst.«

Er sieht aus, als wollte er gerade protestieren, dass niemand aus seiner Familie zur Elite des Eton College gehört, besinnt sich aber eines Besseren und presst die Lippen zu einer schmalen Linie zusammen.

»Hätte ich fürs Abendessen formelle Kleidung mitbringen sollen? In meiner Familie pflegen wir eine Den-ganzen-Tag-im-Schlafanzug-rumhängen-so-viele-Filme-wie-möglich-gucken-

und-dann-leicht-angetrunken-wegpennen-Weihnachtstradition. Mein Rucksack mag riesig sein, aber die Auswahl an Outfits ist trotzdem nicht groß genug für einen Black-Tie-Dresscode.«

Er verzieht das Gesicht, aber vermutlich drückt er damit nur sein Entsetzen über ihre schmutzstarrenden Stiefel aus, die zugegebenermaßen schon bessere Tage gesehen haben.

»Haf, ganz ehrlich, das ist in Ordnung. Alles in allem sind wir eine recht entspannte Familie. Meinen Eltern ist egal, was du anhast. Und ich wette, du siehst in einem Schlafanzug total süß aus.«

»Komm schon, ich mein's ernst«, jammert sie, und jetzt ist ihr die Nervosität deutlich anzuhören. Sosehr sie auch versucht, Witze zu machen, das Ganze hat sie doch wirklich aus der Bahn geworfen.

»Entschuldige, ich will mich nicht über dich lustig machen«, sagt er und hilft ihr wieder hoch.

»Ich weiß, ich weiß. Ich hab nur eher mit einem sehr wählerischen Teegeschmack gerechnet als mit schniekem Dining, bei dem man erst mal rausfinden muss, welchen Gang man mit welcher Gabel essen muss.«

»Das wird schon. Sie werden dich lieben«, meint er und berührt so sanft ihre Schulter, dass beinahe all ihre Sorgen vergehen, sich dann aber wieder über sie senken wie dichter Nebel. »Und wenn du tatsächlich Probleme mit dem Besteck hast, gebe ich dir Hinweise.«

Haf streckt ihm die Zunge raus.

»Lass mir einfach einen Moment Zeit, ja? Ich muss nur ... meine Erwartungen anpassen.«

Kann sie in einer solchen Situation überhaupt überzeugend seine Fake-Freundin spielen?

Was sie nicht richtig erklären kann, was sie noch nie erklären konnte, ist, dass sie zwar forsch und selbstbewusst sein kann, aber sich das mühsam antrainieren musste. Sie hat ein Skript, an das sie sich genau hält. Mach Komplimente, biete deine Hilfe an, frag nach Interessen; das sind die drei Grundsätze, denen sie schon ihr ganzes Leben folgt, um sich mit Eltern gut zu stellen, und bisher hat es gut funktioniert. Aber sie ist auch auf Vertrautheit angewiesen, auf gemeinsames kulturelles Gedankengut. Hat sie mit reichen Leuten überhaupt etwas gemeinsam? Natürlich hat sie Christopher, aber sie kann die nächsten vier Tage nicht nur über ihn reden, sonst machen sich seine Eltern womöglich Sorgen, dass sie von ihm besessen ist – und dabei mangelt es ihr nur an Gesprächsthemen. Allerdings wäre es, wenn sie sich unmöglich benimmt und alle sie hassen, wahrscheinlich leichter für ihn, sie gleich wieder fake-abzuservieren, und seine Familie wäre erleichtert.

Sie muss nur über ihren Schatten springen. Dieses Weihnachten hat sie keine Zeit für durch Klassenunterschiede verursachte Angstzustände.

Haf atmet tief durch. *Das wird schon*, sagt sie sich. Es muss.

Sie sieht zu Christopher und lächelt ihm zu.

»Du machst das toll«, versichert er ihr.

Sie hängt ihren Mantel an einen freien Haken und hofft, dass sie nicht auch noch gegen die Hausregeln verstößt, nachdem sie schon seine Mutter betatscht hat und zum Pöbel gehört.

Christopher bringt ihren Rucksack zum unteren Ende der sehr alt wirkenden Holztreppe von der Art, die Makler als »historische Besonderheit« bezeichnen würden. Die Diele ist wunderschön; mattgrüne Wände und ein dazu passender Teppich, die einen interessanten Kontrast zu dem dunkleren Holz des Bodens und der Treppe bilden. Alles ist höchst geschmackvoll und wirkt hochwertig. Haf ist ein bisschen besorgt, dass sie irgendwas kaputt machen wird.

»Die Hunde sind wohl draußen, sonst wären sie längst über dich hergefallen«, sagt Christopher mit Blick auf eine Kommode aus dunklem Holz bei der Tür, wo sicher Hundezubehör, Schlüssel und Post aufbewahrt werden.

Er nimmt eine kleine Tüte Leckerlis und reicht sie Haf. Sie riechen nach Schafen.

»Danke, aber ich brauche keinen Snack. Ich bin noch satt vom Mittagessen.«

»Ha ha«, sagt er. »Nimm sie einfach, dann kannst du ihnen was davon geben, wenn sie reinkommen.«

»Gute Idee. Dann werden sie mich über alles lieben.«

»So was in der Art. Jetzt komm, die Küche ist gleich da drüben.«

Die hell erleuchtete Küche ist eine hübsche Mischung aus rustikaler und moderner Ästhetik – die Wände über den Schieferarbeitsplatten sind aus weißem Backstein, und in der Mitte des Raums steht ein großer Tisch aus massivem Eichenholz neben einer blitzblanken Kücheninsel. Das alles sollte nicht so gut zusammenpassen, tut es aber.

Haf und Christopher gesellen sich zu Esther, die eine glänzende Kupferpfanne auf dem Herd beaufsichtigt.

»Ich dachte, ihr könnt bestimmt einen Schluck vertragen, um euch aufzuwärmen.«

In der Pfanne köchelt selbst gemachter Glühwein. Während sie rührt, treiben Gewürze und Orangenschalen an die Oberfläche und verschwinden kurz darauf wieder in der Dunkelheit. Es riecht köstlich.

»Ja, danke«, sagt Haf. »Soll ich Tassen holen?«

»Schon erledigt.« Christopher stellt ein paar glasierte steinfarbene Keramikbecher vor ihr ab.

Im durch die großen Fenster hereinfallenden Sonnenlicht scheint Esther fast zu leuchten. Während Christopher sich gemächlich, fast träge bewegt, wirkt sie eher vogelartig – stets wachsam, flink, elegant. Christophers Beschreibung von ihr war bestenfalls dürftig, aber Haf hat eine viel dominantere Person erwartet, nicht das ruhige Selbstbewusstsein der Frau vor ihr. Vielleicht ist das einfach so bei den eigenen Eltern; man sieht sie immer anders, in erster Linie als Elternteil und nicht als eigenständige Person. Vertrautheit und Nähe ändern so vieles. In Hafs Augen sieht sie aus wie eine Frau, die weiß, was sie will.

Esther rührt den Glühwein noch einmal kräftig durch und verteilt ihn dann mit einer Schöpfkelle auf zwei Becher.

»Wie war die Fahrt? Angenehm, hoffe ich?«

»Ja, danke«, sagt Haf erneut und verflucht sich innerlich dafür, dass sie klingt wie ein Papagei. »Der Zug war nicht zu voll, und es war schön, sich die ganzen Weihnachtsdekorationen anzusehen.«

»Habt ihr euch London ein bisschen angeschaut?«

»O nein, wir sind nur durchgefahren. Ich war seit meiner Kindheit nicht mehr dort.«

»Christopher, hast du ihr noch nicht die Sehenswürdigkeiten gezeigt?«, fragt Esther in leicht tadelndem Ton, obwohl sich Haf ziemlich sicher ist, dass sie gerade ziemlich weit weg von London sind.

»Steht auf dem Programm«, erklärt Christopher und nimmt seiner Mutter eine der Tassen ab. »Ist Vater mit den Hunden unterwegs?«

»Nein, ich glaube, er ist in seinem Arbeitszimmer«, antwortet sie und reicht Haf die andere Tasse. »Deine Schwester ist ungefähr eine Stunde vor euch angekommen und ist gleich mit den Hunden raus. Sie meinte, sie braucht frische Luft.«

»Oh«, sagt er, hörbar überrascht. »Ich dachte, sie kommt erst zu der Party bei den Howards.«

Esther zuckt die Achseln. »Ich auch. Wie dumm von uns anzunehmen, Kit würde irgendetwas anderes machen als das, was ihr gerade in den Sinn kommt.«

Christopher lacht, und Haf stimmt mit einem höflichen Grinsen zu, obwohl sie keine Ahnung hat, ob die Charakterisierung zutrifft.

»Ich nehme an, Laurel hat sie gebeten, früher zu kommen«, fügt Esther hinzu. »Kommt, setzen wir uns ans Feuer.«

Auf dem Weg durchs Haus klammert sich Haf an ihrer Tasse fest wie an einem Rettungsanker. Wenn sie auch nur einen Tropfen verschüttet, wird sie vor Scham im Boden versinken. Und Haf hat noch nie in ihrem Leben irgendetwas getrunken oder gegessen, ohne zumindest eine kleine Sauerei anzurichten.

Esthers Hausschuhe, die fast wie High Heels aussehen, klackern über den Boden.

Haf bleibt kurz stehen, um sich mit einem Schluck Glühwein Mut zu machen – und damit nicht mehr so viel in ihrer Tasse ist, was sie verschütten könnte. Doch dabei gerät etwas in die falsche Röhre, und sie hustet möglichst leise, bevor sie den Calloways nacheilt.

Das Wohnzimmer hat die gleiche Farbpalette wie der Flur: ein sattgrünes Sofa mit zwei dazu passenden Sesseln, prall gefüllte Bücherregale aus dunklem Holz – und im Zentrum einen offenen Kamin mit prasselndem Feuer. Auf dem Kaminsims stehen Kinderfotos, und Haf nimmt sich vor, sie sich später genauer anzusehen. Vor dem Feuer liegt ein Hundekorb, umgeben von zerkauten Spielzeugen und einer sehr mitgenommenen, etwas dreckigen Wolldecke.

Ein wunderschöner Weihnachtsbaum, der fast bis zur Decke reicht, steht vor den hohen Fenstern, in sanftes goldenes Licht getaucht, das von den kirschroten Weihnachtskugeln reflektiert wird. Kristallschneeflocken hängen von den größten Zweigen, und auf der Spitze sitzt ein funkelnder goldener Stern. So einen Baum hat Haf bisher nur in amerikanischen Weihnachtsfilmen gesehen. Auch dieser Raum ist festlich geschmückt. Kein Lametta, nur rote Karomuster hier und da, die es irgendwie schaffen, eher geschmackvoll als fake-schottisch zu wirken.

Allmählich bricht die winterliche Abenddämmerung herein, und Haf muss gähnen. Von diesem gemütlichen Raum aus fühlt sich die Dunkelheit so tröstlich an.

Auf einem Sessel sitzt ein Mann mit einem beeindruckenden Schnurrbart und einer runden schwarzen Brille. Der eine Fuß ruht auf dem gegenüberliegenden Knie, und auf seinem Schoß ist eine Zeitung ausgebreitet. Seine Haare sind tiefschwarz, mit nur leichten Silberspuren.

»Ah! Mein Junge!«, ruft er und faltet die Zeitung zusammen.

Sichtlich erfreut springt er auf, ergreift Christophers Hand und zieht ihn in eine Umarmung. Es ist eine dieser lockeren Männerumarmungen, bei denen sich niemand wirklich nahe kommt und beide sich einen Klaps auf den Rücken geben, aber dennoch wirkt es vertraut und irgendwie süß.

Es ist nicht zu übersehen, woher Christopher seine Größe hat; Otto ist nur ein bisschen kleiner als er. Doch während Christopher gertenschlank ist, ist Otto stämmig wie ein Rugbyspieler.

»Hi, Dad«, sagt Christopher, als sie zurücktreten, um sich anzusehen.

Da Haf immer noch das Kitzeln im Hals plagt, versucht sie, sich lautlos mit den Fingerknöcheln an die Brust zu klopfen, während die beiden Männer über ihre Fahrt von London hierher sprechen.

»Das ist Haf«, stellt Esther sie schließlich vor und lenkt damit Ottos Aufmerksamkeit auf sie.

»Ah, Haf! Hallo!«, sagt er – oder schreit es eher. Er ist ein ziemlich überschwänglicher Mann.

Doch als Haf den Mund öffnet, um Hallo zu sagen, kommt nur ein lautes Husten heraus – so plötzlich und ohrenbetäubend wie ein Pistolenschuss. Gefolgt von noch einem und noch einem.

Nein, nein, nein, hör auf zu husten, beschwört Haf ihre Lunge, die daraufhin anfängt wehzutun.

Der Glühwein droht überzuschwappen, und Christopher springt zu ihr, um ihr den Becher abzunehmen.

»Ach du meine Güte«, ruft Esther.

Das ist ein Desaster, schießt es Haf durch den Kopf, während sie fieberhaft versucht, den Glühwein aus ihrer Luftröhre zu befördern. In der Hoffnung, dass die Schwerkraft helfen wird, beugt sie sich vor.

Bei ihrem letzten Hustenanfall kam Orangensaft aus ihrer Nase, aber sie braucht jetzt wirklich keine festliche nasale Evakuierung mitten im Wohnzimmer.

Zum Glück lässt der Husten endlich nach, doch als sie sich aufrichtet, sieht sie ihr Gesicht im Spiegel über dem Kamin, verschwitzt und rot wie eine Tomate.

»Alles in Ordnung, meine Liebe?«, fragt Otto und legt ihr eine Hand auf den Rücken, um sie zu stützen.

Sie nickt wortlos, denn sie traut ihrer Stimme nicht.

»Oh, brauchst du einen kräftigen Schlag?« Bevor sie Nein

sagen kann, haut ihr Otto mit seiner großen Bärenpranke auf den Rücken.

»Herrje, Dad«, ruft Christopher und fängt Haf auf, die hilflos nach vorne stolpert.

»Danke«, keucht sie, jetzt auch noch völlig außer Atem.

»Alles okay? Musst du dich hinsetzen?«, erkundigt sich Christopher, nimmt sie an der Hand und führt sie zum Sofa.

»Mir geht's gut«, krächzt sie. Sie kann kaum sprechen. Kaum atmen. Doch das tut nichts zur Sache.

Sie starrt ins Feuer und wünscht, es würde sie verzehren, sodass sie diesem schrecklich peinlichen Moment entfliehen könnte.

»War es der Wein oder ist dir eine Gewürznelke im Hals stecken geblieben?«, fragt Christopher.

»Ich hab mich nur am Wein verschluckt.«

»Meine Gewürze sind gut verpackt in einem Teebeutel, vielen Dank auch, Christopher«, erwidert Esther in leicht beleidigtem Ton. »Ich hole dir ein Glas Wasser, Haf.«

Wenig später kommt sie mit kaltem, frischem Wasser zurück, das Haf dankbar hinunterstürzt.

Otto lässt sich in seinen Sessel zurücksinken, und Esther setzt sich auf den anderen.

»Tut mir echt leid«, sagt Haf nach ein paar Minuten, als sie endlich wieder frei atmen kann.

»Versuchen wir es noch mal, ja?«, lacht Otto und schlägt sich vor Vergnügen auf den Oberschenkel.

Wenigstens hab ich einen von ihnen gut unterhalten, denkt Haf.

»Erzähl uns von dir, Haf.« Otto schiebt die Zeitung zwischen die Armlehne seines Sessels und das Polster.

»Ja, bitte«, schließt sich Esther an, dann wirft sie ihm einen Blick zu, der zu sagen scheint: »Seit zwanzig Jahren bitte ich dich, deine Zeitungen nicht in der Sofagarnitur zu verstauen, und du tust es immer noch.« Sichtlich verlegen hebt er sie auf und legt sie auf den Couchtisch.

Okay, Konzentration, denkt Haf. *Reiß dich zusammen.*

»Ähm, ich komme aus York. Also, dort wohne ich jetzt. Ursprünglich stamme ich aus Wales. Nordwales. Am Meer, könnte man sagen. Mit dem Auto ist es etwa zehn Minuten entfernt, aber auf jeden Fall näher als von York aus, ha ha«, plappert sie, holt tief Luft und zwingt sich, einen Gang runterzuschalten. »Jedenfalls bin ich Anfang des Jahres nach York gezogen, und es gefällt mir sehr gut. Dort habe ich Christopher kennengelernt, auf Sallys Party. Kennt ihr Sally?«

Christopher legt ihr eine Hand auf den Arm – wieder diese beruhigende Geste.

»Sorry, ich plappere schon wieder, ha ha«, lacht sie und wünscht verzweifelt, sie wäre nicht fast an ihrem Glühwein erstickt, sodass sie jetzt etwas hätte, woran sie sich festhalten könnte.

»Sally Mayfield?«, fragt Esther ihren Sohn, und er nickt. »Oh, sie ist ein nettes Mädchen, sie war immer sehr höflich, wenn sie bei uns zu Besuch war, um mit Kit zu spielen. Ihre Mutter und ich waren eine Weile im Elternbeirat.«

Haf nickt höflich, denn was soll sie dazu schon sagen? Sie kennt Sally nicht wirklich. Wahrscheinlich hätte sie sich zumindest vorstellen sollen, bevor sie ihre Party fluchtartig verlassen haben, aber dafür ist es jetzt zu spät. Sie kann nur hoffen, dass sie Sally nicht über den Weg laufen werden.

»Und York ist eine schöne Stadt«, sagt Esther.

Puh, denkt Haf, endlich wieder ein Thema, über das sie gefahrlos reden können. »Ja, finde ich auch. Ich habe großes Glück, dort zu wohnen.« Sie wünschte, sie hätte mehr Zeit, die Stadt zu erkunden, aber sie hat zu viel zu tun und nach der Arbeit keine Energie mehr, um noch etwas zu unternehmen. Zum Glück ist York wirklich schön, selbst wenn man nicht viel unternimmt und sich die Stadt einfach nur anschaut. »Wart ihr schon mal dort?«, fragt sie Esther.

»Ja, waren wir, aber nicht lange. Wann waren wir zum letzten Mal in Yorkshire, Otto?«

Ottos Augenbrauen und Schnurrbart scheinen gleichzeitig zu wackeln. »Als Christopher an der Uni war. Wir haben in dem kleinen B&B auf den North York Moors übernachtet, als die Mädels noch Welpen waren. Ich wollte einen langen Spaziergang mit ihnen machen, aber du hast es uns nicht erlaubt«, erklärt er grinsend.

»Also erstens, Liebling, sind wir nicht mit ihnen spazieren gegangen, weil der Trainer uns gesagt hatte, dass wir sie nicht zu viel herumlaufen lassen sollen, weil das schlecht für ihre Gelenke wäre. Und zweitens hast du mich in den Achtzigern schon mal dazu gebracht, *nur einen Spaziergang* mit dir zu machen, und wenn ich mich richtig erinnere, stellte der sich als achtstündiger Marsch bergauf im strömenden Regen heraus.«

»Das war erfrischend.«

»Es war furchtbar. Und ich lasse mich nicht zweimal an der Nase herumführen.«

»Aber in deiner Regenjacke siehst du bezaubernd aus!«

»Mag sein, aber in einem schön warmen Restaurant mit einem gekühlten Glas Wein in der Hand sehe ich noch viel besser aus.«

»Ah, ist das ein Wink mit dem Zaunpfahl?« Otto steht auf und verschwindet aus dem Zimmer, vermutlich, um seiner Frau ein Glas Wein zu holen.

»Letztlich haben wir das in York auch die meiste Zeit gemacht«, sagt Esther.

»Ach, apropos, ich hab was für euch.« Haf geht in die Eingangshalle und kramt in ihrem Rucksack. *Carol* legt sie auf der Anrichte ab, dann holt sie die Schachtel mit Bettys Köstlichkeiten heraus. Zum Glück scheinen sie die Reise wie durch ein Wunder gut überstanden zu haben, obwohl das Zierband verrutscht und die Schachtel leicht eingedellt ist, aber nicht so sehr, dass sie sich nicht mehr verschenken lässt. Zurück im Wohnzimmer überreicht sie Esther die Leckereien. »Die sind aus einer tollen Konditorei, wo alle hingehen.«

»O mein Gott, natürlich kennen wir Bettys«, sagt Esther. »Otto hat eine Schwäche für ihre Fat-Rascal-Scones. Das ist wirklich lieb von dir, Haf. Danke.«

Sie öffnet die Schachtel nicht, sondern legt sie behutsam auf dem Couchtisch ab.

Ein Punkt für mich, denkt Haf erleichtert. Wenigstens ein kleiner Erfolg.

Otto kommt mit einem Glas Weißwein für Esther und, wie es aussieht, einem Whisky für sich selbst zurück. Ausgezeichnet, darüber kann sie sich später mit ihm unterhalten. *Okay, okay, ich bin wieder auf Kurs.*

»Ist das etwa eine Schachtel von Bettys?«, fragt er, und seine Augen leuchten auf.

»Die hat Haf für uns mitgebracht.«

»Soll ich Teller holen?«

»Später, Otto. Wir sind noch dabei, sie kennenzulernen.«

»Ja, natürlich«, sagt er, ein bisschen kleinlaut.

Eine Naschkatze, denkt Haf.

»Also, was machst du beruflich, Haf?«, fragt Otto.

»Ich arbeite in Communications bei einer kleinen Wohltätigkeitsorganisation. Mein Job besteht aus allem, was mit Wörtern zu tun hat, vor allem auf Social Media.«

»Diesen ganzen Social-Media-Kram begreife ich nicht«, sagt Otto etwas verächtlich. »Wir vermarkten unsere Ferienwohnungen immer noch auf Papier – Luxuskataloge und Ähnliches. Aber das Wichtigste ist direkte Kommunikation, von Angesicht zu Angesicht. Die Leute mögen den persönlichen Touch, besonders wenn es um Seniorenwohnheime geht – das ist ein weiterer unserer Geschäftszweige. So wissen alle, dass sie das Beste für ihr Geld bekommen, nämlich genau das, was sie sich wünschen. Dafür ist dieser Social-Media-Kram doch viel zu unpersönlich.«

Haf will ihn darauf hinweisen, dass zu »diesem Social-Media-Kram« viele verschiedene Plattformen gehören, von denen einige schon seit über zehn Jahren existieren und die ein fester Bestandteil sowohl der täglichen Kommunikation vieler Leute als auch moderner Marketingstrategien sind. Und was die Behauptung angeht, sie wären unpersönlich? Die meisten ihrer Freundschaften schließt und pflegt sie seit Langem fast ausschließlich über Social Media. Doch anstatt ihm zu widersprechen, lacht sie nur unbehaglich.

»Für uns ist es so eine Art Lebensmagazin, damit andere Leute lesen können, was wir gerade so machen.«

»Außerdem geht es bei Hafs Arbeit darum, die Leute dazu zu bringen, wieder eine Verbindung zur Natur herzustellen, und das hilft ihnen, Spenden für Erhaltungsprojekte zu sammeln, wie den Seeds-for-Bees-Fundraiser, bei dem du mitgeholfen hast«, fügt Christopher hinzu, und Haf wird warm ums Herz, weil er sich das offenbar angelesen hat.

»Oh, achte nicht auf Otto, Haf. Er ist in der Steinzeit stecken geblieben, auch wenn er es irgendwie geschafft hat, ein erfolgreiches Unternehmen zu leiten«, sagt Esther.

»Ich stelle junge Leute ein, die solche Sachen für mich erledigen. Vielleicht kannst du diesem alten Mann noch etwas beibringen, Haf?« Otto lacht. »Also – ist das dein langfristiger Karriereplan?«

»Na ja … nein. Ich bin mir nicht sicher. Ich habe Ökologie studiert, so bin ich zu dem Job gekommen, aber am besten gefällt mir die Arbeit mit Menschen und Tieren.«

»Muss schwer sein, den ganzen Tag am Schreibtisch zu sitzen, wenn du das am liebsten magst«, vermutet Otto.

Vor Hafs Augen blitzt ihr trauriger kleiner, mit Papierkram bedeckter Schreibtisch auf, der in einer fensterlosen Ecke ihres traurigen kleinen Büros steht, umgeben von Bildern von traurigen Dachsen und Celebritys, die mit toten Fischen posieren.

Ihre Kehle schnürt sich zusammen. Sie will nicht zurück in diesen Job.

Christopher tätschelt ihren Arm.

»Das will ich nicht für immer machen, nein«, gesteht sie und lacht, obwohl ihr überhaupt nicht danach zumute ist.

»Oh«, sagen Christophers Eltern beide gleichzeitig.

Eine unbehagliche Stille tritt ein.

»Wenn ich dir einen weisen Rat geben darf«, meldet sich Otto wieder zu Wort. »Es ist vernünftig, einen guten Job nicht aufzugeben, nur weil es anderswo besser zu sein scheint.«

Haf will nicht näher ausführen, wie der Job das Leben aus ihr heraussaugt, also nickt sie nur.

»Okay, aber was, wenn der Job einen richtig unglücklich macht?«, entgegnet Christopher.

»Es ist ein Job, Christopher. Es geht nicht darum, ob er einen glücklich macht. Es geht darum, wie man seinen Lebensunterhalt verdient, und wenn die Bezahlung stimmt, sollte man durchhalten. Das gehört zum Erwachsenenleben.«

Christopher verzieht das Gesicht. »Geld ist nicht das Einzige, was zählt, Dad.«

»Natürlich ist es das. Geld ist Sicherheit, nur wenn man genug Geld hat, kann man sich die Dinge kaufen, die man braucht, und seine Familie versorgen«, erwidert Otto und macht eine Geste mit seinem Whiskyglas, die das gesamte Haus einschließt. Obwohl er es mit einem Lachen sagt, liegt darunter eine bittere Ernsthaftigkeit. Und es klingt nicht, als würden sie dieses Gespräch zum ersten Mal führen. »Ich denke, es spielt eine sehr wichtige Rolle.«

Entschlossen, die Situation zu entschärfen, schaltet sich Haf ein. »Das stimmt, Otto, aber ich arbeite für eine Wohltätigkeitsorganisation, demzufolge ist die Bezahlung sehr schlecht.«

Doch statt des Lachens, das sie sich erhofft hat, sagt Esther erneut: »Oh.«

Womöglich nicht das, was man den reichen Eltern ihres Fake-Freundes sagen sollte, selbst als Ablenkung.

Jedenfalls herrscht einen Moment unangenehmes Schweigen, während alle an ihren Drinks nippen – alle außer Haf, die sich nicht mal traut, ihren Glühwein wieder in die Hand zu nehmen, aus Angst, sie könnte schon allein dadurch einen weiteren Hustenanfall auslösen.

Unangenehmes Schweigen ist immer noch besser als ein Streit, denkt Haf.

Zu ihrer Erleichterung knallt in diesem Moment die Haustür zu, die Fensterscheiben klirren, und alle erwachen aus ihrer Starre.

»Oh, ich glaube, Kit ist mit den Hunden zurück«, meint Otto.

Wie aufs Stichwort rasen zwei schmuddelige Terrier ins Wohnzimmer, steuern hechelnd und um Aufmerksamkeit bettelnd direkt auf Christopher zu und wedeln dabei vor Freude so heftig mit dem Schwanz, dass ihre kleinen Körper ein Komma formen. Christopher geht in die Hocke, um sie zu begrüßen, und sie hüpfen um ihn herum, zu aufgeregt, um sich knuddeln zu lassen, aber dennoch gierig auf Streicheleinheiten.

Haf fühlt mit ihnen. Vielleicht ist sie im Herzen auch ein Terrier.

»Okay, Mädels, ganz ruhig. Ich bin wieder da«, sagt Christopher und lacht, als eine der beiden Hündinnen hochspringt und ihm die Brille vom Kopf leckt. »Komm, sag Hallo, Haf.«

Also setzt Haf sich im Schneidersitz zu ihm auf den Boden, und die Hunde beruhigen sich, als ihnen bewusst wird, dass jemand Neues da ist. Neugierig sehen sie Haf an und senken die Köpfe, als wollten sie ihr Hallo sagen.

Die etwas kleinere Hündin tapst zu Haf herüber, schnüffelt an ihrer ausgestreckten Hand und leckt sie dann mit ihrer rosa Zunge.

»Das ist Luna«, stellt Christopher sie vor. »Und die andere ist Stella.«

»Wie kann ich sie auseinanderhalten?«, fragt Haf und blickt zwischen den beinahe identischen Hunden hin und her.

»Luna hat einen graueren Bart. Stella ist pummeliger. Sie haben dieselben Eltern, aber sie sind aus verschiedenen Würfen. Luna ist älter.«

Stella schließt sich Luna an und beschnüffelt Haf ebenfalls, und es dauert nicht lange, bis die beiden die Leckerlitüte in ihrer Hosentasche ausfindig machen und sie sanft mit den Pfoten anstupsen, damit sie sie rausrückt. Haf setzt sich anders hin, holt zwei Leckerlis aus der Tüte, je eins pro Hand, und präsentiert sie den Hunden, die sie gierig verschlingen.

»Freunde?«, fragt sie, und die Mädels antworten mit eifrigem Schwanzwedeln und machen große runde Augen in der Hoffnung auf mehr.

»Jetzt werden sie dich bis in alle Ewigkeit lieben«, lacht Otto – offenbar ist alles vergeben und vergessen.

»Okay, eins noch«, sagt sie und kriegt die Hunde tatsächlich dazu, sich auf den Boden zu setzen und die Pfote auszustrecken.

»Sorry, dass ich so lange weg war. Ist Christopher schon da?«, ertönt eine Stimme aus einem anderen Zimmer.

»Wir sind alle hier«, antwortet Esther.

»Draußen ist es arschkalt.«

»Kit, sag nicht arschkalt. Das ist vulgär«, beklagt sich Esther.

»Fairerweise musst du aber zugeben, dass du es gerade auch gesagt hast.« Die Stimme kommt näher.

»Hör auf, so dickköpfig zu sein, komm lieber her und sag Hallo zu Christophers neuer Freundin.«

Als Kit ins Zimmer tritt und ihren Schal abnimmt, begegnet Haf ihrem Blick.

Und ihr Magen wird bleischwer.

Dieses Lächeln und die schokobraunen Haare würde sie überall wiedererkennen. Genau genommen hat sie einen großen Teil des Tages danach Ausschau gehalten.

Sie hat nur nicht damit gerechnet, diese Frau in Christophers Wohnzimmer zu finden.

Kit ist das Mädchen aus dem Buchladen.

Kapitel 7

Wie kann sie seine Schwester sein?

Was für einen verrückten Zufall und eine Verarsche gigantischen Ausmaßes hat das Universum sich jetzt wieder für Haf ausgedacht? Dieses Jahr ist offiziell verflucht.

Aber es ist die Frau aus dem Buchladen, ohne jeden Zweifel. Die dunklen Augen, an die Haf den ganzen Tag gedacht hat, starren sie verwirrt an.

Das ist zu viel. Am liebsten würde sie gleichzeitig in Ohnmacht fallen, sich übergeben und wegrennen. Na ja, vielleicht nicht alles gleichzeitig, aber zumindest eins davon erscheint ihr als eine bessere Option, als die erste Person anzusehen, für die sie in diesem Jahr etwas empfunden hat, während sie hier neben dem Mann steht, in den sie angeblich verliebt ist, und seinen Eltern, denen sie diese Liebe beweisen muss.

»Hallo?«, sagt Kit und zieht eine elegant geschwungene Augenbraue hoch. Sie sieht von Haf zu Christopher und wieder zurück – eine unausgesprochene Frage.

»Kit, komm her und sag Haf Hallo. Sie ist Christophers neue Freundin, weißt du noch?«, erklärt Esther und streckt den Arm in Hafs Richtung aus. »Laurel hat dir doch sicher erzählt, dass die beiden sich auf Sallys Party kennengelernt haben.«

Hafs Magen macht einen Überschlag, als die junge Frau aus dem Buchladen – Kit – ihrem Blick begegnet.

Erneut.

Ein verwirrtes Schmunzeln umspielt ihre Lippen.

Erkennt sie Haf wieder? Hat ihr der Moment auch so viel bedeutet? Womöglich trifft Kit ständig Leute in Buchläden, die ihr auf den ersten Blick verfallen. Sie ist so schön, dass ihr das vielleicht andauernd passiert, vielleicht ist es für sie ganz alltäglich. Vielleicht hat sie es nicht mal als besonderen Moment registriert.

Aber sie zögert. Nachdem Esther sie vorgestellt hat, tritt eine zu lange Pause ein, und Haf ist sich ziemlich sicher, dass das nicht nur daran liegt, dass sie, weil ihr Ungutes schwant, alles wie in Zeitlupe wahrnimmt.

Kein Lächeln zeigt sich auf Kits Gesicht, doch sie kommt auf Haf zu, wobei sie ihren Schal im Vorbeigehen aufs Sofa fallen lässt.

»Oh ... ja, ich erinnere mich«, sagt sie leise und etwas bissig.

Vor ein paar Stunden ist Haf beim Klang ihrer rauen Stimme in Verzückung geraten. Jetzt hat sie einfach nur Angst, was Kit als Nächstes sagen wird.

Verdammte Scheiße. Bitte erzähl ihnen nicht, dass ich dich im Buchladen angeschmachtet habe.

Aber Kit reicht ihr nur die Hand.

Ein ganzes Leben zieht an ihr vorbei, bis Haf endlich erkennt, dass sie sie ergreifen und schütteln muss. Sie springt auf und versucht, nicht über ihre eigenen Beine zu stolpern, die sich in zerkochte Nudeln verwandelt haben.

Als sie Kits Hand nimmt, sprühen Funken durch ihren gesamten Körper, von den Fingerspitzen bis zum Gehirn. Den ganzen Tag hat sie davon geträumt, wie es sein würde, diese Frau zu berühren, und jetzt ist ihr Traum wahr geworden – vor den Augen von Kits gesamter Familie, im Schatten einer gigantischen Lüge.

Ihre Blicke begegnen sich erneut, und Haf beißt sich auf die Lippe.

»Es ist echt komisch, aber ... du kommst mir irgendwie bekannt vor. Das kriegst du bestimmt ständig zu hören, oder? Du hast so ein Gesicht«, sagt Kit und beseitigt damit sämtliche Zweifel.

Kit hat sie auch erkannt.

Hafs Mund trocknet komplett aus, aber sie nimmt sich zusammen, weil sie diesen Moment nicht noch seltsamer machen will, als er ohnehin schon ist. Mit schriller Stimme bringt sie heraus: »Ja, gut möglich!«

In Wahrheit ist die einzige Person, mit der sie je verglichen wurde, Annie aus *Shrill*, wobei es wahrscheinlich eher um ihre Figur ging als um ihr Gesicht. Sie kann nur Kits Beispiel folgen und so tun, als wären sie sich noch nie begegnet. Aber, o Mann, fühlt sich das komisch an.

»Schön, dich kennenzulernen«, sagt Haf so heiter wie möglich.

Kit zieht die Augenbrauen hoch und lässt ihre Hand los. Haben sie sich die ganze Zeit berührt?

Die Hündinnen, die sich der sexuellen Spannung eindeutig bewusst sind, fangen an zu jaulen. Wahrscheinlich denken sie, Haf hätte einen medizinischen Notfall, weil sie gleichzeitig scharf ist und sich in Grund und Boden schämt. Und sie hat keine Leckerlis mehr, mit denen sie sie ablenken könnte.

Hoffentlich sind die Calloways keine Experten in Tierverhalten oder der queeren Erfahrung, dass jeder jeden kennt, auch Ex-Freunde und Leute, mit denen man in Buchläden rumknutschen wollte.

Zum Glück scheinen alle anderen nichts mitbekommen zu haben.

»Was ist denn heute mit euch los, Mädels?«, fragt Christopher und klopft sich auf die Oberschenkel, um die Hündinnen zu sich zu rufen. Für einen kurzen Moment wenden sie sich ihm zu, turnen aber bald wieder um Hafs Füße herum. »Vielleicht wollen sie noch ein paar Snacks von dir.«

Wie als Reaktion auf seine Ahnungslosigkeit stößt Luna ein Schnauben aus, und Stella niest.

»Vermutlich sind sie einfach aufgeregt, weil jemand Neues hier ist«, sagt Kit leichthin. »Eine vollkommen unbekannte Person, der sie noch nie begegnet sind.«

Es wäre wirklich toll, wenn sich der Boden unter Hafs Füßen auftun und sie verschlucken könnte. Vielleicht könnte sie sich auch in den Kamin stürzen oder in die Kälte hinauswandern und nie mehr zurückkommen, einfach erfrieren wie Forscher auf einer Arktisexpedition.

Kit wird es ihr nicht leicht machen, so viel steht fest.

»Schön, dich zu sehen, Schwesterherz«, sagt Christopher und steht auf, um sie zu begrüßen. Anscheinend hat er das sapphische Drama im Wohnzimmer nicht bemerkt, was wahrscheinlich auch besser so ist. Wie zur Hölle sollte Haf ihm das erklären?

Die Geschwister tauschen eine ziemlich unbeholfene Umarmung aus, die eher aussieht, als würde jemand zwei Holzplanken aneinanderlehnen, nicht wie eine Geste der Zuneigung. Sie machen ein bisschen Small Talk über die Zugfahrt, was Haf vollständig entgeht, weil sie immer noch darüber nachgrübelt, wie sie der Situation entfliehen könnte.

Die beiden sehen sich überhaupt nicht ähnlich. Während Christopher den Teint einer englischen Edeldame hat, ist Kit dunkel wie Otto – dunkelbraune, fast schwarze Haare und Haut in warmen Erdtönen. Ihre Größe hat sie wohl auch von ihrem Vater geerbt, denn sie ist fast so groß wie Christopher.

Vielleicht wirkt geerbter Reichtum wie ein Zaubertrank, der einen größer macht.

Haf kommt sich vor, als wäre sie in dieser schrecklichen Riesenwelt aus *BFG: Big Friendly Giant* gelandet, nur sind die Riesen nicht etwa beängstigend, sondern wohlhabend und sexy. Allerdings fühlt sie sich im Moment eher wie eine der abartigen, gigantischen Gurken, die der freundliche Riese fressen muss, als wie Sophie ...

Sie erwacht erst aus ihrer Panikspirale, als Kit verkündet, dass sie sich vor dem Essen noch mal hinlegen will, und nach oben verschwindet.

Gott sei Dank.

Wenn ihnen irgendetwas einen Strich durch die Rechnung machen kann, dann die Tatsache, dass Haf mit der Schwester ihres Fake-Freundes geflirtet hat. Kit ist ein riesiger Strich.

Der Gong der Standuhr zur vollen Stunde durchbricht die Stille. *Saved by the Bell*, denkt Haf.

»Ist es Zeit fürs Abendessen?«, fragt Otto hoffnungsvoll, seine Augen fast identisch mit Stellas und Lunas flehendem Hundeblick.

»Gut, dass ich uns schon was gekocht habe, was?«, seufzt Esther auf diese neckische Art, wie es lange verheiratete, aber immer noch glückliche Pärchen tun.

»Du bist so gut zu mir.«

»Na ja, jemand muss dich ja ernähren. Wenn ich dir das überlassen würde, gäbe es nur verbrannte Suppe.« Sie zwinkert ihm zu und verschwindet aus dem Zimmer.

Christopher folgt ihr, und da Haf nicht weiß, was sie sonst tun soll, kniet sie sich hin, um mit den Hunden zu spielen.

»In welchem Zimmer soll Haf übernachten?«, hört sie Christopher fragen.

»In deinem, Liebling, wo denn sonst? Wir sind doch hier nicht im Kloster.«

Warum sind sie bloß beide so unbedarft? Warum haben sie das nicht bedacht? Natürlich werden sie sich ein Bett teilen müssen.

Mit dem Mann, den man fake-datet, das Bett zu teilen, obwohl man viel lieber das Bett mit seiner Schwester teilen würde, fühlt sich völlig anders an, als nach einer Party betrunken neben ihm auf der Couch einzuschlafen.

Sie sind erst ungefähr eine Stunde hier, und schon ist alles viel schwieriger, als sie es erwartet hat.

O Gott, Ambrose hatte recht. Ich bin eine Pflaume.

Sichtlich verlegen kommt Christopher ins Wohnzimmer zurück und verkündet: »Ich zeige dir dein Zimmer.« Dabei klingt er eher wie ein Butler als wie ihr Freund, ob fake oder nicht.

Sie folgt ihm, zu nervös, um auch nur eine Bemerkung darüber zu machen, wie sehr er Lurch aus der Addams Family ähnelt.

Carol liegt immer noch auf der Kommode in der Eingangshalle, wo sie es deponiert hat, als sie die Bettys-Schachtel aus ihrem Rucksack geholt hat. Sie kann es nicht einfach dort liegen lassen – nicht jetzt, wo Kit hier ist. Aus der Erinnerung an ein verpasstes Kennenlernen ist ein Symbol für Lügen und vermutete Untreue geworden, und Gott weiß, was Kit sich noch dabei denken mag. Haf drückt das Buch fest an die Brust.

Christopher führt sie zwei knarrende Treppen hinauf und trägt ihren Rucksack für sie. »Ich fürchte, wir sind ganz oben untergebracht.«

Christophers Kinderzimmer liegt auf der Rückseite des Anwesens, und durchs Fenster kann Haf meilenweit nichts als Felder und Wiesen sehen. Hier fühlt sich die Abgeschiedenheit noch beklemmender an.

Erschöpft lässt sie sich aufs Bett plumpsen.

Christopher schließt die Tür mit einem leisen Klicken. »O Mann, tut mir echt leid. Ich hätte nicht gedacht, dass Mutter uns ein Zimmer teilen lässt. Laurel hat jahrelang im Gästezimmer übernachtet.«

»Ja, aber damals wart ihr Teenager, richtig?«, fragt sie und wendet ihm das Gesicht zu, damit er sie hören kann.

»Danach auch noch.«

»Hm. Vielleicht mag sie mich einfach lieber.«

»Gott, warum ist das alles so kompliziert?«

Haf unterdrückt ein reumütiges Lachen, denn er hat ja keine Ahnung. Und wie soll sie ihm das erklären? Er sieht aus, als würde er schon bei der Vorstellung, das Bett mit ihr zu teilen, gleich in Ohnmacht fallen. Wie würde er es dann verkraften, dass sie vor wenigen Stunden darüber fantasiert hat, mit seiner Schwester zu knutschen?

»Wir sind beide erwachsen. Wir können uns ein Bett teilen. Ist schon okay«, sagt sie überzeugter, als sie sich fühlt. Eins muss sie allerdings noch klarstellen, sonst wird sie verrückt. »Das wird wie ein Campingausflug.«

»Ein Campingausflug?«, fragt er fassungslos. »Warst du je campen?«

»Ja, natürlich«, schnaubt sie. »Ich bin in Wales aufgewachsen. Was soll man da sonst machen?«

»Die meisten Leute teilen sich beim Campen nicht das Bett.« Er lacht und errötet dann heftig im selben Moment, in dem Haf klar wird, dass ihr Camping-Erlebnis – sie hat sich mit Zahra aus dem Jahrgang über ihr den Schlafsack geteilt, was nebenbei bemerkt keine platonische Aktivität war – wohl nicht universell war.

»Vergiss das mit dem Campen. Der Punkt ist, für mich ist das okay. Für dich auch?«

»Ja«, antwortet er. »Puh, okay, ja. Damit wäre eine Sache geklärt. Aber vielleicht hätten wir ... ein paar Grundregeln für diese Fake-Dating-Geschichte festlegen sollen.«

»Na ja, das hätten wir auch, wenn wir uns im Zug hätten unterhalten können.«

»Sorry, dass ich uns Plätze im Ruhewagen reserviert habe. An so was hab ich überhaupt nicht gedacht.«

»Entschuldige dich niemals für Plätze im Ruhewagen«, sagt sie vollkommen ernst. »Also, worüber willst du reden?«

Sie rollt sich auf die Seite und tätschelt die Matratze, damit er sich neben sie legt, aber er zögert, immer noch knallrot im Gesicht. »Vielleicht sollten wir, ähm, so was wie Körperkontakt und solche Sachen besprechen.«

»Ich liebe es, dass du wie ein kaputter Thesaurus klingst, wenn du verlegen bist. Du meinst Knutschen und so?«

Es dauert einen Moment, bis Christopher seine Stimme wiederfindet. »Ja.«

Sie hält einen Finger hoch. »Also erstens sollten wir uns wahrscheinlich auf den einen oder anderen kleinen Schmatzer einigen, sonst glaubt uns niemand.«

»Niemand wird uns zwingen, uns zu küssen, Haf. So seltsam ist meine Familie auch wieder nicht.«

»Äh, hallo? Hast du schon vergessen, wie wir in diesen Schlamassel geraten sind? Den Mistelzweig? Es ist die Saison für Knutschen in der Öffentlichkeit.«

»Ist das nicht der Valentinstag?«

»Zeig mir eine Pflanze, unter der man sich nach altem Brauch am Valentinstag küssen muss.«

»Okay, gutes Argument. Na schön, wenn es sein muss.«

»Wenn es sein muss? Komm schon, du musst ein Mädchen nicht gleich beleidigen. Ich bin keine Kröte! Außerdem hast du mich schon mal geküsst.«

»Nein, natürlich bist du keine Kröte«, sagt er hastig. Er gibt auf und legt sich neben sie, lässt jedoch so viel Platz wie möglich zwischen ihnen. »Na ja, es ist nur ... So sehe ich dich nicht. Und als wir uns geküsst haben, waren wir beide betrunken und ein bisschen albern drauf. Ich dachte, da wären wir uns einig.«

»Das sind wir, keine Sorge. Und klar, ich reiße mich auch nicht darum, mit dir zu knutschen, aber das können wir. Es wird nichts ändern.«

»Okay«, willigt er leise ein. »Okay.«

»Ach, apropos.« Christopher stöhnt, denn er kann es vermutlich kaum erwarten, das Thema endlich fallen zu lassen, aber Haf fährt unbeirrt fort: »Händchenhalten und so ist auch okay, also Berührungen im Allgemeinen. Ich erlaube dir sogar ein freches Potätscheln.«

»Was?«, fragt er und dreht sich zu ihr um.

»Na, du weißt schon, wenn du an mir vorbeigehst und mir einen Klaps auf den Po geben willst.«

»Das werde ich nicht tun.«

»Schade«, schmollt Haf. »Selbst Ambrose macht das hin und wieder.«

»Mir ist es unangenehm ... deinen Hintern anzufassen.«

»Dein Pech! Ich habe einen prächtigen Hintern.«

»Bitte, ich flehe dich an, hör auf, über deinen Hintern zu reden.«

»Ich kann dir keine Unterlassungserklärung geben, aber fürs Erste höre ich auf. Ach, übrigens, ich hab mich einfach hingeworfen, aber hast du eine Bettseite, auf der du lieber schläfst?«

»Ich liege lieber rechts.«

»Von vor dem Bett oder von hier aus gesehen? Das weiß ich nie.«

Christopher zeigt einfach auf die Seite, auf der er schon liegt.

»Ist mir recht.«

Haf wälzt sich auf den Bauch und legt ihr Handy und ihre von der Reise leicht verbogene Ausgabe von *Carol* auf den Nachttisch. »Ich gehe mich umziehen. In diesen Klamotten fühle ich mich schon ganz muffig.«

»Das haben Reisen so an sich«, stimmt Christopher zu, legt seinen Koffer auf die Kommode und holt ein frisches Shirt heraus.

Erst, als er sein Hemd schon zur Hälfte aufgeknöpft hat, hält er inne. »Ähm, soll ich ...?«

»Nein, nein, mach ruhig. Ich kann die Aussicht bewundern.« Er errötet erneut, und Haf fügt hinzu: »Aus dem Fenster, meine ich.«

»O Gott, tut mir leid. Ich muss mich wirklich entspannen.«

»Du machst das gut. Und ehrlich gesagt glaube ich, ich hab meine Klamotten durchgeschwitzt, weil ich mich vor deinen Eltern so blamiert habe, dass ich vor Scham fast krepiert wäre.«

»Ach, das war doch halb so wild.«

Haf schnaubt. »Du bist echt nett.«

Christopher wirft ihr ein kleines Lächeln zu. »Fertig!«, verkündet er, und als sie sich zu ihm umdreht, trägt er ein marineblaues Hemd, die Ärmel bis zu den Ellbogen hochgekrempelt. »Den Flur runter ist ein kleines Bad. Du kannst dich frisch machen, und dann treffen wir uns unten.«

Nachdem sie sich schnell gewaschen, einen Spritzer Parfüm aufgetragen und sich Trockenshampoo in die Haare gesprüht hat, damit sie nicht mehr so schlaff aussehen, fühlt sie sich tatsächlich besser. Auf dem Weg vom Bad zu Christophers Schlafzimmer kommt sie an einem Zimmer vorbei, das Kit gehören muss, und versucht, ganz normal weiterzugehen. Ja, sie könnte stehen bleiben und an die Tür klopfen, sie könnten die Sache jetzt sofort klären, aber dann müsste Haf zugeben, was hier vor sich geht, oder zumindest ein sehr unangenehmes Gespräch führen. Dazu ist sie noch nicht bereit.

Zurück im Schlafzimmer beschließt sie, ihre zerknautschten Klamotten auszupacken und aufzuhängen, damit sie wieder ordentlich werden. (Wenigstens etwas in ihrem Leben, das in Ordnung ist.)

Tief im Rucksack vergraben findet sie ein in Papier eingewickeltes Päckchen. Sie holt es heraus und findet ein kleines Kärtchen mit der Aufschrift: Ein Friedensangebot. Viel Spaß! Hab dich lieb, du Dummerchen.

Ambrose. Dey mag sie doch noch.

Als sie das Geschenkpapier aufreißt, treten ihr Tränen in die Augen. Zum Vorschein kommt ein grellroter Weihnachtspulli mit springenden Rentieren und herrlich kitschigen Weihnachtsmotiven. Die Wolle ist weich, nicht wie die kratzigen Pullover aus Polyester, die man auf Amazon findet. Dieser hier ist einfach nur schön.

Nach dem Abendessen wird sie Ambrose anrufen und sich richtig mit demm versöhnen. Ein bisschen festliches Im-Staube-Kriechen passt gut zu dem Pulli. Außerdem kommt es ihr jetzt fast vor, als wäre Ambrose hier bei ihr. Wer braucht schon Engelchen und Teufelchen auf der Schulter, wenn sie einen Pulli hat, um ihren streng urteilenden Lieblingsmenschen zu beschwören?

Okay, ich krieg das hin, denkt Haf.

Haf öffnet die Schlafzimmertür langsam, besorgt, dass sie auf Kit stoßen könnte, aber zum Glück ist ihre Tür offen und sie nirgends zu sehen. So schafft sie es unbemerkt zur Treppe, doch als sie sich übers Geländer beugt und hinunterspäht, bereut sie plötzlich, dass sie mit Christopher ausgemacht hat, sich unten zu treffen. Als sie zum ersten Mal bei Freddie übernachtet hat, hat er sie morgens nicht geweckt, sodass sie im Schlafanzug nach unten schleichen und dort feststellen musste, dass alle vollständig bekleidet am Tisch saßen und Zeitung lasen. Seine Eltern wirkten nicht gerade begeistert, dass sie noch im Schlafanzug war, als hätte sie eine Hausregel gebrochen, von der sie gar nichts wusste. Dabei war es gerade mal acht. Sie gab vor, vor dem Duschen noch schnell ein Glas Wasser trinken zu wollen, und rannte förmlich zurück nach oben. Freddie meinte, das wäre keine große Sache, aber das war es. Zumindest fühlte es sich so an. Das Schlimmste an den Familien anderer Leute ist, dass sie denken, alles bei ihnen wäre »normal«, aber man kriegt keine Gebrauchsanweisung in die Hand gedrückt, wenn man reinkommt. Man muss einfach raten.

Diese Erinnerung schwirrt ihr jetzt im Kopf herum. Und dass sie überzeugend so tun muss, als wäre sie Christophers Freundin. Und Kit. Und dass sie Hals über Kopf in Kit verknallt ist. Nur ein paar Kleinigkeiten also.

Fröhliche Stimmen und Gelächter schallen von unten herauf. So schlimm kann es doch gar nicht sein. Nur noch ein paar Schritte. Diesmal ist sie angezogen und trägt einen schönen neuen Pulli. Also atmet sie tief durch und läuft die Treppe hinunter, bevor sie sich noch weiter den Kopf zerbrechen kann.

Im Flur kommt Christopher mit Serviertellern in den Händen an ihr vorbei.

»Du siehst hübsch aus«, sagt er und gleitet mit der gekonnten Anmut eines Kellners weiter ins Esszimmer.

Esther und Otto sind immer noch in der Küche, also beschließt Haf, die gute Fake-Freundin zu spielen und zu fragen, ob sie Hilfe brauchen.

Auf der Kücheninsel stehen noch ein paar Teller und Gläser mit Sachen, die in Auflaufförmchen umgefüllt werden. Was immer Esther gekocht hat, es riecht köstlich.

Durch den Backofen und das prasselnde Kaminfeuer im Wohnzimmer ist es so warm hier drin, dass sie ihren Pulli auszieht und um die Taille bindet. So wird sie ihn wenigstens nicht gleich einsauen.

»Kannst du noch das übrige Gemüse reintragen? Otto bringt noch das Fleisch, und dann ist alles bereit zum Essen«, rattert Esther mit monotoner Stimme ihre Anweisungen herunter und vergewissert sich, dass nichts vergessen wird.

Haf nimmt eine der Servierplatten und gibt sich alle Mühe, auf dem Weg ins Esszimmer nichts zu verschütten.

Als sie an Esther vorbeigeht, gibt diese gerade den Bratensaft in eine geblümte Soßenschüssel.

Im Esszimmer bedeutet Christopher ihr, die Platte auf ihren angestammten Platz am Ende des Tisches zu stellen.

Esther und Otto folgen dicht hinter ihr, und Esther klatscht zufrieden in die Hände. Sie weist alle an, sich zu setzen, dann öffnet sie ein Fenster, um frische Luft hereinzulassen, und nimmt ebenfalls Platz.

Wie es aussieht, sind die Calloways zu der Sitzordnung zurückgekehrt, die bei ihnen üblich war, als ihre Kinder noch hier gewohnt haben. Otto und Esther nehmen ganz selbstverständlich die beiden Kopfenden ein, und Haf fragt sich, ob sie auch so weit voneinander entfernt sitzen, wenn sie nur zu zweit sind – getrennt durch diese Kluft über die gesamte Tischlänge hinweg.

Neben Christopher steht ein Stuhl extra, der wohl für Haf gedacht ist.

Kit ist bisher noch nicht aufgetaucht, aber sie wird ihnen wohl gegenübersitzen, von wo sie einen schönen Blick auf den Garten hat – vielleicht hat sie den besseren Platz bekommen, weil sie älter ist.

Als Haf sich hinsetzt, stößt sie mit der Hüfte gegen den Tisch, und die Soßenschüssel, die Esther gerade abgestellt hat, schwappt über.

»O Gott, tut mir leid«, keucht sie und blickt sich fieberhaft nach Papiertüchern um, kann aber nur wunderschöne Stoffservietten entdecken, die sie genauso wenig mit Bratensaft einsauen will wie die Tischdecke.

»Keine Sorge, Liebes. Für genau solche kleinen Unfälle habe ich ja eine Untertasse unter die Schüssel gestellt«, beruhigt sie Esther. Bestimmt meint sie es nicht so, aber es fühlt sich an, als hätte sie speziell auf Hafs mangelndes räumliches Bewusstsein Rücksicht genommen, und … Haf hat keine Ahnung, was sie davon halten soll. Zum Glück ist die Bratensoße nicht über die Untertasse geschwappt, zumindest dafür kann sie dankbar sein.

Inzwischen ist Kit erschienen, geht mit einer Flasche Rotwein um den Tisch und schenkt die Kristallgläser ein. Als sie sich zu Otto beugt, fällt Hafs Blick auf ihre braun karierte Dreiviertelhose. Selbst im Winter lieben queere Leute nackte Fußknöchel. Der Gedanke bringt sie zum Lachen, doch als Christopher sie fragend ansieht, überspielt sie es mit einem Husten. Er hat ihr nicht viel von Kit erzählt – wie um alles in der Welt könnte sie ihm erklären, dass sie sich über Queer-Coding amüsiert hat, ohne einzugestehen, woher sie das weiß?

»Willst du auch welchen?«, fragt Kit, so dicht neben ihr, dass Haf ihr würziges Parfüm riechen kann. »Das ist ein Pinot noir – nicht zu schwer.«

Unfähig, eine kohärente Antwort zu geben, nickt Haf nur.

Gott, sie muss aufhören, sich vor den Calloways wie ein Vollidiot zu benehmen. Im Buchladen war wenigstens nur der Verkäufer Zeuge ihres peinlichen Verhaltens geworden.

Kit setzt sich, und Haf wird klar, dass sie Kit nicht das ganze Essen über anstarren kann. Was wäre ein akzeptabler Kompromiss? Sie einfach hin und wieder anschauen? Aber Haf hat das Gefühl, vergessen zu haben, wie man das macht, außerdem war sie nie gut darin – wer mag denn schon Blickkontakt? Ganz zu schweigen von Blickkontakt, ohne ans Küssen zu denken.

Reiß dich zusammen, ermahnt sie sich und trinkt einen Schluck Wasser. Sie muss irgendwas anderes machen, als Kit anzuglotzen oder zumindest darüber nachzudenken, und, o Gott, das klingt ja, als hätte sie endgültig den Verstand verloren.

Tu so, als wärst du hetero, würde Ambrose ihr raten. *Tu so, als hättest du dich noch nie in deinem ganzen Leben zu einer Frau hingezogen gefühlt. Und erst recht nicht zu der, die dir direkt gegenübersitzt. Nein, niemals.*

»Ich trinke auf unser aller Wohl«, ruft Otto und hebt sein Glas.

Alle prosten ihm höflich und verhalten zu. Zum Glück besteht niemand darauf, dass man sich dabei in die Augen sehen muss. Das würde sich nach zu viel plötzlicher emotionaler Intimität mit Christophers Eltern anfühlen, von Kit mal ganz zu schweigen.

Während Otto aufsteht, um das Fleisch zu schneiden, betrachtet Haf das Essen vor sich. Esther hat einen Rinderbraten mit Senfkruste zubereitet, dazu Röstkartoffeln, Möhren und Rotkohl. So ein Festessen gab es bei Haf zu Hause manchmal zu Weihnachten. Am Ende des Tisches stehen Yorkshire Puddings, aber kein Ungetüm vom Blech, wie ihre Mutter es macht, sondern perfekt geformte, erstaunlich leckere Teilchen, die aussehen, als kämen sie aus der Feinkostabteilung von Marks & Spencer.

Haf hat seit einer Ewigkeit keinen Braten mehr gegessen. Die Zubereitung dauert ewig, und Hafs Aufmerksamkeitsspanne reicht bei Weitem nicht aus, um etwas zu kochen, bei dem man alles genau timen muss, damit wie durch Zauberhand alles gleichzeitig fertig wird.

»Das sieht fantastisch aus, Esther, danke«, sagt sie und nimmt einen Teller mit dünnen Scheiben Rindfleisch von Otto entgegen.

»Es ist aus Wales«, erklärt Esther mit einem Lächeln – vermutlich meint sie das Rindfleisch.

Als Nächstes werden die Beilagen herumgereicht, jeder kleckst sich Meerrettich und Johannisbeersauce auf den Teller und krönt das Ganze mit ein paar Spritzern Bratensoße. Das Essen ist wirklich köstlich – Haf hat sich nicht nur bei Esther eingeschleimt. Vielleicht können sie sich auf diesem Weg besser kennenlernen? Dass die Kochkünste ihrer potenziellen Schwiegertochter es durchaus mit Ottos Neigung, alles Flüssige zu verbrennen, aufnehmen können, ist wahrscheinlich nicht das, was sich Esther gewünscht hat, aber vielleicht könnte sie Haf das Kochen beibringen? Diese Idee merkt Haf sich für später.

Christopher und Kit gehen schnell zum Small Talk über, was irgendwie seltsam ist – sie tauschen keine peinlichen Geschichten aus oder reden über ihre gemeinsamen Freunde. Es läuft alles extrem höflich. Doch angesichts kürzlich in einem Buchladen stattfindender Aktivitäten ist das vielleicht auch besser so.

»Ich wusste nicht, dass du schon so früh kommst«, sagt Christopher zu seiner Schwester. »Wir hätten denselben Zug nehmen können.«

»Ich wusste es auch nicht vorher«, erwidert Kit und schneidet eine Röstkartoffel in der Mitte durch. »Aber da wir früher als erwartet mit unserem Projekt fertig waren, hab ich die Chance ergriffen und mich weggeschlichen, bevor ich noch für was anderes eingespannt werde. Eigentlich wollte ich noch ein paar Tage in London bleiben, aber Laurel hat mich angerufen, und da bin ich einfach in den erstbesten Zug hierher gestiegen.«

Hat Christopher nicht gesagt, dass Kit und Laurel beste Freundinnen sind? Haf bekommt ein schlechtes Gewissen, als ihr klar wird, dass sie erst auf die kleinen Details achtet, die er ihr über seine Schwester erzählt hat, seit sie weiß, wer sie ist. Vorher hat sie einfach nur gehofft, irgendeinen gemeinsamen Nenner mit ihr zu finden.

So oder so sollte sie sich ins Gespräch einbringen, dann macht sie sich wenigstens bei den Eltern beliebt.

»Was machst du beruflich?«, fragt sie Kit.

»Sie ist eine erfolgreiche Architektin«, antwortet Otto stolz, und Kit verzieht bei seinen Worten das Gesicht.

»Das mit dem Erfolg muss sich noch zeigen, aber ja, ich bin Architektin. Ich arbeite für eine kleine Firma in London«, erklärt sie.

»Wow!« So erstaunt wollte Haf eigentlich nicht klingen, aber sie hat wirklich noch nie einen Architekten getroffen. Ihr einziger Bezugsrahmen ist Tom Selleck in *Noch drei Männer, noch ein Baby*, der mit seinem Schnurrbart eine verblüffende Ähnlichkeit mit Otto hat.

Kit zieht eine Augenbraue hoch und nippt an ihrem Wein.

»Ich meine, das ist echt cool. Du musst echt schlau sein und bist bestimmt lange zur Schule gegangen, oder?«

»Ja, ich hab ungefähr neun Jahre gebraucht …«

»Die meisten Leute brauchen zehn«, fügt Esther hinzu.

»Also, es ist schon seltsam, Haf«, beginnt Kit, und für einen kurzen Moment ist Haf sowohl freudig erregt, ihren Namen aus Kits Mund zu hören, als auch ängstlich, was darauf folgen wird. Doch statt sie zur Rede zu stellen, sieht Kit demonstrativ ihre Eltern an und sagt: »Ich wusste gar nicht, dass ich so gut darin bin, mit anderen Stimmen zu sprechen. Also, ich wusste, dass ich gut bin, aber wow, ich bin ein richtiges Wunderkind.«

Haf lacht erleichtert. »Auch noch so unterschiedliche Stimmen«, fügt sie hinzu, und Kit schenkt ihr tatsächlich ein kleines Grinsen. Vielleicht hat sie es sich anders überlegt und beschlossen, ihr gegenüber Nachsicht zu zeigen?

»Entschuldige, Liebling, wir sind eben so stolz auf dich«, erklärt Esther.

Ermutigt beschließt Haf, noch mehr Fragen zu stellen. »Als Architektin entwirfst du bestimmt viele Gebäude, richtig?«

»So was in der Art«, antwortet Kit kurz angebunden. »Und du?«

»Haf arbeitet im Bereich Kommunikation für eine Wildlife-Charity«, erklärt Esther mit einem Lächeln. Dass ihre Fake-Schwiegermutter ihr Beachtung schenkt, erfüllt Haf zwar mit Stolz, aber gleichzeitig wächst in ihrem Hinterkopf die Sorge, Esther könnte den Deal zwischen ihr und Christopher durchschauen.

»Hey, ich wusste gar nicht, dass du auch noch Bauchrednerin bist«, sagt Kit wieder mit einem kritischen Blick zu ihrer Mutter und wendet sich dann wieder an Haf: »Social Media und so?«

»Ja, und ein paar wissenschaftliche Übersetzungen, wenn ich Glück habe. Trockene wissenschaftliche Abhandlungen in eine normale, lesbare Sprache übertragen, weißt du, solche Sachen.«

»Hmm, klingt anstrengend. Du musst bestimmt die ganze Zeit online sein«, vermutet sie.

»Ja, so ziemlich. Für den Fall, dass etwas Wichtiges passiert oder jemand um elf Uhr abends auf einen Post reagiert.«

Christopher tätschelt sanft ihr Handgelenk, wie es ein guter Freund tun würde, und Haf fällt auf, wie sich Kits Blick auf seine Hand senkt, aber sich schnell wieder auf ihren Teller richtet.

»Bist du immer noch bei Miller and Miller?«, fragt Kit ihren Bruder.

So heißt also die Firma, für die er arbeitet. Noch etwas, was sie vermutlich schon früher in Erfahrung hätte bringen sollen.

»Ja«, antwortet er.

»Läuft es gut?«

Christopher neigt nur leicht den Kopf, wie um zu sagen: na ja, geht so.

»Ich fasse es nicht, dass du geblieben bist«, sagt Kit.

Alle machen so viel Wind um Christopher und seinen Job. Aber vielleicht ergibt das durchaus Sinn. Otto und Esther sind so begeistert von Kits Job. Sind sie von seinem womöglich nicht so angetan? Lässt sich die Anspannung im Raum darauf zurückführen?

Da sie das Gefühl hat, dass sie als gute Fake-Freundin Partei für ihn ergreifen sollte, setzt sie zu einer Erwiderung an, doch Kit kommt ihr zuvor.

»Ich dachte, dass Mark die Beförderung bekommen hat, die dir zugestanden hätte, würde das Fass zum Überlaufen bringen«, sagt sie geradeheraus.

Christopher erstarrt.

Mark? Der quadratische Rugbyspieler? Der Mann, der ihm die Freundin ausgespannt hat?

»Ich wusste gar nicht, dass du mit ihm zusammenarbeitest.« Die Worte sind aus ihrem Mund, bevor sie sie aufhalten kann.

Alle Blicke richten sich auf sie, denn natürlich müsste sie das wissen. Sie sieht zu Christopher, in der Hoffnung, dass er ihr zu Hilfe kommen wird.

»Er ist jetzt mein direkter Vorgesetzter, weißt du nicht mehr, Schatz?«

Wohl doch nicht. Na ja, die beste Alternative ist, sich voll und ganz in die Verpeiltheit hineinzuknien, von der ohnehin schon alle denken müssen, dass sie den Großteil ihrer Persönlichkeit ausmacht.

»Ach, diesen Mark meinst du!«, versucht sie es mit übertriebener Betonung. »Ich dachte, du meinst den anderen Mark.«

»Den anderen Mark? Kennen wir diesen anderen Mark?«, fragt Esther.

»Oh, nein, er ist mein …« Sie blickt sich fieberhaft um, und vor ihrem inneren Auge erscheint Kits flauschiger Schal. »Mein Stricklehrer. In York.«

»Arbeitet er auch im Finanzwesen?«

»Keine Ahnung«, sagt Haf lachend und starrt in ihr Glas. »Ich weiß nicht, warum ich das gesagt habe, natürlich kennt ihr ihn nicht. Wie dumm von mir! Muss am Wein liegen.«

»Hm, dann solltest du vielleicht nicht noch mehr trinken, Liebes«, meint Esther.

Unter dem Tisch verpasst Haf Christopher einen leichten Tritt gegen den Fuß. Sie ist so überhaupt gar nicht auf das alles vorbereitet.

»Gott, ich will mir nicht mal vorstellen, mit dem Arschloch zusammenarbeiten zu müssen«, knurrt Kit.

»Sag nicht *Arschloch*, Kit«, ermahnt Esther sie.

»Aber genau das ist er. Wie alle anderen Ratliff-Zouches auch.« Otto nickt zustimmend.

»Musst du nicht netter zu ihm sein, jetzt, wo er Laurels Freund ist?«, fragt Christopher.

»Nicht, wenn ich es verhindern kann«, erwidert sie und spießt eine Röstkartoffel auf. »Sie ist eine eigenständige Frau.«

Ihre Blicke begegnen sich über den Tisch hinweg, und die Distanz zwischen ihnen scheint sich zu vergrößern.

Kit senkt die Stimme und fügt hinzu: »Ich hab ihr nicht gesagt, dass sie mit dir für ihn Schluss machen soll, wenn du das denkst.«

»Das dachte ich auch nicht«, murmelt Christopher, aber es klingt alles andere als überzeugend.

»Lasst uns nicht am Tisch darüber streiten«, mahnt Esther.

Von der kühlen Luft – und, um ehrlich zu sein, der eisigen Stimmung – bekommt Haf eine Gänsehaut, also beschließt sie, ihren schönen Pulli wieder anzuziehen. Schließlich ist ihr Teller so gut wie leer, sie hat ihren Wein fast ausgetrunken, und Esther hat ihr Nachschub verwehrt, somit ist die Gefahr, eine Sauerei anzurichten, gering.

Haf schlüpft unbeholfen hinein, was die Calloways abzulenken scheint, denn als ihr Kopf wieder hervorkommt, sind alle mit Essen beschäftigt.

Alle außer Kit.

Kit starrt sie mit großen Augen an und kann sich nur mit Mühe ein Grinsen verkneifen.

»Was?«, formt Haf lautlos mit den Lippen.

Kit reißt die Augen noch weiter auf und deutet mit einer Kopfbewegung auf Hafs Brust.

Sie kann sich nicht bekleckert haben. Wie könnte sie? Sie hat den Pulli gerade erst angezogen. Völlig verwirrt zuckt sie die Achseln.

»Dein Pulli«, bedeutet ihr Kit.

Nur zur Sicherheit checkt Haf ihre Ellbogen, um sich zu vergewissern, dass sie sich beim Anziehen nicht auf irgendwas gestützt hat, aber dort ist auch nichts.

»Was machst du da?«, flüstert Christopher ihr zu.

Irritiert sieht sie zu Kit, die kaum an sich halten kann, die Lippen fest zusammengekniffen, um nicht laut loszuprusten.

»Was?«, flüstert Haf.

Ohne auch nur von ihrem letzten Stück Rindfleisch aufzublicken, das sie gerade schneidet, sagt Esther: »Liebes, ich glaube, sie versucht dir mitzuteilen, dass die Rentiere auf deinem Pullover kopulieren.«

»Sie machen was?«, fragt Haf ungläubig und zieht an ihrem Pulli, um ihn besser sehen zu können.

»Sie ficken!«, ruft Kit und muss so heftig lachen, dass sie die Worte kaum herausbringt.

»Kit, sei nicht vulgär!«

»Oh, wow, ja, Haf. Sie scheinen wirklich … aktiv zu sein«, sagt Christopher unbehaglich.

Er macht keine Witze. Die Rentiere bilden ein waagrechtes Muster, und bei genauerem Hinsehen erkennt sie, dass die »Luftsprünge« in Wirklichkeit um einiges anzüglicher sind.

»O Gott«, murmelt sie.

Verschling mich mit Haut und Haaren, Erdboden! Jetzt sofort! Ein winziges Senkloch wäre gut, für mich ganz allein. Direkt unter diesem Stuhl. Für mich und diesen verdammten Pulli.

»Das ist mir unendlich peinlich. Es tut mir wirklich leid«, stammelt sie. »Der Pulli war ein Geschenk von der Person, mit der ich zusammenlebe. Mir war nicht klar …«

»Ein seltsames Geschenk«, meint Esther.

»Na ja, Ambrose kann seltsam sein«, gibt Haf verzweifelt zu. »Ich ziehe den Pullover einfach wieder aus.«

Doch als sie mit dem Kopf wieder in den Pulli schlüpft und einen Arm herauszieht, stößt sie mit der Faust gegen etwas unverkennbar Fleischiges, gefolgt von einem lauten Klappern.

»O Gott, die Bratensoße!«, ruft Esther, und plötzlich herrscht überall hektische Aktivität, weil alle gleichzeitig versuchen, die Bratensoße aufzuwischen, die Haf offenbar gerade umgeworfen hat.

Immer noch in ihrem Pulli gefangen, murmelt sie: »Ich hab dir gerade ins Gesicht geschlagen, oder?«

»Ja, hast du«, antwortet Christopher und zieht ihr sanft den Pulli vom Kopf. »Du hast einen guten rechten Haken.«

»Tut mir leid«, flüstert sie, als sie den roten Striemen auf seiner Wange sieht.

Die Bratensoße wurde mit den Stoffservietten aufgesogen, und die Ordnung ist einigermaßen wiederhergestellt, abgesehen von Kit, die immer noch unkontrollierbar kichert.

»Das Chaos folgt dir wirklich auf Schritt und Tritt, oder?«, lacht Otto.

»Scheint, als steht uns ein aufregendes Weihnachtsfest bevor«, meint Esther.

Kapitel 8

Der Rest des Essens verläuft zum Glück ereignislos, nur ist Haf ein bisschen kalt, weil sie ihren Pulli wieder ausziehen musste. Zwar mag er für das Abendessen mit der Familie ungeeignet sein, aber er ist echt wunderbar warm und gemütlich.

Sobald alle fertig gegessen haben, springt sie auf und fängt an, den Tisch abzuräumen.

»Ich wasche ab«, verkündet sie. Sie hasst Abwaschen und ist unfassbar schlecht darin, aber im Moment würde sie alles tun, um ein bisschen Zeit für sich allein zu haben.

Christopher steht ebenfalls auf und hilft ihr, indem er die Teller stapelt, und als Haf sie zur Spüle in der Küche bringt, kommen die anderen auch mit ihrem dreckigen Geschirr herein.

»Du musst nur die Gläser abwaschen«, erklärt Esther. »Alles andere kommt in die Spülmaschine, aber versuch gar nicht erst, das selbst zu machen. Otto räumt sowieso alles wieder um.«

Fuck. Haf hat auf eine längere und beträchtlich weniger heikle Aufgabe gehofft, als die fünf Weingläser abzuwaschen, aber besser als nichts.

»Das erledige ich gleich«, sagt Otto, »aber ich mache mir Sorgen, dass ich mir so einen Computervirus eingefangen habe. Kannst du mir helfen, Christopher?«

Christopher wirft Haf einen entschuldigenden Blick zu, bevor er seinem Vater aus dem Zimmer folgt.

Im Esszimmer sind nur noch ein paar Sachen übrig. Vorsichtig sammelt sie die Weingläser ein und nimmt sie am Stiel überkreuzt in die Hand, wie sie es in dem Restaurant gelernt hat, in dem sie als Teenager ungefähr zwei Wochen gearbeitet hat.

»Pass bitte gut auf die Gläser auf. Die haben meiner Mutter gehört«, sagt Esther, als sie im Flur an ihr vorbeikommt.

Doppelfuck.

Zum Glück geht Esther und lässt Haf mit dem dreckigen Geschirr und den kostbaren Erbstücken allein. Das Ganze fühlt sich ein bisschen zu sehr nach Aschenputtel an – wenn auch sicher unbeabsichtigt.

Hinter ihr stellt Kit Salz und Pfeffer zurück an ihren Platz und dreht die Soßengläser zu.

Haf kann Kit spüren, wenn sie in der Nähe ist, was vielleicht seltsam klingt, aber wahr ist. Noch nie war sie sich der Präsenz einer anderen Person so deutlich bewusst.

Sie lässt heißes Wasser in die Spüle laufen und gibt viel zu viel Spülmittel auf den Schwamm, was die Gefahr erhöht, dass alles glitschig wird.

Ein Geschirrtuch in der Hand, erscheint Kit prompt an ihrer Seite. »Ich trockne ab.«

So viel dazu, eine Weile allein zu sein. So viel dazu, nicht allein mit Kit zu sein.

Während Haf das erste Glas abwäscht, herrscht Schweigen, doch sie kann die Wärme spüren, die Kit ausstrahlt.

»Also«, sagt Haf schließlich und konzentriert sich darauf, Esthers Lippenstift von einem Glasrand zu entfernen. Das Glas ist nicht nur ein Erbstück, es sieht auch teuer aus, und sie bemüht sich fieberhaft, es nicht in der Spüle zu zertrümmern. Aber Kit ist ihr so nahe, dass ihre Hände zittern und ihr ganzer Körper sich wie Wackelpudding anfühlt. Elektrisierter Wackelpudding.

»Also ...«

»Hi noch mal.«

»Hi.«

Haf holt tief Luft. Vielleicht ist jetzt der richtige Zeitpunkt? Sie sollte den Elefanten zur Kenntnis nehmen, der im Raum steht, und zugeben, wie unfassbar scharf sie vom ersten Augenblick an auf diese Frau war.

Na ja, Letzteres sollte sie vielleicht lieber für sich behalten.

Versuch, normal zu wirken.

»Danke für die Buchempfehlung«, bringt sie krächzend heraus. Irgendwie geht die Welt nicht auf der Stelle unter, obwohl das nett gewesen wäre. Es passiert überhaupt nichts. Wenn sie mit Christopher reden würde, würde er erröten und ins Stottern geraten, doch Kit tut nichts dergleichen. Sie zeigt kaum eine Reaktion.

Nach einer langen Pause sagt sie leise: »Ich dachte mir schon, dass das brandneue Buch auf dem Tisch im Flur kein Zufall sein kann. Kurz hab ich mich gefragt, ob Mum aus Versehen in einen queeren Buchclub geraten ist oder so. Und einen Moment lang ist mir tatsächlich der Gedanke gekommen, ob es dasselbe Buch sein könnte. Das schien mir zwar ein zu verrückter Zufall zu sein, aber heute gibt es eine Menge verrückte Zufälle.«

Ihre Hand ist in Erwartung des ersten Glases ausgestreckt. Als Haf es ihr reicht, berühren sich ganz leicht ihre Fingerspitzen – und ein Blitz durchfährt sie.

»Ja«, sagt sie atemlos. »Das war definitiv eine Überraschung. Ich wusste natürlich, dass Christopher eine Schwester hat. Aber ich hatte keine Ahnung, dass du es bist.«

»Ich nehme an, er hat dir keine Fotos gezeigt?«

Fuck, das könnte sich als Fehler erweisen. Zwischen den beiden geht irgendetwas vor, und wenn Haf durchblicken lässt, dass sie in den vier Monaten ihrer Fake-Dating-Timeline kein einziges Mal über Kit geredet haben, wird das womöglich alles noch schlimmer machen.

»Nein, es ist nur ... Ich kann mir keine Gesichter merken«, erklärt Haf.

Das stimmt tatsächlich – sie konnte noch nie Gesichter, die sie auf Fotos gesehen hatte, im wahren Leben wiedererkennen. Noch ein Grund, warum Onlinedating ein Albtraum gewesen wäre. Ihre Dates hätten lila Hüte oder rote Chrysanthemen tragen müssen, damit sie sie findet. Was die Stimmung womöglich verdorben hätte. Manchmal passiert ihr das sogar mit Leuten, die sie schon getroffen hat – entweder erkennt sie sie nicht wieder oder hält sie für jemand anderen. Im Grunde ist es wirklich erstaunlich, dass sie Kit wiedererkannt hat, aber sie ist ja auch einzigartig: Ihr Gesicht hat sich Haf bei der ersten Begegnung eingeprägt. Außerdem ist das Herzklopfen, das sie jedes Mal bekommt, wenn Kit in der Nähe ist, ein ziemlich offensichtliches Zeichen.

Christopher hat ihr überhaupt keine Fotos von seiner Familie gezeigt, abgesehen von den Hunden. Noch etwas, das sie hätten bedenken sollen, Gesichtsblindheit hin oder her.

»Oh, das ist bestimmt nervig«, sagt Kit.

»Allerdings.«

»Ich dachte nur ...« Kit hält einen Moment inne. »Christopher und ich reden nicht viel.«

Vor dem dunklen Abendhimmel wird das Fenster zum Spiegel, der ihre Gesichter reflektiert. Haf sieht, wie sich Kit über die Lippen leckt.

Noch vier Gläser, denkt Haf und nimmt das zweite zur Hand. Sie hat Schmetterlinge im Bauch.

Es ist kaum auszuhalten.

Kit wirft die Haare über die Schulter, als sie sich zur Seite dreht und das erste Glas in den Schrank stellt. Sie riecht wie ein Waldspaziergang mit einem heißen Becher Kaffee in der Hand. Nach der Welt dort draußen, nach unbegrenzten Möglichkeiten und großer Behaglichkeit.

Reiß dich zusammen, ermahnt sich Haf.

»Du hast erzählt, dass du deine Arbeit vor den Feiertagen erledigt hast. Ist bestimmt schön, eine Pause einzulegen.«

Kit schnaubt. »Na ja, irgendwie gibt es immer noch was zu erledigen. Aber ja, abgesehen davon, dass ich ab und zu meine Mails checken muss, hab ich bis Neujahr frei.«

»Ich weiß, dass Architekten Gebäude machen und so, aber tust du das jeden Tag?«

»E-Mails checken oder *Gebäude machen*?«, hakt Kit nach und malt mit den Fingern Anführungszeichen in die Luft.

»Das ist doch eine ganz normale Beschreibung.«

»Ich glaube, das Wort, nach dem du suchst, ist *entwerfen*«, sagt sie mit einem kleinen Schmunzeln. »Zu meinem Job gehören auch eine Menge Meetings und zu viel Einschleimen bei Interessenvertretern. Hin und wieder darf ich tatsächlich etwas zeichnen, was schön ist.«

»Du zeichnest lieber?«

»Ja, ich zeichne lieber.«

»Warum sind Jobs nie das, was man erwartet?«

»Hat wohl irgendwas mit dem Kapitalismus zu tun.«

Haf reicht ihr das zweite Glas, und das dritte rutscht ihr fast aus ihren eingeseiften Händen. Gerade so kann sie es noch festhalten.

Das wird schon, sagt sie sich. Ein paar Witze, einander ein bisschen kennenlernen ... Haf geht die Liste von Fragen durch, die sie im Kopf angelegt hat, um Small Talk machen zu können und bei ungefährlichen Themen zu bleiben. Fakten, keine Gefühle. Irgendwas, das sie davon ablenkt, wie nah sie sich sind und wie gern sie die Distanz zwischen ihnen überbrücken würde.

»Hast du schon Pläne für die Feiertage? Triffst du dich mit Schulfreunden oder so?«

Kit rümpft die Nase. »Ich schätze, Esther wird mich dafür einspannen, die Weihnachtsfeier morgen vorzubereiten. Sie hat immer eine ganze Reihe von Aufgaben für mich parat, mit denen sie mich am Weihnachtsmorgen überrascht.«

»Was für eine Weihnachtsfeier?«

»Herrje«, sagt Kit – eine perfekte Imitation ihres Bruders. »Hat Christopher dir überhaupt irgendwas erzählt? Er ist echt zu nichts zu gebrauchen.«

»Ich glaube, das ist so ein Männerding.« Haf reicht Kit das saubere Glas und nimmt sich das nächste, in dem sich noch ein Schluck Rotwein befindet. Das ist wohl ihres, denn es ist auch etwas über den Rand gelaufen.

»Damit kenne ich mich nicht aus«, schnaubt Kit.

»Ist das eine große Sache? Die Feier, meine ich.«

»O ja, eine ziemlich große Sache. Ein absolutes Highlight des gesellschaftlichen Lebens in Oxlea«, sagt sie mit gekünstelt vornehmem Akzent. »Es ist eine Wohltätigkeitsveranstaltung, bei der für gewöhnlich Geld für die örtliche Grundschule gesammelt wird.«

»Deine alte Schule?«

Kit lacht. »Sollte man meinen, aber nein. Esther hat uns beide auf eine Privatschule geschickt, aber das ist ihre Chance, *der Gemeinde etwas zurückzugeben*.«

»Du klingst ein bisschen zynisch.«

»Nur ein winziges bisschen. Aber ja, es ist ein großes Event, an dem der Bürgermeister und alle Schulleiter teilnehmen, und normalerweise lassen sich auch ein paar Lokalpolitiker blicken – solches Zeug. Esther organisiert das Ganze, und fairerweise muss ich zugeben, dass es immer ziemlich gut ist. Außerdem werde ich viel bei Laurel sein. Wenn ich arbeite, sehe ich sie nicht so oft, wie ich gern würde.«

»Seid ihr schon lange befreundet?«

»O ja, seit wir klein waren. Ich glaube, Esther war sehr erpicht darauf, unsere Familien zusammenzubringen, wenn du verstehst, was ich meine. Wenn ich ein Junge wäre, hätte sie mich wahrscheinlich mit ihr verheiratet. Oder wenn Laurel nicht die heterosexuellste Frau der Welt wäre.«

Inzwischen hat Kit das dritte Glas fertig abgetrocknet und macht mit dem vierten weiter.

»Dann gibt es noch die Feier der Howards, aber das sind auch schon alle großen Events. Unsere Großeltern sind dieses Jahr alle woanders. Nonno ist mit meinen Cousins in Italien. Granny und Grandpa, Esthers Eltern, machen einen Luxusurlaub in Schottland.«

»Meine Eltern auch«, sagt Haf. »Aber sie haben sich für Madeira entschieden.«

»Wahrscheinlich eine bessere Idee. Zumindest um einiges wärmer. Und es gibt dort leckeren Wein.«

Das fünfte Glas ist unbestreitbar sauber. Zumal Haf schon eine Weile vorgibt, einen Fleck wegzuwischen, der gar nicht existiert, um den Moment in die Länge zu ziehen. Es fühlt sich an, als hätten Kit und sie endlich eine gemeinsame Basis gefunden.

Vielleicht wird alles gut, wenn sie einfach hier an der Spüle stehen bleiben, in ein höfliches Gespräch vertieft, und Weingläser abwaschen.

Als ihr klar wird, dass sie es nicht noch länger hinauszögern kann, spült sie das letzte Glas unter dem Wasserhahn ab, aber nur ein sehr dünner Strahl kommt heraus.

»Was ist da los? Ist der Wasserdruck zu niedrig?«, murmelt sie und beugt sich vor, um den Wasserhahn zu untersuchen.

»Das ist der Hahn mit Wasserfilter.«

»Der ... was?«

»Du weißt schon, wie die Wasserkannen, die man in den Kühlschrank stellt, damit Leitungswasser nicht scheußlich schmeckt. Aber als Hahn.«

»So was gibt's?«

»Ist gar nicht so ungewöhnlich«, meint Kit.

»Vielleicht für vornehme Architekten.«

Sie lachen beide leise, und Stille senkt sich über sie, als Haf ihr das letzte Glas reicht. Jeder Moment muss irgendwann enden.

»Nur eins noch«, sagt Kit und nimmt Haf das Glas ab, wobei sie leicht mit ihren rot lackierten Fingernägeln daran stößt.

»Ja?«

In der Hoffnung, dass sie tatsächlich Frieden schließen oder Kit vielleicht sogar ein nettes Kompliment machen wird, wendet Haf sich ihr zu.

Aber natürlich kommt es anders.

»Wenn du mit meinem Bruder zusammen bist, solltest du vielleicht nicht mit Fremden an Bahnhöfen flirten. Das ist ihm gegenüber nicht fair, auch wenn es dir nicht viel bedeutet. Er ist sehr sensibel, verstehst du?«

Also damit hat Haf wirklich nicht gerechnet. Ihr Gesicht ist bestimmt hochrot angelaufen. »Ja«, krächzt sie. »Du hast recht.«

»Und außerdem«, fügt Kit hinzu, stellt das abgetrocknete Glas in den Schrank und schließt die Tür, »machst du dann niemandem falsche Hoffnungen.«

Haf schämt sich in Grund und Boden. »Ja. Natürlich.«

Kit schweigt einen Moment und mustert sie nachdenklich. »Okay, das hätten wir geklärt. Ich musste es dir einfach sagen. Das ist meine schwesterliche Pflicht. Vergessen wir das Ganze einfach, ja? Freundinnen?«

»Freundinnen«, sagt Haf und nickt eifrig. »Freundinnen.«

»Okay. Gut.« Ohne ein weiteres Wort geht Kit davon.

Sprachlos starrt Haf ihr Spiegelbild an, jetzt ganz allein. Kit hat recht, sie sollten das Ganze einfach vergessen. Wahrscheinlich war es ohnehin nur eine flüchtige Schwärmerei. Nichts als ein kleiner Flirt. Sie ist erwachsen. Angeblich.

Freundinnen.

Nur Freundinnen.

Jetzt nimmt Haf sich tatsächlich einen Moment Zeit für sich, räumt die Küche auf und wischt die Theke mit dem Putzmittel unter der Spüle ab. In einer so großen Küche fühlt sie sich wieder wie Aschenputtel, aber wenigstens hat sie selbst angeboten zu helfen, und so hat sie ein bisschen Zeit, die intensiven Höhen und Tiefen dieses Tages zu verdauen.

Alle anderen sitzen mit einem Drink im Wohnzimmer. Haf bleibt einen Moment in der Tür stehen und sieht still zu. Die Calloways sind alle ins Lesen vertieft: Otto hat eine gigantische Zeitung auf dem Schoß – die *Financial Times* vermutlich –, Esther blättert mit ihren langen, feingliedrigen Fingern in einem Kochbuch, Kit und Christopher sitzen mit einem Paperback auf der Couch, das sie beim Lesen so weit aufklappen, dass es fast in der Mitte durchknickt – eine erschreckende gemeinsame Angewohnheit.

Hafs verräterisches Exemplar von *Carol* liegt immer noch oben auf dem Nachttisch, und ohnehin ist das so ziemlich das Letzte, was sie in dieser Situation lesen möchte. Es ist ihr nicht für immer verdorben, aber es kommt ihr vor wie eine Bombe, die jeden Moment hochgehen könnte.

Der Fernseher steht stumm in der Ecke. Bei Haf zu Hause läuft der Fernseher so ziemlich die gesamten Feiertage über, ein ständiges Brummen im Hintergrund.

Da sie völlig vergessen hat, ihren Eltern Bescheid zu geben, dass sie gut angekommen ist, nutzt sie die Gelegenheit, ihr Handy aus der Tasche ihres Bleistiftrocks zu fischen und ihnen eine Nachricht zu schreiben. Es fühlt sich falsch an, ihr Handy in einem Raum zu benutzen, in dem alle lesen, auch wenn niemand sie bemerkt hat, also steckt sie es, sobald sie fertig ist, schnell wieder weg. Irgendwas daran kommt ihr vor, als würde sie ihre Minderwertigkeit hinausposaunen, obwohl die wahrscheinlich sowieso schon so deutlich zu sehen ist wie ein grelles Neonschild auf dem Las Vegas Strip. Sie sollte etwas machen, wodurch sie klug oder zumindest nützlich wirkt. Idealerweise würde sie den Hunden Tricks beibringen, aber sie sind beide spurlos verschwunden.

Als sie von hinten auf die Couch zukommt, blickt Christopher von seinem Buch auf und wirft ihr ein kleines Lächeln zu.

In der Ferne bimmeln Glöckchen, und Christopher steht auf.

»Was ist das?«, flüstert Haf in der Annahme, dass Bibliotheksregeln gelten und nur leise gesprochen werden darf – wenn überhaupt.

»Die Hunde klingeln, weil sie pinkeln müssen. An der Tür hängt eine Glocke, die sie betätigen, wenn sie rauswollen.«

»Oh! Ich gehe gern mit ihnen raus«, ruft Haf. »Schließlich bin ich sowieso schon auf den Beinen. Muss ich sie anleinen?«

»Nein, behalt sie einfach im Auge.«

Perfekt. Wenn ich schon nicht intellektuell wirken kann, mache ich mich weiterhin nützlich.

Stella und Luna sitzen geduldig neben Gartenclogs und richtig dreckigen Gummistiefeln auf der Fußmatte an der Hintertür. Haf schlüpft in ein Paar Clogs, die ihr ungefähr passen, zieht ihren unanständigen Weihnachtspulli wieder an, den sie in der Küche liegen gelassen hat, und geht mit den Hunden nach draußen. Einen Moment verschwinden sie in der Dunkelheit, doch dann schaltet sich die Lampe hinten am Haus ein und beleuchtet sie wie Rehe im Scheinwerferlicht. Sie sausen herum und beschnüffeln den Rasen, um den absolut besten Platz zum Pinkeln zu finden.

Haf holt ihr Handy heraus und macht einen Videocall. Zu ihrer Überraschung geht Ambrose fast sofort ran.

»Guten Abend.« Dey hat eine Tuchmaske im Gesicht, die an der Nase runterhängt wie ein Vorhang.

»Hi«, sagt Haf zögerlich. »Ich dachte nicht, dass du rangehst.«

»Ich hab überlegt, nicht ranzugehen, aber dann hab ich mich erinnert, dass du schon ... an die sechs Stunden dort bist. Bestimmt gab es einige Haf-gemachte Desaster, und ich dachte, es könnte sich lohnen, dass ich mir die Geschichte anhöre.«

»Na, vielen Dank auch«, faucht sie. »Der verdammte Pulli hat übrigens nicht geholfen.«

»O Gott, jetzt sag bloß nicht, dass du den in Gesellschaft anhattest.«

»Doch, natürlich!«

Ambrose lässt deren Handy sinken, sodass Haf nur noch die magnolienfarbene Decke des Schlafzimmers sehen kann, doch aus den Lautsprechern dringt Gelächter. »Du Dussel«, bringt dey mühsam heraus. »Da sind vögelnde Rentiere drauf!«

»Das weiß ich inzwischen auch!«

»Und das ist dir nicht aufgefallen?«

»Nein, als ich den Pullover ausgepackt hab, hatte ich Tränen in den Augen, so gerührt war ich von deiner netten Geste, du Affenarsch.«

»O nein«, sagt dey immer noch lachend und wischt sich eine Träne aus dem Augenwinkel. »Ich dachte, du würdest ihn im Bett anziehen oder so.«

»Christophers Mutter hat mich am Esstisch darauf aufmerksam gemacht«, stöhnt Haf. »Ich hab mir solche Mühe gegeben, eine gute Fake-Schwiegertochter zu sein, was gründlich schiefgegangen ist, und das war die absolute Rentierkacke zur Krönung.«

In einiger Entfernung hört sie Stella und/oder Luna bellen, und etwas, das eindeutig kein Hund ist, huscht durchs Gebüsch.

»Okay, jetzt fühle ich mich schlecht. Aber nur zu etwa fünf Prozent. Ich kann immer noch nicht glauben, dass du diese blödsinnige Idee durchziehst. Ich hätte Mum überreden können, dich über Weihnachten zu uns einzuladen, obwohl du dir wahrscheinlich ein Zimmer mit all meinen präpubertären Neffen hättest teilen müssen.«

Irgendwie wäre ihr ein Raum voller präpubertierender Jungs, die ihr erstes Schamhaar entdecken, tatsächlich lieber als diese Situation.

»Na ja, okay, vielleicht hätte ich auf dich hören sollen«, seufzt sie.

»Moment, was ist passiert? Alles okay?« Mit einem Mal wirkt Ambrose aufrichtig besorgt. Dey zieht die Gesichtsmaske ab. »Ich höre zu.« Die Zuneigung, die dey mit dieser Geste ausdrückt, bringt Haf fast zum Weinen. Wenn sie doch nur auf ihrer kleinen Couch in York mit demm über alles reden könnte.

»Es ist eine lange Geschichte.«

»Schieß los.«

»Auf dem Weg hierher, am Bahnhof ... hab ich ein echt hübsches Mädchen im Buchladen getroffen. Sie hat mir ein Buch empfohlen. *Carol*?«

»Ein Klassiker unter den Sapphics – geschickter Move.«

»Und da war ... dieser Funke. So was hab ich seit Langem nicht mehr gefühlt, und sie war einfach dermaßen anziehend. Ich wollte bis in alle Ewigkeit mit ihr reden. Und sie war dermaßen heiß, Ambrose. Also ich kann gar nicht in Worte fassen, wie heiß sie war. Aber sie musste weg, und der Buchhändler hat versucht, mich dazu zu überreden, meine Nummer zu hinterlassen, aber ich hab mich einfach verdrückt.«

»Kluger Buchhändler. Du Dummerchen. Ich hab deinen Tweet gesehen, dass du es verkackt hast. Ist es das, was dir so zu schaffen macht?«

»Nicht nur. Wie sich rausgestellt hat, hätte ich mir keine Sorgen zu machen brauchen, dass ich sie nie wiedersehe.«

»Ach ja?«, fragt dey aufgeregt.

»Ambrose, sie ist Christophers Schwester.«

Einen Moment herrscht angespanntes Schweigen. »Sie ist seine Schwester?«

»Ja.«

»Dieses traumhafte Mädchen, in das du dich auf den ersten Blick verliebt hast ...«

»Ich würde es nicht Liebe nennen.«

»... ist seine Schwester.«

»Ja.«

»Die über Weihnachten im selben Haus wohnt wie du?«

»Ja.«

Ambrose presst die Lippen zu einer schmalen Linie zusammen und schließt die Augen.

Nach einer langen Pause fragt Haf: »Hallo? Bist du noch da? Du bewegst dich gar nicht mehr.«

»Ich überlege nur, was die angemessene emotionale Unterstützung wäre, die du wahrscheinlich brauchst, denn im Moment fallen mir nur völlig unangemessene Sachen ein, die ich gern sagen würde.«

»Nur zu.«

»O nein, nein, nein. Nichts davon kann ich sagen. Zumal es keine Worte sind, sondern schockierte Schreie, Gelächter, *Karma is a bitch* et cetera, et cetera. Stattdessen sage ich lieber: *Wow, dieser furchtbare Schlamassel, den das Universum dir beschert hat, ist bestimmt scheiße schwer für dich.*«

»Das klingt nicht, als meinst du es ernst«, schmollt Haf.

»Doch, das tue ich! Ich versuche, emotional zugänglich zu sein!«

»Warum?«

»Ein bisschen Selbstoptimierung.« Dey atmet tief durch und wählt deren Worte mit Bedacht. »Es tut mir leid, dass du mit diesem Mädchen unter einem Dach gefangen bist und ihren Bruder datest – nebenbei bemerkt eine vollkommen vermeidbare unmögliche Situation.«

»Ich fake-date ihn nur!«

»Fährst du zurück?«

»Nein, das kann ich nicht. Ich hab versprochen, ihm zu helfen, und das werde ich.«

»Ist die Vorstellung, Weihnachten allein zu verbringen, wirklich so schlimm?«, fragt dey sanft.

»Nein, ehrlich gesagt bereue ich es, dass ich nicht einfach meine Schlabberhose angezogen und Naschkram bei Marks & Spencer bestellt habe, wie du mir geraten hast.«

»Ich bin sehr weise.« Ambrose dreht sich kurz weg und ruft dem präpubertierenden Eindringling, den Haf im Hintergrund hören kann, irgendetwas zu.

»Bei dir alles okay?«

»Ja, meine Cousins wollen nur die ganze Zeit *Fortnite* spielen. Immerzu fucking *Fortnite*. Gib mir *Mario Kart* – irgendwas, wobei ich sie plattmachen kann. Nicht schon wieder diesen blöden Shooter. Mir wird langsam klar, dass ich alt werde. Ich hasse es! Aber egal, zurück zu dir. Du meinst, du bleibst freiwillig in diesem beschissenen Schlamassel? Und tust einfach so, als wolltest du nicht viel lieber mit der Schwester rumknutschen?«

Vor Hafs Augen blitzen Bilder von Kits Lippen auf, ihr Lachen, ihr Grinsen. Ihre Wärme, als sie nebeneinander an der Spüle standen. Wie ihre Haare im Licht glänzten.

»Das wird schon. Wir bleiben nur bis zum siebenundzwanzigsten, also nur ... fünf Tage, dann sind wir wieder weg«, sagt Haf, genauso zu sich selbst wie zu Ambrose. »Wir können Freundinnen bleiben. Ich bin einfach nur ein bisschen scharf auf sie. Es ist ja nicht so, als wäre ich in sie verliebt, das ist nur eine kleine Schwärmerei. Ich komme schon klar.«

»Ich weiß nicht, was lächerlicher ist. Dass du ernsthaft glaubst, du könntest dich davon abhalten, mit ihr zu flirten, oder dass du denkst, Christopher würde nichts davon mitkriegen. Ich schätze, du hast ihm nichts von diesem witzigen kleinen Zufall erzählt. Wie wird er darauf reagieren?«

»Er muss nichts davon erfahren, weil nichts passieren wird.«

»Was, wenn er merkt, wie du dich nach ihr verzehrst? Wie du sie mit großen Augen anhimmelst? Deine Notgeiler-Kobold-Vibes. Auf deinem Gesicht kann jeder alles lesen, und wenn du verknallt bist, sowieso.«

»Gott, ich hoffe, er kommt nicht dahinter«, murmelt sie. »Aber wie ich schon sagte, wenn wir einfach Freundinnen bleiben, wird diese Schwärmerei vergehen. Das wird schon!«

Stella und Luna rennen an ihr vorbei und zurück ins Haus.

»Ich muss Schluss machen. Ich hab mich gerade mit den Hunden rausgeschlichen.«

»Schick mir Bilder. Von den Hunden«, sagt Ambrose. »Und der Schwester.«

»Das werde ich.« Haf leckt sich über die Lippen. »Wirst du …? Sind wir …?«

»Alles gut, und ja, ich werde dein emotionaler Support Schrägstrich schreiender, höhnischer Supporter sein.«

»Danke.«

»Gern geschehen.«

»Ich vermisse dich.«

»Ich vermisse dich auch.«

Kapitel 9

Die wohlige Wärme des Calloway-Hauses lullt Haf ein wie ein Gutenachtlied. Sie ist vollkommen erschöpft, und ihr Bett – oder besser gesagt Christophers Bett – ruft laut nach ihr.

Die Hunde folgen ihr ins Wohnzimmer, dann laufen sie an ihr vorbei und rollen sich in ihrem Körbchen vor dem Kamin zusammen.

Haf steckt den Kopf zur Tür herein. »Ich glaube, ich gehe ins Bett, wenn das okay ist.«

»Natürlich, Liebes. Geht es dir gut? Es ist noch recht früh«, sagt Esther. Die große Standuhr in der Ecke zeigt an, dass es tatsächlich erst halb neun ist.

»Ich bin nur müde von der Reise.«

»Und weil wir dich so in die Mangel genommen haben«, meint Otto und sieht mit einer hochgezogenen Augenbraue über seine Zeitung hinweg.

»Nein, ehrlich, ihr wart wundervoll. Ich bin nur völlig erledigt von der ganzen Aufregung. Vielleicht bin ich auch ein Border Terrier«, fügt sie hinzu, als Stella anfängt zu schnarchen. Wie als Antwort furzt Luna sehr laut.

»Und jetzt werden wir auch noch mit Stinkbomben beworfen«, lacht Otto. »Bring dich in Sicherheit.«

»Ich komme bald nach«, sagt Christopher.

Kit sagt nichts. Und das ist okay. Wahrscheinlich. Es ist nicht so, als hätte Haf darauf gehofft.

Die oberen Stockwerke des Hauses sind um einiges kühler. Wahrscheinlich haben sich deshalb alle im Wohnzimmer um den Kamin versammelt. Haf könnte schwören, dass sich auf den freien Deckenbalken über ihr Reif gebildet hat.

Gott sei Dank für richtige Schlafanzüge, denkt sie – ein vernünftiger Last-Minute-Einkauf, nachdem sie festgestellt hatte, dass all ihre derzeitigen Pyjamas mit Löchern, Flecken oder unangemessenen Sprüchen ausgestattet waren. Etwas ungeschickt klettert sie in das hohe Bett, legt sich hin und zieht die Decke über den Kopf, damit ihr schneller warm wird.

Ihr Handydisplay erleuchtet die Dunkelheit, als wäre sie ein Kind, das beim Licht seiner Taschenlampe liest. Allerdings würden nur wenige Kinder, oder hoffentlich gar keine, auf Twitter herumscrollen.

Bei Ambroses Umfrage wurden inzwischen noch mehr Stimmen und Kommentare abgegeben. Anscheinend sind die meisten Leute der Meinung, dass niemand, der noch bei Verstand ist, sich je auf Fake-Dating einlassen würde.

Ansonsten ist ihr Feed voller Leute, die festliche Fotos von ihrem Elternhaus teilen, von in der Kindheit gebastelten Dekorationen bis hin zu den provisorischen Betten, die in sonderbaren Winkeln im Haus für sie aufgestellt wurden.

Einen Moment überlegt sie, auch ein Bild zu posten, aber nur Ambrose und ihre Familie wissen, wo sie ist. Bisher hat sie jedes Mal, wenn ihre Internetfreunde fragten, wo sie Weihnachten verbringen würde, etwas vage geantwortet: »Bei einem Freund«, was ja eigentlich keine Lüge ist. Sie will nicht, dass sie sich Sorgen machen. Alle machen sich immer Sorgen um sie.

Außerdem will sie nicht, dass irgendwer die Umfrage mit ihr in Verbindung bringt.

Ohne Christopher in seinem Zimmer zu sein, fühlt sich seltsam an. Es ist kein Schrein voller Andenken an seine Kindheit – keine Sonic-Bettwäsche oder scheußliche Tapeten. Die Wände sind blütenweiß, und was immer es war, worin er als Kind geschlafen hat, wurde durch diese wunderschöne Antiquität ersetzt. Vielleicht kann sie mehr über seine Backstory erfahren, wenn sie ein bisschen herumschnüffelt. Eine Ausgrabung von Christopher Calloway sozusagen. Schließlich hat er ihr kaum etwas erzählt.

Sie wälzt sich aus dem Bett und geht zu dem Regal voller ramponierter Paperbacks klassischer Kinderbücher – *Redwall*,

Das Magische Messer, aber keiner der anderen Bände der *His-Dark-Materials*-Reihe, *Der Hobbit*. Offenbar ist er ein richtiger kleiner Baby-Nerd. Im untersten Fach steht ein riesiges Kochbuch, das ein bisschen fehl am Platz wirkt.

In der Schublade seines Schreibtischs findet sie ein paar Schätze. Ein Kartenspiel. Einen Stapel Glückwunschkarten, mit einem hübschen Zierband zusammengebunden, was ihr wie Esthers Werk erscheint. In der Ecke ist eine Dose Minzbonbons versteckt, und Haf öffnet sie in der Hoffnung auf einen kleinen Leckerbissen, aber stattdessen findet sie ein sehr altes Kondom, das er dem Verfallsdatum nach im Teenageralter gekauft hat. Sie macht eine mentale Notiz, ihn später damit aufzuziehen.

Den Nachttisch will sie nicht öffnen, weil sie findet, dass es ein zu starker Eingriff in seine Privatsphäre wäre – sie könnte noch nicht abgelaufene Kondome oder seinen Kredit-Score finden, wer weiß! Aber der auf ihrer Seite erscheint ihr unproblematisch, und tatsächlich befindet sich in den Schubladen kaum etwas außer ein paar Rezeptbüchern für Kinder.

Gerade als sie die Schublade mit dem Fuß wieder zuschiebt, kommt Christopher herein. Er riecht nach Zucker und Gewürzen.

»Himmel, hier oben ist es kalt.«

»Wie die Titten einer Hexe, aber keine Sorge, hier drin ist es schön warm, Liebling«, säuselt Haf, wackelt anzüglich mit den Augenbrauen und schlüpft zurück unter die Decke. Er beäugt das Bett mit nervösem Misstrauen, als hätte er eine Schlange darin gesehen. Diese Gelegenheit, ihn zu necken, kann sie sich nicht entgehen lassen und klopft mit einem diabolischen Grinsen auf die Matratze. »Komm schon, leg dich zu mir. Wir können uns aneinanderkuscheln.« Sie rekelt sich noch ein bisschen, um unmissverständlich klarzumachen, was sie meint.

»Die Sache ist sowieso schon seltsam. Hör auf, alles noch seltsamer zu machen.«

»Nein. Dich zu quälen, wenn wir unter uns sind, ist meine einzige Erholung davon, die beste Freundin zu sein, die du je hattest, worin ich, wie wir beide gesehen haben, ziemlich schlecht bin …«

»Bist du nicht.«

»Na ja, ich bin nicht gerade toll, aber ich gebe mein Bestes.«

»Dein Bestes? Wirklich?«

»Hey!« Sie zieht einen Schmollmund.

Er setzt sich auf die Decke und holt einen brandneuen, noch verpackten Pyjama unter dem Kissen hervor. Bestimmt hat Esther den für ihn bereitgelegt. Das ist irgendwie süß.

»Ich wusste gar nicht, dass du so ein Fantasy-Nerd bist«, sagt sie und deutet auf sein Bücherregal.

Jetzt ist Christopher an der Reihe zu schmollen, aber nicht so dramatisch und übertrieben wie Haf – er presst nur die Lippen zusammen. »Es ist nicht nerdig, phantasievolle Sachen zu mögen, Haf.«

»Ich wette, du spielst D&D. Spielst du D&D?«

»So nerdig bin ich nun auch wieder nicht.«

»Tja, dein Pech, das macht echt Spaß.«

»Du spielst D&D?«, fragt er, seine Augenbrauen vor Überraschung so weit hochgezogen, dass sie ihm fast aus dem Gesicht fallen.

»Sheilargh der Halbork ist eine meiner besten Kreationen. Unsere Gang war eine Gruppe Abenteurer mittleren Alters, die sich gern danebenbenahmen.«

»Du überraschst mich immer wieder.«

»Ich stecke voller Überraschungen. Liest du viel?«

»Nicht wirklich. Dafür habe ich nicht genug Zeit«, sagt er ein bisschen traurig.

»Was hast du vorhin gelesen?«

»*Erdsee* von Ursula K. Le Guin.«

»Ein Klassiker.«

»Wolltest du dich uns nicht anschließen und auch ein bisschen lesen? Ich hab gesehen, dass du ein Buch dabeihast. Wovon handelt es?«

Dieser Moment ist entscheidend. Sie könnte ihm erzählen, dass sie Kit schon kannte. Hey, lustige Geschichte, ich hab deine Schwester getroffen und hätte am liebsten auf der Stelle mit ihr rumgeknutscht, und sie hat mich sehr sexy dazu ermutigt, dieses Buch zu kaufen, das ein absolutes Literatur-Highlight für Frauen ist, die Frauen lieben.

Doch er sieht müde aus, und heute gab es schon mehr als genug Enthüllungen.

»Oh, ich bin mir nicht sicher. Ich fand das Cover schön.«

»Verstehe«, sagt er und wirft sich seinen Schlafanzug über die Schulter. »Ich gehe mich im Bad umziehen.«

»Ich kann auch einfach die Augen schließen.«

Christopher macht eine unbehagliche Bewegung.

»Du vertraust mir nicht, dass ich nicht linse? Ich bin schockiert!«

»Das ist es nicht. Ich bin nur ein bisschen … schüchtern, was solche Sachen angeht«, erklärt er und überspielt seine Verlegenheit, indem er hinzufügt: »Und du würdest bestimmt linsen.«

»Ja, würde ich. Na dann los, ab mit dir!«

»Ich bin kein Hund«, murmelt er, bevor er das Zimmer verlässt.

Er ist sensibel, denkt sie. Das ist echt süß. Nicht viele Männer haben ihr je ihre Ängste offenbart. Die meisten Männer sind darauf versessen, eine erschreckende Maskulinität auszustrahlen. Auch Freddie war so darauf erpicht, bloß keine Gefühle zu zeigen, dass sie nie über irgendetwas von Bedeutung reden konnten.

Anscheinend vertraut Christopher ihr wirklich.

Und er würde wahrscheinlich durchdrehen, wenn sie ihm von Kit und ihrem kleinen Flirt im Buchladen erzählen würde. Das muss er nicht wissen, er würde sich nur unnötig Sorgen machen.

Haf stellt den Flugmodus auf ihrem Handy ein, kuschelt sich unter die Decke und zieht sie sich wieder über den Kopf.

Ein paar Minuten später kommt Christopher herein und schlüpft unter die Decke, wobei er offensichtlich versucht, Haf nicht zu stören. Mit ihm kommen ein kalter Luftzug und der Geruch minziger Zahnpasta.

»Verdammte Scheiße«, murmelt Haf. »Ich hatte gerade die richtige Temperatur hier drin.«

»Es wird schnell warm«, sagt er fröstelnd, den Kopf immer noch über der Decke.

»Du kannst mit in meine Höhle kommen, wenn du willst. Hier ist es viel wärmer.«

»Ich will mich nicht aufdrängen.«

»Schon gut – ich hab dich eingeladen, oder? Das ist wie eine Pyjamaparty.«

Er krabbelt ein Stück tiefer. »O nein, jetzt sind meine Füße draußen.«

»Die Probleme großer Leute.« Haf lacht, während er sich auf die Seite wälzt und zusammenrollt.

Jetzt haben sie sich ihre Gesichter zugewandt, und in jeder anderen Situation, mit jeder anderen Person wäre das vielleicht romantisch.

»Das fühlt sich sehr nach *und es gab nur ein Bett* an.«

»Ist das ein großes Ding?«

»Ja, eine total angesagte Romance-Trope, aber keine Sorge. Bei uns ist es nur die perfekte Planungszeit in unserem Geheimversteck.«

»Im Bett?«

»Ein Bett eignet sich gut als Geheimversteck. Eine verborgene Basis, wo wir Pläne schmieden können.«

Er denkt einen Moment darüber nach. »Okay. Muss ich dir ein paar Geheimnisse erzählen?«

»Wenn du magst. Oder du kannst mir Fragen stellen. Es gibt noch einige Lücken zu füllen.«

»Okay«, sagt er und denkt eine Weile nach. »Ach ja: Wann bist du nach York gezogen?«

Natürlich kann er nicht wissen, dass das ein wunder Punkt ist, aber er sollte die Antwort darauf kennen, falls jemand fragt. Haf beißt sich auf die Unterlippe.

»Anfang des Jahres. Vorher hab ich mit meinem damaligen Freund Freddie in Liverpool gewohnt. Ich hatte studiert, aber aus meinem Abschluss nichts Richtiges gemacht, und, na ja … die Welt steht in Flammen, darum dachte ich, ich sollte etwas Nützliches tun. Da hab ich diesen Job gefunden, hab mich beworben und ihn gekriegt.«

»Und er ist nicht mit dir umgezogen?«

»Nein, er wollte nicht weg aus Liverpool.« Sie hält einen Moment inne und leckt sich die Lippen. »Außerdem hatte er, äh, schon eine neue Freundin, bevor ich in den Zug gestiegen bin, also ...«

»Oh, das tut mir leid.«

»Was geschehen ist, ist geschehen«, sagt sie in bemüht unbekümmertem Ton. Als wäre sie darüber hinweggekommen wie ein gesunder Mensch, anstatt es einfach ganz tief in sich zu vergraben und zu hoffen, dass sie es mit der Zeit vergessen würde. »Was ist mit dir, Herr Finanzbeauftragter? Erzähl mir, was du so gemacht hast. Wo hast du studiert?«

»Ich war an der Oxford University.«

»Ach ja? Respekt! Aber das ergibt Sinn mit diesem ganzen vornehmen Vibe. Warst du in irgendeinem schicken Club, einem Geheimbund oder so? Kennst du die schmutzigen Geheimnisse der zukünftigen Prime Minister?«

»Nein, zum Glück nicht. Ehrlich gesagt kann ich diesen ganzen Pomp nicht ausstehen. Ich war eine Weile im Rugbyteam mit Mark, aber die meiste Zeit bin ich für mich geblieben.«

»Ich war eine Weile im Fechtteam.«

Christopher setzt sich im Bett auf. »Jemand hat dich ein Schwert halten lassen?«

»Unglaublich, oder? Aber ich war unfassbar schlecht darin. Was hast du nach dem Studium gemacht?«

»Nach dem Abschluss habe ich direkt bei einer Investmentgesellschaft angefangen. Mein Job ist eine Mischung aus Anlageberater und Finanzanalyst.«

»Ahaaa.«

Eine lange Pause tritt ein, dann fragt Christopher: »Alles in Ordnung?«

»Oh! Sorry, ich hab darüber nachgedacht, was das genau bedeutet, und dann hab ich abgeschaltet. Entschuldige. Herr Investment- und Finanzbeauftragter also. Du hilfst reichen Leuten, noch reicher zu werden, oder?«

»So in etwa. Und das ist einer der zahlreichen Gründe, warum mir mein Job nicht gefällt.«

»Und Laurel hat sich letztes Jahr von dir getrennt, weil dieser hinterhältige Arsch Mark sie dir ausgespannt hat. Und jetzt ist er dein Chef oder so?«

»So in etwa.«

»Dann sind wir beide furchtbar schlecht in Sport, haben eine schmerzhafte Trennung hinter uns und stecken in Jobs fest, die wir nicht mögen?«

»Fast, als wären wir dazu bestimmt gewesen, uns zu begegnen.«

»Jetzt klingst du wie ein richtiger Fantasy-Nerd.«

Eine Weile liegen sie still in der Dunkelheit. Haf ist sich ziemlich sicher, dass Christopher kurz davor ist einzuschlafen, als er flüstert: »Denkst du, das funktioniert?«

»Unsere festliche Scharade?«

»Ja.« Er klingt so jung, als wäre er wieder ein kleiner Junge.

Haf streckt die Hand aus und berührt seine Wange, obwohl sie befürchtet, dass sie ihm im Dunkeln fast mit dem Daumen ins Auge gestochen hat. Er ist höflich genug, sie nicht darauf hinzuweisen.

»Bist du glücklich? Ich meine, helfe ich?«

»Glücklicher, als ich allein wäre.«

»Okay, das ist gut genug für mich.«

Er seufzt tief, und sie kann den Anflug eines Lächelns hören, als er sagt: »Für mich auch.«

Kapitel 10

Am nächsten Morgen wecken Haf gleich mehrere ungewohnte Geräusche. Zuerst eine Glocke – näher und fordernder als Kirchenglocken. Gefolgt vom aufgeregten Schnattern einer Gänseschar und zu guter Letzt Stellas und Lunas Gebell.

Als sie sich mühsam aufsetzt, kommt Christopher mit zwei dampfenden Tassen herein.

»Ich dachte, du könntest Koffein gebrauchen.«

»Da hast du ganz richtig gedacht. Ach du Scheiße, bist du etwa einer dieser grässlich munteren Morgenmenschen?«, fragt sie, als sie merkt, dass er schon vollständig angezogen ist.

»Leider ja«, gesteht er und klopft sich Toastkrümel von seinem senfgelben Pulli mit Zopfmuster. »Das sind wir alle. Außer Kit.«

»Deal Breaker!«, stöhnt Haf und holt ihr Handy unter ihrem Kissen hervor. Ihr Alarm für die Arbeit ist noch nicht mal losgegangen. »Wenn ich gewusst hätte, dass ich es mit aktiven Leuten zu tun bekomme, hätte ich mich nie darauf eingelassen. Du wirst mich nicht zwingen, noch vor dem Frühstück eine Wanderung zu machen, oder?«

»Wandern gehen wir erst nach dem Frühstück«, sagt er mit einem neckischen Augenzwinkern.

»In drei Tagen ist Weihnachten. Dann schaltet doch bestimmt sogar ihr in den Urlaubsmodus?«

Er zieht die Vorhänge auf und reibt das Fenster mit dem Tuch auf der Heizung ab, das nur zu existieren scheint, um das Kondenswasser wegzuwischen – eindeutig das Werk eines Erwachsenen. Dann öffnet er das Fenster, um frische Luft hereinzulassen, und Haf verkriecht sich hastig wieder unter der Decke.

»Oh, du Teufel, mach das wieder zu!«

Er verdreht die Augen, aber kommt ihrer Aufforderung nach.
»Ein bisschen frische Luft hat noch niemandem geschadet.«
»Sag das all den Toten auf dem Mount Everest.«
»Apropos, ich dachte, vielleicht willst du den Schnee sehen.«
Bei diesen Worten wälzt sich Haf tatsächlich aus dem Bett und huscht zum Fenster. Er hat recht. Alles ist von einer beachtlichen Schicht Schnee bedeckt. Als sie nach York gezogen ist, hat Ambrose ihr gesagt, dass es dort im Winter viel Schnee gibt, aber vor ihrer Abreise war noch kein Flöckchen gefallen, und ein Teil von ihr befürchtete schon, sie hätte es verpasst. Aber hier ist er.

»Normalerweise schneit es hier nicht zu Weihnachten, aber dem Wetterbericht nach ist das ganze Land weiß. Selbst London.«

»In Wales hatten wir auch nie Schnee. Zu nah am Meer«, flüstert sie, völlig verzaubert.

»Vielleicht wird das ja unsere erste weiße Weihnacht«, sagt er mit einem jungenhaften Grinsen.

Die Sonne steigt über den Bäumen in der Ferne auf und erleuchtet die glitzernde Schneedecke.

»Soll ich aufstehen?«

»Ja, aber keine Eile. Ich helfe Mutter mit ein paar Vorbereitungen. Lass dir Zeit, ich mache dir dann Frühstück, wenn du runterkommst.«

»Wie fester-Freund-mäßig von dir.«

Er strahlt, offenbar froh, sich nützlich machen zu können, hüpft förmlich aus dem Zimmer und macht die Tür leise hinter sich zu.

Haf öffnet Twitter und ist kurz verwirrt, warum ihr Account gesperrt ist, bevor ihr wieder einfällt, dass sie diese Vorsichtsmaßnahme getroffen hat, damit die Calloways sie nicht finden.

Doch vielleicht hätte sie sich darüber nicht so große Sorgen machen müssen, denn Ambrose hat noch eine Umfrage gestartet.

@ambroseliew was würdet ihr tun, wenn ihr auf die schwester eures freundes stehen würdet?

Sterben: 42 %
Ihn abservieren und was mit ihr anfangen: 25 %
Etwas anderes (bitte erklären): 33 %
359 votes

Viele Leute haben Kommentare hinterlassen, was sie in einer solchen Situation machen würden, aber auch wenn Haf versucht ist, sie durchzulesen, erkennt ein Teil von ihr, dass das eine ganz schlechte Idee wäre. Das Fake-Dating ist schlimm genug.

> **Haf:** Kannst du dich vielleicht auf WhatsApp beschränken, wenn du mich durch den Kakao ziehst? Ich will nicht, dass es irgendjemand rausfindet. Die erste Umfrage hat mich nicht gestört, aber ich will einfach kein Risiko eingehen.
> **Ambrose:** o bitte, wer sollte schon dahinterkommen???
> **Ambrose:** lass mir meinen spaß
> **Haf:** Na gut, aber mach es nicht zu offensichtlich, ja?
> **Haf:** Ich will nicht, dass die Leute erkennen, dass es um mich geht, weil wir zusammenwohnen!!!
> **Ambrose:** und so was sieht dir ähnlich
> **Ambrose:** ein paar echt gute tipps in den kommentaren, vor allem der hier

Ambrose leitet ihr einen Tweet weiter.

> @poopdoctor @ambroseliew ich lasse sie um meine zuneigung kämpfen

Haf seufzt und wirft das Handy so weit weg wie möglich. *Gönn Ambrose deren Spaß*, denkt sie. *Irgendjemand sollte doch Spaß haben.*

Ein paar Schlucke heißen, fast schmerzhaft süßen Tee später steht Haf auf und holt ihren Kulturbeutel aus ihrem Rucksack.
Ich sollte wahrscheinlich auspacken, denkt sie.

Sie macht die Schlafzimmertür auf, und genau im selben Moment öffnet sich die gegenüber.

Es ist Kit. Zu Hafs Pech sieht sie in ihrem waldgrünen Seidenpyjama sehr süß, wenn auch ziemlich mürrisch aus. Sie grunzt verschlafen und versucht, ihre Haare zu richten, die wild in alle Richtungen abstehen.

»Guten Morgen«, sagt Haf, schluckt ihre Nervosität herunter und bemüht sich um einen fröhlichen Ton.

»Hab ich mir das nur eingebildet ... oder hat jemand eine verdammte Glocke geläutet?«, murmelt Kit.

»Das war keine Einbildung, ich hab sie auch gehört.«

»Ugh. Ich hasse Glocken. Besonders in meinem Haus. Ganz besonders morgens.« Kit zuckt die Achseln, gähnt und stöhnt zugleich mit einer Bewegung, die sagt: »Ich wäre lieber nicht wach, aber jetzt bin ich es wohl.«

Unbehagliche Stille tritt ein, die Haf unbedingt füllen will. »Ich wollte mir gerade die Zähne putzen. Ich hab morgens fürchterlich Mundgeruch.«

»O ja, ich auch.«

Die unbehagliche Stille kehrt zurück, und Haf fällt nichts anderes zu sagen ein als: »Also dann, wollen wir?«

Das klingt absolut lächerlich. Ungefähr so, als wollten sie einen romantischen Spaziergang machen. Dabei geht es darum, dass sie einfach ins Bad gehen. Aber in ihrem schläfrigen Zustand nimmt Kit es gelassen hin.

Sie wandert ins Badezimmer und lässt die Tür offen, was Haf als Einladung versteht. Nachdem sie eine Weile im Schrank herumgewühlt hat, lässt sich Kit auf die zugeklappte Toilette sinken, ein Glas Wasser in der einen Hand, zwei Tabletten in der anderen.

»Schlecht geschlafen?«, fragt Haf und holt ihre Zahnbürste aus dem Kulturbeutel.

Kit steckt sich die Tabletten in den Mund und spült sie mit einem großen Schluck Wasser herunter. »Ich schlafe selten gut. Das geht mit dem ganzen anderen Scheiß einher. Kein erholsamer Schlaf.«

»O nein, das tut mir leid«, sagt Haf beim Zähneputzen, obwohl sie nicht wirklich weiß, was Kit meint.

Kit trinkt noch einen Schluck, dann holt sie ein Döschen Feuchtigkeitscreme aus dem Schrank. »Sorry, du hast wahrscheinlich keine Ahnung, wovon ich rede.«

Haf wedelt mit der Hand und bringt undeutlich heraus: »Du kannst es mir sagen, wenn du magst.« Obwohl es eher klingt wie »Ukamasagenwennumagst«.

Kit lacht, während sie behutsam ein paar Kleckse Gesichtscreme aufträgt.

»Ich hab etwas, das sich hypermobiles Ehlers-Danlos-Syndrom nennt. Deshalb brauche ich den Stock. Im Grunde macht es sämtliches Gewebe zu flexibel, deshalb sind meine Gelenke sehr schwach und springen, wenn sie gerade scharf darauf sind, leicht mal raus«, erklärt sie mit einem Grinsen.

Haf lacht, und Zahnpasta stiebt wie eine kleine Schneewolke durch die Luft.

»Es verursacht auch noch ein paar andere Sachen, eine nerviger als die andere. Aber die Schlafprobleme und die Müdigkeit sind das Schlimmste.« Sie tippt sich an den Kopf. »Außerdem hab ich eine kognitive Dysfunktion, auch *Brain Fog*, also Gehirnnebel genannt, deshalb kann ich an manchen Tagen nicht klar denken.«

Haf spuckt aus, spült sich den Mund aus und trocknet sich die Hände ab. »Klingt ziemlich hart.«

»Ist es auch. Aber ich mache ein richtig gutes Y beim YMCA«, sagt sie und verrenkt die Ellbogen, sodass sie ein sehr überzeugendes Y bilden.

»Na, dann ist es die Sache doch wert.«

»Siehst du, ich wusste, du würdest es verstehen.«

Kit stützt sich hinten an der Toilette ab und richtet sich mit einem angestrengten Stöhnen auf.

»Brauchst du Hilfe?«

»Nein, geht schon, aber danke. Ich muss nur ... alles ein bisschen aufwärmen.«

»Das Angebot steht, wenn du ...«

»Vom Klo runterkommen musst?« Kit lacht, was Haf in Verlegenheit bringt. War das unsensibel? Zu ihrer Erleichterung fügt Kit hinzu: »Ich werde deine Freundlichkeit so oft wie möglich ausnutzen.«

Die mysteriöse Glocke läutet erneut.

»Hast du je das Gefühl, dass du herbeizitiert wirst?«, murmelt Kit auf dem Weg zur Tür.

»Bauchreden und jetzt auch noch Glockenklingeln? Die Calloways sind wirklich talentiert«, sagt Haf lachend.

Nachdem sie sich einige Portionen Wasser ins Gesicht gespritzt hat, beruhigt sich ihr rasender Herzschlag. Das war doch fast eine normale Unterhaltung. Nur eine kleine Neckerei zum Schluss, die kaum als Flirten durchging. Und ihr ist kaum aufgefallen, wie süß Kit in ihrem Schlafanzug aussah.

Alles gut! Wir werden Freundinnen!

Haf bringt ihre Sachen zurück ins Schlafzimmer und zieht sich um, weil sie den Vorfall bei Freddies Eltern nicht wiederholen will. Auf dem Weg nach unten hört sie Esthers laute, gebieterische Stimme und folgt dem Geräusch durch den Flur zum Esszimmer.

»Nein, Aggy, brauchen wir nicht noch mehr Möhren? Was soll das heißen, du hast das Verhältnis zwischen Rentieren und Karotten falsch eingeschätzt?« Einen Moment herrscht Schweigen, gefolgt von lauten Schritten. »Ich kläre das.«

Als Haf den Kopf zur Tür hereinsteckt, sieht sie Esther, umgeben von – vermutlich gut organisiertem – Chaos. An den Wänden türmen sich Kisten, und der Tisch ist mit Listen, einem aufgeklappten Laptop, einer großen Kanne Kaffee und noch mehr Kisten vollgestellt.

»Haf! Guten Morgen, meine Liebe. Ich hoffe, wir haben dich mit dem ganzen Aufruhr nicht geweckt.« Esther hält die störende Glocke in der Hand.

»Nicht doch«, lügt Haf. »Ist das alles für die Weihnachtsparty?«

»Die Feier, Schätzchen«, korrigiert sie Esther. Dann dreht sie sich zur Küche um, holt tief Luft und schreit: »Otto? Hast du die Karotten abgeholt?«

In den Kisten auf dem Tisch befinden sich kleine weiße Stoffbeutel.

»Oh, das sind deine Gewürze für den Glühwein, richtig?«, fragt Haf und nimmt einen der Beutel aus der Kiste. In jedem sind eine getrocknete Orangenschale, ein paar Zimtstangen, Gewürznelken und Piment eingepackt. Es riecht himmlisch.

»Ja, für den Getränkestand. Die Erträge gehen an eine Wohltätigkeitsorganisation, und wir nehmen immer mehr ein als erwartet.«

»Die Leute lieben Glühwein.«

»Ja, und hoffentlich führen die Gewürznelken heute nichts Böses im Schilde«, sagt Esther in neckischem Ton.

»Oh, das lag definitiv nicht an den Gewürznelken.« Haf lacht unbehaglich und legt den Beutel zurück in die Kiste.

»Das will ich hoffen, sonst gibt es noch ein Unglück.« Esther holt erneut tief Luft und brüllt: »Otto!«

Sie hat eine wirklich kräftige Lunge. Haf ist sich ziemlich sicher, dass die Fenster gerappelt haben, oder vielleicht haben sie sich vor Angst auch zusammengekauert.

»Ja, Esther?«, ertönt eine gedämpfte Antwort.

Haf und Esther drehen sich um und sehen Otto mit Gartenhandschuhen draußen vor dem Fenster stehen, die Hunde zu seinen Füßen herumtollend.

»Schrei mich nicht an, Otto. Ich bin doch kein Rindvieh«, sagt Esther und öffnet das Fenster.

»Das wollte ich auch bestimmt nicht andeuten, Liebste. Was ist los?«

»Ich wollte nur fragen, ob du die Karotten geholt hast.«

»Die Karotten?«

»Ja, hast du die Karotten geholt?«

»Für die Rindviecher?«, fragt Otto ganz unschuldig.

Haf unterdrückt ein Lachen.

»Nicht für die Rindviecher, für die Rentiere, Otto.«

»Jetzt gibt es auch noch Rentiere? Das klingt allmählich wie eine richtige Menagerie.«

»Otto, ich werde dich aussperren und nie wieder reinlassen, wenn du meine Geduld weiter auf die Probe stellst.«

»Okay, okay. Ich bin hier, ich höre zu, und ich bin vollkommen ernst. Also, du brauchst Karotten für die Rentiere?«

»Ja, Otto, das habe ich doch gerade gesagt. Habe ich das nicht gerade gesagt?«, fragt Esther und wendet sich plötzlich Haf zu.

»Ja, Karotten!«, stammelt Haf, die nicht damit gerechnet hat, als Zeugin aufgerufen zu werden.

»Karotten, Otto.«

»Ich habe keine Karotten, Liebling. Ich glaube nicht, dass du mich darum gebeten hast.«

»Bist du dir sicher?«

»Ziemlich sicher, ja.«

Esther nimmt ein Klemmbrett vom Tisch und sieht auf einer Liste nach. »Ach je. Ich hab dummerweise nur Aggy Wimlott darum gebeten, aber sie hat mich gerade in heller Aufregung angerufen, weil sie gewaltig unterschätzt hat, wie viele Karotten wir brauchen.«

»Droht uns etwa eine Rentierplage?«

»Es sind doch bestimmt wieder nur neun«, meint Christopher, der in diesem Moment mit einer Tasse Kaffee in der Hand hereinkommt. »Beziehungsweise acht, wenn sie Rudolph wieder ausschließen.«

»Oh, fang du nicht auch noch an. Ich bin von unmöglichen Männern umgeben.«

Esthers Telefon klingelt.

»Hallo, Mayor Clarke«, meldet sie sich in ruhigem, freundlichem Ton. »Nein, wir haben das Karottenproblem noch nicht gelöst, aber ich kümmere mich darum.«

Obwohl sie von den Männern in ihrem Leben genervt ist und vor schwierigen Gemüseproblemen steht, ist Esther eindeutig eine Frau, die unter Druck aufblüht.

»Wow, das eskaliert schnell«, flüstert Christopher verschwörerisch.

»Ich mache mich aus dem Staub, solange es noch geht«, verkündet Otto. »Viel Glück!« Damit verschwindet er um die Ecke.

Nachdem Esther aufgelegt hat, geht sie wieder zum Fenster. »Wo ist mein Mann jetzt schon wieder geblieben?«

»Können wir dir mit … der Karottensituation helfen? Sieht aus, als hättest du alle Hände voll zu tun. Vielleicht können wir noch mehr besorgen?«, schaltet Haf sich ein.

»Danke, Haf. Wie schön, dass jemand in der Familie etwas beitragen und mir helfen will«, ruft Esther offenbar hocherfreut.

Beim Wort »Familie« macht Hafs Herz einen kleinen Purzelbaum.

»Ich hab doch heute Morgen geholfen!«, protestiert Christopher. »Und ich dachte, ich soll mich um das Lebkuchenhaus kümmern?«

»Und du könntest mir noch mehr helfen, wenn du mir Karotten besorgst.«

»Mutter, wie viele Karotten können neun Rentiere an einem einzigen Tag schon fressen? Sei doch vernünftig. Vertragen sie überhaupt so viele Karotten? Es gibt doch bestimmt Rentier…«

»Schützer?«, schlägt Haf vor.

»Ja, bestimmt bringen die Rentierschützer Futter für sie mit. Es gibt doch sicher eine Obergrenze, wie viele Karotten sie fressen dürfen. Vielleicht sollten wir ihnen gar keine Karotten geben.«

»Wie mit dem Brot bei den Enten«, murmelt Haf.

»Darf man Enten etwa nicht mit Brot füttern?«, fragt Christopher schockiert.

»Gefrorene Erbsen sind viel besser. Brot quillt im Magen der Enten auf, führt zu Unterernährung und bringt sie dazu … überall hinzumachen«, erklärt sie und ersetzt das Wort »scheißen« vorsichtshalber durch etwas weniger Anstößiges.

»Mein Gott, meine ganze Kindheit war eine Lüge … und wahrscheinlich die Todesursache mehrerer Enten.«

Esther wartet demonstrativ geduldig, bis sie mit ihrem kleinen Austausch fertig sind.

»Stell meine Anweisungen nicht infrage, Christopher. Wir

brauchen die Karotten für die Rentiere, aber auch für die Schneemänner. Wie sollen die Kinder Schneemänner ohne Karottennasen bauen?«

»So viel Schnee gibt es gar nicht, Mutter.«

»Dann sind sie eben gesunde Snacks für die Kinder. Bitte hol einfach die Karotten.«

Ihre Fingernägel klacken auf dem Bildschirm, während Esther eilig ein paar Nachrichten tippt. »So, ich hab dir eine Liste geschickt, wo du überall hinmusst.«

Christopher sieht auf seinem Handy nach. »Mutter, das sind fünf Läden. Haben die überhaupt schon so früh geöffnet?«

»Je eher du aufbrichst, desto eher wirst du es herausfinden«, sagt sie mit einer wegwerfenden Handbewegung.

»Soll ich mitgehen?«, fragt Haf unbehaglich.

»Nein. Du kannst mir hier helfen.«

Christopher wirft Haf einen entschuldigenden Blick zu und verlässt die Einsatzzentrale.

»Ist es okay, wenn ich mir noch eine Tasse Tee hole, bevor wir loslegen?«, erkundigt sich Haf schüchtern.

Als Esther geistesabwesend nickt, ergreift Haf die Gelegenheit, Christopher nachzulaufen.

Er zieht sich gerade die Schuhe an. Unten an der Treppe, ein bisschen weniger müde als vorhin, steht Kit.

»Welche Mission hat sie dir übertragen?«, fragt sie ihren Bruder gerade. Anstelle ihres Schlafanzugs trägt sie einen schlabbrigen grauen Strickpullover und noch schlabbrigere Jeans.

»Karotten.«

»Für die Rentiere?«

»Ganz genau.«

Kit schüttelt den Kopf und sagt in einer erschreckend akkuraten Imitation ihrer Mutter: »*Christopher, von einem Skandal wie unterernährten Rentieren würde sich das Dorf niemals erholen.*«

»*Katharine, Oxlea würde auf ewig in einem Atemzug mit hungernden Huftieren genannt werden!*«, erwidert Christopher im gleichen Ton, und die beiden brechen in Gelächter aus. Ein perfekter Geschwistermoment. So entspannt hat Haf die beiden noch nie miteinander umgehen sehen, und es wärmt ihr Herz.

»Werdet nicht frech«, mahnt Esther, die plötzlich hinter ihnen aufgetaucht ist, und erschreckt Haf damit fast zu Tode.

Da er ahnt, dass ihm noch mehr Erledigungen aufgebrummt werden, wenn er sich nicht sofort aus dem Staub macht, eilt Christopher ohne ein weiteres Wort zur Tür hinaus.

»Ich habe eine Aufgabe für dich«, sagt Esther an ihre Tochter gewandt.

»Für mich?«, fragt Kit. »O nein, was denn?«

»Du musst das Lebkuchenhaus für die Tombola machen«, erklärt sie kurz angebunden. Kit starrt sie an, zutiefst schockiert.

»Wie bitte? Du willst, dass ich ein Lebkuchenhaus mache?«, fragt sie, rappelt sich auf und lehnt sich ans Treppengeländer. »Eins, das gut genug ist, dass es jemand als Preis gewinnen möchte?«

»Ja, Schätzchen. Das habe ich doch gerade gesagt.«

»Ich habe aber keine Ahnung, wie ich das anstellen soll.«

»Christopher hat letzte Nacht den Teig gemacht, also musst du es nur noch zusammenbauen und dekorieren. Du bist doch ein schlaues Mädchen, ich bin sicher, dass du das schaffst. Außerdem gibt es sonst niemanden, der das erledigen könnte.«

»Aber ein Lebkuchenhaus, das ich gebaut habe, will doch niemand! Das ist verrückt. Warte einfach, bis Christopher nach Hause kommt!«

»Katharine.« Esther wirft ihr einen vernichtenden Blick zu. »Dafür haben wir nicht genug Zeit. Christopher ist beschäftigt, und du bist schließlich Architektin. Wir haben dir das Studium an der besten Hochschule des Landes bezahlt. Du arbeitest bei einer der renommiertesten Firmen in der Stadt. Bestimmt kannst du dein außerordentliches Talent einsetzen, um ein simples Haus zu bauen.«

Das ist ein so schlagendes Argument, dass es Haf den Atem raubt. Kit, die offenbar weiß, dass sie verloren hat, protestiert dennoch. »Klar, aber nicht aus Teig, Esther«, jammert sie in dem

Teenagerton, der oft zurückkehrt, sobald man ein paar Stunden in seinem Elternhaus verbracht hat.

»*Esther* mich nicht. Die Entscheidung ist gefällt.« Mit einer Bewegung, die dafür gemacht ist, Menschenmengen zu teilen und Hunde in die Flucht zu treiben, kommt Esther auf sie zu und klatscht zweimal in die Hände. Dann marschiert sie in die Küche und bedeutet Kit und Haf, ihr zu folgen. Sie schaut sich nicht einmal um, ob sie der Anweisung nachkommen. Das steht völlig außer Frage.

Auf der Küchentheke befinden sich ein paar in Frischhaltefolie eingewickelte Teigkugeln und mehrere aufgeschlagene Kochbücher mit Bildern von Lebkuchenhäusern und säuberlich notierten Anweisungen auf Post-it-Zetteln.

»Mum, im Ernst. Ich bin müde. Ich muss mich ausruhen, wenn ich nachher noch helfen soll, und ich hab noch nichts gegessen.«

Esthers Gesicht wird sanfter, sie legt Kit eine Hand auf die Wange und mustert sie forschend, als würde sie versuchen, die Ursache von Kits Beschwerden zu orten und mit einem klassischen Esther-Calloway-Starren zu eliminieren.

»Ich kann helfen«, platzt Haf etwas unüberlegt heraus.

Beide Calloway-Frauen drehen sich um, und es ist unheimlich, wie sehr sich ihre Bullshit-Detektoren-Blicke ähneln.

»Hast du je ein Lebkuchenhaus gemacht?«, fragt Kit.

»Nein, noch nie. Ich kann auch nicht gut backen und schaffe es sogar, Muffins anbrennen zu lassen, ha ha ... Aber geteilte Arbeit ist halbe Arbeit, richtig?«

»Gut«, sagt Esther und wendet sich abrupt ab. »Im Ofen sind Croissants.«

Kapitel 11

»Du hast ja keine Ahnung, worauf du dich da eingelassen hast.« Kit lacht kleinlaut, während sie den Wasserkocher anknipst, als würde sie ein besonders scheußliches Insekt wegschnipsen.

»Bist du denn sicher, dass du der Sache gewachsen bist?«, fragt Haf behutsam und meint damit sowohl Kits Müdigkeit als auch, ob sie mit ihr allein zusammenarbeiten möchte. Natürlich weiß sie nicht einmal, ob Kit die Spannung zwischen ihnen genauso deutlich spürt wie sie. Vielleicht bildet sie sich ja alles nur ein.

»Ist schon okay«, sagt Kit und holt zwei Tassen aus dem Schrank. »Koffein und Schmerztabletten werden mir helfen, es durchzustehen. Außerdem werde ich alle schweren Aufgaben an dich delegieren.«

»Du hast gehört, dass ich sogar Muffins anbrennen lasse, oder?«

Eins der Rezepte mit einem Klebezettel und zusätzlichen Anmerkungen scheint zu dem Teig zu passen.

»Meine Güte, das erfordert aber ganz schön viel Mathe.« Haf überfliegt die Instruktionen und verzieht das Gesicht. »Es gibt sogar eine Formel für die Winkel und so. Scheiße. Ich bin ganz gut in Statistik, aber ich fürchte, das könnte meine Fähigkeiten übersteigen.«

Kit schnaubt. »Na toll. Ich bin einfach nur scheiße in Mathe.«

Haf sieht sie an. »Ist Mathe nicht wichtig beim Entwerfen von Gebäuden? Also du weißt schon – bei deinem Job.«

»Jepp.«

»O Gott, bitte sag mir, an welchen Gebäuden du gearbeitet hast, damit ich sie mein Leben lang meiden kann.«

»Leider habe ich an diesem Anbau gearbeitet«, erklärt Kit und macht eine Handbewegung, die den gesamten Raum mit einschließt. »Tut mir leid, dir das mitteilen zu müssen. Aber er ist ziemlich stabil. Bisher ist noch nichts eingestürzt.«

Kit klopft mit den Fingerknöcheln an die Wand und tut erschrocken, als hätte sie einen fatalen Baufehler gefunden, und Haf stößt einen spitzen Schrei aus. Natürlich findet Kit das urkomisch und bricht in schallendes Gelächter aus.

»Das war gemein«, murrt Haf.

»Ja, war es, aber ich mache dir Tee, und das sollte alles wiedergutmachen, meinst du nicht? Jedenfalls wird die gesamte Mathematik in meinem Job von Computern erledigt. Es ist nicht so, als würde ich mit einem Abakus auf dem Baugelände rumlaufen.«

Die Anweisungen erfordern nicht nur erschreckend viel Mathe, Esther hat auch noch eine Liste von Dekorationen erstellt, die sie ausprobieren sollen. Eine mit Puderzucker bestäubte Glasur, die wie Schnee aussehen soll und nicht allzu schwierig zu sein scheint, dazu Kränze und Stechpalmen aus grünem Zuckerguss. Eigentlich müsste dieses Lebkuchenhaus ziemlich hübsch werden.

»Dann lass uns teilen und herrschen«, sagt Haf, während Kit die dampfenden Teetassen auf den Tisch stellt. »Ich fange an und rolle den Teig aus, damit er in den Backofen kann. Du bist für die Musik zuständig.«

»Bist du sicher, dass du den Ofen bedienen und mit heißen Sachen hantieren kannst, ohne dich zu verletzen? Ist nicht böse gemeint, aber ich hab gesehen, was du gestern mit der Bratensoße gemacht hast. Und mit dem Glühwein.«

»Beim Glühwein warst du doch gar nicht da!«

»Ich schnappe das eine oder andere auf«, sagt Kit in beiläufigem Ton, der Haf an Esther erinnert.

»Na super.«

Haf ist wirklich ein Desaster in der Küche, aber Kit sieht so müde aus. Andererseits kann sie nicht bestimmen, was Kit tun und lassen soll. Dann bleibt ihr nur, Selbstbewusstsein vorzugaukeln und zu lügen wie gedruckt. Was ohnehin ihr neues Hobby zu sein scheint.

»Ich konzentriere mich einfach mit aller Kraft«, verkündet sie. »Das wird schon!«

Sie schaltet den Ofen ein, und fast sofort erscheinen die Terrier zu ihren Füßen, weil sie ahnen, dass es gleich etwas zu fressen geben wird. »Wie seid ihr überhaupt reingekommen?«, fragt Haf sie, während die Hündinnen aufgeregt herumschnüffeln.

»Wir können nur hoffen, dass du mit deinem Optimismus recht hast«, seufzt Kit und lässt sich auf einen Stuhl an der Küchentheke sinken. »Jemand, der vollständig bei Bewusstsein ist, ist bestimmt besser geeignet als ich, eine fehlerhafte Kreatur im Halbschlaf. Selbst wenn du nicht kochen kannst. Jetzt liegt es an dir, Hughes.«

So peinlich ihr das ist, macht ihr Herz beim Klang ihres Nachnamens aus Kits Mund einen Salto.

Freundinnen. Sie sind nur Freundinnen.

»Woher wusstest du, dass das mein Nachname ist?«

»Du bist mit meinem Bruder zusammen. Dich zu googeln, war das Mindeste, was ich tun konnte. Suchmaschinen sind frei zugänglich und Facebook leider auch.«

»Ach ja?« Haf bemüht sich um einen gelassenen Ton. »Und hast du irgendwas Interessantes rausgefunden?«

Kit zuckt die Achseln und holt ihr Handy heraus. »Es ist ganz schön vertrauensselig von dir, mich die Musik aussuchen zu lassen. Was, wenn ich was absolut Grauenhaftes spiele?«

»Ich bin nicht wählerisch«, sagt Haf. Hoffentlich bedeutet Kits rascher Themenwechsel, dass alles auf ihren Social-Media-Profilen unter Verschluss ist. »Aber wenn du was richtig Schlechtes aussuchst, werde ich über dich urteilen.«

»Was, wenn es eine Playlist aller britischen Teilnehmer am Eurovision Song Contest nach 2013 ist?«

Haf erschaudert. »Lieber Himmel, das wäre eine Menschenrechtsverletzung.«

Zu ihrer Erleichterung dröhnt kein lascher Europop aus den Lautsprechern, sondern flotte Gitarrenmusik, begleitet von Dolly Partons Gesang. Dank Ambroses Liebe zu ihrem Weihnachtsalbum ist Haf eine richtige Dolly-Parton-Expertin geworden. Beim

Refrain von *Two Doors Down* – ein absoluter Knaller – stimmt sie, während sie den Teig auswickelt, sogar mit ein. Er ist immer noch ein bisschen kalt, weil er die Nacht über im Kühlschrank war, aber hoffentlich lässt er sich gut ausrollen. Das Nudelholz ist ein beängstigendes Werkzeug aus Marmor, das definitiv die Mordwaffe in einem Wohlfühlkrimi wäre, und ihr Bizeps spannt sich an, als sie es hochhebt.

Das Lied kommt so richtig in Fahrt, und als Haf aufblickt, sieht sie Kit tanzen. Mit schwungvollen Bewegungen holt sie die Zutaten heraus, um sie sich genauer anzusehen, und wiegt sich hin und her, während sie Dekorationsdesigns auf einem Notizblock skizziert. Als sie innehält, um nachzudenken, macht sie Fingerpistolen und tippt im Takt der Musik in die Luft. Sie ist wahrlich keine gute Tänzerin, sie ist immer aus dem Takt, und ihre wedelnden Arme erreichen nie die ätherische Eleganz einer Ballettänzerin, sondern erinnern eher an ein flatterndes Gänseküken. Doch Haf kann den Blick nicht von dieser ungelenken, kantigen Frau abwenden.

Dann erwischt Kit sie, und Haf wird knallrot – was, wenn sie ihr zu viel Aufmerksamkeit geschenkt hat? Doch statt verlegen mit dem Tanzen aufzuhören, schneidet Kit eine Grimasse und vollführt eine Wellenbewegung mit dem Arm, gefolgt von einem kleinen Schulter-Shimmy. Haf ist so erleichtert, dass sie Kit lachend nachahmt und sie beide ausgelassen mit den Backutensilien herumwedeln.

Die Tonart ändert sich, und sie trällern aus vollem Hals beim »Oh oh ohhh ohh, two doors down«-Refrain mit, obwohl keine von ihnen den Ton trifft. Ein glorioses Gegröle.

Lachend tanzen sie durch die Küche, trommeln auf den Behältern herum, und es fühlt sich an wie das Natürlichste der Welt. Die ganze Verstellung und Unbehaglichkeit der letzten vierundzwanzig Stunden lösen sich auf, und auf einmal sind sie nur noch zwei junge Frauen, die zu Dolly Parton tanzen.

Das ist Freundschaft, oder? Die Freiheit, zusammen rumzualbern. Sie fühlen sich wohl miteinander, aber rein platonisch. Freundschaft!

Als der Song endet, ist Haf ein bisschen traurig, dass es mit dem Tanzen auch vorbei ist.

»Und, wie gut ist mein Geschmack?«, fragt Kit und stellt die Musik leiser, als eins von Dollys langsameren, gospelartigen Liedern anfängt.

Haf versucht zu vergessen, wann sie ihr diese Frage zuletzt gestellt hat.

»Dolly ist immer eine gute Wahl«, antwortet sie schnell. »Aber wo bleibt die Weihnachtsmusik?«

»Ich hab nur eine sehr niedrige Toleranzschwelle für Weihnachtsmusik«, erklärt Kit und nippt an ihrem Tee.

»Aber jetzt ist doch die beste Zeit für Weihnachtsmusik.«

»Klar, aber ich wohne und arbeite in London, was bedeutet, dass ich schon seit dem ersten November mit Weihnachtsmusik bombardiert werde. Freiwillig höre ich sie mir nur an Heiligabend und den Weihnachtstagen an.«

»Wow, ich hatte keine Ahnung, dass dein Zweitname Ebenezer ist.«

Kit stößt ein heiseres Lachen aus.

»Darlene Love hat mehr als drei Tage im Jahr verdient«, meint Haf, während sie sich wieder daranmacht, den Teig auszurollen. Ihre Oberarme tun schon weh, und sie ist sich ziemlich sicher, dass sich ein Schweißfilm auf ihrer Stirn bildet. »Denkst du, das ist dünn genug?«

Kit studiert den Teig so genau mit dem Expertenblick einer Architektin, dass Haf fast erwartet, sie würde ein Maßband herausholen. »Hier ist er noch ein bisschen zu dick«, weist sie Haf beim Ausrollen an, aber schließlich nickt sie zufrieden.

Mit intensiver Konzentration und einem schicken Druckbleistift zeichnet Kit Schablonen auf das Backpapier. Wenn sie sich konzentriert, runzelt sie die Stirn und streckt ganz leicht die Zunge heraus.

Haf gibt sich alle Mühe, sich auf die Rezeptbücher zu fokussieren und nicht auf Kits Lippen.

»Denkst du, das wird gehen?«, fragt Kit nach einer Weile, und

Haf erwacht aus ihrer Trance. Kit hat die ausgeschnittenen Schablonen auf den Lebkuchen gelegt und hält ihr ein Buttermesser hin.

Haf nimmt es und schneidet vorsichtig die Wände und das Dach aus. Das Buttermesser ist ein bisschen zu stumpf, auch wenn es angesichts des klebrigen Teigs, ihrer glitschigen Finger und ihrer Ungeschicklichkeit sicher die ungefährlichste Option ist. Beim Transport aufs Backblech krümmt und streckt sich der Teig ein bisschen, aber sie schafft es, ihn wieder einigermaßen in die richtige Form zu drücken.

Stella und Luna stellen sich an der Anrichte auf die Hinterbeine, um an den Lebkuchen zu schnüffeln, als Haf das Blech in den Ofen schiebt.

»Damit wäre auch schon der erste Teil geschafft«, verkündet Haf stolz und stellt den Timer auf ihrem Handy.

»Du hast übrigens eine echt schöne Stimme.« Das Kompliment ist aufrichtig, aber Haf hört ein Zögern in Kits Stimme.

»Danke«, antwortet sie. »Dolly und ich sind beide Soprane, also ist es wohl die richtige Stimmlage für mich.«

Sie nicken beide wie Wackeldackel, und das Kompliment hängt unbehaglich zwischen ihnen in der Luft. *Freundinnen können einander Komplimente machen*, erinnert sie sich. *Das ist kein Flirten.*

Bevor Haf das Kompliment erwidern kann, eilt Kit zur Hintertür.

»Ich gehe ein bisschen im Garten spazieren, hier drin ist es zu warm«, erklärt sie und schlüpft in ein Paar Clogs.

Trotz der offenen Tür stehen Stella und Luna für den Fall des Falles vor dem Ofen Wache.

Hafs Handy piept – eine Nachricht von Ambrose.

Ambrose: wie läuft tag zwei von operation Knutsch Nicht die Schwester?

Haf schickt ein grimmiges Emoji zurück, aber da sie fürchtet, sie könnten wieder ausschließlich mit Emojis kommunizieren, schreibt sie noch etwas dazu.

Haf: Wir machen ein Lebkuchenhaus für die Feier
Ambrose: wer hat dich backen lassen? haben sie denn nicht von den muffins gehört???
Haf Hab versucht, sie zu warnen
Ambrose: ich hoffe, sie haben dich nicht unbeaufsichtigt gelassen

Haf seufzt und wappnet sich, bevor sie die nächste Nachricht absendet. Unterdessen reibt Luna ihre Schnauze an Hafs Wade, was sie als emotionale Unterstützung auffasst, obwohl es vermutlich nur ein dezentes Betteln um Leckerlis ist, jetzt, da die Calloways alle weg sind.

Haf: Kit hilft mir.

Ambrose schickt eine Abfolge von Buchstaben, die mit sksksksksks anfängt und sich über mehrere Zeilen zieht.

Ambrose: du bist gearscht, meine liebe xoxo
Haf: Halts Maul >:(
Haf: Wir sind nur Freundinnen!!!!!

Der Timer geht früher los als erwartet – offenbar braucht Lebkuchenteig nur sehr wenig Zeit im Backofen.

Haf holt die Bleche heraus und stellt sie auf einen Korkuntersetzer.

Der Lebkuchenteig ist ... enorm gewachsen.

Die relativ geraden Kanten, die Kit modelliert hat, sind jetzt Art-déco-Kurven, und in einem der Stücke, von dem sich Haf ziemlich sicher ist, dass es eine Wand werden sollte, hat sich eine riesige Luftblase gebildet. Hoffentlich können sie das beheben, wenn der Teig abgekühlt ist.

Wenigstens riecht es gut. Anscheinend weiß Christopher wirklich, wie man Lebkuchenteig macht.

Ihr Handy vibriert erneut, und als sie zu ihrem Chat mit

Ambrose zurückkehrt, hat dey schon einen ganzen Essay verfasst.

> **Ambrose:** zusammen zu backen ist von natur aus romantisch
> **Ambrose:** ich wette, ihr schmachtet euch über das mehl hinweg an, während ihr popsongs über unerwiderte lesbische liebe hört
> **Ambrose:** are we just friends or lovers, what is flirting, I don't know, I'm just too gay, ooooh oooh ohh
> **Ambrose:** (das sind lyrics. ich singe sie dir vor, wenn du nach hause kommst)
> **Ambrose:** vielleicht solltest du doch damit weitermachen, das ist sehr unterhaltsam für mich
> **Haf:** Eigentlich war es Dolly Parton!!!!
> **Ambrose:** o nein
> **Ambrose:** dolly ist zu mächtig
> **Ambrose:** um dolly entstehen beziehungen ganz von selbst
> **Ambrose:** habt ihr getanzt?
> **Haf:** Ein bisschen
> **Haf:** Sie tanzt wie eine dieser abgefahrenen aufblasbaren Schlauchfiguren
> **Haf:** Es war irgendwie süß
> **Ambrose:** sie ist albern??
> **Ambrose:** heiß und albern?
> **Ambrose:** o nein nein NEIN
> **Ambrose:** WARNUNG WARNUNG
> **Ambrose:** das ist dein kryptonit
> **Ambrose:** ICH KENNE DEINEN TYP
> **Ambrose:** Kobold-Männer und fiese, alberne frauen
> **Ambrose:** bring dich in sicherheit!
> **Haf:** MIR GEHT'S GUT
> **Haf:** Erschieß was bei Fortnite du Nervensäge

Ambrose schickt eine Reihe von Emojis zurück – ein großes rotes X, zwei nebeneinanderstehende Mädchen und einen roten Lippenstiftabdruck. Ein paar Sekunden später schickt dey noch ein großes rotes X und ein Stoppschild, um ganz sicherzugehen.

»Okay, okay, schon kapiert«, murmelt Haf und steckt das Handy weg.

»Betteln die Hunde wieder um Leckerlis?«, fragt Kit, die genau in diesem Moment hereinkommt, und schließt die Tür hinter sich.

»Ha ha, ja, schätze schon. Die beiden wissen, dass ich das schwächste Glied bin.«

Wie aufs Stichwort werfen Stella und Luna ihr einen Blick zu, der zu sagen scheint: »Bitte, ich hab in meinem ganzen Leben noch nie etwas gegessen und sterbe womöglich.«

»Guter Versuch«, erwidert sie.

Kit betrachtet den Lebkuchen fassungslos, bevor sie zur Spüle geht, um sich die Hände zu waschen. »Hm, die sehen anders aus ... Sollten sie so unförmig werden?«

»Vielleicht können wir sie wieder in Form schneiden?«

»Vielleicht. Aber sie sehen auch dunkler aus als auf den Bildern, oder?« Kit stupst eines der Lebkuchenstücke an, das eher an eine Hügellandschaft erinnert als an eine flache Wand. »Sieht aus, als gäbe es erhebliche strukturelle Probleme, auch wenn wir sie wieder in die gleiche Form schneiden.«

»Ist das deine professionelle Meinung?«, fragt Haf mit einem Schmunzeln. »Wird es schwer, sie hochzukriegen?« Sie lacht über ihren eigenen dreckigen Witz, und Kit wirft ihr einen erschöpften Blick zu.

»Wow, den hab ich noch nie gehört«, sagt sie und legt eine der Schablonen über das, was man für das zugehörige Lebkuchenstück halten könnte. Vielleicht hätten sie die einzelnen Teile beschriften sollen.

Mit einem schärferen Messer schneidet Kit die gekrümmten Kanten ab und wirft alles Überschüssige in eine kleine Schüssel.

Haf stibitzt ein Stück und knabbert daran herum. Es hat nicht die Textur, die sie erwartet hat. Zwar schmeckt es ganz gut, aber es ist hart wie eine echte Wand und erfordert beunruhigend viel Kieferkraft. Obendrein hat es einen bitteren Nachgeschmack, was vermutlich daher kommt, dass es angebrannt ist.

»Bäh, ich hoffe, das wird niemand essen«, sagt sie und streckt die Zunge raus.

»Im Rezept steht, wir müssen das Dach dekorieren, solange es noch warm ist«, erklärt Kit, nimmt eine Handvoll gehackte Mandeln und drückt sie mit dem spitzen Ende nach unten in den betreffenden Lebkuchen, aber der gibt nicht nach.

»Vielleicht braucht er nur ein bisschen Ermutigung«, überlegt Haf und versucht es an einer anderen, leider jedoch ebenso unnachgiebigen Stelle. »Wir haben ihn doch gleich rausgeholt. Hätten wir etwa noch schneller sein müssen?«

Frustriert versucht Kit, eine der Mandeln mit roher Gewalt in den Teig zu pressen, aber hinterlässt nur eine ziemlich große Delle im Dachlebkuchen. »O nein. Das ist keine gute Bausubstanz.«

»Warte!«, ruft Haf, beugt sich vor und greift sich eins der Referenzbilder. »Wie wär's, wenn wir eine eher flüssige Glasur machen und die Wände damit ans Dach kleben? Dann sieht es ein bisschen aus, als läge Schnee darauf.«

Als Haf Puderzucker und Wasser in einer Schüssel vermischt, steigen süße Puderschwaden in die Luft wie Rauchwölkchen. Ein paar Flocken landen in Kits dunklen Haaren. Zumindest sie sieht jetzt aus wie schneebestäubt.

Das Päckchen liegt direkt vor ihr ... Sie könnte einfach ein bisschen Puderzucker nehmen und Kit damit bewerfen.

Aber das könnte als Flirten verstanden werden, oder nicht? Bewerfen sich Freundinnen mit Essen, in der Hoffnung, dass sie sich dadurch näherkommen werden?

Das ist ihr alles viel zu kompliziert.

Haf wendet sich wieder der Glasur in der Schüssel zu, die ein bisschen wie Bastelkleber aussieht. So ist es bestimmt richtig.

Mit einem Spachtel trägt Kit kleine Portionen der Glasur auf und drückt schnell die Mandeln hinein.

»Okay, lassen wir es fest werden und machen so lange mit den Dekorationen weiter«, sagt Kit, endlich wieder zuversichtlich.

Esther hat bunten Zuckerguss für sie vorbereitet, also legen sie gleich mit den Dekorationen los. Irgendwie ergibt es sich, dass Haf für Fenster und Türen zuständig ist, die alle ein bisschen schief werden, aber hoffentlich trägt das zu ihrem Charme bei.

Währenddessen baut Kit hochkonzentriert irgendetwas aus Marzipan. Als es fertig ist, stellt sie es stolz auf den Tisch, aber Haf kann partout nicht erkennen, was für ein Tier es darstellen soll, und sie muss daran denken, wie ihr kleiner Cousin Llew ihr einmal stolz ein Blatt Papier mit einem ominösen blutroten Gekrakel darauf präsentiert hat, was, wie er ihr nach einigen falschen Rateversuchen grimmig mitteilte, ein Porträt von ihr war. Diese traurige kleine Kreatur ist nicht ganz so beängstigend, aber sie sackt ein bisschen ab, ein Bein gibt unter ihr nach – zum Glück hält die fest werdende Glasur das Wesen einigermaßen zusammen. Allerdings sieht es irgendwie erschöpft aus.

»Super!«, ruft Haf viel zu begeistert. »Gut gemacht, echt hübsch.«

Kit beäugt sie argwöhnisch. »Du hast keine Ahnung, was das ist, oder?« Als Haf nicht antwortet, jammert sie: »Mit Tieren bin ich überfordert.«

»Nein, das ist echt gut. Total lebensecht. Vielleicht solltest du noch eins machen.«

»Warum?«

»Dann hast du Stella und Luna?«

»Aber es ist ein Rentier!«, schnaubt Kit.

Das ist genau wie bei Llew.

»Oh! Sorry, ja, natürlich. Die Ohren haben mich auf die falsche Fährte geführt. Und das fehlende Geweih.«

»Na schön, dann ist es eben ein weibliches Rentier.«

»Die haben auch Geweihe.«

»Also gut, Naturforscherin«, grummelt Kit, rollt mürrisch ein Geweih aus und setzt es ihrer Kreation auf den Kopf. Natürlich ist es viel zu groß und die Figur schon zu fest, sodass Kit und Haf hilflos mitansehen müssen, wie das Geweih dem armen Geschöpf einfach vom Kopf rutscht.

»Wir könnten sagen, sie hat ihr Geweih gerade abgeworfen«, schlägt Haf vor.

»Ja, vor Schreck, weil sie zum ersten Mal ihr eigenes Spiegelbild gesehen hat.«

Bei dieser Bemerkung und weil ihr gleichzeitig die riesigen, wütenden Glubschaugen der Kreatur auffallen, kann Haf nicht länger an sich halten und bricht in unkontrollierbares Gelächter aus.

»Ich weiß, dass Esther verzweifelt war, aber meinst du, sie hat mit so was gerechnet?«, fragt Kit ebenfalls lachend. »Und ich hab noch was gebaut.«

In ihrer Hand befindet sich ein aus zwei genau gleich großen Kugeln geformter Schneemann, mit Albtraumaugen und einer so riesigen orangefarbenen Nase, dass er nicht nur völlig misslungen ist, sondern auch noch sofort vornüberkippt.

»Wie hast du es bloß geschafft, etwas noch Grässlicheres zustande zu bringen?«, ruft Haf und krümmt sich vor Lachen.

»Was meinst du damit? Das ist doch eindeutig ein Kunstwerk!«

»Ja, am besten stellst du es im Louvre aus!«

»Oder in der Tate Modern!«

»Es wird jedes Kind in Angst und Schrecken versetzen.«

»Wir können es nur hoffen.«

Nach ein paar Minuten atemlosen Gelächters erholen sie sich wieder und wischen sich die Tränen aus den Augen.

»Na dann, versuchen wir, es zusammenzubauen«, sagt Haf, überzeugt, dass der Lebkuchen jetzt abgekühlt ist. »Schlimmer kann es wirklich nicht mehr werden.«

Natürlich wird es das.

Während Haf die Wände hochhält, bestreicht Kit sie mit Glasur, um sie zusammenzukleben, doch der Guss läuft den Lebkuchen hinunter wie geschmolzenes Eis.

»Halten wir es einfach noch ein bisschen länger fest«, sagt Kit und presst die Seiten zusammen.

»Vielleicht braucht es nicht nur strukturelle, sondern auch emotionale Unterstützung.« Haf senkt die Stimme zu einem Flüstern. »Wow, so ein gutes Haus, du bist echt super darin, ein Haus zu sein.«

»Bitte bring mich nicht wieder zum Lachen, sonst zerquetsche ich alles.« Kit kichert, und prompt gerät ihre Seite ins Wanken.

»Okay, okay. Ich bin völlig ernst.« Haf presst die Lippen zu einer schmalen Linie zusammen und runzelt die Stirn.

»Ich kann dich nicht ansehen«, sagt Kit, den Blick starr auf den Boden gerichtet. »Du machst Gesichtsausdrücke wie ein Cartoon-Charakter. Und ich glaube, du warst dein ganzes Leben nie auch nur eine einzige Minute ernst.«

»Vielleicht zwei. Zweieinhalb. Wenn es hoch kommt.«

»Still jetzt«, befiehlt Kit.

Doch natürlich wird Haf genau in diesem Moment bewusst, wie nahe sie sich sind. Ihre Hände umschließen das Lebkuchenhaus, ihre Fingerspitzen sind nur wenige Millimeter voneinander entfernt.

»Ich glaube, es hält«, meint Kit und nimmt ihre Hände weg. Erstaunlicherweise halten die Wände tatsächlich. Die angeklebten Türen und Fenster aus Guss sehen durch die Wärme des Teigs und ihrer Hände allerdings ein bisschen weich aus. »Fehlt nur noch das Dach.«

Ganz vorsichtig holt Kit ein mit Mandeln verziertes Dachstück vom Blech und trägt es mit Hafs Hilfe zum Rest des Hauses. Doch sobald sie es abneigen, um es in der richtigen Position zu befestigen, rutscht die Glasur in einer gigantischen Lawine herunter, über das Dach, ihre Hände und ihr armes kleines Haus.

»Oh, fuck!«, kreischt Kit und stellt es zurück aufs Blech, wo es vollends auseinanderfällt.

Auch das Rentier, das so wacker durchgehalten hat, kippt um.

»Ruhe in Frieden«, sagt Kit feierlich, und sie brechen erneut in hemmungsloses Gelächter aus.

Zu Hafs Überraschung lehnt sich Kit an sie und hält sich an ihrem Arm fest. Ihre Gesichter sind nur wenige Zentimeter voneinander entfernt, und als ihr hysterisches Gelächter nachlässt, bleiben nur intensiver Blickkontakt und keuchender Atem.

Platonisch. Nur Freundinnen. Sieh nicht auf ihre Lippen oder denk darüber nach, wie weich ihre Haare sind oder wie sehr du sie berühren willst oder wie gut sie riecht. Fuck, sie riecht so gut. Aber das ist nur ganz gewöhnliche sexuelle Anziehung, eine ganz normale menschliche Reaktion. Nichts Romantisches. Nur Hormone.

Vielleicht hat Ambrose recht. Ich bin wirklich ein notgeiler Kobold.

Sie könnte schwören, dass Kits Blick sich eine Sekunde lang auf ihre Lippen senkt. Doch da muss sie sich irren, denn sie sind nur Freundinnen.

Alles in bester Ordnung.

»Ach du Scheiße, was ist das dann?«

Sie springen auseinander, und Haf war noch nie so erleichtert, unterbrochen zu werden.

Christopher, der vermutlich während ihres Lachanfalls zurückgekommen ist, steht neben ihnen und starrt das Haus entsetzt an.

»Es sollte kein Spukhaus werden.«

»Es ist ganz offensichtlich ein festliches Lebkuchenhaus … fast wie bestellt«, erwidert Haf hochmütig – plötzlich verspürt sie den Drang, ihre Monstrosität zu verteidigen.

»Ach ja?«, fragt er ungläubig, nimmt ein paar der abgeschnittenen Stücke und zerbröselt sie in der Hand. Oder zumindest versucht er es, aber sie sind so hart, dass nichts passiert. »Ihr habt meinen wunderschönen Lebkuchenteig zerstört. Habt ihr eine Bombe reingeworfen?«

»We started making it. Had a breakdown. Bon appétit«, sagt Kit, und Haf kichert vergnügt bei dem *The-Great-British-Bake-Off*-Zitat, das monatelang auf Twitter die Runde gemacht hat. »Du kannst dich bei Esther bedanken – sie dachte, es wäre eine gute Idee, das uns zu überlassen.«

»Das Lebkuchenhaus mache sonst immer ich. Ich hatte sogar schon den Teig vorbereitet. Warum konnte es nicht warten?«, schimpft er.

»Ich glaube, das ist die Strafe dafür, dass wir sie mit den Karotten aufgezogen haben.«

»Und anscheinend auch für denjenigen, der dieses Ungetüm gewinnt.« Vorsichtig berührt er die Wand des Lebkuchenhauses, und sein Finger geht direkt durch, wobei ein ziemlich großes Loch entsteht. »Ach du lieber Himmel.«

»Wenigstens fällt jetzt mehr Licht rein«, meint Kit achselzuckend.

»Es ist schon irgendwie beeindruckend, dass ihr zusammen das schlechteste Lebkuchenhaus erschaffen habt, das es je gab. Hat Mutter es schon gesehen? Bitte sagt mir, dass sie es noch nicht gesehen hat – das will ich nicht verpassen.«

Wie aufs Stichwort kommt Esther herein, wirft einen Blick auf ihre Kreation und bleibt wie angewurzelt stehen.

»Was ist damit passiert?«

»Nichts ist passiert.«

»So sollte es nicht aussehen, Katharine. Irgendetwas ist passiert. Eine Naturkatastrophe wahrscheinlich. Eine Überschwemmung? Ein Erdbeben? Vielleicht eine Heuschreckenplage?«

»Ich glaube, die Naturkatastrophe waren wir«, flüstert Haf.

»Was soll ich jetzt damit machen? Es sollte ein Haus sein, kein Trümmerhaufen«, sagt Esther und tippt die einzige noch größtenteils stehende Wand an, die daraufhin in sich zusammenstürzt. Sie seufzt tief, und Haf ist sich ziemlich sicher, dass sie von zehn abwärts zählt, um nicht die Beherrschung zu verlieren.

»Schon gut«, sagt Christopher, der den Kühlschrank durchstöbert. »Die Karotten sind abgeholt und geliefert. Und ich habe in kluger Voraussicht noch mehr Teig gemacht – eigentlich für eine spaßige, den Zusammenhalt fördernde Familienaktivität, aber ich kann ihn noch rechtzeitig zur Feier backen, damit du trotz allem dein Calloway-Lebkuchenhaus für die Tombola hast. Von mir gemacht, wie es von Anfang an hätte sein sollen«, fügt er etwas spitz hinzu.

»Ich dachte nur, dass Haf nicht den ganzen Tag in der Küche verbringen will«, verteidigt sich Esther. »Ich dachte, ihr wollt bestimmt eine kleine Besichtigungstour machen.«

»Das macht mir nichts aus«, sagt Haf ehrlich. »Wir können einfach hier abhängen, und ich kann dem Meister bei der Arbeit zusehen.«

Christopher strahlt sie an, und sie denkt an all die Backbücher in seinem Kinderzimmer.

»Du kannst mein Geschmackstester sein und mich mit heißen Getränken versorgen«, sagt er.

Esther schlägt die Hände über dem Kopf zusammen. »Also gut. Ich muss in zwanzig Minuten los, also kannst du es einfach direkt zur Veranstaltung bringen, wenn du fertig bist?«

Christopher gibt Esther einen kleinen Kuss auf die Stirn, um ihr zu zeigen, dass alles vergeben und vergessen ist und er ihrer Bitte natürlich nachkommen wird. Im Gegenzug tätschelt Esther seinen Arm, dann eilt sie davon, um ihre Listen abzuarbeiten.

»Okay, jetzt, wo wir geklärt haben, dass ich nicht mit ... irgendwas davon betraut werden sollte, gehe ich zu Laurel, bevor Esther mir noch was aufbrummen kann. Wir sehen uns heute Abend«, verkündet Kit und hastet ebenfalls davon.

Mit Mühe hält sich Haf davon ab, Kit nachzulaufen, und richtet ihre Aufmerksamkeit stattdessen auf das farbenfrohe Chaos vor ihr.

»Wollen wir das einfach wegschmeißen? Ich fürchte, es ist nicht mehr zu retten. Obwohl, vielleicht ist dieses Wandstück okay?«, überlegt sie, doch als sie es vom Rest des Hauses trennt, zerbröckelt es in ihrer Hand. »Anscheinend nicht.«

Wie sich herausstellt, ist Christopher nicht nur ziemlich gut im Backen. Er ist richtig gut, sehr, sehr gut. Die Lebkuchen sind allesamt gleich dick, ohne seltsame Verkrümmungen, Blasen oder Löcher, und als Haf ein Stückchen stibitzt, schmeckt es auch absolut köstlich. Zimt, Ingwer und eine Süße, die ihr auf der Zunge zergeht.

»O mein Gott, die sind echt lecker. Die musst du mir ... dauernd machen, bis in alle Ewigkeit.«

»Nicht nur an Weihnachten?«

»Nein, lieber jeden Tag«, sagt sie mit vollem Mund.

Während der Teig abkühlt, bereitet er die Dekorationen vor. Zuckerstangen und Kränze aus buntem Zuckerguss, und dazu zaubert er noch ein Trio kleiner Lebkuchenbäume, auf die er mit weißem Guss nordische Muster malt. Sein Schneemann sieht nicht nur nicht beängstigend, sondern richtig süß aus. Als er ihren Blick bemerkt, baut er ihr auch einen etwas kleineren, den sie naschen kann; er schmeckt nach Pfefferminzcreme. Aus einem Butterkeks, den er in der Dose neben dem Wasserkocher findet, kreiert er mit etwas rotem Guss eine Haustür. Die übrige Pfefferminzcreme, die er für die Schneemänner benutzt hat, wird zu schneebedeckten Fensterrahmen.

Christopher baut das Lebkuchenhaus mit Präzision und Sorgfalt auf einen quadratischen, glänzenden Kuchenboden, den Haf gar nicht bemerkt hat, was natürlich wesentlich sinnvoller ist, als zu versuchen, es einfach auf der Arbeitsplatte zu errichten. Wie durch ein Wunder passen alle Teile zusammen, und Christophers Glasur – für die man anscheinend das richtige Mischungsverhältnis braucht – ist tatsächlich stark genug, alles an Ort und Stelle zu halten.

»Du bist echt gut«, sagt Haf, als er fertig ist.

Er richtet sich auf, klopft sich den Puderzucker von der Schürze und nimmt die Tasse Tee entgegen, die sie für ihn gemacht hat.

»Danke«, murmelt er, ohne sie anzusehen. Seine Wangen glühen, was vermutlich von dem Lob kommt, nicht von der Hitze in der Küche. »Backen hat mir schon immer Spaß gemacht, und ich schätze, ich bin ganz okay darin.«

»Ganz okay?!«

»Vielleicht auch ganz gut.«

»Ich glaube, du hast keine Ahnung, wie gut, Christopher. Das ist keine Übertreibung.« Sie deutet auf den Mülleimer. »Erinnerst du dich an das Ungetüm, das Kit und ich gebaut haben? Du hast Weihnachten gerettet.«

Er lacht auf seine bescheidene Art. »Das ist jetzt aber definitiv übertrieben.«

»Nein, wirklich, Christopher«, erwidert sie entschieden und hüpft auf einen Barhocker. »Ich folge Backexperten auf Instagram, die längst nicht so gut sind wie du, und die waren schon im Fernsehen. Hast du irgendwelche Kurse gemacht?«

»Als Teenager hab ich mal einen Kurs besucht. Und an der Uni gab es eine Back-AG.«

»O mein Gott … Da gab es bestimmt richtig viel Kuchen.« Haf stellt sich eine Vereinigung von Bäckern vor, die ihr jeden Wunsch von den Lippen ablesen.

»O ja, sehr viel Kuchen. Richtig guten Kuchen.«

Ihr Magen knurrt. »Jetzt bin ich neidisch. Warum hast du mir noch nichts davon erzählt? Du hast mir nur vom Rugby erzählt, was du allem Anschein nach schrecklich fandest.«

Er zuckt die Achseln, geht aber nicht weiter darauf ein.

»Was hast du noch gebacken?«

Er holt sein Handy heraus und reicht es ihr. Auf dem Display befindet sich ein geöffneter Ordner namens »Backprojekte« mit unzähligen Fotos von wunderschönen, aufwendig gestalteten Kuchen, Keksen, Torten und allem möglichen Gebäck. Von einigen seiner Kreationen weiß sie, dass sie sehr schwierig zu machen sind, weil sie bei *The Great British Bake Off* als besondere Herausforderung präsentiert werden. Alles ist präzise entworfen und mit zahlreichen Details verziert.

»Hast du die alle selbst gemacht?«

Er wird rot. »Ja.«

»Heilige Scheiße, Christopher«, haucht sie. »Warum arbeitest du im Finanzwesen, wenn du so was kannst?«

»Das ist ein schönes Hobby, aber ich glaube nicht, dass ich damit Geld verdienen könnte.«

»Denkst du das, oder sagen das deine Eltern?« Die Luft in der Küche scheint zu gefrieren, und Christopher erstarrt. Ach, Haf und ihr loses Mundwerk ... Warum kann sie nicht einmal im Leben ihre Zunge im Zaum halten? »Sorry, ich ... Das geht zu weit. Ich wollte nicht ...«

»Nein, du hast recht«, seufzt er. »Genau das haben sie gesagt.«

»Du hast mit ihnen darüber geredet?«

»Wir sollten hier aufräumen und dann zur Feier aufbrechen, bevor Mutter vor Stress in Ohnmacht fällt«, sagt er, ohne auf ihre Frage einzugehen, und wirft einen Blick auf die Uhr.

»Okay«, gibt sie nach.

Das Gespräch ist beendet. Fürs Erste.

So leicht wird sie sich nicht geschlagen geben, dafür ist er viel zu talentiert und offensichtlich in seinem derzeitigen Job unglücklich – verdammt, sie hat schon wieder vergessen, was genau er macht.

Zusammen räumen sie die Spülmaschine ein und waschen die Sachen, die nicht spülmaschinenfest sind, von Hand ab. Die Arbeitsflächen sind blitzblank sauber, und die letzten Überreste des Desasters, das Kit und sie produziert haben, sind im Müll, sehr zur Enttäuschung der Hunde.

Als sie fertig sind, verschwindet Christopher einen Moment und kommt mit einer kleinen Schachtel zurück.

»Mir ist gerade etwas eingefallen, das dir gefallen könnte.«

Er nimmt den Deckel ab, und zum Vorschein kommt eine knallgrüne Weihnachtsmütze aus Samt. Offensichtlich hat sie ein Kind gebastelt – alles ist schief, das Fell am Rand ist mit Glitzerkleber in acht verschiedenen Farben beschmiert, und an der Spitze hängt eine sehr schlecht angenähte Glocke.

»O mein Gott, hast du die gerade für mich gebastelt?«, neckt sie ihn, als er sie ihr aufsetzt. Sie passt erstaunlich gut, wahrscheinlich, weil sie so einen kleinen Kopf hat.

Er holt eine zweite Mütze heraus, diese in grellem Orange. Auf den Bommel ist mit Permanentmarker ein Smiley-Gesicht gemalt, wodurch er wohl aussehen soll wie ein Schneemann. Für Christophers Kopf ist sie ein bisschen zu klein und steht starr nach oben ab wie ein Partyhütchen. Wahrscheinlich durch den ganzen

Glitzerkleber – auch diese Mütze ist nicht davon verschont geblieben.

»Die haben Kit und ich gemacht, als wir klein waren. Ich dachte, zu diesem besonderen Anlass sollte ich sie rausholen.«

»Wow, die sind echt …«

»Beschissen?«

»Ich wollte sagen schrecklich nostalgisch, aber okay«, kichert Haf.

»Das ist nicht viel besser.«

»Diese Mütze ist das Tollste, was ich mir je ausleihen durfte. Denkst du, Kit hat was dagegen?«

»Nein, ich hab sie schon gefragt.«

»Ich fühle mich geehrt, dass ich ein Familienerbstück der Calloways tragen darf.«

Christopher ringt die Hände, den Blick starr zu Boden gesenkt.

»Ich schulde dir eine Entschuldigung.«

»Wofür?«

»Ich … Es fällt mir schwer, über solche Sachen zu reden.«

»Dass du reich bist?«, fragt sie und stupst ihm leicht gegen die Nase.

»Nein, du Dussel. Über das … Backen.«

»Dass du nicht im Finanzwesen arbeiten willst.«

»Ja. Genau. Das ist einer der vielen Gründe, warum ich dich dabeihaben wollte.«

»Wir müssen nicht jetzt gleich darüber reden. Aber ich denke, das sollten wir irgendwann«, schlägt sie vor. »Wer könnte dein Dilemma besser verstehen als das gute alte Karriere-Desaster hier?«

»Wir können zusammen Desaster sein.«

»Versprochen.« Sie hält ihm ihren kleinen Finger hin, und er hakt seinen ein.

»Jetzt komm, wir Weihnachtselfen haben eine Lieferung zu machen.«

Kapitel 12

@ambroseliew toppt es jedes sapphic-klischee, mit dem mädchen, in das du verknallt bist, ein lebkuchenhaus zu backen?

Ja: 30 %
Nein: 12 %
Etwas anderes (bitte erklären): 58 %
406 votes

Die Feier ist in der finalen Vorbereitungsphase, als Haf und Christopher eintreffen.

Um die große Dorfwiese herum sind die Straßen für den Autoverkehr gesperrt und gesäumt von kleinen, mit Lichterketten geschmückten Holzhütten, die Haf an den Yorker Weihnachtsmarkt erinnern. Sie leuchten mit all den Lichterketten, die an ihnen angebracht sind.

Im Zentrum befindet sich ein Weihnachtsbaum, der so riesig ist, dass Haf sich gar nicht vorstellen kann, wie er hierher befördert werden konnte. Ein paar Leute stehen auf hohen Leitern, hängen die letzten Dekorationen auf und arrangieren die Lichter möglichst gleichmäßig an den Zweigen. Außerdem ist Haf sich ziemlich sicher, unter dem Baum Esther mit einem Klemmbrett in der Hand entdeckt zu haben, die ihnen die nötigen Anweisungen gibt.

Wie versprochen gibt es ein Gehege mit wirklich sehr niedlichen, Karotten mampfenden Rentieren, deren Geweihe mit Glöckchen und bunten Zierbändern geschmückt sind. Bei ihrem Anblick stößt Haf einen leisen Freudenschrei aus. Um nichts auf der Welt wird sie es sich entgehen lassen, nachher jedes einzelne der Tiere ausgiebig zu streicheln.

Bevor sie auf den Parkplatz einbiegen, kommen sie an einem teilweise zugefrorenen Teich vorbei, an dem zwei kleine Kinder in Schneemontur den Enten voller Begeisterung Erbsen zuwerfen – oder sie genauer gesagt damit bewerfen.

»Organisiert deine Mum diese Feier eigentlich jedes Jahr?«, fragt Haf, die Arme um die Schachtel geschlungen, in der sich Christophers fantastisches Lebkuchenhaus verbirgt.

»Soweit ich mich erinnern kann, ja«, antwortet er und fährt sein kleines rotes Auto auf den Parkplatz an der Gemeindekirche. Anscheinend war das sein allererstes Auto, das schon in seiner Studienzeit und auch jetzt, da er in London wohnt, in der alten Heimat auf ihn wartet. Es ist schön, herumkutschiert zu werden, besonders dank der beheizten Sitze.

Christopher steigt zuerst aus und eilt um die Motorhaube herum, um ihr die Schachtel abzunehmen. Zugegebenermaßen ist das eine große Erleichterung, denn Haf hatte keine Ahnung, wie sie aussteigen sollte, ohne das Lebkuchenhaus in die Luft zu schleudern.

Die Sonne steht tief am Himmel, und Hafs Atem bildet kleine Wölkchen. Obwohl Christopher meinte, die Feier würde frühestens in einer halben Stunde anfangen, ist schon viel los. Direkt vor ihnen wird gerade Esthers Glühweinstand aufgebaut. In der Luft liegt der herrliche Duft von gebrannten Mandeln, der an Weihnachten natürlich nicht fehlen darf, aber Haf riecht auch Popcorn und sogar den süßen Geruch von Zuckerwatte.

Während sie zwischen den Holzhütten entlangschlendern, arrangieren die Verkäufer noch ihre Waren in hübschen Auslagen und legen Geschenkpapier und Zierbänder bereit.

Eine Gruppe Erwachsener, die wie Lehrer wirken, bauen Spiele für die Kinder neben einem großen Schild mit der Aufschrift *Schneemann-Wettbewerb* auf. Neben gespendeten Schals und Hüten, Zweigen und Kohlebrocken für die Schneemann-Dekoration erspäht Haf auch eine Kiste mit Calloway-Karotten.

Der süße Duft weicht einem herzhaften Geruch, als sie sich dem Stand mit dem Schweinebraten nähern. Haf läuft das Wasser im Mund zusammen, und ihr wird schlagartig bewusst, dass sie heute außer Lebkuchen und Zuckerguss-Deko noch nichts gegessen hat.

»Ich will alles futtern«, flüstert sie.

»Tja, das hier kannst du aber nicht futtern«, erwidert Christopher und hält das Lebkuchenhaus zum Schutz von ihr weg.

»Ich hab den ganzen Tag nur das gefuttert. Ich bin am Verhungern.«

»Ich verspreche, dir was zu essen zu besorgen, sobald ich meine Pflicht als Sohn erfüllt habe.«

Der Weihnachtsbaum ragt vor ihnen auf, sogar noch größer, als Haf aus der Entfernung angenommen hat. Im Fernsehen hat sie die gigantischen Fichten gesehen, die jedes Jahr nach London geliefert werden, und dieser Baum macht ihnen ernsthaft Konkurrenz.

Esther und Otto stehen neben einer Bühne, die für die Eröffnung der Feier errichtet und dekoriert wurde. Doch Otto, der voll beladen mit Weihnachtsdekoration ist, wird zu einem anderen Teil der Festlichkeiten beordert, bevor Haf und Christopher ihn begrüßen können.

»Ah, meine Weihnachtselfen sind da«, sagt Esther und blickt von ihrem Klemmbrett auf.

»Ich dachte, es wäre ein passender Anlass für diese Verkleidung«, lacht Christopher und schüttelt so heftig den Kopf, dass die Bommeln an seiner Mütze tanzen.

»Sehr nostalgisch von dir. Wir haben dieses Jahr einen Stand, an dem man solche Mützen basteln kann, da könntest du vielleicht mal eine neue machen, die nicht so steif vom Glitzerkleber ist.«

»Aber genau das gehört doch zu ihrem Charme«, protestiert Haf. »Ich finde es echt beeindruckend, dass meine Haare nach so vielen Jahren immer noch kleben bleiben.«

Esthers Blick fällt auf die Schachtel. »Bitte sagt mir, dass das ein Preis ist, den die Leute gewinnen wollen.«

»Wenn du mich das gleich hättest machen lassen, hätte ich dir den ganzen Ärger ersparen können«, sagt Christopher, sehr zufrieden mit sich, weil er offensichtlich recht hatte.

»Ja, ja.« Esther mustert das Lebkuchenhaus flüchtig. »Sehr hübsch, ich danke dir. Kannst du es auf den Tisch dort drüben stellen?«

Ohne ein weiteres Wort bringt Christopher seine Kreation dorthin.

Ist das wirklich alles, was seine Mutter dazu zu sagen hat?

»Er ist so talentiert, stimmt's?«, bohrt Haf nach. Auch wenn er sie nicht hören kann, sollte sie als seine Fake-Freundin doch seinen Stolz teilen.

»Ja, allerdings«, stimmt Esther zu, wendet sich dann aber wieder ihrer Liste zu – vermutlich hakt sie gerade das Lebkuchenhaus ab.

Eigentlich weiß sie, dass Esther nur abgelenkt ist, aber am liebsten würde Haf sie packen und rufen: »Nein, sieh es dir richtig an! Sieh dir an, was dein talentierter, cleverer Sohn kreiert hat! Sag ihm, wie toll er ist!«

Kein Wunder, dass er nicht darüber redet, wie gerne er backt.

Als Christopher zurückkommt, hört Haf das Klingeln von Glöckchen in der Ferne – die Rentiere!

»Haben wir noch Zeit, uns die Rentiere anzusehen, bevor es losgeht?«, fragt sie aufgeregt.

»Ja, ja, geht ruhig«, murmelt Esther und verschwindet hinter dem Weihnachtsbaum.

Haf schluckt ihren Ärger hinunter und wirft Christopher ein entschuldigendes Lächeln zu.

»Na dann komm. Ich hab die große Karotten-Mission erfüllt, da will ich jetzt auch die wohlgenährten Rentiere sehen.«

»Und vergiss nicht die Schneemänner«, fügt Haf hinzu.

Unter einem mit Girlanden und Stechpalmen geschmückten Giebeldach stehen fünf Rentiere, hinter einem weißen Zaun eingepfercht. Dicke Atemwolken steigen von ihnen auf, alles riecht nach frischem Heu. Die Rentiere tragen Zügel und Geschirre, auf denen ihre Namen eingestickt sind.

Bewacht werden sie vom mürrischsten Mann der Welt, der ein Rentiergeweih auf dem Kopf hat und die, wie Haf vermutet, vorgeschriebene Weihnachtselfen-Uniform trägt: eine dünne, knallrote Samtjacke mit sehr weiten Ärmeln und eine grässlich grüne, mit Glöckchen verzierte Hose. Für schicke Stiefel hat das Budget wohl nicht mehr gereicht – er hat die gleichen Gummistiefel an wie so ziemlich jeder in einem Sumpfgebiet.

»Darf ich sie streicheln?«, fragt Haf. Als Antwort stößt der Mann ein unverständliches Knurren aus und reicht ihr eine Möhre. Haf braucht einen Moment, um zu verstehen, dass die nicht für sie, sondern für die Rentiere gedacht ist.

»Eine der berühmt-berüchtigten Calloway-Karotten, nehme ich an?«, flüstert sie Christopher zu. »Ich fühle mich geehrt.«

Sie bricht die Karotte entzwei, und alle fünf Rentiere blicken auf. Noch nie war sie einem Rentier so nah – sie sind wirklich hübsch mit ihrem braun-weiß gefleckten Fell, den samtigen Nasen und Ohren, und ihre großen Köpfe wenden sich ihr gleichzeitig zu, die Augen starr auf die Möhre gerichtet.

»Mein Gott, die sind ja genauso gierig wie Stella und Luna«, lacht Christopher.

Da sie die Karotte mit bloßen Händen nicht noch weiter zerteilen kann, beißt Haf sie in Stücke und bietet jedem der Rentiere eines davon an.

»Das ist ganz schön eklig«, meint Christopher. »Die war nicht mal gewaschen.«

»Was kann ein bisschen Erde schon schaden?«, meint Haf achselzuckend. »Ist bestimmt gut fürs Immunsystem.«

Aber Christopher wirkt alles andere als überzeugt.

Die Rentiere sind viel höflicher, als Haf erwartet hat, offensichtlich sind sie an diese kleine Routine gewöhnt, denn sie warten geduldig, bis sie an der Reihe sind. Das letzte frisst ihr den Rest Möhre aus der Hand und hinterlässt eine Spur heißer Spucke.

»Und noch ein bisschen Sabber«, stellt sie fest und schüttelt ihre Hand aus. »Wie schön.«

»Heißt das hier wirklich Pepsi?«, fragt Christopher unvermittelt. »Klingt nicht gerade weihnachtlich.«

»Irgendwann wird es wohl langweilig, sie immer nach Santas neun Rentieren zu benennen. Das große da heißt jedenfalls Alan.«

Plötzlich bewegt sich der Heuballen in der Ecke, und heraus taumelt ein Baby-Rentier.

Haf gibt ein Geräusch von sich, das nur von Hunden oder vielleicht auch Rentieren gehört werden kann, und lässt sich auf die Knie sinken. Der Schnee ist eisig kalt, aber das ist ihr egal.

»Was für ein hübsches Baby, oh, du bist so süß!«, ruft sie und krault es an der Nase. Auf seinem winzigen Geschirr steht Cupid. »Du heißt Cupid?«, fragt sie, und als Antwort blökt das Kleine leise und wackelt mit dem Schwanz. »Ich bleibe für immer hier. Ich liebe dieses Tier. Ich würde jederzeit für es sterben.«

Überall um sie herum erschallen mit Handglocken gespielte Weihnachtslieder.

»Ah, das bedeutet, es fängt an. Wir sollten uns vor dem großen Ansturm noch schnell Glühwein holen und die Rentiere den Kindern überlassen«, meint Christopher und wendet sich dem Rest der Feier zu.

Als Haf sich widerwillig von den Rentieren losreißt, merkt sie, wie Christopher neben ihr vor Schreck erstarrt.

»O nein«, flüstert er und starrt mit großen Augen in die Menge.

»Was denn?«, fragt Haf und versucht seinem Blick zu folgen.

»Sally ist hier.«

»Sally? Du meinst Party-Sally?«

»Ja«, ächzt er. Kurz entschlossen packt Haf ihn am Arm und dreht ihn wieder zu den Rentieren um, falls Sally zu ihnen herübersieht. »Sie ist anscheinend über Weihnachten zu Hause. Verdammt, ich hoffe, sie hat nicht mit meiner Familie geredet.«

»Ja, hoffentlich. Aber das wird schon, wir müssen ihr nur aus dem Weg gehen und sie von deinen Eltern fernhalten. Hier gibt es mehr als genug Leute, also dürfte es kein Problem sein.«

»Oxlea ist ein Kaff«, murmelt er.

»Na ja, die andere Option ist, dass wir Sally irgendwie weismachen, sie würde mich kennen, hätte uns miteinander bekanntgemacht und maßgeblich zu unserer Beziehung beigetragen. Ehrlich gesagt habe ich keine Erfahrung mit dem Implantieren falscher Erinnerungen, aber das klingt schwierig.«

»Zum Glück – du wärst echt ein kriminelles Superhirn.«

»Selbstverständlich. Okay, du musst mir zeigen, wie sie aussieht. Obwohl ich mir keine Gesichter merken kann, also hilft das wahrscheinlich nicht viel. Aber dann kenne ich ihren Vibe oder zumindest ihre Frisur. Los jetzt!«

Christopher holt sein Handy heraus, öffnet Facebook und ruft Sallys Profil auf. Sie hat einen sehr zweckmäßigen Bob, ein hübsches rundes Gesicht und sieht tatsächlich aus, als würde sie Partys mit tollen Buffets schmeißen und ihre Freunde verkuppeln. Unter anderen Umständen würde Haf sie wirklich gern kennenlernen – eine Frau, die auf den ersten Blick sehr ordentlich wirkt, aber hin und wieder die dreckigsten Witze raushaut.

»Und wo ist sie?«

»Von dir aus auf acht Uhr.«

»Bitte was?«

»Wie auf einer Uhr. Na, du weißt schon – die Acht auf einem Ziffernblatt.« Hafs Gesicht bleibt anscheinend verständnislos genug, dass Christopher seufzt und erklärt: »Hinten links. Die Frau in der grellorangenen Jacke.«

Alles andere als überzeugend tut Haf so, als wollte sie sich strecken, und wirft dabei einen verstohlenen Blick über die Schulter. Und tatsächlich erspäht sie Sally. »Wir haben Glück, dass sie eine Jacke anhat, die selbst aus dem Weltraum zu sehen wäre. Warten wir einfach hier, bis sie weggeht, und holen uns dann einen Glühwein.«

Nach ein paar angespannten Minuten schlendert Sally zu den Buden zurück.

»Bye-bye, Kumpels«, flüstert Haf den Rentieren traurig zu, aber sie schenken ihr keine Beachtung, weil ihnen in diesem Moment jemand frisches Heu bringt. Untreue Kreaturen.

Als sie davonwandern, entdeckt Haf im Schnee eine Karotte, die wohl heruntergefallen ist. Da sie fast sauber aussieht, hebt Haf sie auf, um sie später an die Rentiere zu verfüttern. Ihre Manteltaschen sind, wie bei Frauenkleidung üblich, so gut wie nutzlos oder zumindest nicht tief genug für Karotten. Und sie hat keinen Beutel mitgenommen, was wahrscheinlich dumm von ihr war.

Da ihr also nichts anderes übrig bleibt, tut sie, was jede vernünftige Person mit Brüsten tun würde, wenn sie eine Tasche braucht: Sie steckt die Möhre in ihren BH.

»Ich will ja nicht unhöflich sein«, sagt Christopher nach ein paar Sekunden schockiertem Schweigen. »Aber hast du dir gerade eine Karotte ins Oberteil gestopft?«

»Du starrst mir wohl auf die Brüste, Christopher?«, neckt sie ihn und freut sich, als sein Gesicht knallrot anläuft. Sie lacht gackernd. »Viel zu leicht!«

»Da bin ich wohl ins offene Messer gelaufen, was?«

»Wie eine Karotte in den BH.«

»Das ist aber keine bekannte Redewendung.«

Haf zuckt die Achseln und hakt sich bei ihm unter. »Jetzt schon, wir haben sie soeben geprägt.«

Inzwischen herrscht immer mehr Trubel, überall wimmelt es von Leuten in warmer Winterkleidung, viele von ihnen begleitet von Kindern in Krokodil-Gummistiefeln, die es Hafs Meinung nach auch für Erwachsene geben sollte. Ein paar Familien rollen schon Schneekugeln herum, um sich für den Schneemann-Wettbewerb bereit zu machen.

Am Glühweinstand hat sich zum Glück nur eine kurze Schlange gebildet. Statt Plastik gibt es bemalte Keramikbecher, die man gegen Pfand ausleihen oder kaufen kann.

Haf nimmt einen, auf dem ein unförmiges Rentier prangt, das es locker mit Kits absurder Marzipanfigur aufnehmen kann. »Die muss ich haben. Ein Kunstwerk! Vielleicht gewinnt die mal einen Preis. Auf jeden Fall nehme ich sie mit nach Hause.«

»Die sind alle von Kindern aus der Grundschule bemalt«, erklärt die Frau mit einem rosa Kopftuch, die den Stand betreut, nimmt Haf den Becher vorsichtig ab und füllt ihn mit Glühwein.

Am anderen Ende des Tisches steht eine Kiste mit Esthers hübschen kleinen Gewürzsäckchen, deren Verkaufserlös an die örtliche

Grundschule gespendet wird. Alles ist so süß und mit Liebe gemacht, dass Haf am liebsten ihr letztes Geld für jedes handgemachte Charity-Kunstwerk ausgeben würde, das sie finden kann.

»Brauchst du Hilfe beim Trinken?«, fragt Christopher, als er seinen Glühwein entgegennimmt. Sein Becher ist mit blauen Schneeflocken verziert, die aussehen wie psychedelische Spinnweben.

Haf verpasst ihm einen Klaps, aber ihre Finger sind so kalt, dass jede Bewegung wehtut. Natürlich hat sie auch keine Handschuhe eingepackt.

»Danke, Fake-Freund«, knurrt sie, während sie sich von den Ständen entfernen und auf den Sitzbereich zusteuern.

»Gern geschehen«, antwortet er. »Das ist nur Wein aus dem Supermarkt mit Schuss.«

»Mach Supermärkte nicht schlecht. Außerdem bin ich kein anspruchsvolles Date und leicht zufriedenzustellen.«

Christopher wirft einen Blick auf die Uhr. »In etwa einer Viertelstunde sollten alle Lichter angehen, das ist das Startzeichen. Mutter hält immer eine kleine Rede, also sollten wir langsam rübergehen.«

Doch bevor sie sich auf den Weg machen können, ruft eine vertraute Stimme nach ihnen.

Mit ausgebreiteten Armen kommt Laurel auf sie zu und schließt beide in die Arme. Haf ist nicht überrascht, dass Laurel, zusätzlich dazu, dass sie eine große Frau ist, sehr feste Umarmungen gibt. Sie ist von Kopf bis Fuß weiß gekleidet, und da Haf Angst hat, ihre Klamotten zu versauen, zieht sie ihren Becher so schnell weg, dass der Glühwein über ihre Hand schwappt. Mit so vielen verschütteten Getränken zu Weihnachten hat sie eigentlich nicht gerechnet, aber jetzt hat sie den Salat.

»Hi, Laurel.« Christopher begrüßt Laurel mit einem Kuss auf ihre perfekt geschminkte Wange.

»Hallo, Laurel«, sagt Haf. »Schön, dich wiederzusehen.«

»O mein Gott, wie süß und weihnachtlich ihr aussieht!«, ruft Laurel und tippt mit ihren perfekt manikürten Fingernägeln das

Glöckchen an Hafs Mütze an, das leise klingelt. Vielleicht hat Esther recht mit ihrem Vorschlag, sie müsste eine neue basteln – diese hier ist quasi eine Antiquität.

»Sei vorsichtig damit, die ist quasi eine Antiquität«, sagt eine Stimme, und neben ihnen erscheint Kit, in der Hand einen Becher heißen Apfelwein. In der anderen Hand hält sie statt ihres üblichen schwarzen Gehstocks heute einen leuchtend roten, mit weißen Zierbändern umwickelten Stock, der aussieht wie eine Zuckerstange.

»Du siehst auch sehr weihnachtlich aus«, sagt Haf ein bisschen zu enthusiastisch.

»Das ist Laurels Werk«, erklärt Kit und dreht den Stock hin und her. »Ich liebe ihn!«

Ganz ruhig, Haf. Benimm dich einfach ganz normal. Wenn du weißt, wie das geht. »Danke, dass ich deine Mütze aufhaben darf.«

»Habt ihr gesehen, dass es dort drüben einen Stand gibt, an dem man Weihnachtsbaumkugeln selbst dekorieren kann?«, fragt Laurel und zeigt in die Richtung, aus der sie gekommen sind … direkt auf eine vertraute grellorangefarbene Jacke. »Warum gehen wir nicht …«

»Nein!«, schreien Christopher und Haf gleichzeitig und tauschen dann einen verlegenen Blick aus.

»Nicht jetzt, ihr seid doch gerade erst angekommen«, versucht Christopher die Situation zu retten.

»Ja, das können wir später noch machen!«, plappert Haf drauflos und schüttet sich vor Nervosität noch mehr Glühwein über die Finger. »Lasst uns erst mal ein bisschen quatschen und dieses glühend heiße Zeug trinken.«

Sie versucht sich den Wein unauffällig von der Hand zu lecken, aber Kit beobachtet sie mit einem verblüfften Lächeln.

Laurel blinzelt irritiert, aber tut ihnen den Gefallen, das Gespräch weiterzuführen, als wäre nichts passiert.

»Na dann kommt, setzen wir uns«, sagt sie und geht voraus zu einem mit karierten Wolldecken bedeckten Picknicktisch, wie man ihn in einem National-Trust-Shop kaufen kann.

Haf lässt den Blick rasch über die Leute um sie herum schweifen, doch zum Glück scheint Sally weitergegangen zu sein.

»Was habt ihr heute so getrieben?«, fragt Laurel. »Haf, ich hab gehört, du und Kit habt ein Backdesaster angerichtet.«

»O ja, wie sich rausgestellt hat, sollte man Kit und mich nicht mal in die Nähe einer Küche lassen. Aber wir hatten Spaß. Wir haben Dolly Parton gesungen.«

Kits Wangen röten sich ganz leicht, aber das muss wohl an der Kälte liegen. Und dem Wein.

»Kiiiit, mit mir singst du nie«, jammert Laurel. »Ich will auch Dolly singen. Lasst uns einen Karaoke-Abend machen!«

»Nein!«, rufen die Calloway-Geschwister im Chor.

»Wow, mögt ihr keinen Spaß?«, fragt Haf.

»Die beiden sind sehr kompetitiv«, erklärt Laurel mit einem wissenden Blick.

»Beim ... Karaoke? Wie kann man dabei kompetitiv werden?«

Die Calloway-Geschwister beäugen einander wie alte Rivalen.

»Er will nur nicht wieder verlieren«, meint Kit.

»Sie will nur nicht wahrhaben, dass es reiner Zufall war, dass sie letztes Mal gewonnen hat.«

»Es war kein Zufall, und das weißt du genau.«

Während die beiden sich zanken, sieht Haf Laurel um eine Erklärung bittend an.

»Du kennst doch dieses Karaoke-Spiel für Konsolen. Es zeigt dir am Schluss eine Wertung an. Und das war die Ursache für viele ... Konflikte.« Laurel beugt sich zu ihr und flüstert verschwörerisch: »In Wahrheit misst es nur, wie genau man die Töne trifft, und hat nichts damit zu tun, wie gut man singen kann.«

»Ich wollte gerade sagen, ich hab Kit singen hören. Wie schlecht muss Christopher sein, dass sie ihn besiegen konnte?«

Laurel wirft den Kopf zurück und lacht laut.

»Hey!«, schimpft Kit.

Da sie nichts weiter sagen kann, ohne Partei zu ergreifen, macht Haf eine Handbewegung, als würde sie ihren Mund mit einem Reißverschluss zuziehen.

»Ich meinte normale Karaoke in einer Kneipe mit Separee und Sektknopf«, erklärt Laurel.

»Ein Sektknopf?«, flüstert Haf mit großen Augen. »Da will ich auch hin!«

Laurel nickt weise. »Wenn du das nächste Mal in London bist, können wir alle zusammen gehen.«

»Was hast du heute gemacht, Laurel?«, fragt Christopher, um abzulenken.

»Ich war sehr beschäftigt«, antwortet sie und zählt die Sachen, die sie erledigt hat, an den Fingern ab. »Gerade habe ich meine Social-Media-Beiträge für die Feiertage geplant. Heute Nachmittag musste ich noch ein paar Fotos machen, aber zum Glück ist Kit aus dem Nichts aufgetaucht. Sie ist eine hervorragende Fotografin.«

Bei dem Kompliment windet sich Kit unbehaglich. »Ich weiß, wie man die Kamera hält und auf den Auslöser drückt. Du hast einfach eine gute Kamera.«

Laurel beachtet die Bemerkung nicht weiter. »Und heute Morgen hab ich es geschafft, Mum ins Wellnesszentrum zu schleppen, damit sie sich vor dem großen Event entspannen kann.«

»Ach ja, die Party. Das ist eine echt große Sache, oder?«, fragt Haf, und Kit und Laurel sehen sie beide irritiert an.

»Die Weihnachtsfeier? Ja, die ist eine große Sache«, sagt Kit. »Eigentlich ist es ein richtiger Ball. Wir gehen jedes Jahr hin.«

Moment mal. Ein Ball?!

»Niemand hat etwas von einem Ball gesagt.« Nervosität schleicht sich in Hafs Stimme.

»Es ist kein Ball«, meint Laurel.

»Wie könnte das kein Ball sein?«, erwidert Kit.

»Es gibt keine vorgeschriebenen Tänze. Wir sind doch nicht bei *Bridgerton*. Obwohl dieses Jahr ein Streichquartett spielt … nur ein kleines bisschen Extravaganz.«

Haf ist sich nicht sicher, wie etwas *ein bisschen* extravagant sein kann, aber sie kann nur daran denken, dass sie auf so etwas ganz und gar nicht vorbereitet ist.

Laurel verstummt, als sie Hafs entsetzte Reaktion sieht, und wirft Christopher einen entnervten Blick zu, wie man ihn irgendwann perfekt beherrscht, wenn man jemanden schon viel zu lange kennt. »Du hast ihr nicht gesagt, dass sie ein Kleid mitbringen soll, stimmt's?«

Christopher wird blass. »Ähm, das ist mir wohl entfallen.«

»Ein Kleid? Du meinst ein Ballkleid?« Haf gerät in Panik.

»Ja, alle kommen in Abendgarderobe«, erklärt Kit.

»Fuck. Nein, das hast du nicht erwähnt, Christopher«, jammert Haf. »Ich hab für eine Dinnerparty gepackt, aber ich hab nichts dabei, was auch nur annähernd für einen Ball geeignet wäre. Was soll ich jetzt machen? In meinem Pulli mit den vögelnden Rentieren und einem flauschigen Mantel dort aufkreuzen?«

Laurel versetzt Christopher unter dem Tisch einen Tritt. »Du kleine Kröte. Wolltest du dich so davor drücken, auf die Party zu gehen?«

Er macht sich nicht mal die Mühe, es zu leugnen.

»Christopher«, stöhnt Haf. Sie hätte nichts dagegen gehabt, wenn sie davon gewusst hätte, aber das fühlt sich unfair an, als hätte er sie aus egoistischen Gründen hängen lassen.

»Nutzloser Mann!«, fällt Kit mit ein. »Selbst wenn Haf kein Kleid hat, weißt du doch, dass Esther dich trotzdem hinschleifen würde. Es ist für einen *wohltätigen Zweck*, Christopher! Sei nicht so ein Baby. Dabei geht es nicht um uns.«

Unter den wütenden Blicken dreier Frauen sinkt Christopher in sich zusammen.

»S-s-sorry, Haf«, stammelt er schließlich. Wenigstens wirkt er ehrlich zerknirscht. »Wir können morgen einkaufen gehen. Ich muss sowieso noch ein paar Geschenke besorgen.«

Kit hebt mahnend einen Finger. »Wie bitte?«

»O mein Gott, wie war ich bloß so lange mit dir zusammen?«, kreischt Laurel.

»O Mann, so auf die Schnelle werde ich aber bestimmt nichts Passendes finden, Christopher.« Haf vergräbt das Gesicht in den Händen.

»Okay, uns bleibt ja noch genug Zeit …«

»Nein, du verstehst das nicht.« Hafs Wangen glühen, so peinlich ist es ihr, dass sie ihn auf das Offensichtliche aufmerksam machen muss. »Ich trage Übergröße, Christopher. Warst du je in einem Klamottenladen für Frauen auf einer normalen britischen Einkaufsstraße? Bei den meisten ist bei Größe 42 Schluss, es gibt entweder überhaupt nichts in Plus Size oder wenn doch, dann bestenfalls ein sackartiges T-Shirt-Kleid oder irgendein altbackenes Tea-Dress mit Rüschen. Das war's. In etwas schickeren Läden nicht mal das. Deshalb bestelle ich so gut wie alles online, aber das würde nicht mehr rechtzeitig ankommen.«

Christopher sieht aus, als würde er jeden Moment vor Scham im Boden versinken.

»Du bist so ein Idiot«, faucht Kit und tritt ihm unter dem Tisch gegen das Schienbein.

Mit einer eleganten Handbewegung nimmt Laurel ihr Handy und beginnt zu scrollen, wobei sie leise vor sich hin zählt. Der Move ist so gekonnt, dass alle mit angehaltenem Atem zusehen. Nach ein paar Minuten blickt sie mit einem strahlenden Lächeln auf. »Okay, perfekt. Ich hab Zeit. Ich werde es machen.«

»Was machen?«, fragt Haf verwirrt.

»Haf, ich werde dir ein Kleid nähen. Wenn du gleich morgen früh vorbeikommst, nehme ich bei dir Maß, und wir können meine Ideen besprechen – ich habe mehr als genug Stoff, der zu dir passen könnte. Ich krieg das hin.«

Haf ist völlig von den Socken. Sie wusste nicht einmal, dass Laurel nähen kann, sie kennen sich ja kaum. Und trotzdem bietet ihr diese nette Riesin an, ihr in weniger als achtundvierzig Stunden ein Ballkleid zu schneidern?

»Laurel, das ist echt nett von dir, aber das musst du nicht für mich tun.«

»Ich weiß, dass ich es nicht muss«, erwidert Laurel in so selbstbewusstem Ton, dass Haf sie nur ehrfürchtig anstarren kann. »Ich möchte es aber, und ich habe Zeit, da Kit mir heute Nachmittag mit allem anderen geholfen hat. Ich hab so selten die Gelegenheit, mit einem Model zu arbeiten. Du würdest mir sogar einen Gefallen tun, Haf.«

»Musst du nicht den Ball planen?«

»O nein, meine Mum organisiert das meiste, und zum Glück hat Christopher sich gerade freiwillig bereit erklärt, die letzten Kleinigkeiten für mich zu erledigen.«

»Ach ja?«

»Ja«, sagt sie in so lieblichem Ton, dass es schon fast bedrohlich wirkt, und tippt dann weiter auf ihrem Handy herum.

»Das ist wahrscheinlich nur fair«, räumt Christopher kleinlaut ein.

»Ich ... ich weiß wirklich nicht, was ich sagen soll. Danke!«, stammelt Haf. Ihr schwirrt der Kopf.

Im nächsten Moment klingelt Laurels Handy. »Hi, Mum.« Laurel hört einen Moment zu, dann gibt sie das Handy an Christopher weiter. Er sagt ein paarmal Ja, verabschiedet sich dann und reicht es ihr zurück.

»Laurels Mutter meinte, ich soll am besten gleich vorbeikommen, damit sie mir alles zeigen kann. Ist das okay für dich, Haf? Tut mir leid, dass wir nicht länger zusammen abhängen konnten. Sollen wir dich schnell noch zu Hause absetzen?«

»Sei nicht albern. Kit kann Haf doch herumführen«, sagt Laurel schlicht.

»Oh, das ist echt nicht nötig«, protestiert Haf.

»Nein, Haf, du verdienst es, alle Attraktionen des Oxlea-Weihnachtsfestes zu erleben. Du hattest so viel Spaß, bevor dieser liebenswerte Depp sich in die Nesseln gesetzt hat.« Laurel wirft Christopher einen pseudobösen Blick zu, muss aber lachen. »Schließlich seid ihr zwei jetzt gute Freundinnen.«

Im Film würde in diesem Moment aus dem Nichts ein blinkendes rotes Warnschild auftauchen. Mit ihrem Fake-Freund herumzuschlendern und alberne Witze zu machen, fände Haf viel entspannter. Mit Kit muss sie die ganze Zeit ignorieren, dass ihr Körper »Küss sie!« schreit, während ihr Verstand mühsam versucht, es nicht zu tun.

»Ich hab nichts dagegen«, meint Kit mit einem Achselzucken. »Aber ich bin ein bisschen müde. Wenn ich dich zurückfahren soll, können wir nicht allzu lange bleiben. Okay?«

»Natürlich. Ich will nur noch mal nach den Rentieren sehen und ein bisschen bei den Ständen herumschlendern.«

»Das lässt sich machen.«

Okay, ist doch gar nicht so schlimm, denkt Haf. Und hoffentlich werden sie nicht auf Sally treffen.

»Perfekt, wir hauen ab, sobald die Lichter am Weihnachtsbaum brennen«, sagt Laurel. »Esther würde uns ermorden, wenn wir vorher gehen.«

Weihnachtsmusik ertönt, und ein Chor stimmt *Hark The Herald Angels Sing* an, was sich wie eine Aufforderung anfühlt. Prompt versammeln sich alle Anwesenden um den Weihnachtsbaum, angezogen von der Magie des Augenblicks. Kinder hüpfen aufgeregt herum, und selbst die Erwachsenen bekommen rote Wangen und ein Glitzern in den Augen.

»Kommt mit, lassen wir uns blicken«, sagt Kit und leitet sie durch die Menge.

Unterwegs greift Christopher nach Hafs Arm. »Tut mir wirklich leid.«

»Mhm, darüber reden wir später«, murmelt sie, und er schafft es tatsächlich, noch blasser zu werden. Aber sie hat deswegen kaum ein schlechtes Gewissen.

»Im Moment haben wir ganz andere Probleme«, flüstert sie und deutet nach vorn. Auf der anderen Seite der Menschenmenge steht Sally. »Wir müssen verhindern, dass jemand aus deiner Familie oder Laurel ihr begegnet, vor allem, wenn wir dabei sind.«

Christopher schluckt schwer.

Sie bleiben dicht bei Laurel und Kit. Auf der Bühne steht ein in rote Samtroben gekleideter Chor, der jetzt nach dem traditionellen Weihnachtslied *Sleigh Ride* von den *Ronettes* zum Besten gibt, was die Menge sofort zum Tanzen bringt.

Hinter dem Chor auf der Rückseite der Bühne stehen Esther

und Otto mit einem Mann, nach der goldenen Amtskette zu schließen, vermutlich der Bürgermeister – Mayor Clarke.

Als der Song endet, wird kräftig applaudiert, und Esther tritt ans Mikrofon. »Herzlich willkommen zur diesjährigen Oxlea-Weihnachtsfeier!«

Wieder brandet Applaus auf. Anscheinend sind die Bewohner von Oxlea allesamt Weihnachtsfans.

»Danke, dass ihr mit uns zusammen feiert«, beginnt Esther. »Vergessen Sie dabei aber bitte nicht, dass alle Erträge ins Bibliotheksbudget der hiesigen Grundschule fließen, also greift tief in die Taschen und kauft euch noch ein paar Becher Glühwein. Überall auf dem Gelände haben wir Spendendosen aufgestellt, in die jeder gern etwas werfen kann. Und wer eine größere oder längerfristige Spende leisten möchte, kann mich jederzeit ansprechen. Bildung für alle ist mir eine Herzensangelegenheit, und wenn unser Land es nicht schafft, unsere Kinder mit Büchern zu versorgen, dann müssen wir hier in Oxlea eben mit gutem Beispiel vorangehen. Viel Freude beim Feiern! Und nun sage ich: Es werde Licht!«

Bei diesen Worten leuchten die Lichter am Weihnachtsbaum auf – golden glitzernd, bonbonrot und silberweiß. Das Licht reflektiert im Weihnachtsschmuck und sprenkelt alles mit bunten Farben. Ganz oben auf der Spitze des Baums erstrahlt ein großer, heller Stern. Nun gehen auch überall um sie herum die Lichter an, bis die ganze Wiese zu einem einzigen wunderschönen Lichtermeer geworden ist. Ein atemberaubender Anblick. Esther und all die anderen, die bei den Vorbereitungen mitgeholfen haben, haben fantastische Arbeit geleistet.

Als der Chor mit *A Marshmallow World* – Hafs Meinung nach ein weiterer unterbewerteter Klassiker – beginnt, stimmen alle mit ein, haken sich unter und schwenken Hände, Glühweinbecher und sogar das eine oder andere Kind in der Luft. So weihnachtlich hat sich Haf noch nie in ihrem ganzen Leben gefühlt. Nach ein paar weiteren Songs löst sich die vom Tanzen erschöpfte Menge allmählich auf, um sich etwas Warmes zu essen zu holen, beim Schneemann-Wettbewerb abzustimmen oder an den Ständen zu stöbern.

»Wir sollten gehen«, sagt Laurel und hakt sich bei Christopher ein. »Es war echt nett, dich wiederzutreffen, Haf. Ich freue mich schon darauf, dich morgen besser kennenzulernen.«

Mit einem Lächeln zieht sie Christopher durch die Menge davon, und er winkt ihnen zum Abschied zu.

»Sie ist ein echter Wirbelwind, oder?«, meint Kit liebevoll.

»Ich fass es nicht, dass sie mir ein Kleid schneidern wird. So viel Arbeit für eine Person, die sie gerade erst getroffen hat! Auch wenn sie sagt, ich würde ihr damit einen Gefallen tun – was ich ihr nicht so ganz abkaufe.«

»Laurel liebt es, etwas völlig Unerwartetes zu machen«, erklärt Kit. »Und ihre Leute sind ihr wirklich wichtig. Unter dem ganzen Influencer-Gehabe hat sie ein echt großes Herz. Sorry, das ist wahrscheinlich ein bisschen komisch für dich, oder?«

»Was meinst du?«, fragt Haf und blickt sich suchend um.

»Dein Freund und seine Ex?«, erinnert sie Kit, gerade als in der Menge vor ihnen etwas Orangenes aufblitzt.

»Warte!«, ruft Haf und bleibt wie angewurzelt stehen. Kit dreht sich zu ihr um, einen besorgten Ausdruck im Gesicht, aber vor allem steht sie jetzt von Sally abgewandt, die direkt auf sie zuschlendert.

»Was ist?«, fragt Kit erschrocken.

»Dein Schnürsenkel!«, sagt Haf ein bisschen zu laut und geht in die Hocke, als wollte sie Kits Schuh zubinden. »Ich wollte nicht, dass du hinfällst.«

»Oh, ich hab gar nicht gemerkt, dass er aufgegangen ist«, murmelt Kit. »Danke.«

»Gern geschehen.«

In Wahrheit hat sich der Schnürsenkel natürlich überhaupt nicht gelöst, aber Haf hantiert mit tauben Fingern daran herum, was hoffentlich so aussieht, als würde sie einen Knoten machen. Sie kann sich nicht mal selbst die Schuhe binden; das erledigt Ambrose immer für sie.

»Und nein, das ist völlig okay«, beantwortet sie die ursprüngliche Frage und blickt zu Kit auf. »Ich weiß, dass Christopher und Laurel Freunde sind.«

»Hm, ja, so was in der Art«, murmelt Kit, während Haf sich aufrappelt. Sollte sie sich besorgter zeigen? Was würde eine echte Freundin tun? Wirkt es ein bisschen zu cool, in dieser Situation die Ruhe zu bewahren?

Haf hat nicht viel Zeit, darüber nachzudenken, denn natürlich ist Sally aufgehalten worden und immer noch ganz in ihrer Nähe.

»Wow! Sieh dir die an!«, kreischt Haf und zieht Kit hastig an einen Stand, an dem wunderschöne gestrickte Handschuhe und Schals von einer winzigen, stämmigen Frau verkauft werden, die von Kopf bis Fuß in ihre eigenen Kreationen gehüllt ist.

»Oh, die sind wirklich schön«, sagt Kit, als Haf ihr einen dicken grünen Schal zeigt, der zu ihrem Mantel passt. »Kaufst du dir was?«

Die Verkäuferin blickt hoffnungsvoll zu ihnen auf, sagt aber nichts, sondern lächelt nur höflich. Wenn Haf vernünftig wäre, würde sie sich mit dem letzten Geld auf ihrem Konto die rotweißen Handschuhe kaufen, die ihr sofort ins Auge gefallen sind, aber stattdessen stopft sie die Hände tiefer in ihre Jackentaschen.

»Ich werde erst nach Weihnachten bezahlt«, seufzt sie.

»O nein, das ist ja ätzend.«

»Haben Sie eine Website?«, fragt Haf, und die Verkäuferin erklärt ihr, wo es ihre Sachen zu kaufen gibt, und reicht ihr eine Visitenkarte.

Kit beäugt immer noch den grünen Schal und zieht einen Handschuh aus, um ihn zu befühlen.

»Du solltest ihn dir kaufen«, ermutigt Haf sie. »Sieht weich aus.«

»Ja, das werde ich.« Zum Glück ist Kit damit beschäftigt, ihre Kreditkarte herauszuholen und zu bezahlen, als Sally an ihnen vorbeikommt.

Haf sieht sie in der Menge verschwinden und atmet erleichtert auf.

»Wie sehe ich aus?«, fragt Kit im nächsten Moment. Sie hat sich den Schal um den Kopf geschlungen, sodass nur noch ihre Nasenspitze hervorschaut.

Es gibt so vieles, was Haf gern sagen würde, doch sie entscheidet sich am Ende für eine sichere, unverfängliche Variante. »Toll!«, antwortet sie nur und reckt den Daumen in die Höhe.

»Komm, wir besorgen dir was zu essen«, sagt Kit. »Ich kann deinen Magen von hier aus knurren hören.«

Zu jedem anderen Zeitpunkt wäre es Haf peinlich, dass ihr Bauch noch durch einen dicken Schal zu hören ist, aber im Moment ist sie zu erleichtert, um sich daran zu stören.

Nachdem sie sich ein Brötchen mit zartem Schweinebraten und Apfelpüree gegönnt hat, fühlt sich Haf schon besser. Und Kit auch.

»Was willst du machen, jetzt, wo du dich gestärkt hast?«, fragt Kit. »Beim Schneemann-Wettbewerb wird wahrscheinlich bald abgestimmt, bevor die Kinder ins Bett müssen. Oder wir gehen noch ein bisschen shoppen, und du kannst noch einen Glühwein trinken, wenn du magst. Willst du den Rest von meinem Apfelwein? Ich glaube nicht, dass er Alkohol enthält, aber ehrlich gesagt kann ich das bei Heißgetränken nie so genau sagen«, erklärt Kit und bietet Haf ihren Becher an.

Am Rand ist ein Lippenstiftfleck, und Haf kann den Blick nicht davon abwenden. Diese kirschroten Lippen mit ihrem verführerischen Lächeln ... Warum steigt ihr der Glühwein immer so schnell zu Kopf?

»Ich ...«, setzt sie an, völlig überwältigt.

»Keine Sorge, ich kippe ihn einfach weg«, sagt Kit und gießt den letzten Rest in den Schnee.

»Sorry, ich glaube, ich hatte schon genug. Lass uns einfach noch ein bisschen rumlaufen, ja?«

Kit nickt, und sie schlendern zusammen weiter.

Alles ist perfekt. An einem der Stände kauft Kit sich selbst gemachten Fudge und Haf ein winziges Döschen regionalen Honig für Ambrose, weil dey damit gern deren Tee süßt. Außerdem gibt es Stände mit wunderschönen Keramiksachen, Gemälden und Kuchen – sehr viel Kuchen.

Schließlich kommen sie zum Schneemann-Wettbewerb, wo all die kleinen Schneeleute in einer Reihe aufgebaut sind. Die meisten sind ganz gewöhnliche Schneemänner, aber es gibt auch Schneemonster, vielleicht einen Yeti, und einem Schneemann hat jemand mithilfe eines Spitzen-BHs Brüste angeklebt. Die Kinder stehen hoffnungsvoll neben ihren Kreationen, die der Bürgermeister eine nach der anderen inspiziert. Mit den Siegerkränzen in der Hand wartet Esther darauf, dass die Gewinner bekannt gegeben werden, und als sie Kit und Haf sieht, winkt sie ihnen fröhlich zu.

Alles ist perfekt und wundervoll weihnachtlich.

Doch da fällt ihr ein grellroranger Schimmer ins Auge. Sally kommt direkt auf sie zu. Haf verflucht sich innerlich, dass sie nicht aufgepasst hat. Die schöne Zeit mit Kit hat sie einfach zu sehr abgelenkt.

»Wow, schau mal, Kit! Was für ein toller Schneemann!«, ruft sie.

Kit wirft ihr einen leicht verwirrten, aber amüsierten Blick zu und sieht sich weiter um.

»Nein, im Ernst, Kit. Die Kinder sind so kreativ, da kann man nur staunen.« Verzweiflung schleicht sich fast so schnell in ihre Stimme, wie Sally sich nähert.

»Mir war gar nicht klar, dass du Schnee so toll findest, Haf. Und Kinder.« Kit lacht und stellt sich neben Haf vor einen nicht im Geringsten originellen Schneemann. Es ist ein ganz gewöhnliches Exemplar und nicht mal sonderlich groß. »Oh, hey, ist das nicht Sally?«

Haf beißt sich auf die Zunge, um nicht vor einer Gruppe von Kindern laut zu fluchen.

»Oh, ja, ha ha«, ruft sie und bemüht sich um einen sorglosen Ton.

Nicht nur Kit hat Sally entdeckt, auch Esther winkt ihr über die Schneeleute hinweg zu. Es ist nur noch eine Frage der Zeit, bis die drei Frauen miteinander ins Gespräch kommen und allen klar werden wird, dass Haf Sally in Wahrheit überhaupt nicht kennt, sondern nur uneingeladen auf ihrer Party aufgekreuzt ist, und dann wird ihr gesamter Plan in sich zusammenstürzen.

Doch auf einmal sind erschrockene Rufe zu hören, und als Haf sich umdreht, sieht sie den grimmigen Rentierbesitzer durch die Menge rennen. Mit hochrotem Gesicht und weit aufgerissenen Augen läuft er zu Esther, nimmt ihr das Mikrofon weg und wendet sich der Menge zu.

»Das Rentier! Das Rentier ist verschwunden!«, keucht er.

Die Leute sehen sich nervös um, Eltern nehmen ihre Kleinkinder auf den Arm.

»Von einer Horde karottensüchtiger Rentiere zu Tode getrampelt zu werden, stand nicht auf der Liste von Dingen, die ich heute gern machen würde«, sagt Kit trocken.

Esther holt sich das Mikrofon zurück. »Bitte beruhigt euch.« An den Rentierhalter gewandt sagt sie: »Das gehört nicht Ihnen.«

»Die Rentiere sind noch in ihrem Gehege!«, ruft jemand. Alle drehen sich um und sehen die fünf Rentiere völlig gelassen in ihrem Gehege stehen und Heu mampfen.

Der grimmige Rentierhalter bedeutet Esther, ihm das Mikrofon noch einmal zurückzugeben, und sie reicht es ihm widerwillig.

»Das kleine«, ruft er atemlos. »Das kleine Rentier ist weg. Jemand hat es gestohlen!«

Kapitel 13

Abrupt schlägt die Stimmung um.

Der Rentierwärter eilt zum Gehege zurück, um sicherzustellen, dass nicht noch weitere Rentiere ausreißen oder gestohlen werden. Obwohl es bestimmt ein weitaus schwierigeres Unterfangen ist, ein erwachsenes Rentier zu stehlen.

Esther tätigt einige Anrufe, Mayor Clarke ebenfalls, sodass der Schneemann-Wettbewerb in Vergessenheit gerät. Ein paar Kinder fangen an zu weinen, aber Haf ist sich nicht sicher, ob das daran liegt, dass Cupid verschwunden ist, oder daran, dass ihre Schneemänner nicht gebührend bewundert wurden. Wenigstens ist es kalt genug, dass sie nicht schmelzen.

»Wer stiehlt denn ein Baby-Rentier?«, murmelt Kit.

»Hast du den Kleinen nicht gesehen, Kit? Er war extrem süß. Also … echt total süß. Und klein.«

»Vielleicht ist er einfach weggelaufen.«

»Ich weiß nicht, ob das besser wäre«, sagt Haf und kaut nervös auf ihrer Unterlippe.

»Du machst dir Sorgen um den Kleinen, stimmt's?« Kits Ton wird sanfter.

»Cupid. Sein Name ist Cupid«, erklärt Haf. »Wir müssen Cupid finden.«

»Okay, klar. Dann mal los.«

Hafs Herz schlägt höher, weil Kit so bereitwillig zustimmt.

»Wo könnte ein Baby-Rentier hinlaufen, wenn es wirklich ausgebüxt wäre?«, überlegt sie laut. »Im Studium haben wir einiges über Tierverhalten gelernt, aber nicht sehr viel über Rentiere.«

»Schockierend«, sagt Kit trocken, und Haf streckt ihr die Zunge raus, obwohl sie für die Aufmunterung dankbar ist. »Die Bedürfnispyramide und so, richtig?«

»Ja, daran dachte ich auch. Er hatte Wärme und Geborgenheit. Also brauchte er vielleicht was zu fressen. Vielleicht sind ihnen die Karotten ausgegangen, während alle anderweitig beschäftigt waren, und er hat sich rausgeschlichen?«

Genau in diesem Moment ertönt ein Blöken, und ein Schemen, der durchaus Cupid, das pubertierende Rentier, sein könnte, prescht durch die am Wettbewerb teilnehmenden Schneemänner und stibitzt im Vorbeilaufen ihre Karottennasen.

»O mein Gott!«, lacht Kit.

»Schnell! Ihm nach!«

»Lauf! Ich kann nicht rennen. Ich hole dich später wieder ein. Du bist die Rentier-Detektivin.«

Zum Glück für Haf und zum Unglück für alle anderen hinterlässt Cupid auf der Flucht ein solches Chaos, dass es ein Leichtes ist, ihm zu folgen. Nachdem er die Schneemänner demoliert hat, rast er durchs Zentrum der Feier und wirft unterwegs massenhaft Tische und Stühle (und auch kleinere Kinder) um.

»Cupid, stopp!«, brüllt Haf, als würde er ihre Stimme oder auch nur seinen eigenen Namen erkennen, aber sie ist verzweifelt.

»Er ist da lang«, ruft ihr einer der Verkäufer zu, der über und über mit den Torten beschmiert ist, die er an seinem Stand angeboten hat.

»Danke!«, antwortet Haf höflich.

Als sie um die Ecke biegt, findet sie sich neben dem Tombola-Stand wieder, wo Christophers wunderschönes Lebkuchenhaus in der Kuchenschachtel auf einen Gewinner wartet.

Aufgeregtes Geschrei ertönt vor ihr, und plötzlich erkennt Haf mit Entsetzen, dass Cupid direkt auf den sehr instabil aussehenden Tisch mit den Tombola-Preisen zusteuert.

»Nein!«, schreit sie, als Cupid auch schon gegen ein Tischbein stößt und sämtliche Preise durch die Luft segeln.

Auch das Lebkuchenhaus.

Sie darf nicht zulassen, dass es zerstört wird. Nicht, nachdem Christopher so hart daran gearbeitet hat.

Aber Cupid ist ihr so nahe, dass sie ihn vielleicht zu packen kriegt.

Lebkuchenhaus oder Rentier?

Haf rennt los, springt – und irgendwie, mit mehr Glück, als sie normalerweise hat, fängt sie das Lebkuchenhaus im Flug und landet stolpernd auf den Knien. In seiner Schachtel ist das Lebkuchenhaus tatsächlich unversehrt geblieben, doch als sie aufsteht, um es an einem sicheren Ort abzustellen, sieht sie sich mit dem Mann konfrontiert, der auf der Fahrt hierher mit ihnen im Ruhewagen saß und sie immer wieder ermahnt hat, leise zu sein, der jetzt anscheinend den Tombola-Stand betreut.

»Du!«, schreien sie beide gleichzeitig.

»Ich …«, setzt sie an, doch er unterbricht sie mit einem vehementen »Ich will es nicht wissen!« und gestikuliert wild. »Erzähl mir bitte nichts mehr!«

»Bring das in Sicherheit«, stößt sie hervor und drückt ihm das Lebkuchenhaus in die Hände. »Hat jemand gesehen, wohin das Rentier gelaufen ist?«

Mayor Clarke, der sich hinter dem umgekippten Tombola-Tisch verkrochen hat, deutet zur Bühne. »Es ist da lang!«

Sofort rennt Haf los. Vor ihr ertönt ein ohrenbetäubendes Krachen, die Lichter am Weihnachtsbaum flackern und fallen eins nach dem anderen zu Boden.

Cupid ist durch den Baum hindurchgerannt und hat dabei sämtliche Lichter auf der untersten Ebene heruntergerissen.

Während sie um den Baum herumrennt, ist Haf sehr dankbar für das Fitnessprogramm, das sie einen Monat lang durchgezogen hat. Auf der anderen Seite steht Esther und ruft Cupid nach, der mit bunten Lichterketten umwickelt ist wie mit einer Federboa.

»Gib die Lichter zurück!«, schreit sie, als würde das Rentier auf sie hören.

»Ich kriege ihn zu fassen, keine Sorge!«, ruft Haf im Vorbeirennen.

Offenbar hat Cupid genug davon, dass ihm alle nachjagen, und will dem Chaos entfliehen, das er verursacht hat, denn er ändert abrupt den Kurs und läuft hinein in die Dunkelheit.

Haf rennt weiter und folgt einem Geräusch, von dem sie hofft, dass es die über den Boden schleifenden Lichterketten sind. Die Hoffnung scheint sich zu bestätigen, als sie auf dem Weg eine Lichterkette findet. Und noch eine. Cupid hat eine Spur hinterlassen. Mit einem Mal wird Haf klar, dass sie dorthin zurückläuft, wo Christopher sein Auto geparkt hat. Doch Cupid ist nirgends zu sehen. Keine Lichterketten liegen mehr herum, und hier, abseits der Feier, ist es so viel dunkler.

»Haf, hier drüben!«, hört sie Kits Stimme, aber sie kann nicht sehen, wo sie herkommt. Langsam dreht sie sich im Kreis, bis sie Kit am Rand des Ententeichs entdeckt.

Einzig und allein von Adrenalin und den Überresten des Glühweins angetrieben, eilt Haf durch den Schnee auf Kit zu.

»Hast du Cupid gefunden?«, keucht sie.

Kit zeigt auf den See. »Er ist dort drüben!«

In der Mitte des teils zugefrorenen Ententeichs liegt eine Insel mit einem leuchtend roten, mit Stechpalmen und einem Adventskranz geschmückten Entenhaus. Und daneben steht völlig durchnässt und zitternd das Baby-Rentier.

»O Gott sei Dank, er ist stehen geblieben«, ruft Haf erleichtert.

»Aber wie kriegen wir ihn jetzt zu fassen? Meinst du, wir können ihn dazu bringen zurückzuschwimmen?«

»Er sieht ziemlich verängstigt aus. Vielleicht ist er erschöpft genug, dass wir ihn holen können.«

»Ja, aber wie? Hier gibt es keine Tretboote. Wo ist der Typ, der sich um die Rentiere kümmern sollte?«

Ein lautes Zischen durchschneidet die Luft und lenkt ihre Aufmerksamkeit zu dem Eis auf dem Teich. Mit bedrohlich gesträubtem Gefieder watschelt eine sehr wütend aussehende Gans auf Cupid zu. Noch nie hat Haf so eine große Gans gesehen, obwohl sie in York wohnt, was quasi die Gänsehauptstadt von England, wenn nicht sogar von ganz Großbritannien ist. Sie hatte schon Gänse in ihrem Garten, und einmal hat ihr sogar eine den Weg in ihr Büro versperrt, aber bisher konnte sie ihnen immer entkommen. Allerdings nur, weil sie meistens etwas zu fressen dabeihatte, das sie zur Ablenkung in die andere Richtung werfen konnte.

Das Baby-Rentier jedoch hat keine Snacks. Somit besteht eine hohe Wahrscheinlichkeit, dass es demnächst von einer Gans attackiert wird.

Einige Enten sehen beunruhigt zu, schwimmen aber davon, als die Gans sich nähert. Anscheinend wissen sie, dass man einer wütenden Gans lieber nicht in die Quere kommen sollte.

Alle anderen sind immer noch mit dem Chaos beschäftigt, das Cupid angerichtet hat, oder suchen auf der anderen Seite der Feier beim Rentiergehege. In der Dunkelheit kann Haf niemanden sehen, und selbst wenn sie nach jemandem rufen würden, wäre derjenige wahrscheinlich nicht rechtzeitig da, bevor die Gans auf Cupid losgeht.

Also bleibt ihr nur eine Möglichkeit.

»Soll ich jemanden holen?«, fragt Kit, aber Haf unterbricht sie, indem sie ihr die antike Weihnachtselfenmütze reicht.

»Ich gehe rein«, verkündet sie und marschiert das schlammige Ufer hinunter.

»Was?! Nein! Sei nicht albern!«, ruft Kit. »Du wirst erfrieren!«

»Ich beeile mich!«, ruft Haf zurück, ohne innezuhalten, denn sie will Kit keine Zeit geben, zu ihr aufzuschließen.

Als sie auf das eisige Wasser zuschreitet, rutscht der Schlamm unter ihr weg, und sie landet bis zu den Knien im Teich.

»Fuck!«, schreit sie vor Kälte und Schreck.

Hinter ihr ruft Kit panisch ihren Namen.

»Alles okay!«, antwortet Haf tapfer und marschiert mit zusammengebissenen Zähnen los.

Der Teich ist um einiges tiefer, als sie erwartet hat, und als sie weiterwatet, schlägt ihr das Wasser gegen die Oberschenkel. Der Schlamm am Grund ist so zäh wie Pudding, und immer wieder schlingen sich Pflanzen um ihre Stiefel. Jeder Schritt ist ein Kampf, aber sie muss weiter, denn wenn sie stehen bleibt, wird die Gans entweder Cupid oder sie angreifen, oder sie werden einfach alle in diesem dämlichen Teich erfrieren.

Die Enten schwimmen um sie herum, quaken besorgt und

wahrscheinlich auch ein bisschen amüsiert darüber, dass eine gigantische Idiotin in ihr Zuhause eingedrungen ist.

Das bedrohliche Fauchen der Gans wird lauter, und sie kommt über das Eis auf Haf zu.

»Ja, ja, ich höre dich, du olles Mistvieh. Lass uns einfach in Ruhe, dann sind wir gleich wieder weg.«

Die Enten treten den Rückzug an, als sie erkennen, dass Haf nichts Essbares anzubieten hat. Was sagt es wohl über sie aus, dass Enten eher dazu fähig sind, vernünftige Entscheidungen zu treffen, als sie?

Das kleine Rentier macht ein trauriges kleines Geräusch irgendwo zwischen einem Maunzen und einem Blöken.

»O mein Gott, da ist jemand im See!«, schreit jemand hinter Haf, und als sie einen Blick riskiert, sieht sie, dass sich am Ufer eine Menschenmenge versammelt hat.

»Es ist Haf!«, hört sie Kit rufen. »Sie hat das Rentier gefunden.«

»Sollte man nicht lieber die Feuerwehr rufen? Oder die Seenotrettung?«, fragt eine andere Stimme, offenbar unsicher, welcher Notdienst zuständig ist, wenn jemand freiwillig in einen eiskalten Teich gewatet ist.

»Lauf weiter! Es wäre echt peinlich, wenn du da draußen erfrierst!«, ruft Kit.

Haf zeigt ihr den Mittelfinger, ohne sich umzudrehen, und hört hinter sich entsetztes Keuchen – wahrscheinlich befinden sich auch Kinder in der Menge.

»Sorry!«, ruft sie und hört Kit lachen.

Als sie sich wieder ihrer Aufgabe zuwendet, muss Haf feststellen, dass die Gans deutlich näher ist, als sie dachte. Sie lauert am Rand der Eisschicht und streckt den Hals und ihren fiesen kleinen Schnabel so weit wie möglich aus.

Haf mag so ziemlich alle Tiere, aber diese Gans könnte eine Ausnahme sein.

Als sie sich nähert, faucht die Gans sie wütend an und schlägt mit ihren gigantischen Flügeln.

»Verpiss dich!«, blafft Haf sie an und hofft inständig, das aggressive Federvieh damit in die Flucht zu schlagen.

Das Gute ist, dass die Gans das Interesse an Cupid verloren hat, nur jetzt leider fest entschlossen scheint, Haf zu ermorden.

Mit Mühe zieht Haf ihren Fuß aus dem Schlamm und macht noch einen Schritt nach vorn, die Arme nach Cupid ausgestreckt, der das ganze Spektakel mit dem Rentier-Äquivalent von ernster Sorge beobachtet.

Wird er überhaupt zulassen, dass sie ihn hochhebt? Jetzt, wo sie ihm so nahe ist, erscheint er ihr viel größer, als sie ihn in Erinnerung hatte. Und selbst mit seinem winzigen Geweih könnte er ihr locker ein blaues Auge verpassen.

»Na komm, Cupid. Ich bin's, deine Freundin Haf. Die mit den Karotten. Komm schon, lassen wir diesen Albtraum hinter uns«, ermuntert sie ihn.

Noch ein Schritt, dann ist Cupid fast in Reichweite, doch im selben Moment macht die grässliche Gans einen Satz nach vorn und packt Hafs Arm mit dem Schnabel. Die Attacke schockt Haf dermaßen, dass sie keinen Mucks von sich gibt, sondern zurücktaumelt und rücklings im Entenetich landet. Das widerliche Wasser reicht ihr fast bis ans Kinn.

Hinter ihr werden erschrockene Rufe laut, und mehrere Leute rufen ihren Namen.

Da ihr Hintern im Schlamm feststeckt, rollt sich Haf über die Seite hoch und kommt mit einem kräftigen Hundepaddeln wieder auf die Füße.

Zu ihrer Überraschung jubelt die Menge.

Und auf den Jubel folgt das Geräusch dumpfer Aufschläge.

Am Ufer hat sich eine ganze Armee von Kindern versammelt, die die Gans mit Schneebällen bewerfen. Sie sind alle sehr treffsicher – ein Hoch auf den Sportunterricht an der Grundschule von Oxlea –, und schon bald muss die Gans abschwenken, um den Geschossen zu entgehen. Zu Hafs Erleichterung zieht sie sich mit wütendem Schnattern und Zischen ans Ufer der Insel zurück, das am weitesten von den Angreifern entfernt ist.

Bis auf die Knochen durchnässt streckt Haf erneut die Hand nach dem Baby-Rentier aus.

Wie nicht anders zu erwarten, sieht Cupid jedoch nicht etwa seine Retterin vor sich, sondern ein schreckliches Sumpfmonster, und ist nicht sonderlich erpicht darauf, sich ihr in die Arme zu werfen.

»Komm schon, Baby. Lass uns von hier verschwinden«, fleht sie. »Ich friere mir sonst die Titten ab.«

Bei ihren Worten beginnt Cupid in der Luft zu schnüffeln, als würde er etwas wittern, streckt seinen langen Hals aus und schnüffelt doch tatsächlich an ihren Titten.

Wie durch ein Wunder steckt die Karotte, die Haf vorhin im Schnee gefunden hat, immer noch in ihrem BH.

»Willst du die?«, fragt sie, holt die Karotte heraus und zeigt sie ihm, muss jedoch einen Schreckensschrei unterdrücken, als ihre eiskalten Finger ihre warme Haut berühren. Blitzschnell hat Cupid ihr die Möhre aus der Hand gerissen, und sie hebt ihn hoch. Vor Freude wedelt er mit seinem kleinen Puschelschwanz, während er zufrieden vor sich hin mampft.

Mit Cupid im Arm watet sie langsam zurück, und die Festgäste brechen in lauten Jubel aus. Immer wieder versucht das kleine Rentier die Hinterbeine hochzuziehen, die durchs kalte Wasser schleifen, und kickt Haf dabei unsanft in den Bauch.

»Nur noch ein bisschen weiter, Kumpel, dann haben wir's geschafft.«

Allerdings hat sie nicht nur die Größe des Rentiers falsch eingeschätzt, sondern sich auch nicht klargemacht, wie schwer es ist und wie wenige lebende Tiere sie in ihrem Leben bisher herumgeschleppt hat – und das auch noch unter diesen widrigen Umständen.

Ihr durchnässter Körper signalisiert ihr immer deutlicher, aufzugeben, das Rentier fallen zu lassen, sich selbst in Sicherheit zu bringen oder einfach zu verenden, um davon nichts mehr zu spüren.

»Komm schon, du hast es gleich geschafft!«, ruft Kit vom Ufer, die antike Weihnachtsmütze auf dem Kopf. »Konzentrier dich einfach auf mich!«

Und das tut Haf. Den Blick auf Kit gerichtet, macht sie einen Schritt nach dem anderen. Cupid, der mit seiner Karotte fertig ist, beginnt fröhlich zu blöken und reibt den Kopf an ihrer Schulter, was Haf dankbar als Ermutigung wertet.

Sie sind fast am Ufer, wo sich ihnen unfassbar viele Arme entgegenstrecken.

Mit letzter Kraft zieht sie ihren Fuß aus dem Morast, verliert dabei jedoch das Gleichgewicht, rutscht weg und sieht sich schon mitsamt Rentier ins Wasser stürzen.

Doch jemand hält sie fest. Erleichtert atmet sie auf, und als sie die Augen öffnet, sieht sie Kit neben sich im Wasser stehen.

»Nur noch ein paar Schritte«, sagt ihre Retterin und stützt sie beide mit ihrem Gehstock. »Du hast es fast geschafft.«

»Wer hätte gedacht, dass es so schwierig ist, mit einem Baby-Rentier durch einen schlammigen Teich zu waten?«, scherzt Haf mit zusammengebissenen Zähnen.

»Ein tolles Trio geben wir ab«, lacht Kit und zieht sie weiter. »Tollpatschig, chaotisch und von Natur aus instabil.«

»Wer ist was?«

»Das ist ja das Schöne daran – passt alles zu uns allen!«

Otto hilft Haf, ans Ufer zu klettern. Jetzt, da sie an Land sind, will Cupid unbedingt runter, aber sie darf ihn jetzt auf keinen Fall loslassen. Noch nicht. Nicht, nachdem sie von einer Gans angefallen wurde und sich womöglich durch das kalte Wasser irgendwelche schlimmen Schäden an den Füßen zugezogen hat.

Als Nächstes wendet sich Otto seiner Tochter zu, um ihr ebenfalls herauszuhelfen, doch sie rutscht aus und landet mit einem lauten »FUCK!« wieder im Teich.

Eine ältere Dame murmelt etwas über die Ausdrucksweise der Jugend von heute, wird aber davon unterbrochen, dass Kit aus dem Teich klettert und beim Anblick ihrer komplett durchweichten Stiefel erneut »Fuuuuuck« grummelt.

Doch die meisten Schaulustigen um sie herum jubeln und applaudieren von Herzen. Haf fühlt sich wie eine Heldin, wenn auch eine völlig durchnässte, der man nicht zu nahe kommen sollte, weil ihr ein widerwärtiger Gestank anhaftet. Als der Adrenalinschub nachlässt, fängt sie an zu schlottern und ist sehr dankbar für den warmen Körper des Rentiers in ihren Armen.

»Kann bitte jemand ein paar Decken holen?«, ruft Esther, und ein paar Leute machen sich eilig auf den Weg. Ein Mantel wird Haf um die Schultern gelegt, und sie wird zurück zur Feier geleitet.

Alles ist immer noch ein bisschen chaotisch, und obwohl ein Großteil des von Cupid angerichteten Durcheinanders bereits beseitigt ist, beäugen ihn einige Leute weiterhin argwöhnisch, während sie Haf ein stolzes Lächeln zuwerfen, den Daumen in die Höhe recken oder ihr ein »Gut gemacht!« zurufen.

Haf und Kit (und auch Cupid) werden zu den Picknicktischen in der Nähe des Glühweinstands geleitet. Kaum haben sie sich niedergelassen, erscheinen Leute mit Decken und hüllen sie im Handumdrehen komplett in die warme, weiche Wolle ein. Aber trotz all der Schichten fröstelt Haf immer noch.

Wenig später taucht der Rentierhalter auf, der am falschen Ende der Wiese gesucht hat.

»O mein Gott, danke!«, ruft er sichtlich erleichtert. »Vielen Dank, dass ihr ihn gefunden habt.«

Als er erkennt, dass er jetzt nach Hause gebracht wird, schnaubt Cupid einen großen, nach Karotten riechenden Schwall heiße Luft in Hafs Gesicht und reibt die Schnauze an ihrem Kinn.

»Sieht aus, als hättest du ein Rentier adoptiert«, sagt Kit und krault seine samtweiche Nase.

Haf seufzt. »Nein, ich fürchte, du musst jetzt nach Hause, Cupid«, murmelt Haf, umarmt ihn fest, drückt ihm einen Kuss auf seine feuchte Stirn und übergibt ihn dann etwas widerwillig dem Rentierhalter. »Bye-bye, kleiner Kumpel.«

Cupid blökt zum Abschied, und als er weggetragen wird, sieht sie ihn heftig mit seinem kleinen Puschelschwanz wedeln.

Erst jetzt, wo alles gut überstanden ist, wird Haf von der Erschöpfung überwältigt. Tränen schießen ihr in die Augen, und sie muss sich auf die Lippe beißen, um nicht mitten in einer Menge größtenteils fremder Menschen einen Heulkrampf zu bekommen.

»Hey«, flüstert Kit, »alles gut. Du hast das Baby gerettet, und jetzt ist er in Sicherheit.«

Leise schniefend nickt Haf. »Ist das Lebkuchenhaus okay?«

»Unseres? Nein, definitiv nicht.«

»Nein«, schluchzt sie. »Das von Christopher. Ich hab es vor Cupid gerettet.«

»Ich schau nachher nach, versprochen. Aber erst mal bringe ich dich nach Hause.« Kit wirft einen Blick auf den ganzen Dreck, der auf Hafs Klamotten allmählich trocknet. »Damit du dich waschen kannst.«

Kapitel 14

Wie sich herausstellt, ist es eine ganz schlechte Idee, mitten im Winter in einen Ententeich zu waten. Obwohl die gespendeten Decken das Wasser aufsaugen, ist Haf immer noch patschnass. Zum Glück dauert die Heimfahrt nicht lang, und Kit lässt alle Heizungen auf Hochtouren laufen.

Doch als sie vor dem Haus der Calloways halten und Kit den Motor abstellt, sinkt sie plötzlich in sich zusammen.

Ein bisschen aufgewärmt, wenn auch immer noch nass, huscht Haf um das Auto herum und öffnet Kits Tür.

»Soll ich dir helfen?«, fragt sie und streckt eine Hand aus ihrem Deckenkokon.

»Gott, ja. Danke.« Kit nimmt Hafs Hand und rappelt sich mühsam auf. Unter ihren Augen sind dunkle Ringe, und Haf bekommt ein schlechtes Gewissen, weil sich Kit wegen der Rentierjagd so lange im Schnee herumgetrieben hat, obwohl sie sich offensichtlich hätte ausruhen müssen.

»Komm, wir gehen schnell rein und wärmen uns ein bisschen auf. Und versuchen, was von der Scheiße loszukriegen«, fügt Kit hinzu und verriegelt die Autotür hinter sich.

»Keine wirkliche Scheiße, hoffe ich?«

»Na ja, Ententeiche sind dafür bekannt, dass es dort eine Menge Entenkacke gibt.«

»O Gott, rieche ich etwa nach Entenkacke?!«

Kit schnüffelt theatralisch an ihr. »Nur nach Rentieren und ... ein kleines bisschen nach erfrorenem Volltrottel.«

»Ha ha.«

Die Haustür erzittert unter dem Ansturm von Stella und Luna, die vor Aufregung von innen dagegenspringen. Als Kit sie öffnet, pesen die Hunde sofort heraus.

Sobald alle in der kleinen Vorhalle stehen, hören die Hunde auf herumzutollen. Stattdessen schnüffeln sie besorgt an Hafs und Kits dreckigen Klamotten, als wollten sie sagen: »Was zur Hölle habt ihr da ohne uns getrieben?«

Die schlammigen Doc Martens auszuziehen, ist ein widerliches Unterfangen, und Haf hüpft herum, um sie so wenig wie möglich anfassen zu müssen. Nicht dass ihre Hände besonders sauber wären.

Kit holt eine große blaue IKEA-Tüte von der Garderobe. »Wirf deine Sachen hier rein, dann waschen wir sie. Oder wir vernichten sie. Deine Entscheidung.«

»Selbst die Schuhe? Fühlt sich falsch an, Schuhe auf Klamotten zu legen.«

»Ich glaube, sie sind genauso eklig wie alles andere an dir«, erwidert Kit, was Haf mit einem entrüsteten Schnauben quittiert. »Ich meinte deine Klamotten. Außerdem wird Esther einen Herzinfarkt kriegen, wenn jemand mit Entenkacke bedeckt ihr Haus betritt, also los. Zieh dich aus.«

Zu Hafs Entsetzen fängt Kit im nächsten Moment an, ihre Jeans auszuziehen.

Haf wird knallrot und wendet sich so schnell ab, dass sie fast gegen die Tür prallt. »Ich seh nicht hin!«

»Okay, aber jetzt komm, fang endlich an. Und weg mit den Decken! Ich mach auch die Augen zu.«

Unter normalen Umständen hätte Haf kein Problem damit, sich vor anderen Leuten auszuziehen, aber normalerweise muss sie das auch nicht vor der Frau tun, in deren Nähe sie sich immer einreden muss, dass sie nicht für sie schwärmt, und das auch noch auf der Veranda ihrer Fake-Schwiegereltern.

Doch sie atmet tief durch und legt einfach los.

»Aber meine Unterwäsche lasse ich an.«

»Klar«, murmelt Kit.

»War das klar? Du hast mir gesagt, ich soll mich komplett ausziehen«, murrt Haf, während sie aus ihrem widerlichen Pulli schlüpft.

Haf öffnet die Augen, um alles einzupacken, hält den Blick dabei jedoch starr auf die Tasche gerichtet und versucht zu ignorieren, dass Kit ebenfalls in Unterwäsche vor ihr steht.

»Soll ich das Zeug reintragen?«, bietet sie an und schluckt schwer.

»Das tragen wir lieber zusammen«, sagt Kit und greift sich einen der Henkel. »Deine Decken sind sauschwer.«

Gemeinsam schleppen sie die Tasche ins Haus und einen Flur hinunter, der von der Küche abzweigt. Eine der Türen zu beiden Seiten führt in eine Wäschekammer. Dort stellen sie die Tasche vor der Waschmaschine ab, und in dem beengten Raum wird Haf bewusst, dass wirklich alles absolut ekelhaft stinkt.

Auch sie selbst.

»Geh du schon mal hoch und spring unter die Dusche auf unserer Etage. Ich wasche mich im Bad neben Esthers Zimmer und mache Feuer im Kamin«, sagt Kit und läuft zurück zum Eingangsbereich.

Ohne ein weiteres Wort gehorcht Haf, und als sie die Treppe hinaufgehen, blickt sie starr auf die Stufen.

Calvin Klein. Selbst aus dem Augenwinkel erkennt sie, dass Kit Calvin-Klein-Unterwäsche trägt.

Bevor ihr verräterisches Gehirn jedoch noch länger über Unterwäsche und die halbnackte Kit direkt vor ihrer Nase nachdenken kann, verschwindet diese in einem Zimmer im ersten Stock, und Haf schleppt sich auf ihren müden, durchgefrorenen Beinen, die bei jedem Schritt protestieren, weiter nach oben. Sie darf jetzt nicht aufgeben, denn in ihrer Unterwäsche zusammenzubrechen, kommt ihr irgendwie vor, als wäre es die allerschlimmste Katastrophe.

Die warme Dusche ist definitiv eine Wohltat, obwohl ihre Haut immer noch so kalt ist, dass sie brennt. Sie war zu müde, ihr Duschzeug aus Christophers Zimmer zu holen, und wenn sie das Bett zu Gesicht bekommen hätte, wäre sie einfach darauf zusammengeklappt und eingeschlafen, also nimmt sie sich einen großen Klacks aus einer der edlen Flaschen am Beckenrand. Da sie nicht sicher ist, ob ihre Haare nur nass waren oder auch etwas von der

Entenkacke abbekommen haben, beschließt sie, sie zur Sicherheit ebenfalls damit zu waschen.

Wenigstens riecht sie jetzt um einiges besser.

Allerdings schafft sie es erst beim zweiten Versuch, die Dusche zu verlassen, weil ihr beim ersten eine solche Kälte aus dem Haus entgegenschlägt, dass sie sich sofort wieder in die Duschkabine und unter das warme Wasser zurückzieht.

Schließlich wandert sie in einem frischen Schlafanzug, die Haare in einem Handtuch hochgebunden – wer weiß, ob Christopher überhaupt einen Föhn hat? –, zurück nach unten.

Zu ihrer großen Erleichterung hat Kit im Wohnzimmerkamin bereits ein prasselndes Feuer entfacht. Sie und die Hunde haben sich davor in ein Nest aus Kissen und (sauberen) Decken gekuschelt. Stella liegt mit von der Wärme gerötetem Bauch auf dem Rücken, Kit hat den Kopf auf ein dickes Kissen gebettet, und Luna schmiegt sich an ihre Brust. Ihre Augen sind geschlossen, während sie sanft Lunas Ohren krault.

Das ist ein so wunderschöner Moment, dass Haf am liebsten im Türrahmen stehen bleiben und still zusehen möchte, um ihn sich für immer einzuprägen.

Aber das Haus ist so verdammt kalt.

»Brauchst du irgendwas, meine Lebensretterin?«, sagt sie und betritt den Raum.

»Im Moment nicht, danke. Komm, gesell dich zu uns«, murmelt Kit und klopft schläfrig auf das Polster neben sich.

Zu müde, um sich noch um Anmut zu bemühen, lässt sich Haf neben sie plumpsen und vergräbt sich mit in dem Nest. Ganz unten liegt eine Bettdecke, die Kit von irgendwo hergeschleppt haben muss.

Eine Gelegenheit für Zuwendung erahnend, rollt Stella sich zu ihnen herüber. Haf streichelt ihren warmen Bauch, und wenn sie die richtige Stelle trifft, kickt die Hündin zufrieden mit ihren kleinen Füßen.

»Sieh dich an. Du bist die Schutzheilige kleiner Säugetiere«, sagt Kit.

»Und was ist mit dir?«, erwidert Haf und deutet mit einer Kopfbewegung auf Luna, die tief und fest schläft. »Das könnte ich genauso gut von dir sagen.«

»Ich bin nicht so hingebungsvoll wie du.«

»Hmm, okay. Also ist das mein offizieller Titel? Bekomme ich auch Boni? Zum Beispiel zusätzliche Urlaubstage?«

»Ja, der Titel gehört dir, aber ich fürchte, Heilige kriegen keinen Urlaub. Wenn ich so richtig darüber nachdenke – die meisten von ihnen sind tot.«

»Also endgültig beurlaubt.«

»Oha, schwarzer Humor.« Kit lacht. »Du bist nun mal nicht der Typ aus *Ferris macht blau*.«

»Den Heiligen sei Dank.«

»Möchtest du Wein?«, fragt Kit und deutet auf eine Flasche und zwei Gläser auf der Stufe vor dem Kamin. »Ich weiß, etwas Warmes wäre wahrscheinlich besser, nachdem wir halb erfroren sind, aber dieser Malbec ist mir als Erstes in die Finger geraten.«

»Kein Problem«, antwortet Haf. »Ich nehme alles, was Wein und trinkbar ist.«

»Also eine richtige Connaisseurin«, sagt Kit kichernd, gießt eine großzügige Menge in beide Gläser und reicht Haf eines davon. »Cheers.«

»Iechyd da«, antwortet Haf.

»Ist das Walisisch?«

Sie nickt. »Ja, es heißt *Prost*. *Yeah*, dann *chi* mit einem harten Kehlton, und dann *dar*.«

Kit spricht ihr ziemlich gut nach und wirkt sehr selbstzufrieden.

Mit im Feuerschein funkelnden Gläsern stoßen sie an. Haf trinkt einen kleinen Schluck, der vorzüglich schmeckt, viel besser als der billige Rotwein, den sie gelegentlich im Studium getrunken hat. Davon bekam sie immer Kopfschmerzen, noch zusätzlich zu dem üblichen Kater.

»Du hast mich heute echt überrascht«, sagt Kit nach einer Weile. »Ich kenne nicht viele Leute, die im tiefsten Winter freiwillig in einen Sumpf waten würden, um ein Rentier zu retten, das wahrscheinlich gar nicht gerettet werden musste.«

»Es hatte Angst!«, protestiert Haf. »Wolltest du ein Baby durch eiskaltes Wasser schwimmen lassen?«

Mit einem kleinen Lächeln nippt Kit an ihrem Wein.

»Hör auf, mich aufzuziehen«, schnaubt Haf.

»Aber du machst es mir so leicht.«

Haf befreit ihre Haare aus dem Handtuch und lässt sie offen hängen, eine feuchte Lockenmähne, die sie hin und wieder mit dem Handtuch bearbeitet. Was immer sie als Shampoo benutzt hat, ist wahrscheinlich nicht lockenfreundlich, sodass sie sich vermutlich wie wild kräuseln werden, aber hoffentlich kann sie das morgen früh beheben. Vielleicht hat sie sogar Glück, und es stellt sich raus, dass Entenkacke über geheime Lockenkräfte verfügt.

»Na ja, es war nur ein Teich«, setzt sie das Gespräch fort. »Ein Teich ist nicht das Ekligste, wodurch ich je gewatet bin.«

»Echt?« Kit starrt sie verblüfft an. »An welchen ekligen Orten bist du denn noch rumgewatet?«

»Na ja, ich habe Ökologie studiert, also musste ich in meinem Leben schon viel an sehr kalten Orten rumstehen und Statistiken anlegen, welche Tiere und Pflanzen es dort gibt«, erklärt Haf und trinkt noch einen Schluck Wein. »Auf einer Expedition mussten wir anoxischen – nahezu sauerstofflosen – Schlamm sammeln und herausfinden, welche Tiere sich darin befinden. Und ganz ehrlich, damit kann der Ententeich lange nicht mithalten.«

Kit denkt eine Weile darüber nach und fragt dann: »Also hast du schon viele Tiere gezählt?«

»Jepp. Ich bin echt gut darin. Sieh her.« Haf zeigt erst auf Stella, dann auf Luna. »Eins. Zwei. Und zwei Menschen, wenn du es ganz genau wissen willst.«

Kit lacht heiser. »Und zählst du beruflich immer noch Tiere?«

»Gott, schön wär's. Und ein bisschen komplizierter ist es schon, Miss Ich-mache-Gebäude.«

»Klar, da bin ich mir sicher!«

»Aber um deine Frage zu beantworten: Nein. Ich hatte die

Hoffnung, dass ich mehr rauskommen und Feldforschung betreiben könnte, wenn auch nur, um darüber zu schreiben. Aber zurzeit schreibe ich nur, um alle möglichen Leute anzubetteln, damit sie uns Geld für neue Projekte zukommen lassen. So nach dem Motto: *Hey, beruhigt euer ökologisches Gewissen, indem ihr uns Knete gebt, ja?*«

»Wow, ich hätte nie gedacht, dass ich dich mal zynisch erlebe«, sagt Kit ein bisschen schockiert.

»Wirklich? Warum das?«

»Du bist einfach so ... aufrichtig.«

»Wow. Danke?«

»Das ist doch was Gutes. Ich meine es überhaupt nicht negativ.«

»Nun, jetzt hast du mich voll und ganz überzeugt. Mangelt es bei euch in der Architektur an Aufrichtigkeit? Ich hätte gedacht, ihr kriegt schon beim Anblick von Backsteinen oder so einen Ständer.«

Kit schnaubt vor Lachen. »Wir kriegen einen Ständer?«

»Ja, du weißt schon. *Oooh, was für eine schöne Wand. Sieh dir diese Beleuchtung an.*«

Aus dem Deckenhaufen erklingt noch mehr Gelächter, und Kit braucht einen Moment, um sich zu fassen, bevor sie wieder sprechen kann.

»Um deine ursprüngliche Frage zu beantworten ...«

»Nicht die mit dem Ständer?«

»Nein, bitte, Schluss mit den Ständern. Jedenfalls ...« Sie holt tief Luft und wird plötzlich ernst. »Nein, in der Architektur gibt es nicht viel Aufrichtigkeit. Es gibt viele total überarbeitete Leute, die schicke Apartments für die Menschen in London bauen, die dann meistens nur als Investitionen gekauft und kaum je bewohnt werden, was die Mietpreise immer weiter in die Höhe treibt.«

»Wow, machen wir jetzt einen Zynismus-Wettstreit?«

»Ist es Zynismus, wenn es offensichtlich der Realität entspricht? Ich finde es in Ordnung, die Grenzen, die uns in unseren Jobs gesetzt sind, realistisch zu sehen.« Kit seufzt. Dann setzt sie sich auf und dreht sich so, dass sie mit dem Rücken an der Couch lehnt, als erfordere es das ernste Thema, dass sie sich aufrichtet. »Versteh mich nicht falsch, ich liebe meine Arbeit. Na ja, zumindest manches daran. Ich liebe es, ein Zuhause für jemanden zu entwerfen oder einen richtig schönen Arbeitsplatz, an dem sich jeder wohlfühlen kann. Aber es gibt auch Sachen, die mir nicht gefallen, die ich sogar für unmoralisch halte. Und dazu kommt noch, dass ich als behinderte Frau trotzdem Vollzeit arbeiten muss.« Sie leert ihr Glas. »Sorry, das willst du wahrscheinlich gar nicht hören.«

»Doch, natürlich«, widerspricht Haf und wendet sich ihr zu.

Kit trommelt mit den Fingern an ihr Glas und streicht sich eine verirrte Strähne hinters Ohr.

»Sieh her, ich setze sogar mein bestes Zuhörgesicht auf«, sagt Haf, stützt das Kinn auf die Hände, macht große Augen und lächelt breit, um so enthusiastisch wie möglich auszusehen.

»Bitte hör auf«, lacht Kit. »Was immer du da machst, es ist furchtbar!«

»Was? Was meinst du damit?«

»Diese Fratze!«

Haf zieht die Augenbrauen hoch und reißt die Augen noch weiter auf. »Welche Fratze? Das ist doch nur mein aufmerksames Gesicht.«

»Ich hasse es!« Kit lacht. »Bitte kein Zuhörgesicht mehr. Vielleicht solltest du mich besser gar nicht ansehen.«

»Okay, okay«, gibt Haf nach, dreht sich wieder zum Kamin um, lehnt sich ebenfalls gegen die Couch und gönnt den Muskeln in ihrem Rücken eine wohlverdiente Pause. Der Wein hat geholfen, genau wie die Dusche, aber Steifheit macht sich in ihrem Körper breit, besonders in den Muskeln, von deren Existenz sie gar nichts wusste.

Neben ihr spielt Kit nervös an ihren Haaren herum, während sie überlegt, wo sie anfangen soll. »Also manchmal sehen die Leute meinen Gehstock, bevor sie mich sehen. Manchmal ist es schwer einzuschätzen, wie sie reagieren werden, was viel mentale Energie kostet, besonders bei neuen Leuten.«

»Das kann ich nachvollziehen«, sagt Haf, merkt dann aber, dass sie Kit in ihrer Erzählung unterbrochen hat. »Sorry, red weiter.«

»Manche Leute beschränken sich auf ein *Oh, hey, cooler Gehstock*. Andere wundern sich, warum ich einen Stock benutze, obwohl ich noch so jung bin, und stellen eine Menge Fragen wie *Warum brauchst du den?* oder *Hast du dir das Bein gebrochen?* Wenn ich ihnen sage, dass ich behindert bin, werden sie sauer, als hätte ich sie gekränkt. Und manche behandeln mich total herablassend, als wäre ich ein Kind.«

»Ich kann mir gar nicht vorstellen, dass dich jemand herablassend behandelt«, murmelt Haf. »Also, ich glaube dir natürlich, dass sie es tun, ich meinte nur, ich fasse es nicht, dass sie das mit dir machen, obwohl du, na ja ... so einschüchternd bist.«

»Echt süß, dass du das sagst.«

»Das ist mein voller Ernst.«

»Glaub ich dir gern«, sagt Kit mit einem anzüglichen Grinsen. »Aber trotzdem muss ich viel Scheiß hinnehmen und werde ständig missverstanden. Manchmal kommt es mir auch vor, als machten die Leute das absichtlich. Warum ist es so schwer zu verstehen, dass es mich anstrengt, unnötig ins Büro zu kommen, und dass ich zu Hause, wo ich für mich sorgen kann und nicht ständig für jemanden verfügbar sein muss, mehr und besser arbeite?«

»Nehmen die denn einfach an, dass du nur faul rumhängst, oder was?«

»Ja, obwohl ich meine Arbeit termingerecht einreiche.«

»Das ... ergibt überhaupt keinen Sinn.«

»Wem sagst du das? Es ist absolut lächerlich, wie viel Energie ich aufwenden muss, um mir ein paar kleine Sonderrechte zu erkämpfen, und dann muss ich noch erklären, dass ich natürlich trotzdem regulär arbeite.«

»Ganz besonders, da du ja ohnehin schon schneller als andere erschöpft bist. Ich kenne dich seit achtundvierzig Stunden, und das hab ich inzwischen begriffen.«

»Was ich übrigens echt zu schätzen weiß.«

Haf zuckt die Achseln. »Es sollte keine große Sache sein, jemandem entgegenzukommen.«

»Hmm«, murmelt Kit. »Allerdings. Auf jeden Fall wird man ziemlich hartnäckig – zumindest war es bei mir so. Ich werde mich nicht aus dem Job drängen lassen, ich hab es redlich verdient, zu arbeiten und gleichzeitig Unterstützung zu erhalten – ganz unabhängig von der Arbeit, die ich leiste. Und der guten PR für sie.«

»O Mann, echt jetzt?«

»Echt jetzt. Was der letzte Scheiß ist, denn sie müssten das sowieso tun, einfach deshalb, weil ich gut bin. Und ich bin verdammt gut.«

»Kann ich mir vorstellen«, sagt Haf leise. »Weißt du ... Ich bewundere dich wirklich. Ich wünschte, ich könnte besser für mich einstehen. Das ist natürlich nicht das Gleiche, aber ...«

»Nein, red weiter. Erzähl mir mehr«, ermutigt Kit sie.

»Es ist nur ... Ich hab das Gefühl, als wäre nach der Arbeit nichts mehr von mir übrig. Ich schufte so viel, und sie stellen einfach niemanden ein, der mir hilft ...«

»Und ich wette, sie tun so, als wäre es deine Schuld, dass du nicht alles schaffst.«

»Ganz genau! Also, vielleicht liegt es auch teilweise an mir. Vielleicht bin ich für den Job nicht geeignet. Aber ich bin so ausgelaugt, dass ich das nicht mal mehr richtig beurteilen kann.«

»Was sagt Christopher denn dazu? Er versteht doch, wie es ist, in einem Job zu arbeiten, der einen fertigmacht.«

»Ja, was ist denn da bei ihm los?«, überlegt Haf laut. »Warum schmeißt er seinen Job nicht einfach hin?«

»Sag du es mir.« Kit seufzt. »Ich weiß, er erzählt dir nicht viel über wichtige Sachen wie Weihnachtstraditionen und große Events, zu denen du kommen musst, aber über den Job habt ihr doch bestimmt geredet?«

Mit Kit zu reden, war so leicht, dass Haf sich in Erinnerung rufen muss, dass sie so tun muss, als wäre sie Christophers Freundin. »Äh, nur ein bisschen. Er behält ziemlich viel für sich, stimmt's?«

»Das ist bei den Calloways so üblich. Was würdest du machen, wenn du nicht mehr in deinem Job arbeiten müsstest? Kannst du es dir leisten zu kündigen?«

»Dafür müssten sie mich erst mal anständig bezahlen«, lacht Haf. »Aber das ist nicht alles ... Ich traue mir einfach nicht zu, gute Entscheidungen zu treffen. Wenn ich einen Beschluss fasse, kommt es mir zu dem Zeitpunkt wie das Richtige vor, aber oft läuft es nicht wie erwartet. Ich traue meinem Urteilsvermögen nicht. Lieber bei dem Übel bleiben, das man kennt, oder? Ich meine, ich bin gerade im tiefsten Winter in einen Teich gewatet.«

Die Worte sprudeln so schnell aus ihr heraus, sie kann kaum Atem holen. Alles, was sie so lange zurückgehalten hat, droht in einem Schwall hervorzubrechen, wahrscheinlich auch wegen des Weins, den sie anscheinend schon ausgetrunken hat. Sie bekommt keine Luft mehr, ihr Herz hämmert wild – doch dann ist Kit da, sitzt direkt vor ihr und legt ihr beruhigend eine Hand aufs Knie.

»Ruhig atmen, langsam ein und aus. Mir nach«, befiehlt sie, und jede Zelle in Hafs Körper gehorcht ihr, passt sich ihren langen, tiefen Atemzügen an.

Sie sind sich so nah, dass Haf Kits Parfüm an ihrem Wollpullover riechen kann.

Kit sieht ihr beim Atmen zu, und Haf muss den Blick immer wieder von ihr losreißen. Es ist, als würde sie in die Sonne schauen; wenn sie zu lange hinsieht, wird sie sich verbrennen.

»Ich bin okay«, sagt sie schließlich, obwohl sie aus einem ganz anderen Grund nicht okay ist – Kits Hand liegt immer noch auf ihrem Bein.

»Wir müssen nicht mehr darüber reden, aber eins wollte ich noch sagen. Du bist vielleicht ein bisschen ... Wie soll ich es ausdrücken? Esther würde es *sozial ungeschliffen* nennen ...«

»Wow, danke.«

»... aber die Leute reagieren positiv auf dich. Als du aus dem Sumpf gekommen bist, hat Esther dir *ihren* Mantel umgehängt. Ich bin ihre Tochter, und ich bin mir ziemlich sicher, dass sie das für mich nicht tun würde.«

Haf macht ein nachdenkliches Gesicht. »Ich glaube aber nicht, dass sie mich mehr mag als dich. Auch wenn du viel Zeit damit verbringst, sie zu ärgern, indem du, wie sie es nennt, *vulgär bist*.«

»Vielleicht nicht«, lacht Kit. »Aber sie vertraut dir, und sie hält dich für verlässlich. Ich weiß auch nicht. Du hast eine Offenheit an dir, auf die die Leute ansprechen, also solltest du vielleicht lieber was mit Menschen machen, statt nur am Bildschirm zu sitzen.«

Damit hat sie wahrscheinlich nicht ganz unrecht, aber bei diesem Gespräch fühlt sich Haf sehr seltsam. Sie will Esthers Vertrauen nicht brechen, und auch wenn sie nicht sicher ist, ob Kit ihr ebenfalls vertraut, fühlt es sich falsch an, dass sie alle anlügt. Die Lüge ist wie eine zweite Hautschicht, die immer stärker juckt.

»Du bist ein sehr sozialer Mensch, auch wenn du es manchmal ein bisschen schräg angehst.«

»Hey!«, protestiert Haf.

»Ich sag ja nicht, dass es was Schlechtes ist«, meint Kit lachend. »Du bist nur ganz anders als ich. Ich bin bei der ersten Begegnung nicht gerade herzlich. Kannst du dir vorstellen, dass Kinder auf mich hören, wenn ich ihnen sage, sie sollen ihren Müll aufheben? Sie würden mir in die Kniekehle treten und dann schnell wegrennen.«

»Es gibt bestimmt ein paar Kinder, die auf strikte Autorität ansprechen. Zukünftige Beamte, Sektenmitglieder und so.«

»Ach du Scheiße.« Kit schlägt lachend nach ihr. »Du meinst also, nur Kinder, die auf Gehirnwäsche programmiert sind, hören auf mich? So eine vernichtende Beurteilung meines Charakters hab ich noch nie gehört.«

»Ich wollte dich aufmuntern!«, kreischt Haf, als Kit ihr ein Kissen direkt ins Gesicht pfeffert. »Ich dachte, du wüsstest gern, dass du einen tollen Diktator abgeben würdest.«

Sehr zu Stellas Unmut nimmt sie ein Kissen aus ihrem Nest und geht damit auf Kit los, die ihr ins Gesicht lacht. »Ist das alles?«

Chaos bricht aus, als Haf und Kit hastig, kichernd wie kleine Mädchen, nach weiteren Kissen greifen, mit denen sie sich bewerfen können. So sarkastisch und cool Kit für gewöhnlich ist, kann sie auch wundervoll albern sein. Ihr Tanz in der Küche hätte schon als Beweis ausgereicht, doch jetzt rennt sie herum, versteckt sich hinter den Möbeln und genießt die Kissenschlacht offenbar von ganzem Herzen.

»Du wirst niemals gewinnen!« Ihr höhnisches Lachen dringt hinter einem Sessel hervor. »Ich weiß, wo alle Kissen sind!«

Wie aufs Stichwort fliegt ein winziges besticktes Dekokissen um Haaresbreite an Hafs Kopf vorbei.

»Ich habe die Macht der Heimlichkeit auf meiner Seite!«, erwidert Haf und schleicht um die Couch herum.

»Heimlich? Hast du dich mal gehört? Du bist sehr laut.«

Zum Glück schaut Kit gerade in die andere Richtung, sodass Haf sich noch weiter anschleichen kann. Gerade als sie zum Angriff ausholt, wirbelt Kit herum und klemmt das Kissen zwischen ihren Händen ein, als würde sie ein Insekt zerquetschen. Die Bewegung schockiert Haf so sehr, dass sie es kaum bemerkt, als Kit ihr das Kissen aus der Hand reißt und es durch den Raum schleudert, wo es mit einem dumpfen Geräusch landet.

Sie knien einander gegenüber, und Kit ist ihr so nah, dass Haf den Wein in ihrem Atem riechen kann.

»Ha! Du bist entwaffnet!«, höhnt Kit. »Was willst du jetzt machen, hm?«

Haf fallen so viele Sachen ein.

In einem anderen Universum würde sie sich vorbeugen und Kit küssen. Sie an sich ziehen und ihre weinbefleckten Lippen miteinander verschmelzen lassen. Oder vielleicht würde sie ihr eine lose Strähne hinters Ohr streichen und die entblößte Haut an der Stelle küssen, wo ihr Kiefer auf ihren Hals trifft.

Oder sie könnte sie zu Boden drücken und sich rittlings auf sie setzen.

Ehrlich gesagt will Haf diesen Moment zusammen mit dem Tanz in der Küche ewig in Erinnerung behalten. Diese Freiheit, diese wundervolle Albernheit. Wie wäre es wohl, unzählige solcher Momente zu erleben? Ein ruhiges »Für immer« aus Häuslichkeit und verrückten Witzen. Aus schlecht konstruierten Lebkuchenhäusern und mit liebevoll zubereitetem Tee heruntergespülten Schmerztabletten? Tanzen in der Küche ein Leben lang?

Sie könnten richtig gute Freundinnen sein.

Aber ist das wirklich alles, was sie will?

Ist es alles, was Kit will?

Ihre Blicke begegnen sich, und Hafs Lippen öffnen sich, nur ein ganz kleines bisschen.

Kit ist ihr so nah. Sie atmen, mehr nicht.

Das Kaminfeuer knistert, genau wie die Spannung zwischen ihnen.

Ist das der Moment, in dem sie alle Lügen und Täuschungen für einen Kuss über Bord wirft?

Kits Blick senkt sich auf ihre Lippen, und Haf ist wie hypnotisiert, unfähig, sich zu bewegen, und das will sie auch gar nicht.

Es fühlt sich an, als würde die Welt untergehen, wenn sie Kit jetzt nicht küsst.

Und genau in diesem Moment knallt die Haustür zu.

Die Hunde springen auf, aus dem Schlaf geschreckt, und rennen aufgeregt bellend zur Tür. Ihr Kläffen klingt viel zu laut in der Stille, die Haf und Kit erzeugt haben, der Stille ihres eigenen Universums.

In Sekunden ist Kit auf den Beinen und geht ebenfalls zur Tür, um Esther und Otto zu begrüßen.

Alles fühlt sich verschwommen an. Nicht etwa durch den Wein, obwohl er definitiv nicht hilft. Haf fühlt sich völlig überrumpelt.

Unbeholfen steht sie auf, aber ihr schwirrt immer noch der Kopf.

Hat Kit auch daran gedacht, mich zu küssen?

Benommen folgt sie Kit in den Flur, um Esther und Otto Hallo zu sagen. Als Kit sie sieht, hastet sie in die Küche davon und ruft ihren Eltern über die Schulter zu: »Ich mache Tee für euch beide!«

Den Bruchteil einer Sekunde begegnen sich ihre Blicke, doch Kit sieht schnell weg. Damit will sie ihr etwas sagen. *Du hast dich geirrt. Daraus wird nichts. Komm drüber weg.* Haf wird übel.

»Wie war der Rest der Feier?«, fragt sie im verzweifelten Bemühen, ihre Gedanken auf etwas anderes zu lenken. Irgendetwas anderes.

»Sobald das Rentierdebakel behoben war, lief alles nach Plan. Wie nicht anders zu erwarten war«, antwortet Esther, nimmt ihren Schal ab und hängt ihn über den Stuhl beim Flurtelefon.

»Du hast hervorragende Arbeit geleistet, Darling«, sagt Otto und gibt ihr einen Kuss auf die Wange.

Dieser Moment ist so zärtlich und liebevoll, dass Haf das Gefühl hat, die beiden in ihrer Zweisamkeit und in ihrem lebenslangen Einvernehmen und ihrer gegenseitigen Unterstützung zu stören.

»Wie geht es dir, Haf? Du bist bestimmt erschöpft nach deinen todesmutigen Abenteuern.« Esther lacht, aber nicht unfreundlich. Vielleicht hatte Kit recht. Vielleicht mag Esther sie wirklich. Zumindest ein bisschen.

»Oh, jetzt geht's mir wieder gut. Ich bin nur müde.«

»Gut, ich bin froh, dass Kit sich um dich gekümmert hat. Ist Christopher noch nicht zurück?«

Ihr wird eng ums Herz. Sie hat überhaupt nicht an ihn gedacht. Sie hat ihm nicht Bescheid gegeben, was passiert ist und dass es ihr gut geht. Er ist ihr nicht in den Kopf gekommen, als sie Kit beinahe geküsst hat. Fuck, sie ist die schlechteste Freundin der Welt.

»Nein, ich glaube, er ist noch bei Laurel«, krächzt sie.

»Ich bin sicher, er kommt bald zurück.«

»Ja, bestimmt. Ich schicke ihm eine Nachricht, um mich zu vergewissern, dass er nicht im Schnee feststeckt. Aber ich muss jetzt ins Bett«, erklärt sie und winkt zum Abschied. »War ein langer Tag!«

»In Ordnung, gute Nacht, Haf«, sagt Otto mit einem breiten Grinsen.

Mit noch immer müden, schmerzenden Beinen schleppt Haf sich die Treppe hinauf und sinkt erschöpft aufs Bett. In der Ferne bellt ein Fuchs, und die Rufe zweier Eulen dringen aus der Dunkelheit.

Sie muss aufhören, darüber nachzudenken, was hätte sein können. Bestimmt hat sie sich das Ganze nur eingebildet oder die

Signale falsch interpretiert. Vielleicht hat der Wein ihr Urteilsvermögen noch mehr getrübt.

Doch tief im Herzen weiß sie, dass das keine Rolle spielt. Denn der Vorfall hat ihr zumindest eine Sache absolut klargemacht.

Sie will Kit.

Es lässt sich nicht länger verleugnen. Die Schwärmerei ist außer Kontrolle geraten, daran hat der Versuch, ihre Gedanken und Gefühle zu verdrängen, rein gar nichts geändert. Sie kann nicht länger so tun, als wollte sie nur mit Kit befreundet sein oder als wäre es eine rein körperliche Anziehung.

Schwärmerei ist Begierde – Lust, sprühende Funken, ein intensives Verlangen. Und sie begehrt Kit, o Gott, sie begehrt sie so sehr.

Aber das Problem ist, dass sie Kit nicht nur körperlich begehrt; sie entwickelt echte Gefühle für sie. Sehnsüchtige, tiefe, sehr reale Gefühle, die ihr Angst machen.

Sie will mehr als diese Begierde. Sie fühlt mehr als diese Begierde.

Und sie hat keine Ahnung, wie sie damit umgehen soll.

Kapitel 15

Zwar hat Haf sich Sorgen gemacht, dass sie im Bett über die Ereignisse des Abends reden würden, aber Christopher ist erst spät nach Hause gekommen und fast auf der Stelle eingeschlafen. Nicht dass sie etwas dagegen hätte; sie wollte ihm nicht erzählen, was zwischen ihr und Kit passiert war – oder besser gesagt beinahe passiert wäre. Sie möchte weder sich noch anderen eingestehen, dass sie fast den gesamten Plan aufs Spiel gesetzt hätte. Oder dass sie womöglich, nein, definitiv, Gefühle für Kit hat.

Also unterhält sie ihn beim Frühstück mit der Geschichte von Cupids Rettung und lässt alles aus, was danach passiert ist.

Zwischen ihnen scheint alles normal zu sein, auch wenn die Schuldgefühle an ihr fressen wie Rost an Metall. Ambroses Nachrichten hat sie auch noch nicht beantwortet. Haf kann jetzt nicht mit demm reden.

Früh am Morgen fährt Christopher sie zu Laurel. Das Haus der Howards lässt das der Calloways, das Haf vorkam wie ein Herrenhaus, im Vergleich klein erscheinen. Dieses hier erinnert an ein Schloss.

Laurel empfängt sie in teuer aussehender Yogakleidung und einem langen offenen Cardigan an der Tür. Ganz in Weiß.

»Haf, Süße! Die große Rentierretterin! Komm, wir schneidern dir ein Kleid!«

Das Weiß setzt sich im Foyer mit dem weißen, von goldenen Adern durchzogenen Marmor fort, Schnittblumen sorgen für Farbakzente in geschmackvollen Pastelltönen.

Überall duftet es köstlich nach Vanille, Zitrusfrüchten und den berauschenden blumigen Düften der Bouquets.

Laurel wendet sich an Christopher, der im Türrahmen stehen geblieben ist, als bräuchte er eine Erlaubnis, hereinzukommen.

»Ich glaube, du solltest gleich zu Mum in die Küche, Toph. Sie wartet schon, dass du ihr bei der Deko hilfst, weil du so groß bist«, erklärt Laurel. »Ich hoffe, das ist okay?«

Angesichts der Tatsache, dass Christopher und Laurel ungefähr gleich groß sind, erscheint Haf die Aufforderung etwas seltsam.

Während Christopher in Richtung Küche verschwindet, fährt Laurel fort: »Mum ist winzig, und Daddy auch – der Himmel weiß, woher ich meine langen Beine habe. Normalerweise helfe ich ihnen, aber ich bin froh, mal nicht dafür eingespannt zu werden und wirklich etwas designen zu können. Außerdem lieben sie Christopher. Deine Eltern bestimmt auch.«

Haf braucht ein paar Sekunden zu lange, um zu begreifen, dass sie im Fake-Freundin-Modus sein sollte. »Oh, sie haben ihn noch gar nicht richtig kennengelernt. Wales ist ziemlich abgelegen, und man kommt nicht dorthin, ohne durch England zu fahren, also …« Sie verstummt mit einem verlegenen Lachen.

»Sie werden ihn lieben, verlass dich drauf.« Laurel schenkt ihr ein beruhigendes Lächeln. »Zwischen euch beiden stimmt die Chemie, und ich weiß, dass Kit total …« Sie unterbricht sich schnell. »Komm, gehen wir in mein Nähzimmer und machen uns an die Arbeit«, sagt sie und führt Haf eine breite geschwungene Treppe hinauf.

Unter einem Nähzimmer stellt sich Haf ihr umfunktioniertes Schlafzimmer zu Hause vor. Ein winziger, gemütlicher, vollgestopfter Raum mit allerlei Schneiderzubehör in Keksdosen.

Natürlich ist Laurels Nähzimmer ganz anders.

Kleiderständer säumen die Wände neben Reihen um Reihen von Regalen voller Ordner, beschriftet mit Kategorien wie *Muster – Frühjahr 2021* oder *Dessous*. Eine Nähmaschine und irgendein beängstigendes Folterinstrument mit unzähligen Fäden und Spitzen stehen nebeneinander auf einem breiten Tisch mit einem sehr schicken Drehstuhl, der vermutlich dazu dient, zwischen den beiden hin- und herzurollen. An die Schneiderpuppen sind Skizzen von elegant geschnittenen Oberteilen und wallenden plissierten Röcken geheftet.

»Wow, das ist ja fantastisch!«, ruft Haf begeistert aus.

»Danke. Ich arbeite noch daran.«

Haf geht zu den Kleiderständern und sieht sich die Sachen an, die dort hängen. Hier findet sich alles, was das Herz begehrt: Kleider jeglicher Art, aus verschiedenen Stoffen und in verschiedenen Stilen, maßgeschneiderte Hosen und dazu passende Jacketts, sogar Jeans. Auf der anderen Seite des Raums gibt es sogar einen ausschließlich für Sportkleidung bestimmten Bereich, im gleichen Stil wie das Outfit, das Laurel gerade trägt.

»Moment, hast du das alles selbst genäht?«, fragt Haf und hofft, dass sie eher beeindruckt klingt als überrascht.

»O ja, das hier ist ein altes Musterexemplar«, erklärt Laurel mit einer Geste zu ihrem Outfit. »Es hat eine Weile gedauert, aber seitdem habe ich das Design noch etwas verbessert – mehr Halt für die Brüste, die Leggins flexibler am Saum. Wenn ich mich bücke, sind diese hier ein bisschen zu straff.«

»Aber dein Outfit sieht toll aus, das würde sich garantiert gut verkaufen. Ich würde es jedenfalls sofort nehmen, vor allem, wenn es diese Jungs im Zaum halten könnte.« Haf zeigt auf ihre eigenen Brüste.

»Das ist der Plan – eines Tages vielleicht.« Laurel geht zu dem Tisch, auf dem überall Stifte, Papier und Kreide herumliegen. »Jedenfalls habe ich ein paar Schnittmuster aus meinem Vorrat ausgesucht, die ich aber nach Belieben anders zusammenstellen und anpassen kann – hoffentlich finden wir was, das dir gefällt. Ich hoffe, das war nicht anmaßend von mir, aber ich habe geschätzt, dass du etwa Größe 48 trägst.«

Natürlich hat Laurel völlig recht.

»Das ist eine coole, ein bisschen beängstigende Fähigkeit«, sagt Haf beeindruckt.

»Ich weiß.« Laurel lacht leise. »Ich kann auch aus zwei Metern Entfernung BH-Größen schätzen.«

Haf hält sich die Hände vor die Brust, und sie müssen beide lachen.

»Ich kann das Muster später noch an deine Maße anpassen,

aber es ist immer ein guter Anfang, die Kleidergröße ungefähr zu kennen.« Laurel winkt sie zu ihrem Computer, wo sie ein Mood-Board mit Bildern von Mädels in Kleidern erstellt hat. Aber nicht irgendwelche Mädels; sie sind alle dick. Und sehen total heiß aus.

»Ich habe Models ausgesucht, die eine ähnliche Figur haben wie du, damit du eine Vorstellung bekommst, wie die Kleider an dir aussehen würden.«

»Wow, danke«, sagt Haf. »Du denkst wirklich an alles. Ich hasse es, dass immer nur gezeigt wird, wie die Kleider an …«

»… dünnen Leuten wie mir aussehen. Gott, ich weiß. Als Designerin finde ich das unfassbar einschränkend. Verdammte Scheiße, die Durchschnittsgröße in Großbritannien ist 42. Warum sollte man keine Kleider für diese fabelhaften fitten Leute entwerfen?«

»Okay, jetzt ist es offiziell: Ich mag dich.«

Laurel strahlt übers ganze Gesicht.

Alle Kleider, die sie ausgesucht hat, sind spektakulär und wunderschön. »Gott, ich weiß gar nicht, wo ich anfangen soll. Die sind alle so schön. Normalerweise frage ich bei solchen Sachen Ambrose um Rat. Dey hat einen tollen Modegeschmack. Und wir wohnen schließlich auch zusammen.«

»Moment … Du meinst doch nicht etwa …« Laurel öffnet Instagram auf ihrem Handy und hält es Haf unter die Nase. Auf dem Display ist Ambrose zu sehen – viele kleine Ambroses in verschiedenen Outfits, die lässig an Yorker Sehenswürdigkeiten lehnen und mühelos stylisch aussehen.

»O ja, das ist dey. Ambrose Liew.«

Laurel kreischt. Es ist ziemlich beunruhigend, und Haf will sie gerade fragen, ob alles okay ist, als Laurel wie ein Wasserfall zu reden anfängt. »Ich kann nicht glauben, dass du Ambrose nicht nur kennst, sondern mit demm zusammenwohnst! Dey ist meine größte Stilikone. Ich bin total besessen von deren Sicht auf Androgynität und Weiblichkeit und wie dey die Erwartungen, was nichtbinäre Leute anziehen sollten, über den Haufen wirft!« Sie ist so aufgeregt und fangirly, dass Haf nicht anders kann, als sie noch mehr zu mögen. Jedes Mal, wenn sie Laurel trifft, entdeckt sie eine ganz neue Seite an ihr.

»O mein Gott, bitte bring demm dazu, sich mit mir anzufreunden«, sagt sie mit vollem Ernst.

Natürlich weiß Haf, dass Ambrose in der Influencer-Modewelt ziemlich angesagt ist. Seit sie zusammenwohnen, bekommen sie regelmäßig PR-Pakete und machen hin und wieder Fotoshootings am Fluss – zum Glück haben Hafs Eltern ihr vor Jahren eine gute Kamera für Vogelbeobachtung und Feldforschung geschenkt, die sich als sehr nützlich erwies, wenn Ambrose schnell ein paar Fotos für deren Insta-Account brauchte.

Und natürlich weiß sie auch, dass Ambrose cool ist. Genau deswegen kann sie immer noch kaum glauben, dass sie befreundet sind. Aber es freut sie zu hören, dass anderen Leuten auch klar ist, wie cool dey ist.

»Ähm, ich könnte demm einfach schnell anrufen«, sagt sie. »Nach deren Meinung fragen, und dann kannst du mit demm reden.«

»O mein Gott, nein, das geht nicht!« Laurel wird blass und fügt dann zaghaft hinzu: »Oder doch?«

»Komm, ich rufe demm an.« Haf verlässt das Zimmer und könnte schwören, dass Laurel murmelt, sie müsse sich für das Telefonat noch umziehen.

»Was hast du jetzt wieder angestellt?«, fragt Ambrose sofort.

»Nichts! Ich habe gar nichts angestellt! Und normale Menschen melden sich übrigens mit *Hallo*.«

»Süße, ich nehme keine Ratschläge übers Normalsein von dir an. Also, was hast du angestellt?«

Haf schnaubt empört. »Nichts!«

Ambrose unterbricht sie mit einem donnernden »Ha!«

»Hör zu, ich werde dir jemanden vorstellen, aber du musst mir versprechen, dass du dich benimmst. Dass du dich ans Skript hältst.«

»Wovon redest du da?«

»Du weißt schon, der Plan …«, flüstert Haf.

»Ach, ich soll eure Fake-Dating-Tarnung nicht auffliegen lassen. Schon kapiert.«

»Ich mache jetzt einen Videocall, also sei brav.«

Ambrose erscheint in einem schicken schwarzen Mantel auf dem Display.

»Wo bist du?«, fragt Haf. »Bist du draußen?«

»O Mann, ja, kaum zu fassen, oder? Joanne hat darauf bestanden, dass ich mit meinen Cousins rausgehe, damit die ein bisschen Sport machen, also hab ich ihnen den Spielplatz gezeigt und hoffe das Beste. Wenigstens hab ich einen doppelten Espresso intus.«

»Sind deine Cousins nicht Teenager? Sind sie nicht viel zu alt für einen Spielplatz?«

»Wahrscheinlich. Aber sie machen ein Wettrennen, wie oft sie in zehn Minuten die Rutsche runterrutschen können, also ... Was weiß ich schon?«

Haf geht zurück ins Atelier, wo sich Laurel nervös die Haare richtet, ihr Outfit zurechtzückt und Fusseln wegwischt, die gar nicht existieren. Als Haf sich aufs Sofa setzt, gesellt sich Laurel zu ihr, sodass sie beide im Bild sind. Leider ist Ambrose damit beschäftigt, seinen herumtobenden Cousins irgendetwas zuzurufen.

»Hallo, Ambrose. Ich liebe deinen Style. Ich folge dir auf Insta«, sagt Laurel mit einem kleinen Winken, als Ambrose sich wieder der Kamera zuwendet.

»Oh, hey, du bist Laurel Howard, stimmt's?«

Errötend wirft Laurel ihre Haare zurück. »Ja, die bin ich.«

»Schön, dich kennenzulernen. Was machst du denn mit diesem Dummerchen? Ich hab sie aus Versehen freigelassen, und jetzt treibt sie im Süden ihr Unwesen.«

Genau gleichzeitig antworten Laurel und Haf »Ich mache ihr ein Kleid!« und »Sie macht mir ein Kleid!«

Sie müssen beide lachen, und Haf fährt fort: »Laurel näht mir netterweise ein Kleid für die Weihnachtsfeier, die sich als richtiger Ball rausgestellt hat, und wie immer brauche ich deinen Rat.«

»Weil du dich nicht selbst anziehen kannst.«

»Doch, kann ich. Manchmal. Aber *das* übersteigt meine Fähigkeiten.«

»Okay, zeig mir die Ware.«

Haf richtet die Kamera auf ihre Brüste.

»Warum machst du das immer?«, fragt Ambrose lachend.

Haf kichert über ihren eigenen Witz und gibt das Handy an Laurel weiter, die Ambrose ihre Designideen vorstellt. Schon bald wendet sich das Gespräch den neuesten Trends in der Modewelt zu, und Haf kommt überhaupt nicht mehr mit. Um sich zu beschäftigen, streicht sie mit den Fingerspitzen über all die Stoffmuster, die auf dem Tisch ausliegen.

Sie muss Ambrose von dem Beinahe-Kuss erzählen, aber nicht jetzt. Kit war den ganzen Morgen verschwunden, schon auf den Beinen und mit Esther unterwegs, bevor Haf auch nur wach war. Und obwohl Haf weiß, dass sie wahrscheinlich nur überempfindlich ist und sich zu große Sorgen macht, kommt es ihr vor, als ginge Kit ihr aus dem Weg. Schließlich ist sie für gewöhnlich keine Frühaufsteherin.

Das Gespräch gerät ins Stocken, als Laurel ein Design nach dem anderen vor die Kamera hält und Ambrose nachdenkliche Geräusche von sich gibt.

»Zeig mir das Erste noch mal.«

Laurel kommt der Aufforderung nach, und eine Weile herrscht Schweigen. Ambrose schließt die Augen, und aus dem Lautsprecher dringt ein leises Brummen.

»Was ist los?«, flüstert Laurel.

»Ambrose überlegt. Oder dey möchte eigentlich etwas völlig Unverblümtes sagen und versucht, sich etwas Netteres einfallen zu lassen.«

»Oh, na super.«

Nach viel längerer Zeit, als Haf erwartet hat, öffnet Ambrose die Augen wieder und beugt sich vor.

»Okay, also die untere Hälfte des Ersten finde ich echt schön, und mir gefällt die Idee mit dem Capelet. Aber insgesamt erscheint mir das alles …« Dey sucht nach den richtigen Worten, um Laurel deren Kritik schonend beizubringen. »Ich weiß nicht, wie ich es anders sagen soll – diese Optionen sind alle viel zu hetero.«

Ambrose und Haf prusten los, und Laurel ruft erschrocken: »Oh!«

»Oh?«, fragt Haf.

»Oh, mir war nicht klar, dass du queer bist. Kein Wunder, dass Kit dich so sehr mag, also ich meine ... Du weißt schon.« Laurel stolpert über ihre eigenen Worte. »Aber jetzt sehe ich es auch. Ja, diese Outfits schreien ein bisschen zu sehr: *Ich werde diesen extrem heterosexuellen Mann auf unserer extrem heterosexuellen, etwas überkandidelten Hochzeit heiraten*, oder? Du willst was Ausgefalleneres?«

»Du wirst etwas Passendes finden. Ich hab deinen Feed gesehen; ich weiß, du kannst das«, meint Ambrose.

Laurel drückt die Hand an die Brust, schockiert über das Kompliment, das sich in die Kritik eingeschlichen hat.

»Solange du es nicht übertreibst wie Cara Delevingne mit dieser potthässlichen Peg-the-Patriarchy-kugelsicheren-Weste, die sie zur Met Gala anhatte. Nur ... mit ein bisschen mehr Pep.«

»Was, wenn ...«, beginnt Laurel, verstummt dann abrupt und reicht Haf das Handy zurück. Sie nimmt einen Notizblock und fängt an zu zeichnen, macht blitzschnell eine Skizze von einer Miniatur-Haf, umgeben von leichtem, luftigem Stoff mit einem tiefen Ausschnitt.

»Wie wär's damit?«

»Wow, sie wird einen verdammt guten BH brauchen, wenn du das fertigbringst.«

Damit hat Ambrose nicht unrecht.

»Ich hab ein paar Ideen, wie ich das bewerkstelligen könnte. Am cleversten wäre es ...«

Das folgende Gespräch übersteigt Hafs Verständnis, aber sie nimmt das Papierkleid in die Hand und verkündet: »Das gefällt mir.«

»Dann ist es entschieden!«, ruft Laurel und eilt ans andere Ende des Zimmers. Aus einer Schublade holt sie einen Armvoll hauchdünnes schwarzes Material, das sie zu Haf herüberbringt und ausschüttelt. Es glitzert im Licht, und als Laurel es an ihren Körper hält, kann Haf sehen, dass es mit Sternen bestickt ist. Nicht nur mit Sternen, sondern mit ganzen Konstellationen.

»Mit diesem Muster und diesem Stoff könnte es glatt von Alexander McQueen sein. Und was ist queerer als Astrologie?«, bemerkt Ambrose mit einem Augenzwinkern.

»Ist das nicht eher Astronomie?«, entgegnet Laurel.

»Egal, ich liebe es«, murmelt Haf atemlos und nimmt den Stoff in die Hand. »Aber … ähm, dieser Stoff ist bestimmt schweineteuer, und die Feier ist schon morgen. Ich weiß nicht, ob ich mir so was leisten kann …«

Laurel bringt sie zum Schweigen, indem sie ihr eine Hand auf die Schulter legt. »Du gibst mir die Gelegenheit, etwas Wunderschönes aus einem Stoff zu kreieren, der seit Jahren in der Schublade liegt, und allen Leuten zu zeigen, was für eine gute Designerin ich bin. Ganz im Ernst, das ist nicht uneigennützig. Ich bitte nur darum, dass du mich ein paar Fotos von dir machen lässt, wenn du dich so richtig rausgeputzt hast.«

»Okay«, willigt Haf ohne Zögern ein.

»Das wird richtig sexy«, meint Ambrose. »Laurel, halt mich über Insta auf dem Laufenden. Ich will alles sehen. Haf, ruf mich nachher an, du Knalltüte.«

Ambrose verschwindet aus dem Bild, und Laurel seufzt tief. »Wow, dey ist so cool.«

»Ja, allerdings.«

»Hör mal, Süße, ich hoffe, das ist dir nicht unangenehm, aber am besten kann ich an dir Maß nehmen, wenn du alles bis auf die Unterwäsche auszieht. Den BH kannst du erst mal anbehalten, aber vielleicht musst du den zwischendurch auch ablegen. Ist das okay für dich?«

Unter diesen Umständen kann Haf sich wohl kaum weigern, sich vor Laurel auszuziehen, also tut sie es widerspruchslos. Zum Glück ist es hier nicht so kalt wie bei den Calloways, und Laurel arbeitet schnell, wirbelt mit einem Maßband um sie herum und heftet verschiedene Baumwollstoffe an ihrem Körper zusammen.

»Freust du dich schon auf die Party morgen Abend?«, fragt Haf, um sich davon abzulenken, dass Laurel ihrem fast völlig nackten Körper extrem nahe ist.

»O ja, wird sicher toll, wenn es endlich so weit ist«, bestätigt Laurel mit einem glockenhellen Lachen. »Die Spannung ist immer groß. Und die Vorbereitungen dauern ein paar Monate, weil Mum immer Abwechslung beim Essen und der Musik will.«

»Es wird bestimmt schön, die Feier dann auch zu genießen.«

»Auf jeden Fall. Und es ist schön, mal an was anderes denken zu können«, fügt Laurel hinzu und lehnt sich zurück, um ihr Werk zu begutachten. »Zum Glück habe ich heute Abend ein bisschen Zeit für meine Entspannungsroutine, da Mark sich im Pub mit Freunden trifft.«

»Wollte er nicht mit zur Feier?«, fragt Haf bedächtig. Das ist gefährliches Terrain in der Fake-Freundin-Welt und auch in der realen Welt, denn sie hat in beiden eine starke Abneigung gegen Mark, aber sie sollte wahrscheinlich trotzdem Interesse zeigen. Allerdings versteht sie dadurch noch weniger, warum Laurel sich von Christopher getrennt hat. Schließlich ist er ein viel besserer Mensch als Mark, und die beiden scheinen sich immer noch sehr gut zu verstehen.

»Nein. Nein, so was ist nicht sein Ding«, antwortet Laurel. »Außerdem kann ich dadurch mehr Zeit mit Kit verbringen. Und es hatte ja auch sein Gutes, weil ich so rausgefunden habe, dass du ein Kleid brauchst. Christopher ist manchmal so verpeilt.«

»Die Männer stellen unsere Geduld immer gern auf die Probe.«

»Oh, das kannst du laut sagen.«

Nach einer Weile scheint Laurel zufrieden zu sein und nimmt all die Stoffstücke wieder ab. Im nächsten Moment, als Haf gerade dabei ist, sich wieder anzuziehen, erscheint Christopher und sieht sich wieder einmal gezwungen, sofort den Blick abzuwenden.

»Wie läuft's?«, fragt er.

»Perfekt«, antwortet Laurel geistesabwesend. »Ihr könnt gehen, wenn Mum keine Hilfe mehr braucht. Ich will mich an die Arbeit machen.« Die Vorfreude ist ihr deutlich anzumerken, und sie ist augenblicklich so vertieft in ihre Arbeit, dass Haf nicht einmal sicher ist, ob sie hört, dass sie und Christopher sich verabschieden.

»Habt ihr schon alles erledigt?«, fragt Haf auf dem Weg die Treppe hinunter. »Ich dachte, ihr würdet viel länger brauchen, wenn ihr zum Veranstaltungsort müsst.«

»Die Feier findet hier statt. Die Howards haben dort drüben einen Ballsaal«, erklärt er in beiläufigem Ton, als wäre es nicht absoluter Wahnsinn, einen Ballsaal im eigenen Haus zu haben.

»Wow, okay, anscheinend bin ich wirklich nicht mehr in Kansas«, sagt sie. »Wollen wir jetzt deine Weihnachtsgeschenke besorgen? Ich kann dir helfen oder zumindest anwesend sein.«

Christopher grinst erfreut und hält ihr die Autotür auf. »Bitte, nach dir.«

Auf der Fahrt sieht sie die verschneite Welt am Fenster vorbeiziehen, kann sich aber nicht davon abhalten, Twitter aufzurufen. Ambroses letzte Umfrage ist ein bisschen zu spezifisch für ihren Geschmack, aber sie lässt es demm durchgehen, weil dey ihr mit Laurel geholfen hat. Außerdem ist es durchaus wahr.

> @ambroseliew ist es nicht ein bisschen strange, wenn die ex deines fake-freunds dir ein kleid macht, in dem deine titten so toll aussehen, dass seine schwester sich hoffentlich in dich verknallt?
>
> was??? 98 %
> wie bitte??? 2 %
> 423 votes

Eine halbe Stunde später schlendern sie durch die Hauptstraße von Hazelmoor, einem hübschen Städtchen nicht weit von Oxlea, das Haf an manche Ecken von York erinnert – kopfsteingepflasterte Straßen, die sich um dicht aneinandergedrängte Gebäude schlängeln. Alles ist wunderschön alt, nicht schäbig, und weihnachtlich dekoriert.

»Ich fasse es nicht, dass du deine Weihnachtseinkäufe so in letzter Minute erledigst«, sagt Haf und weicht einer winzigen Frau aus, die mehr Einkaufstüten schleppt, als eine Person ihrer Größe tragen können sollte.

»Nicht in letzter Minute. Das wäre morgen«, erwidert Christopher und betritt eine kleine, stark nach Blumen duftende Boutique.

»Ach je, du bist so ein Mann«, seufzt Haf, nimmt eine Badekugel aus einem Körbchen und riecht daran, wobei ein bisschen pudriges Zeug an ihrer Nasenspitze hängen bleibt. Christopher lächelt und wischt es mit dem Daumen weg.

»Richtig, ich bin ein Mann. Du hast mich ertappt«, erwidert er grinsend, gerät dann aber ins Stocken wie ein Roboter mit Fehlfunktion, in der Hand zwei Fläschchen Badeöl. »Aber ... ich benehme mich nicht immer wie ein Mann. Also nicht wie ein Macker. Man würde mich nicht als echten Kerl bezeichnen. Ich bin nicht mackerhaft, oder? Ach du Scheiße.«

»Hast du eine Maskulinitätskrise?«

»Vielleicht eine kleine«, gesteht er und lässt die Schultern hängen. »Welches riecht am besten?«

Haf nimmt ihm die Fläschchen ab, schnuppert kurz daran und legt eines in ihren Einkaufskorb.

»Nein, du bist nicht unerträglich, wenn du das meinst«, sagt sie und schaudert bei der Erinnerung an all die mackerhaften Junggesellenabschiede, in die sie in York geraten ist. Aus irgendeinem Grund ist die Stadt eine beliebte Location für Bachelor- und Bachelorette-Partys, und so verbringt man an den meisten Sommerabenden viel Zeit damit, ein Lokal zu finden, in dem sie sich nicht breitmachen.

»Damit will ich sagen, dass ihr als Männer nicht unter Druck gesetzt werdet, bloß alles schon so früh wie möglich perfekt zu planen, und irgendwie damit davonkommt, was total ungerecht ist, aber wahrscheinlich den einfachen Grund hat, dass die Frauen in eurem Leben all die schwierigen Weihnachtsvorbereitungen für euch erledigen.«

Die Verkäuferin hinter ihnen stößt ein schockiertes Geräusch aus und macht sich hastig an der Theke zu schaffen, um ihr hochrotes Gesicht zu verbergen.

»Na toll, jetzt halte ich deinetwegen schon eine feministische Wutrede in einer süßen Boutique. Das braucht doch keiner.«

»Stimmt. Aber du hast ja recht. Ich fühle mich angemessen geläutert und verspreche, es nächstes Jahr besser zu machen.« Christopher versucht, bei ihrer Witzelei mitzumachen, aber er klingt so aufrichtig, dass Haf das Herz wehtut. »Das wird mein Weihnachtswunsch«, verkündet er.

»Weihnachtswunsch?«

»Ja, wenn man sich an Heiligabend etwas wünscht. Normalerweise suchen wir uns mit dem Teleskop einen Stern aus, aber wenn es zu bewölkt ist, muss der Stern an der Spitze des Weihnachtsbaums reichen. Das Wichtigste ist der Wunsch.«

Haf drückt die Hand aufs Herz. »Was ist das für eine unfassbar süße Weihnachtsanekdote, mit der du mich da überfällst?«

»Jeder wünscht sich doch was zu Weihnachten, oder?«

Haf sieht zu der Verkäuferin hinüber, die sich erholt zu haben scheint, aber die Achseln zuckt – offenbar hat sie auch noch nie etwas von Weihnachtswünschen gehört.

»Das ist wohl eine Calloway-Tradition. Ich bin begeistert. Findet dieses Ritual zu einer bestimmten Zeit statt?«

»Für gewöhnlich machen wir es an Heiligabend um Punkt Mitternacht beziehungsweise dem Pendant für Kinder, als wir noch klein waren. Laurel ...« Er hält einen Moment inne und räuspert sich. »Laurel und ich haben es immer auf der Party gemacht.«

»Na, dann werden wir einen Wunschstern für dich finden«, sagt sie und kneift ihn in die Nase.

Christopher sucht ein paar Sachen aus und legt sie zusammen mit der Badekugel, in die Haf ihre Nase gesteckt hat, auf die

Theke. Beim Anblick des rasant steigenden Geldbetrags, der auf dem Display der Kasse erscheint, zuckt Haf zusammen, doch Christopher bezahlt, ohne mit der Wimper zu zucken.

»Das übernehme ich. Ich hab dich hergeschleift, da werde ich nicht auch noch von dir verlangen, dass du die Geschenke bezahlst.«

»Gott sei Dank«, seufzt sie.

Als sie aus dem Laden kommen, ist es frostig kalt, und die Sonne steht schon tief am Himmel, obwohl es gerade mal drei Uhr ist.

An einem Straßenstand kauft Haf ihnen zum Aufwärmen heiße Schokolade zum Mitnehmen – für sich mit Pfefferminzsirup, für Christopher mit einer riesigen Sahnehaube.

Den Rest der Einkäufe erledigen sie erstaunlich schnell. In einem winzigen Antiquariat holt Christopher ein eingepacktes Geschenk für seinen Dad ab – anscheinend eine alte, seltene Ausgabe seines Lieblingsbuchs *Der Hund von Baskerville*. Haf sucht ein Lesezeichen aus alten Landkarten für ihn aus, das wunderbar dazu passt.

Für Kit hat Christopher in der schicken Boutique schon Badesalz besorgt – das ist gut für ihre schmerzenden Muskeln, erklärt er –, und als Nächstes gehen sie in einen edlen kleinen Klamottenladen, in dem es Marken gibt, von denen Haf noch nie gehört hat. Für Esther kauft er einen grauen Kaschmirschal und für Kit noch ein Paar sehr kuschelig aussehende Pantoffeln mit festen Sohlen.

»Ich hab gelesen, dass die gut für die Stabilität sind«, erklärt er. »Hoffentlich sind sie auch bequem.«

»Haben wir jetzt alles?«, fragt Haf, als sie wieder rauskommen.

»Ich glaube, ja.«

»Gut. Gehen wir noch was trinken, okay?«

»Ich muss fahren.«

»Gibt es keinen Pub bei euch in der Nähe?«

»Doch, aber da gehen nur alte Männer hin«, sagt er hörbar

widerwillig. »Genauer gesagt ein einziger alter Mann, der zwei Stunden lang in sein Guinness starrt und kein Wort sagt.«

»Perfekt, solche Pubs mag ich am liebsten – dort wird uns niemand behelligen. Ich glaube, wir brauchen eine Pause von … «, sie wedelt mit der Hand durch die Luft, »dieser ganzen Fake-Dating-Sache.«

»Ganz deiner Meinung.«

Sie fahren nach Hause, parken das Auto und legen die Geschenke drinnen ab. Sonst ist niemand da, also gehen sie gleich wieder und wandern durch den Schnee zum Pub. Heute Nachmittag hat es noch mal geschneit, sodass die Bäume frisch gepudert sind.

Der Pub ist genau so, wie Christopher ihn beschrieben hat. Haf erspäht zwei durchgesessene Sessel vor dem prasselnden Kaminfeuer und geht neugierig hinüber.

»Nicht ihr schon wieder«, stöhnt eine bekannte Stimme.

Es ist der Ruhewagen-Typ oder vielleicht der Tombola-Typ. Jetzt auch noch der Alte-Männer-Pub-Typ, aber so oder so sieht er völlig erschöpft aus, wie er dort zusammengesunken in seinem Sessel sitzt.

»Hallo«, sagt Haf fröhlich, aber er schneidet ihr das Wort ab.

»Nein, ich will es nicht wissen. Ich will nichts von euren Plänen wissen und auch nicht, welches Rentier ihr gerade jagt.«

»Ich wollte mich nur dafür bedanken, dass du für mich auf das Lebkuchenhaus aufgepasst hast.«

»Gern geschehen.« Betreten fährt er sich mit der Hand durch seine schwarzen lockigen Haare und steht auf. »Wisst ihr was? Ihr könnt meinen Platz haben. Ich gehe einfach.«

»Oh, okay.« Haf fühlt sich ein bisschen schlecht, aber im Grunde ist das eine Erleichterung. Als er sein Glas an der Bar abstellt, ruft sie ihm nach: »Bis bald!«

»Ich hoffe nicht!«, erwidert er und knallt die Tür hinter sich zu.

»Herrje, was war denn los?«, fragt Christopher und reicht ihr einen Becher warmen Apfelwein.

»Das war der Typ, der uns im Zug gesagt hat, wir sollen still sein. Ich begegne ihm immer wieder. Er hat dein Lebkuchenhaus vor Cupids Randale gerettet.«

»Der Typ, der unseren ganzen Fake-Dating-Plan mit angehört hat?« Christopher wird blass.

»Ja, aber jedes Mal, wenn ich ihn sehe, flippt er nur aus und läuft weg, also ist das wahrscheinlich kein Problem. Ich glaube nicht, dass er irgendjemandem davon erzählt.«

»Moment, hat er womöglich auch die Tombola organisiert? Ich hab mich schon gefragt, warum der Typ an dem Stand sich so seltsam benommen hat.«

Sie machen es sich auf den Sesseln bequem und sind schon bald ein bisschen angetrunken. Der Apfelwein ist so stark wie Raketentreibstoff, und nach einem Becher davon – den Haf anfangs runterkippt wie Tee – kichern sie beide wie Teenager.

»Ich weiß, wir haben gesagt, wir brauchen eine Pause von diesem ganzen Zeug«, sagt Christopher, »aber ich bin froh, dass du hier bist und dass es so gut läuft.«

»Ich auch.« Ermutigt vom Alkohol, fügt sie hinzu: »Es gab noch einen lustigen Zufall, den ich immer noch kaum fassen kann.«

»Was denn?«, murmelt er.

»Ich hab Kit schon mal getroffen.«

»Wie meinst du das?«, fragt er schläfrig.

»Auf der Fahrt hierher haben wir uns an der St Pancras Station getroffen, und wir haben geflirtet, und ich wollte sie um ihre Nummer bitten, aber dann ist sie verschwunden und ...«

Haf verstummt, weil Christopher sich ruckartig aufsetzt.

»Du meinst, Kit hat dich erkannt?«

»Ja, aber das ist okay. Sie hat mich nur damit aufgezogen, dass ich mit ihr geflirtet habe. Alles in Ordnung.«

Doch Christopher wirkt nicht, als wäre alles in Ordnung. »Was, wenn sie es unseren Eltern erzählt? Dann werden mich alle auslachen, weil ich jemanden nötigen muss, um so zu tun, als würde man mich daten ...«

»Christopher, du hast mich zu nichts genötigt. Ich hab mich

dazu bereit erklärt. Das mit Kit war nur ein seltsamer Zufall. Spielt überhaupt keine Rolle.«

Er schweigt eine gefühlte Ewigkeit.

»Bitte sag doch was«, stößt Haf schließlich mit belegter Stimme hervor.

»Warum hast du mir das nicht schon vor zwei Tagen erzählt, als wir angekommen sind?«

»Ich ... ich wusste nicht, wie, und ich wollte nicht, dass du dir Sorgen machst. Ich wollte das Ganze nicht noch komplizierter ...«

»Aber das ist es doch offenbar längst!«

»Christopher, komm schon. Hör mir zu«, fleht sie.

Er will gerade etwas sagen, und sie hofft von ganzem Herzen auf ein »Okay, alles klar, wir sind ein Team, das wird schon«.

Doch stattdessen tritt jemand zwischen sie. Ein extrem stämmiger, rechteckig geformter Mann.

Mark.

»Da ist ja der Mann der Stunde«, sagt er und holt sich einen Stuhl.

»Was machst du hier, Mark?«, fragt Christopher, zu müde für Nettigkeiten.

»Ich trinke nur was mit ein paar Jungs von der Uni«, erklärt Mark und deutet mit seinem Bierglas in eine Ecke. An einem Tisch am anderen Ende des Pubs sitzen noch mehr rechteckige Männer, alle in sehr ähnlichen Hemden, die Ärmel bis zu den Ellbogen hochgekrempelt. Sie sehen aus wie der Cast von *Made in Chelsea* an einem freien Wochenende.

»Ach, wie nett«, sagt Christopher ausdruckslos. »Aber wir waren gerade mitten im Gespräch.«

»Ich bin sicher, Haf hat nichts dagegen, wenn ich mich kurz dazugeselle«, erwidert Mark, ohne darauf einzugehen.

»Klar«, antwortet Haf, hin- und hergerissen zwischen dem Wunsch, Mark so schnell wie möglich wieder loszuwerden, und ihrem Bammel vor dem Rest des Gesprächs mit Christopher. »Hallo, Mark, wie geht's?«

»Sehr gut, danke. Ich genieße die Feiertage. Aber der Junge hier hat auch mal eine Pause verdient, meinst du nicht auch, Chrissy?«

Christopher nickt schwach.

»Ich hab gehört, Laurel schneidert ein Kleid für dich«, sagt Mark mit einem seltsamen, fast anzüglichen Ausdruck im Gesicht, und auf einmal fühlt sich Haf nackt unter seinem Blick. »Hast wohl nicht dran gedacht, dein Ballkleid mitzubringen, was?«

»Warum sollte ich überhaupt eines besitzen?«

»Warum nicht? Das ist doch ein Standardoutfit, oder etwa nicht? Was willst du denn zu den Festen im Oxford and Cambridge Club anziehen?«

Am liebsten würde ihn Haf fragen, wozu so ein Privatclub überhaupt gut sein soll. Klar, sie weiß, dass er existiert, war aber noch nie dort. Aber wahrscheinlich beantwortet sich diese Frage von selbst: Wer nicht weiß, was es ist, hat dort nichts verloren.

»Ich bin kein Mitglied«, sagt Christopher.

»Warum nicht?«, fragt Mark beinahe ein bisschen gekränkt.

»Solche Clubs sind ein bisschen, du weißt schon ...«

»Exklusiv«, beendet Haf seinen Satz.

»Der Oxford and Cambridge Club ist nicht besonders exklusiv.«

»Ist das nicht ein Club für Absolventen der beiden renommiertesten Universitäten Großbritanniens, in denen man nur aufgenommen wird, wenn man eine Privatschule besucht hat?«, entgegnet Haf und könnte schwören, dass Christopher ihr leicht zulächelt.

»Na ja, ich ...«, stammelt Mark, und die Pause genügt, dass Christopher das Wort ergreifen kann.

Er steht auf und reibt sich den Nacken. »Hör mal, wir müssen nach Hause. Wir sehen uns auf der Party morgen.«

»Na gut«, sagt Mark und geht zu seinen Klonen zurück.

Haf packt ihre Sachen zusammen und folgt Christopher nach draußen. Er schreitet zügig durch den Schnee, und sie muss fast rennen, um ihn einzuholen.

»O Mann, er ist so ein Arsch«, grummelt sie, als sie zu ihm aufschließt. »Ich fasse es nicht, dass du mit ihm zusammenarbeiten musst.«

»Erinnere mich bloß nicht daran«, seufzt er. »Aber du hast einen guten Konter gelandet. So konnten wir wenigstens die Flucht ergreifen.«

Er ist immer noch distanziert und ein bisschen argwöhnisch, aber da sie noch eine Weile unterwegs sein werden, versucht Haf es erneut mit ihrer Entschuldigung.

»Tut mir echt leid, Christopher. Ich wollte das Ganze nicht noch komplizierter für dich machen. Es ist nur ein merkwürdiger Zufall, dass sie deine Schwester ist. Und jetzt sitzen wir alle zusammen im selben Haus fest ...«

Christopher hebt eine Hand, um ihr Geplapper zu unterbrechen.

»Haf, ich ... Ich kann jetzt nicht darüber reden. Mir schwirrt der Kopf von der ganzen Aufregung und dem Alkohol, und ... ich glaube, es wäre besser, wenn wir einfach nach Hause gehen.«

Haf sagt nichts mehr, denn was gibt es schon zu sagen? Christopher scheint nicht wütend zu sein, er hat sie nicht angeschrien, und dennoch fühlt sie sich wie ein gescholtenes Kind.

Sie erreichen das Haus, und Christopher bricht sofort zu einem langen Spaziergang mit den Hunden auf, ohne Haf zu fragen, ob sie mitkommen möchte.

Keine Spur von Kit oder ihren Eltern.

Es ist doch wirklich nicht zu glauben, dass sie mit ihrem Fake-Freund und der Frau, in die sie sich womöglich verliebt hat, unter einem Dach wohnt und keiner von beiden mit ihr redet.

Und dazu kommt noch, dass die echte Ex-Freundin ihres Fake-Freunds ihr ein Kleid schneidert und sich vielleicht sogar mit ihr anfreunden will.

Wie aufs Stichwort piept ihr Handy; Laurel hat ihr ein Foto von dem Kleid in Arbeit geschickt, auf dem sie einen Daumen hoch ins Bild hält.

Haf schickt ein Herzchen-Emoji zurück.

Was ist nur aus meinem Leben geworden?, schießt es ihr durch den Kopf.

Von Erschöpfung überwältigt, sinkt sie ins Bett und schreibt eine flehentliche Nachricht an Ambrose, doch bevor sie auf Senden drücken kann, schläft sie ein.

Kapitel 16

Das Haus der Howards hat sich in ein zauberhaftes Weihnachtswunderland verwandelt. Die Hecken, die den Privatweg säumen, sind mit sanft glitzernden goldenen Lichtern geschmückt – ein Widerschein des warmen Leuchtens, das vom Haus selbst ausgeht.

Die Autos werden allesamt zu einem Hof neben dem Haus geleitet. Obwohl Haf sich eigentlich nicht vorstellen kann, dass Otto seinen Sportwagen irgendeinem Teenager mit einer Qualifikation neueren Datums überlassen würde, erwartet sie fast, dass ein Parkdienst auftaucht. Er hat darauf bestanden, selbst zu fahren, damit sie richtig stilvoll ankommen. Christopher sitzt vorn, Esther hat sich etwas steif neben Haf niedergelassen, die ihrerseits damit beschäftigt ist zu verhindern, dass die Stofffülle ihres Kleids nicht die gesamte Rückbank überschwemmt.

Trotz der Dunkelheit erkennt Haf in der Ferne die Pferdeställe und hört auch gelegentlich das fröhliche Poltern der Tiere. Vielleicht kann sie sich später, wenn sie mal eine Pause von ihrem unendlichen peinlichen Drama braucht, wegschleichen und mit einem der Pferde Freundschaft schließen.

Christopher war gleich nach dem Aufwachen wegen eines Notfalls im Job angerufen worden und hat fast den ganzen Tag frustrierte Telefongespräche in Ottos Arbeitszimmer geführt. Anscheinend kümmerte sich kein Mensch darum, dass Heiligabend war oder dass jemand sich auf einer gebuchten Urlaubsreise befinden könnte.

Irgendwann hatte Haf sich zu ihm ins Zimmer geschlichen und ihm mitten in einem Zoom-Meeting eine Tasse Tee und einen Teller mit Keksen über den Tisch zugeschoben. Auf dem Bildschirm hatte sie Mark entdeckt, der etwas mitgenommen aussah und an einem riesigen Kaffee nippte. Als sie sich umwandte und wieder verschwinden wollte, hatte Christopher sich ihre Hand geschnappt und zum Dank gedrückt.

Er hat gesagt, dass er ein bisschen Zeit zum Nachdenken braucht. Zwar hasst sie es, in dieser seltsamen Schwebe zu verharren und nicht gleich mit ihm über alles zu sprechen, aber sie möchte ihn trotzdem fürs Erste in Ruhe lassen.

Bisher ist der Tag seltsam ruhig verlaufen. Obwohl es eindeutige Anzeichen dafür gab, dass Kit irgendwann zu Hause war – leere Schmerztablettenpackungen, ein Becher mit einem dunklen Lippenstiftfleck –, glänzt sie immer noch durch Abwesenheit.

Haf hat den Tag zum größten Teil im Wohnzimmer verbracht und dort in Ruhe *Carol* gelesen, also hat sie ihr Weihnachten genauso verbracht, wie Ambrose es ursprünglich vorgeschlagen hatte. Es war tatsächlich entspannend, auch wenn da noch immer diese seltsame emotionale Stimmung war, der sich nur sie und Christopher bewusst sind (zumindest hofft sie, dass das stimmt).

Von Ambrose hat sie den ganzen Tag nichts gehört, allerdings hat sie demm auch nicht ausdrücklich um Unterstützung gebeten. Abgesehen von ihrem Kontakt zu den Calloways hat sie es nur geschafft, ein paar nette Fotos auf Twitter zu liken – und diese Kommunikationsform ist nun mal absolut einseitig.

Mitten am Nachmittag kam ein Bote mit einer riesigen, an Haf Hughes adressierten Schachtel vorbei, und darin befand sich – in Seidenpapier verpackt – ihr Kleid. Als sie es oben im Schlafzimmer anprobierte, musste sie weinen – es ist perfekt und passt wie angegossen. An Laurels Talent gibt es keinerlei Zweifel, das hat sie nicht nur mit ihrer feinfühligen Nähkunst bewiesen, sondern auch mit der Tatsache, dass Hafs Brüste sich im Oberteil des Kleids vollkommen sicher fühlen. Die Sternbilder fangen das Licht ein, und wenn sie sich dreht, bauscht sich der Rock leicht und anmutig.

Die Nachricht, die sie Laurel daraufhin geschrieben hat, war eine Aneinanderreihung von Buchstaben und Ausrufezeichen, begleitet von einem etwas körnigen Spiegel-Selfie, auf das Laurel mit einer ebenfalls überwältigt wortlosen Antwort reagierte.

Gerade als Haf dachte, sie würde das Kleid nie wieder ausziehen wollen, klopfte es an der Tür, und Esther erschien. Auch sie fand Haf wunderschön – Junge, Junge, wie gut Haf so ein Kompliment heute brauchen konnte.

Natürlich ist Esther in ihrem tiefroten Wickelkleid und den zarten goldenen Heels jetzt mindestens genauso schön.

Haf dagegen trägt ihre zuverlässigen schwarzen Heels, die sie auch damals anhatte, als sie Christopher zum ersten Mal begegnet ist. Da man ihre Schuhe unter dem bodenlangen Kleid nicht sehen kann, musste sie allerdings der Versuchung widerstehen, ihre Doc Martens zu tragen, aber dann dachte sie sich, dass es selbst für sie schwierig sein könnte, einen solchen Stilbruch durchzuziehen. Ganz zu schweigen davon, dass die Stiefel immer noch von oben bis unten voller Entenkacke waren.

Wie es sich für echte Gentlemen gehört, halten Otto und Christopher für Esther und Haf die Autotüren auf.

Wie Christopher dasteht und die Tür aufhält, ist er wirklich ein Inbild der Attraktivität. Seine klare, wundervoll altmodische Schönheit wird von seinem schnittigen schwarzen Anzug und der kleinen schwarzen Samtfliege noch unterstrichen, obwohl fast jeder andere in einem solchen Outfit bestimmt unmöglich aussehen würde.

Zusammen sind sie sicher ein schönes Paar – beide gekleidet wie der Nachthimmel.

»Sollen wir?«, ruft Otto, offensichtlich ganz erpicht darauf, dass die Festivitäten beginnen. In seinem Tweedanzug mit Einstecktuch und Krawatte im gleichen Rot wie das Kleid seiner Frau sieht er aus wie ein Professor in einem Kinofilm.

Zu Hafs Überraschung bietet Christopher ihr seinen Arm an. Aber natürlich tut er das. Denn sogar wenn er schrecklich wütend wäre, würde er sich wie ein Kavalier benehmen. Christopher ist einfach unendlich höflich und extrem nett.

Auf den Stufen zur Haustür liegt ein dunkelroter Teppich, und als Otto schwungvoll anklopft, öffnet ein Mann in Schwarz und Weiß, um sie zu begrüßen. Dann tritt eine zierliche Frau auf sie zu und offeriert ihnen ein Tablett mit perlend golden gefüllten Sektflöten. Haf und die Calloways nehmen das Angebot erfreut an und lassen die Gläser klirren.

»Für mich nur ein Schlückchen«, sagt Otto, nippt nur und stellt sein Glas, nachdem er allen zugeprostet hat, wieder zurück aufs Tablett. Dann wendet er sich Esther zu und sagt: »Jetzt, meine Liebe, wird erst mal ordentlich getanzt.«

Esther kichert kokett, was Haf nie von ihr erwartet hätte, und schon flitzen die beiden den Korridor hinunter in Richtung Party.

Mit Christopher folgt sie dem Klang von Streichinstrumenten und Fröhlichkeit, der immer lauter wird, bis sie schließlich durch eine offene und sehr prächtige Tür in einen regelrechten Ballsaal treten. Riesige Kronleuchter hängen von einer Decke, die wie die Sixtinische Kapelle bemalt ist. Die Wände sind gesäumt von Tischen und Stühlen, außerdem gibt es Buffettische, auf denen sich leckere Sachen stapeln, und am einen Ende des Raums ist eine Bar aufgebaut. Eine Treppe führt empor zu einer Art Galerie, von der man die Tanzenden beobachten oder einfach herumstehen, sich unterhalten und etwas trinken kann. Das Ambiente hat etwas von Schloss Versailles an sich – ein glorioses Spektakel der Ausschweifungen.

Im Zentrum des Saals wird zu der Musik getanzt; Esther und Otto sind schon mittendrin, jedoch so ineinander versunken, als gehörte dieser Augenblick ihnen ganz allein.

Es ist ein Ball wie aus einem Kinofilm. Haf fühlt sich wie im Traum, aber gleichzeitig ist alles sehr real, und sie gehört dazu. Irgendwie unglaublich.

»Okay«, flüstert sie. »Ich nehme alle Reichen-Witze zurück, die ich über dich gemacht habe, weil du im Vergleich zu dem, was hier abgeht, ein Bettelknabe bist, richtig?«

Christopher lacht. »Kann man so sagen.«

»Meine Güte – und ich dachte schon, dein schicker Brita-Filter-Wasserhahn würde mich nervös machen und mit Klassenneid erfüllen. Die Leute hier werden mich allesamt für eine arme Eliza Doolittle halten.«

»Ach, ist doch egal, was die denken«, erwidert er, und im gleichen Moment stimmen die Streicher eine Version von *Last Christmas* an. »Wollen wir tanzen, Mylady?«

Auf einmal fühlt es sich an, als würde sich zwischen ihnen alles zum Besten wenden. Natürlich müssen sie immer noch einiges klären, aber für den Augenblick gibt es nur eines: Tanzen.

»Ja, lass uns tanzen, M'... M'lad?«

»Ich glaube, es heißt wahrscheinlich *Good Sir*.«

»Siehst du, du bringst mir gleich etwas Neues bei. Ich hab dir doch gesagt, wir befinden uns hier praktisch bei *Pygmalion*. Beziehungsweise *My Fair Lady*.«

Er führt sie zur Tanzfläche, und einen Moment stehen sie am Rand, Hafs eine Hand auf seiner Schulter, die andere in seiner. »Stört es dich, wenn ich führe?«, fragt Christopher.

»Na, schau sich einer unseren Feministen an«, lacht Haf. »Setz dich in Bewegung, sonst trete ich dir auf die Füße.«

Es ist ein Wunder. Christopher und Haf tanzen zusammen, als wären sie langjährige Partner, so natürlich arbeiten ihre Körper zusammen. Als Christopher ansetzt, sie im Kreis zu wirbeln, reagiert Haf instinktiv, und ihr Kleid bauscht sich bilderbuchschön auf. Hinter ihnen sind Laute der Bewunderung zu hören.

Das ist Vertrauen, denkt sie. Und Liebe.

Vielleicht sind sie nicht ineinander *verliebt*, aber sie lieben sich. Schon nach so kurzer Zeit haben sie einiges gemeinsam durchgestanden, und Haf ist sicher, dass diese Freundschaft ihr ganzes Leben halten wird. Ein Leben mit jeder Menge Albereien auf Tanzflächen.

In diesem Augenblick ist Haf sehr glücklich mit Christopher. Alle Komplikationen ihres Fake-Weihnachten verschwinden, und das fühlt sich auf einmal ganz real an. Nicht der Teil mit der romantischen Liebe, aber die Fröhlichkeit, das Feiern, das Beisammensein.

Sie galoppieren durch die flotte Version von *Christmas Wrapping* und entschließen sich erst zu einer Atempause, als das Streichquartett ebenfalls eine macht. Damit die Tänzer und Tänzerinnen sich nicht langweilen, wird noch mehr zu trinken und zu essen aufgefahren.

»Komm, es gibt ein Buffet zu plündern«, lacht Haf und zieht Christopher am Arm mit sich in Richtung der Tische.

»Welches unanständige Bild wirst du diesmal für mich anfertigen?«

»Das zu verraten, würde doch alles verderben!«

Am Buffet gibt es eine kleine Warteschlange, und sie halten sich erst einmal zurück, damit sich die älteren Gäste von den Angestellten bedienen lassen können. Schließlich haben sie alle Zeit der Welt.

Leider ist die Glückseligkeit von kurzer Dauer, denn Mark gesellt sich zu ihnen.

»Chrissy, Alter!«, tönt er. »Gute Arbeit bei dem Meeting heute. Tut mir leid, dass ich dich trotz Feiertag da mit reingezogen habe, es ging einfach nicht anders.«

»Keine Sorge, aber hoffentlich ist jetzt alles geklärt«, erwidert Christopher etwas steif.

»Der Kapitalismus schläft eben nie«, murmelt Haf.

»Und *Half*, nett, dich wiederzusehen«, fährt Mark leicht schwankend fort und macht, wie sie mit Entsetzen begreift, Anstalten, ihr ein Küsschen auf die Wange zu drücken.

Er riecht wie eine Schnapsbrennerei. Gestern Abend war er nicht ganz so betrunken, nicht einmal, als er ihr Gespräch unterbrochen hat.

»Ha ha, ebenfalls«, lügt sie und wirft Christopher einen vielsagenden Blick zu.

Es ist noch nicht mal acht Uhr, und Laurels Freund ist beim Weihnachts-Wohltätigkeitsfest ihrer Eltern sturzbetrunken.

»Wo ist Laurel? Ich möchte mich gern persönlich bei ihr für mein Kleid bedanken.«

»Keine Ahnung.« Mark zuckt die Achseln und trinkt einen großen Schluck aus dem Glas in seiner Hand. Was für ein Gebräu das auch sein mag.

»Ich glaube, du hast schon genug intus, Kumpel«, ermahnt

Christopher ihn freundlich und will Mark das Glas abnehmen, doch der weicht in letzter Sekunde aus.

»Hey, schaut doch mal«, sagt er, schwankt wieder und deutet hinauf zur Saaldecke. »Ein Mistelzweig! Wir stehen alle unter dem Mistelzweig.«

Instinktiv klammert Haf sich noch fester an Christopher, damit Mark sie nicht knutscht.

»Na los«, lallt Mark.

»Na los was, Mark?«, fragt Christopher.

»Küssen! KÜSSEN!«, grölt er, und ein paar Köpfe drehen sich zu ihnen um. »Wenn du wirklich so verliebt und über *meine Freundin* hinweg bist!« Die letzten Worte speit er förmlich aus, Speichel spritzt von seinen Lippen. »Oder versuchst du immer noch, dich bei ihr einzuschleimen?«, fährt er fort und pikt Christopher mit dem Zeigefinger hart in die Brust. »Ich weiß, dass du ihr neulich abends geholfen hast. Was man so *helfen* nennt«, fügt er noch gehässig hinzu und malt dabei Anführungszeichen in die Luft.

»Wir waren die ganze Zeit mit Samira und Paul zusammen, Mark. Ich hab den beiden ein bisschen unter die Arme gegriffen, damit Laurel mit Hafs Kleid fertig wird. Alles moralisch einwandfrei. Ich versuche ganz bestimmt nicht, dir deine Freundin zu stehlen, es geht überhaupt nichts Schändliches vor.«

»Nichts Schändliches!«, wiederholt Mark lachend. »Oh, er benutzt tatsächlich das Wort *schändlich*!«

Christopher sieht erschöpft aus. Mark ist nicht einfach ein alter Freund, nicht nur der neue Freund seiner Ex, sondern obendrein ein Arbeitskollege. Haf weiß nicht, wie sie damit umgehen soll.

»Jetzt hör mir mal zu, Mark. Ich bin nicht hinter deiner Freundin her. Weder dieses noch das letzte Mal, als du mich beschuldigt hast.«

»Na gut«, lallt Mark. »Dann beweise es.« Mit unsicherem Finger zeigt Mark auf den Mistelzweig.

Inzwischen hat sich eine kleine Menschenmenge um sie herum versammelt, man wundert sich, worum es bei dem ganzen Theater geht und warum dieser quaderförmige Mensch wegen eines Mistelzweigs herumbrüllt.

Über das Meer von Köpfen hinweg erspäht Haf nun auch noch Laurel, die aussieht, als würde sie am liebsten im Erdboden versinken.

Doch es gibt nur eine Möglichkeit, die Situation zu beenden und Laurel weitere Peinlichkeiten zu ersparen.

»Ach, verdammt«, seufzt Haf, packt Christopher am Revers seines Jacketts, zieht ihn an sich und küsst ihn.

Für einen Menschen, der wegen der Regeln für öffentliche Zurschaustellung von Zuneigung so nervös war, begreift er sehr schnell, biegt Haf beim Küssen weit nach hinten, und das Capelet an ihrem Kleid breitet sich unter ihnen aus wie ein Ölteppich.

Objektiv betrachtet ist es ein guter, leidenschaftlicher Kuss. Ästhetisch überzeugend, ein bisschen stylish. Vielleicht passt es sogar zu ihrer Art zu tanzen.

Trotzdem fühlt Haf nichts, keine Funken, kein Prickeln – was sie erleichtert. Beim Knutschen mit einem Fake-Freund sollte es doch lieber keine emotionalen Komplikationen geben.

Als sie sich zum Luftholen wieder aufrichten, klatschen ein paar Leute um sie herum Beifall. Haf und Christopher lachen verlegen, und sie wischt ihm einen Fleck ihres roten Lippenstifts aus dem Mundwinkel.

Ganz hinten in der Zuschauermenge entdeckt Haf den Mann aus dem Ruhewagen, der dort steht und einen Teller mit Essen umklammert. Sie winkt ihm zu, und er seufzt, wobei sein drahtiger Körper ein bisschen resigniert in sich zusammensackt, weil er ihr einfach nicht entkommen kann. Aber er erwidert ihr Winken, wenn auch ein wenig sarkastisch, und eilt davon.

»Zufrieden?«, fragt Haf und packt Marks Arm. »Komm, lass uns ein bisschen an die frische Luft gehen.«

»Ich brauche keine verdammte frische Luft«, lallt er.

»Dann vielleicht eine Kippe?«

»Na gut, okay«, lenkt er ein und lässt sich von ihr tatsächlich vors Haus führen.

Christopher folgt ihnen mit weit geöffneten Armen – für den Fall, dass Mark plötzlich umkippt.

Als die Band wieder zu spielen beginnt, zerstreuen sich die Zuschauer rasch, und während Haf den massigen Mann weiter durch den Korridor zur Eingangstür steuert, erscheint Laurel an ihrer Seite.

Zu dritt bugsieren sie Mark auf einen Stuhl in einer Nische neben der Haustür, und Laurel bittet einen der Hausangestellten, ein Taxi für ihn zu rufen. Kurz überlegt Haf, ob sie bei ihm bleiben sollten, aber innerhalb weniger Sekunden ist Mark laut schnarchend eingeschlafen.

»Ich behalte ihn im Auge«, sagt Christopher. »Wenn er aufwacht, ist er womöglich ein bisschen aggro.«

Himmel, was für ein abstoßender Kerl, denkt sie, als sie sich in der Vorhalle zu Laurel gesellt, die dort auf und ab wandert und dabei an ihrem Kleid herumfummelt – einem sensationellen silbernen Wasserfall aus Seide, in dem sie aussieht wie eine Eisskulptur.

»O Gott, ich danke euch«, haucht sie. »Er war den ganzen Abend schon ein absolutes Ekel.«

»Schon okay. Ich glaube, er hat einfach Streit gesucht.«

»Ich hab das Gefühl, das tut er ständig«, erwidert Laurel, nervös an den Fingernägeln knabbernd.

Haf greift nach ihrer Hand, damit sie aufhört.

»Laurel, kann ich dich was fragen?«

Laurel nickt eifrig.

»Warum bist du mit ihm zusammen? Magst du ihn überhaupt?«

Unruhig leckt Laurel sich über die Lippen. »Anfangs mochte ich ihn. Glaube ich jedenfalls. Um ehrlich zu sein, will ich schon seit einer Weile mit ihm Schluss machen, aber jetzt ist Weihnachten! Wie kann man an Weihnachten mit jemandem Schluss machen? Das fühlt sich dermaßen fies an …«

»Wenn man mit jemandem Schluss machen muss, sollte man es gleich tun, wenn man sich dazu entschieden hat – das ist die freundlichste Methode«, plappert Haf den Rat einer Beziehungskolumnistin nach, den sie vor Jahren gelesen hat. »Nicht dass er deine Freundlichkeit verdient hätte, aber du hast es auf alle Fälle verdient, dich nicht mehr mit ihm herumärgern zu müssen.«

»Ich weiß, ich weiß.« Laurel seufzt tief. »Du hast vollkommen recht. Er ist so ein ... so ein ...«

»Arschloch.«

»Ja. Ein Arschloch. Vor allem in Bezug auf Christopher. Ich fühle mich richtig mies, weil ich das alles nicht schon viel früher bemerkt habe.«

»Verliebtsein macht jeden sonderbar.«

»Vor allem, wenn man gerade eine Trennung hinter sich hat. Ich danke dir – anscheinend musste ich das mal loswerden«, sagt sie und nimmt Haf in den Arm.

»Das ist ja wohl das Mindeste, vor allem, nachdem du das hier für mich gemacht hast«, sagt Haf und dreht sich in ihrem tollen Kleid einmal um sich selbst, als Laurel sie wieder loslässt.

Jetzt schaltet etwas in Laurels Kopf ganz eindeutig von Krisenmodus auf Geschäftsmodus, und sie begutachtet ihr Werk, geht um Haf herum, dreht sie in die eine und in die andere Richtung, um zu bewundern, wie das Kleid sich bewegt.

»Wow, das hab ich echt gut hingekriegt, oder?«

»Einfach super, eine geradezu übersinnliche Leistung, wenn man bedenkt, dass du es lediglich anhand meiner Maße entworfen hast. Es ist perfekt, und du hast echt Talent.«

Das Kompliment bringt Laurel zum Erröten. »Nein, ich ...«, setzt sie an, aber ehe sie ihre Arbeit herunterspielen kann, fällt Haf ihr ins Wort.

»Nein, jetzt hör mir mal zu. Du hast etwas Umwerfendes kreiert und gleichzeitig etwas total Nettes für mich gemacht. Das werde ich niemals vergessen.«

Laurel wedelt sich mit der Hand vor dem Gesicht herum und blickt zur Decke empor. »Sei still, sonst muss ich gleich weinen.«

»Kannst du ruhig machen – hast du auch gesehen, wie toll meine Brüste aussehen?«

»Ich dachte, es wäre vielleicht unhöflich, eine Bemerkung darüber zu machen, aber echt – umwerfend.« Sie lacht, und ihre Tränen sind schon getrocknet.

Von seinem Stuhl in der Nische rülpst Mark in seinem halb bewusstlosen Zustand so laut, dass es in der ganzen Halle widerhallt, und auf den Rülpser folgt auch noch ein Furz. Haf verdreht unverhohlen die Augen. So ein Mann hat eine so tolle Frau wie Laurel wirklich nicht verdient – sie ist ihm in jeder Hinsicht haushoch überlegen.

»Hast du das Kleid schon Ambrose gezeigt?«, fragt Laurel und versucht, dabei locker zu klingen, aber an ihren zappeligen Fingern ist deutlich zu sehen, wie nervös sie ist.

»Nein. Wollen wir demm jetzt ein paar Fotos schicken?«, schlägt Haf vor und öffnet WhatsApp.

Im Chat ist noch der Entwurf von gestern Abend, den sie hastig löscht und hofft, dass Laurel ihn nicht gesehen hat, denn Haf ist sich ziemlich sicher, in der Nachricht etwas davon erwähnt zu haben, dass sie Kit küssen möchte. Und das muss wirklich nicht noch jemand anderes erfahren – der allgegenwärtige Ruhewagen-Typ ist schlimm genug.

Stattdessen schickt sie ein schnelles *Hier kommen Fotos x*, worauf die Häkchen sofort blau werden. Hat Ambrose etwa schon darauf gewartet, von ihr zu hören?

Laurel positioniert Haf so auf der Treppe, dass ihr Capelet hinter ihr verborgen ist, dann macht sie ein paar Fotos, von denen sie Ambrose das beste schicken und sofort mehrere Zeilen *AAAAAAs* als Antwort bekommen, gefolgt von *Ich bin tot*.

»Ich glaube, dey mag es«, lacht Haf und zeigt Laurel die Nachricht.

»Meinst du … Würde es dich stören, wenn ich …?«

»Sag es ruhig«, ermutigt Haf sie und stupst sie freundschaftlich an.

»Kann ich es auf Instagram posten? Ich möchte zeigen, was ich tue, und ich denke … Das ist einfach so ein tolles Foto. Ich glaube, jetzt ist genau der richtige Zeitpunkt, weil so viele Leute zu Hause sind und …«

»Das musst du mir nicht erklären! Ich bin nur das Model – aber du bist die Künstlerin! Zeig der ganzen Welt, was für eine großartige Designerin du bist.«

Haf wird warm ums Herz, als Laurel sie nicht nur hocherfreut, sondern auch voller Zuneigung anlächelt, und ihre Finger sausen über das Display. Da das Licht im Raum optimal ist, muss man das Foto kaum bearbeiten, und schon wenige Sekunden, nachdem sie es gepostet hat, fängt Laurels Handy an zu vibrieren, weil so viele Leute darauf reagieren.

»Danke. Ist es denn zu glauben, dass es die erste Kreation ist, von der ich öffentlich zugebe, dass es meine eigene ist? Immer hat mir der Mut gefehlt, meine eigenen Sachen zu zeigen.«

»Das ist absurd! Du solltest dein Talent von allen Dächern verkünden. Ich werde das auf jeden Fall tun. Jetzt schon. Führt die Treppe dort vielleicht hoch aufs Dach? Ich hab was zu verkünden«, ruft Haf und wendet sich beim letzten Teil an den Portier, worauf Laurel sie kichernd zum Schweigen bringt.

»Haf. Du bist eine sehr nette Person. Ich glaube«, sagt sie nachdenklich, »ich schulde dir auch eine Entschuldigung. Es lief alles so schnell aus dem Ruder, als ich meiner Familie von euch erzählt habe. Ich dachte, ich informiere nur Kit, aber dann habe ich bei Sally ein bisschen zu viel getrunken, und Mark war … na ja … Mark, und ich hab aus Versehen in den Gruppenchat für die Organisation des Balls geschrieben, was natürlich dazu führte, dass Christophers Eltern sofort Bescheid wussten. Dabei war das überhaupt nicht meine Absicht! Hoffentlich fühlst du dich jetzt nicht in das alles mit reingezogen?«

Angesichts der Situation muss Haf ein Lachen unterdrücken. Aber es ist echt nett von Laurel, dass sie sich entschuldigt.

»Aber nein, ehrlich nicht. Ich verstehe das total. Familienzeug verbreitet sich immer wie ein Lauffeuer. Ich weiß, dass du es nicht aus Bosheit getan hast.«

In Wahrheit sollte wahrscheinlich Haf sich bei Laurel dafür entschuldigen, sie als »Die Ex«, »Posh Girl« und »Horse Girl« bezeichnet zu haben. Um ein Haar hätte sie es versäumt, diese coole Person kennenzulernen.

»Gott sei Dank«, seufzt Laurel erleichtert. »Ich wollte mich schon lange entschuldigen und habe es fast getan, als wir uns wegen deines Kleids getroffen haben. Aber dann hatte ich Angst, es könnte peinlich werden. Sonst waren immer andere Leute in der Nähe, und ich hab mir Sorgen gemacht ... dass man denkt, ich würde versuchen, dich zu vergraulen oder so.«

»Alles gut. Ich hab verstanden. So etwas ist einfach kompliziert.«

»Kann man wohl sagen.«

»Hilft es vielleicht ein bisschen, wenn ich dir gestehe, dass ich dich ein bisschen furchteinflößend finde – auf eine gute Art? Nicht auf die Art wie eine Ex, eher wie *Wow, dieses Mädel kriegt die Dinge echt gut geregelt.*«

Laurel lacht, ein glockenklares Kristallklimpern. »Gut zu wissen.«

Ein Schatten huscht über ihr Gesicht, als sie von Haf zu Christopher und Mark hinüberblickt. »Ich mache mich jetzt auf die Suche nach Kit und schau mir die Party an – in Ordnung?«

»Aber natürlich, du bist ja Gastgeberin«, antwortet Haf.

Doch als Laurel sich schon umdreht, um zur Party zurückzugehen, hält sie plötzlich inne und schaut zu Haf zurück. »Du solltest mit Kit reden.«

Damit verschwindet sie, ehe Haf verarbeiten kann, was genau sie meint – oder was sie möglicherweise weiß.

Im nächsten Moment trifft das Taxi ein, und Mark wacht gerade lange genug auf, dass sie ihn mit vereinten Kräften hineinzwängen können. Christopher steckt dem Fahrer für den Extraaufwand mit dem Betrunkenen ein paar Zwanziger zu, und Haf kann nur hoffen, dass Mark das Auto des netten Mannes nicht vollkotzt.

Als sie zurück zum Ball gehen, kann Haf den Gedanken, den sie schon den ganzen Abend immer wieder beiseiteschiebt, nicht länger verdrängen. Wo ist Kit bloß? Eigentlich muss sie den ganzen Tag hier gewesen sein und sich bei Laurel versteckt haben. Was hat sie ihr erzählt?

Den ganzen Abend hat Haf sich vorgemacht, dass sie in der Menge nicht nach Kit sucht, dass sie nicht die Ohren spitzt, ob sie vielleicht ihr raues Lachen gehört hat, und dass sie nicht nach ihren schokobraunen Haaren Ausschau hält.

Froh, dass er endlich von seinen Babysitter-Pflichten befreit ist, verschwindet Christopher in Richtung Toilette. Wieder im Ballsaal angekommen, holt Haf sich noch ein Glas Sekt von einem der Tabletts und wandert die Treppe hinauf zur Galerie, von der aus man die Tanzenden so gut beobachten kann.

Inzwischen sind die Musiker wieder zu ihren Instrumenten zurückgekehrt und beginnen gerade ein wunderschönes Arrangement von O *Holy Night*. Die Musik schwillt an, die Lichter glitzern, und es fühlt sich an, als teile sich die Menge nur, um eine bestimmte Person zum Vorschein zu bringen.

Nämlich Kit.

Haf stockt der Atem. So schön ist sie, so strahlend in ihrem fließenden dunkeljadegrünen Kleid, das von ihren starken Schultern fällt und zu dem sie als Accessoire einen mattgoldenen Gehstock mit geschwungenem Griff gewählt hat. Sie steht bei ein paar Leuten in ihrem Alter, die Haf nicht kennt, vielleicht Schulfreunde. Und als sie lacht, geht der Klang zwar in der Musik und den Geräuschen der Menge unter, aber Haf ist er so vertraut.

Und dann blickt Kit auf.

Ihre Blicke treffen sich, und auf einmal scheint der Rest der Welt zu verschwinden. Im Ballsaal, nein, im ganzen Universum existieren nur noch sie beide.

Das kleine Halblächeln erscheint auf Kits roten Lippen, sie betrachtet mit einem anerkennenden Nicken Hafs Kleid, und als Antwort schwenkt Haf den Rock und lacht.

Kit hebt ihr Glas, Haf prostet ihr ebenfalls zu und formt mit den Lippen: »Merry Christmas!«

Als Laurel neben Kit auftaucht, ist der Bann leider gebrochen – alle beginnen angeregt zu plaudern und haben sich eine Menge zu erzählen, Klatsch, Tratsch, Anekdoten und Geschichten aller Art.

Wenn Haf zu Weihnachten nach Hause geht, treffen sich ihre

Schulfreunde jedes Jahr im gleichen Pub, in dem sie die Mittagspause in Highschool-Zeiten mit Poolbillard verbracht haben. Obwohl sie das Jahr über kaum Kontakt zueinander haben, machen sie das immer noch, auch mit ihren neuen Partnern und ihren neuen Babys. Aber wenn jemand das Gleiche bei einem echten Ball im eigenen Kindheitshaus zelebriert, ist das schon ein anderer Lebensstil. Eine andere Welt.

Irgendwann holt Christopher sie von der Galerie, sie kehren zusammen auf die Tanzfläche zurück und tanzen sich durch alle möglichen Popsong-Arrangements. Sie tanzen auch mit seinen Eltern, und Otto schwenkt Haf sanft zu *Underneath the Christmas Tree*, während Esther und Christopher fröhlich um sie herumtanzen, lachend, wie gefangen in einer Träumerei.

Die Stunden verstreichen, und schließlich legen sie eine Pause ein und holen sich vom Buffet etwas zu essen. Wie an dem Abend, als sie sich kennengelernt haben, hält Christopher die Teller, und Haf lädt Leckereien darauf, obwohl eine Frau vom Service anbietet, das für sie zu machen. Kleine dünne Toastscheibchen mit rohem Rindfleisch und einem Klecks cremigem Meerrettich. Dutzende Blini, unter anderem welche mit etwas, von dem Haf annimmt, dass es sich um Kaviar handelt. Da sie noch nie welchen gegessen und im wirklichen Leben noch nicht einmal welchen gesehen hat, möchte sie ihn unbedingt probieren, nur um später sagen zu können, dass sie Bescheid weiß. Es gibt kleine Hörnchen mit cremig aufgeschlagenem Blauschimmelkäse und Feigenmarmelade – eine Art herzhafte Eishörnchen – und winzige Cheddar-Törtchen. Daneben gegrillte Garnelen und in Speckscheiben gewickelte Kammmuscheln auf langen Spießen, arrangiert um Schüsselchen mit verschiedenen Dip-Saucen. An einem Ende des Buffets stapeln sich pastellfarbene Macarons, die Haf am liebsten allesamt verspeisen möchte.

Mit ihren reich beladenen Tellern suchen sie sich einen Tisch in einer Ecke.

»Ich bin traurig, dass du nichts Unanständiges arrangiert hast«, bemerkt Christopher.

»Hab ich doch«, entgegnet Haf und deutet auf ein Bauwerk aus Fleisch und Oliven, das sie zu einer Vulva gestaltet hat.

»Ach du guter Gott«, lacht er.

»Etwas besorgniserregend, dass du die Klitoris nicht mal finden kannst, wenn sie sich auf einem Teller befindet«, neckt sie ihn, und er schlägt mit einem Muschelspießchen nach ihr. Natürlich ist es immer eine schlechte Idee, mit Essen in ihre Richtung zu wedeln, und so beißt sie beherzt das Ende des Spießchens ab.

»Himmel«, sagt er und schaut auf den zerfetzten Spießchenrest. »Momentan bin ich sehr froh, dass du nicht in echt meine Freundin bist.«

So schäkern und lachen sie, spielen mit ihrem Essen wie Kinder, bis sich irgendwann Laurel zu ihnen gesellt und am Tisch in sich zusammensackt.

»Sack Zement, eine Party zu veranstalten, ist dermaßen anstrengend. Meine Füße sind in diesen Schuhen schon total widerlich geworden.«

»Entschuldige, hast du gerade *Sack Zement* gesagt?«, hakt Haf nach und schaut Christopher Beistand heischend an.

»Laut meiner Tante, die darauf besteht, dass in ihrer Gegenwart nicht geflucht werden darf, ist das die unverfängliche Version von Sakrament, und da sie wegen der Partyvorbereitungen schon den ganzen Tag hier ist, kann ich jetzt offensichtlich gar nicht mehr anders reden.« Laurel seufzt, während sie sanft die Fußgelenke kreisen lässt.

»Vielleicht solltest du lieber barfuß gehen?«, schlägt Haf vor.

»Damit alle Gäste ihre stinkigen Füße riechen können?«, neckt Christopher sie.

»Jetzt sei mal nicht so ungehobelt«, ermahnt ihn Haf und tippt ihn mit einem leeren Spießchen an.

»Nein, wirklich, er hat ganz recht. Meine Füße sind furchtbar und werden viel zu oft in winzig kleine Designerschuhe gequetscht«, sagt Laurel mit einem dramatischen Seufzen.

»Das Leben ist eben hart, wenn man die ganze Zeit so schön sein muss«, meint Christopher.

Wäre Haf seine echte Freundin gewesen, hätte es ihr womöglich einen Stich versetzt, dass er Laurel schön genannt hat, aber so, wie die Dinge stehen, stört es sie nicht im Geringsten. Im Gegenteil. Es ist doch wunderbar, dass die beiden nach dem ganzen Trennungsschmerz so nett zueinander sein können.

»Du bist gefährlich nahe dran, eine feministische Schimpftirade über weibliche Schönheitsmaßstäbe über dich ergehen lassen zu müssen«, brummt Laurel.

»Jepp«, sagt Haf als Unterstützung.

»Bitte nicht, davon kriege ich von Kit genug zu hören.«

»Apropos, ich habe sie seit einer ganzen Weile nicht mehr gesehen«, sagt Laurel und stopft sich ein ganzes Mini-Käsetörtchen in den Mund. »Habt ihr sie vielleicht gesehen?«

Christopher schüttelt den Kopf. »Ich habe sie den ganzen Abend kaum zu Gesicht bekommen.«

»Sie versteckt sich gern.«

Auf einmal merkt Haf, dass sie, seit sie hier sind, noch kein einziges Mal pinkeln war, macht sich also auf den Weg zur Toilette und lässt Laurel und Christopher lachend zurück. Ganz offensichtlich besteht die Zuneigung zwischen ihnen weiterhin, es ist wie Nostalgie für die Zeit, die einmal war.

Die Toilette ist beängstigend elegant, und Haf ist fast versucht, die Seife zu klauen, als wäre sie in einem schicken Hotel. Zum Glück schafft sie es, sich zusammenzunehmen, bevor jemand sie dabei erwischt.

Kit ist nirgends zu sehen. Ihre Abwesenheit tut Haf richtig weh, ein Schmerz, der nur gelindert werden kann, wenn sie Kit findet, da ist Haf sich ganz sicher. Außerdem sollte sie nach ihr sehen, falls es ihr nicht gut geht. Aus keinem anderen Grund.

Also geht sie wieder auf die Galerie, um zu sehen, ob sie Kit irgendwo in der Menge ausmachen kann. Aber dann entdeckt sie auf dieser Empore eine offene Tür, die nach draußen führt.

Und hier findet sie Kit tatsächlich – an die Balustrade gelehnt blickt sie in die Nacht hinaus. Sie ist so unglaublich schön. Ihr Kleid umhüllt sie wie ein grünes Leuchten.

Nur Mut, redet Haf sich gut zu. *Du musst mit ihr sprechen, reinen Tisch machen.* Ja, sie muss einiges richtigstellen. Vielleicht wird es jetzt, wo die Dinge zwischen ihr und Laurel klarer sind, wo Christopher und sie sich versöhnt haben, leichter sein. Vor ihr liegt die letzte Hürde, bevor sie die Ziellinie eines schönen Weihnachtsfests erreichen kann.

Ihre Schuhe klackern auf dem Steinbalkon, und das Geräusch holt Kit aus ihrer Träumerei. Sie dreht sich zu Haf um, und in ihren Augen reflektiert das Licht, das aus dem Hausinneren dringt.

»Hi«, sagt Haf.

»Hi.«

Kit wendet sich wieder der Aussicht zu, und Haf gesellt sich zu ihr. So stehen sie beide am Geländer, ihr Atem steigt in Wölkchen in die eisige Luft, alles ist in einen goldenen Schein getaucht, die glitzernden Lichter erinnern an Glühwürmchen.

»Laurel hat sich gefragt, wo du bist, und ich hab angeboten, dich zu suchen«, erklärt Haf. »Ich wollte sichergehen, dass bei dir alles in Ordnung ist, weißt du. Nur für den Fall der Fälle.«

Mit ihren sanften Augen erwidert Kit Hafs Blick und seufzt. »Also, jetzt hast du mich gefunden. Eigentlich wollte ich versuchen, mir von jemandem eine Zigarette zu klauen, aber wie es aussieht, dampfen hier alle. Oder rauchen Zigarren.«

Haf öffnet ihre Tasche, in der sich tatsächlich ein Päckchen mit nur noch einer einzigen Zigarette und ihr glückbringendes rosa Feuerzeug befinden, das aus unerfindlichen Gründen schon jahrelang funktioniert. »Anscheinend ist heute dein Glückstag.«

Wenn sie mit Ambrose ausgeht, teilen sie sich oft eine Zigarette, deshalb hat sie die letzte mitgenommen, als Glücksbringer oder auch als Not-Nikotin, falls die Dinge haarig werden – es ist immer gut, einen Extragrund greifbar zu haben, um im Notfall einen Raum fluchtartig verlassen zu können.

Die Feuerzeugflamme erleuchtet Kits sanfte Gesichtszüge.

»Danke«, sagt sie und atmet eine Wolke in die Nachtluft hinaus. »Ich weiß, es ist eklig. An der Uni habe ich geraucht wie ein Schlot.

Alle haben das damals getan. Und manchmal sehne ich mich einfach nach einer.«

»Ich auch. Die Flucht und kleine Pause von allem sind auch schön.«

Kit gibt ein bestätigendes »Hmmm« von sich.

»Dein Kleid ist toll«, sagt Haf und unterdrückt alle größeren, aussagekräftigeren und viel gefährlicheren Worte, die auf ihrer Zunge tanzen.

»Danke«, antwortet Kit und streckt die Hand mit der Zigarette von sich, damit sie den smaragdgrünen Stoff etwas um sich herumwirbeln lassen kann. »Seidenchiffon.«

»Es steht dir sehr gut. Das Kleid, aber auch die Farbe.«

Eigentlich möchte sie sagen: »Es bringt deine Augen so wunderbar zum Strahlen.« Aber das fühlt sich zu gefährlich an.

»Normalerweise trage ich keine Kleider, aber Laurel hat darauf bestanden, dass ich dieses hier anprobiere. Sie behauptet, sie hat es als eine Gratisgabe von irgendeiner Marke bekommen, aber ich bin ziemlich sicher, dass sie es für mich gekauft hat, weil sie mitgekriegt hat, dass ich es mir auf Instagram angeschaut habe.« Sie hält inne. »Na ja, wenn ich es mir richtig überlege, hat sie denen wahrscheinlich eine Mail geschrieben und direkt darum gebeten. Wäre ihr durchaus zuzutrauen.«

Bewundernd reibt sie den Stoff zwischen den Fingern und lächelt. »Ich könnte es mir jedenfalls definitiv nicht leisten. Seien wir ehrlich – frischgebackene Architektinnen verdienen nicht schlecht, aber auch nicht gut genug, um sich so etwas mal ganz nebenbei für eine Weihnachtsparty zu kaufen.«

»Ein wohlüberlegtes Geschenk«, bemerkt Haf etwas abgelenkt und durchforscht ihr Hirn nach irgendeinem Scherz. Aber ihre Gedanken rasen. Kits Anblick hier im Mondlicht ist einfach überwältigend, und Haf schafft es nicht, den Gedanken daran zu verbannen, wie es wäre, die Träger des Kleids von Kits Schultern zu schieben und ihr nacktes Schlüsselbein zu küssen. Seit ihr klar geworden ist, dass sie sich in diese Frau verliebt hat, hat ihr Gehirn offenbar all ihren gefährlichen Schmacht-und-Schwärm-

Gedanken und Sehnsüchten Tür und Tor geöffnet. Sie wünscht sich, dass sie endlich mal still wären.

»Typisch Laurel. Sie kümmert sich einfach. Nicht um jeden natürlich, nur um die Leute, die ihr am Herzen liegen, weißt du? Wahrscheinlich hat sie deshalb auch dieses Kleid für dich gemacht.«

Kit streckt Haf die Zigarette hin, und Haf nimmt sie. Eine Rose dunkelbraunen Lippenstifts sprenkelt das Ende, und sie fügt ihr eigenes Scharlachrot hinzu, als sie einen Zug nimmt.

»Ich hätte nicht gedacht, dass ich so wichtig für sie wäre. Es war nur, du weißt schon, für uns beide von Vorteil.«

»Mhmm, ich kann mir gut vorstellen, dass Laurel so was gesagt hat. Und ja, wahrscheinlich war das auch ein Teil davon, aber ich glaube, sie mag dich einfach«, sagt Kit und dreht sich um, sodass sie sich, als sie zu den Sternen emporschaut, mit dem Rücken an die Balustrade lehnt. »Sie hat sich so gefreut, als sie mir von dir und Christopher erzählt hat, sie war richtig begeistert. Schon schade, dass sie sich verquasselt und es vor Aufregung allen unseren Bekannten verraten hat.«

»Ja, sie hat es mir vorhin gestanden. Wir hatten einen Moment allein, nachdem ich Mark rausgebracht habe.«

»Gott, der Kerl ist so ein Stück Scheiße«, knurrt Kit, nimmt die Zigarette wieder von Haf entgegen und inhaliert tief. Das Papier ist fast verbrannt, nur noch ein Stummel übrig, den sie beide in den Mund nehmen. »Nennen wir ihn einen Lückenbüßer, der einen dazu bringt, Lückenbüßer endgültig und ein für alle Male auszusortieren.«

»Du kannst ihn echt nicht leiden, stimmt's?«

»Natürlich kann ich diesen Arsch nicht leiden. Ich glaube, Laurel mag ihn eigentlich auch nicht besonders, aber er ist eben ihr Trostpflaster. Aber ich denke, das spielt momentan keine große Rolle.«

Während Haf noch überlegt, ob sie Kit sagen soll, dass Laurel inzwischen zum gleichen Schluss gekommen ist, redet Kit leidenschaftlich weiter, als müsste sie das Thema genauer erklären.

»Nach einer gescheiterten Beziehung möchte man einfach mit

jemandem zusammen sein, der dem vorherigen Partner diametral entgegengesetzt ist, und dann vergisst man den ganzen üblichen Mist, auf den man sonst Wert legt, es werden Scheuklappen angelegt, und man stürzt sich rein wie ein Rennpferd, das einfach aufs Ziel losrast.«

Unsicher, was sie darauf antworten soll, klappt Haf erst mal die Kinnlade runter.

»Ach, keine Sorge, das habe ich ihr alles schon gesagt«, beteuert Kit, richtet sich auf und streckt ihre langen Arme über den Kopf, als wollte sie noch ein Stückchen größer werden. »Manchmal sind die Leute aber nicht bereit, zuzuhören. Dann muss man ihnen Zeit lassen.«

»Vielleicht wäre sie jetzt schon bereit«, wirft Haf vorsichtig ein. »Ambrose und ich sagen auch gern unsere Meinung, und auf lange Sicht macht es ja auch alles leichter, wenn man die Dinge offen und ehrlich anspricht. Selbst wenn es erst mal schwer ist.«

Zu ihrer Überraschung kichert Kit.

Allerdings ist es keineswegs das warme, kehlige Lachen, das Haf gewohnt ist. Sondern es klingt bitter.

»Ehrlich? *Also ehrlich.* Gerade du solltest dein Verhältnis zu Ehrlichkeit unbedingt überdenken.«

In Haf sträubt sich alles, und als Kit dann auch noch den Zigarettenstummel heftig unter ihrem Fuß austritt, hat sie das Gefühl, es wäre ihr Herz.

»So nett du oberflächlich bist, könntest du genauso gut die größte Lügnerin sein, der ich je begegnet bin«, fährt Kit spöttisch fort.

»Das ist nicht fair«, flüstert Haf halbherzig und steht auf, um Kit die Stirn zu bieten.

»Fairness? Ehrlichkeit?« Kit lacht schon wieder. »Ich denke, mein Bruder hat beides sehr wohl verdient, aber wie es aussieht, beherrschst du keines der beiden Konzepte.«

In Hafs Augenwinkeln brennen heiße Tränen, aber sie beißt sich auf die Lippen – sie wird nicht weinen! Obwohl ihr wirklich danach ist.

Schließlich ist auch Christopher nicht ehrlich, aber das zu verraten, steht ihr wirklich nicht zu. Also sagt sie lieber nichts und ist froh, wenigstens nüchtern zu sein. Jedenfalls so gut wie.

Eigentlich erwartet sie, Kit würde gehen, aber sie bleibt. Sie stehen sich auf dem Balkon gegenüber, ganz allein, und schweigen sich an. Als warteten sie beide darauf, dass die jeweils andere etwas sagt.

Irgendwann fängt Kit an, leise zu lachen, ein sonderbares, irgendwie trauriges Geräusch.

»Es ist einfach so … so … so fucking absurd. Oder vielleicht auch typisch. Murphys Gesetz – hat Alanis Morissette nicht genau darüber gesungen?«, erklärt sie mit niedergeschlagenen Augen, in denen immer mehr Tränen schimmern.

Eine Weile herrscht Stille, dann nimmt Haf sich zusammen und fragt: »Was meinst du?«

»Die Architekturschule war einfach so heftig. Jahr um Jahr jongliert man zahllose Termine, und oft hat man nebenbei auch noch einen richtigen Job zu managen«, sagt Kit und blickt hinaus in die Dunkelheit. »Abgesehen von gelegentlichen Abstellkammer-Begegnungen hat man überhaupt keine Zeit, jemanden kennenzulernen, und wenn man dann auch noch das Queersein mit in die Gleichung einbezieht, wird der Pool der Möglichkeiten noch kleiner. Ich kann dir nicht sagen, wie viele straighte Mädels ich geküsst habe, nur weil ich mich nach Berührungen gesehnt habe.«

Eine dicke Träne rollt über ihren ausgeprägten Wangenknochen.

»Und die erste Person, die ich kennenlerne, die erste Person, die mir begegnet und bei der ich denke, es könnte etwas aus uns werden … die datet meinen Bruder!«

»Oh, Kit«, haucht Haf.

»Ich hätte in den Buchladen zurückgehen sollen, das wusste ich genau, aber dann hat Laurel mich angerufen, und da hab ich gekniffen. Jetzt quält mich der Gedanke, dass sich dann etwas verändert hätte. Andererseits ist es vielleicht bloß eine Illusion, denn du bist ja immer noch mit meinem Bruder zusammen. Das ist alles so fucking blöd.«

»Aber nein, überhaupt nicht.«

»Ich komme mir absolut lächerlich vor, wenn ich dir das erzähle, denn ich weiß ja nicht mal, ob … Ich weiß nicht mal, ob du irgendwas auch nur annähernd Ähnliches empfindest. Wahrscheinlich bin ich anmaßend, wahrscheinlich mache ich mir etwas vor und bin sauer auf dich wegen etwas, was du gar nicht getan hast.« Sie holt tief Luft und spricht etwas ruhiger weiter. »Aber ich dachte … Damals am Kamin, da dachte ich …«

»Ich fühle das Gleiche wie du«, stößt Haf hastig hervor. Dann strömen die Worte einfach aus ihr heraus, und ihr Herz rast, als Kit sie anschaut. »Nichts davon hast du dir eingebildet … Ich habe … Ich empfinde genau wie du. Du bist damit nicht allein. Und ich kann es auch nicht länger ignorieren.«

Was sie zu Christopher gesagt hat und auch der Beinahe-Kuss am Kamin haben all diese großen Gefühle freigesetzt, sie kann sie nicht mehr zurückhalten, vor allem jetzt, da sie weiß, dass Kit das Gleiche empfindet. Jetzt, da sie weiß, dass all die Momente, die ihr etwas bedeutet haben, auch Kit etwas bedeuten. Die ganze Zeit schon war dieses andere Universum vollkommen real.

Als würden sie magnetisch zueinander hingezogen, wird der Abstand zwischen ihnen kleiner. Haf spürt Kits Wärme.

»Wir können das nicht«, sagt Kit, und ihr Mund ist ein schmaler wütender Strich. »Wir können nicht. Ich kann nicht.«

»Ich weiß. Ich weiß das.«

»Aber ich will es.«

Haf setzt zum Sprechen an, aber bevor sie etwas erklären oder die Situation beenden kann, küsst Kit sie. Ihre kalten Hände umfassen Hafs Gesicht, und Haf schmilzt dahin. Genau das wollte sie, unglaublich, dass es auf einmal passiert. In diesem Augenblick könnte sie sterben.

Kits Mund öffnet sich für sie, hungrig nach mehr, und der Kuss ist erfüllt von der aufgestauten Sehnsucht der letzten Tage. Diese

Lippen, diese Lippen mit dem schiefen Lächeln küssen sie mit solcher Sehnsucht.

Haf schiebt ihre Hand über Kits Rücken und zieht sie an sich, bis ihre Körper sich aneinanderschmiegen, als hinge in dieser Kälte ihr Überleben davon ab. Ihre Herzen schlagen so dicht beieinander, als wären sie fest entschlossen, miteinander zu verschmelzen.

Im gleichen Augenblick legt unten im Saal das Streichquartett wieder los, und Haf könnte schwören, dass sie träumt.

Ein Kuss aus Magie und Sternenstaub, die Welt um sie herum explodiert, ein wunderschönes Desaster, und Haf möchte, dass es niemals endet.

Langsam beginnen sie sich voneinander zu lösen, kleinere Küsse, die mehr wollen. Noch einen Kuss, damit sie in dieser Welt bleiben können, die nur ihnen ganz allein gehört.

Aber als sie endlich voneinander lassen, trifft die Realität dessen, was sie getan haben, sie mit voller Wucht.

Kits Hand berührt ihren wundgeküssten Mund. »Fuck. O Fuck. Ich muss gehen.«

Ihr Kleid raffend, rennt Kit nach drinnen und knallt die Tür hinter sich zu.

Nach einem Augenblick des Schocks legt Haf ihre eiskalten Finger auf die Lippen. Es ist wirklich passiert, es war kein Hirngespinst. Sie haben sich geküsst, und Kit will Haf genauso, wie Haf Kit will. Da kann sie doch nicht zulassen, dass Kit einfach wegläuft!

Die Wärme des Ballsaals ist nach der Kälte draußen eine Wohltat, während Haf die Treppe herunterrennt, voller Angst abzustürzen. Aber sie kann nicht stehen bleiben, denn jeder Moment, der zwischen dem Beginn des Kusses und jetzt vergeht, wird sich gnadenlos mit Reue und Zorn anfüllen. Kit wird sich wieder abschotten. Das fühlt Haf genau.

Sich zwischen den fröhlich tanzenden Paaren hindurchschlängelnd, bahnt sie sich einen Weg über die Tanzfläche.

»Kit«, schreit sie, aber ihre Rufe werden von der Kakophonie der Tanzenden verschluckt. Das Geräusch lässt ihren Kopf schwirren.

Als sie in der Ferne einen grünen Schimmer erblickt, drängelt sie sich darauf zu, doch Kit rennt davon, flieht von dem Ball wie Aschenputtel, Punkt Mitternacht.

Direkt vor der Nase des überraschten Türstehers rennt Kit durch die Haustür, aber der aufmerksame junge Mann sieht, dass Haf ihr folgt, und hält sie für sie auf.

»Kit, bitte!«, ruft sie von der obersten Stufe der Treppe.

Alles ist von dem goldenen Licht erleuchtet, das aus dem Haus dringt und sich nun mit dem blauen Mondlicht mischt, als wäre es von einer Perlmuttschicht bedeckt. Mitten im Garten steht Kit, ihr grünes Kleid glänzt silbern in der Dunkelheit.

Haf läuft zu ihr, und als sie näher kommt, dreht Kit sich endlich um. Sie sieht so traurig aus.

»Kit«, keucht Haf. »Bitte geh nicht weg.«

»Ich kann nicht bleiben, nicht jetzt. Ich hätte nicht … Wir hätten das nicht tun dürfen.« Wütendes Schluchzen schüttelt sie. »Fuck!«

»Ich weiß«, flüstert Haf und geht mit ausgestreckten Armen auf sie zu, als näherte sie sich einem gefährlichen Wesen. »Ich weiß, aber lass uns doch einfach reden. Bitte!«

»Ich glaube, du solltest von mir wegbleiben«, zischt Kit. »Du musst dich von mir fernhalten.«

Doch ihr Blick wird sanfter.

»Bitte, lass mich allein«, flüstert sie. »Ich kann nicht – ich kann mir nicht vertrauen.«

Ein überraschter Schrei schallt durch die Luft, und als Kit und Haf sich umwenden, sehen sie Laurel und Christopher so dicht beisammen stehen, als hätten sie sich soeben geküsst.

Was zur Hölle geht hier vor?

»Alles gut bei euch?«, fragt Christopher und zieht sein Jackett zurecht.

Hafs Bauch grummelt. Er ist nicht ihr Freund, klar, trotzdem hat sie das Gefühl, sie hätte ihn betrogen. »Stimmt was nicht?«

»Nein, nichts«, antwortet sie hastig.

»Doch, hier stimmt wirklich etwas nicht, Christopher«, widerspricht Kit ärgerlich, schnieft und wischt sich mit dem Handrücken die Tränen aus den Augen.

»Kit, warte, bitte.«

Haf möchte nur einen Augenblick, um Christopher die Situation zu erklären, ehe alles rauskommt. Um sich zu entschuldigen. Um zuzugeben, dass sie zwar versucht hat, sich von Kit fernzuhalten, ihre Gefühle zu verdrängen, aber damit restlos gescheitert ist. Und nun hat dieses Versagen alles gefährdet, was sie getan haben. Den ganzen Sinn ihres Plans.

Aber sie ist zu langsam. Kit stürzt zu den beiden, und alles bricht aus ihr heraus.

»Wir haben uns geküsst. Ich habe sie geküsst. Deine schreckliche Schwester hat deine verlogene Freundin geküsst«, faucht sie.

»Oh!«, sagt Laurel nur.

Erst jetzt scheint Kit richtig zu merken, dass Laurel die ganze Zeit über anwesend war.

»Warte, was macht ihr beiden eigentlich hier?«, blafft sie, und Laurel schlägt die Hand vor den Mund, um ihren total verschmierten Lippenstift zu verbergen.

Von dem Christopher ebenfalls unmissverständliche Spuren aufweist.

»Habt ihr zwei etwa geknutscht?!«, kreischt Kit.

»Oh-oh«, murmelt Haf.

»Nur ein bisschen«, lacht Laurel, eindeutig leicht angetrunken. »Wir sind hergekommen, um die Pferde anzuschauen, und dann hat eins zum andern geführt, wisst ihr! Ha ha ha!«

Kit richtet sich wütend auf.

»Was zum Teufel ist denn los mit uns allen?«, brüllt sie. »Verdammt noch mal. Christopher, ich habe gerade deine Freundin geküsst! Während du offenbar mit deiner Ex beschäftigt warst.«

»Kit«, sagt Christopher leise und geht langsam und vorsichtig auf sie zu. »Sie ist nicht meine Freundin.«

Was tut er da?

»Christopher, das musst du jetzt nicht erklären«, flüstert Haf betroffen.

»Hoffentlich nicht – nach all dem«, sagt Kit, schon in der nächsten Runde heißer Wut, und heiße Tränen der Scham strömen ihr übers Gesicht. »Anscheinend sind wir allesamt einfach *grässliche Menschen.*«

»Nein, Kit, hör mir zu«, sagt Christopher im gleichen sanften Ton, und zum ersten Mal schaut Kit ihm wirklich ins Gesicht. Und dann jagt Christopher alles in die Luft.

»Haf war nie meine Freundin. Das ist alles eine Lüge.«

Kapitel 17

Die Zeit steht still, als Kit langsam von Haf zu Christopher und wieder zurück blickt.

»Wie meinst du das – es ist alles eine Lüge?«

Die Tränen versiegen, trocknen auf Kits Haut, nur ein sehr großer Tropfen hält sich noch an ihrer Lippe. Zornig bläst Kit ihn weg.

»Genau das meine ich, Kit. Wir sind nicht zusammen.«

Jetzt bleibt Kit der Mund offen stehen. »Ihr datet gar nicht?«

»Nein«, kommt die Antwort im Chor von Haf und Christopher.

»Kit, die beiden haben nie gedatet«, fügt Laurel sehr laut hinzu und mahnt sich dann selbst, leise zu sein.

»Du hast das gewusst?«

»Ja. Du nicht?«

»Natürlich nicht! Warum hast du es mir nicht gesagt?«

»Weil ich dachte, du wüsstest es! Vor allem, nachdem du mir erzählt hast, dass du Gefühle hast für …«

»Bitte sei still!«

»Warte, woher hast du es gewusst, Laurel?«, schaltet Haf sich ein.

»Ambroses Twitter-Umfrage hat es bestätigt«, antwortet Laurel, und Haf macht sich eine Notiz im Hinterkopf, Ambrose auf jeden Fall umzubringen. »Außerdem war es irgendwie offensichtlich, Darling. Er kann mich nicht anlügen. Ich habe für so was ein Näschen!«

»Ich hab es Laurel heute Abend erzählt«, gesteht Christopher.

»Es ist schon echt alles ziemlich komisch!«, lacht Laurel. »Ich dachte bloß, sie wären zusammen, weil ich sie unter einem Mistelzweig habe knutschen sehen.«

»Entschuldigung – wie bitte?«

»Wir ... Wir haben tatsächlich ein bisschen rumgemacht, als wir beide betrunken waren. Obwohl der Kuss bestenfalls ein Küsschen war. Ein ziemlich schlechtes sogar. Da hing ein Mistelzweig, und er war ... Er war total verkohlt und hat uns leidgetan«, erklärt Haf. »Wir haben uns sozusagen für den Mistelzweig geküsst.«

»Wie bitte?«, faucht Kit mit gerunzelter Stirn. »Für einen *Mistelzweig*?«

»Na ja, jetzt, wo du es laut aussprichst, klingt es tatsächlich ein bisschen seltsam.«

»Wir haben uns auf Sallys Party geküsst, Laurel hat uns gesehen und einfach angenommen, wir wären zusammen«, bringt Christopher die Sache auf den Punkt, und schon klingt alles wesentlich normaler als nach Hafs seltsam weitschweifigen Erklärungen.

»Ja, und ich hab mich so schlecht gefühlt, weil wir von seiner Ex und dem ekligen Mark beim Knutschen erwischt worden sind, dass ich das Theater einfach mitgemacht habe. Später haben wir einen Prosecco geklaut und sind dann abgehauen.«

»Und ich bin auf deiner Couch eingeschlafen«, fügt Christopher aus irgendeinem Grund hinzu.

»Und ich hab es versehentlich allen erzählt«, ergänzt Laurel fröhlich.

»Genau«, bestätigt Christopher.

»Warte, wer bist du denn dann überhaupt?« Kit wirbelt zu Haf herum.

»Alles, was ich dir über mich erzählt habe, stimmt«, antwortet Haf mit deutlicher Betonung auf dem *dir*. »Nur nicht die Timeline, die Christopher sich ausgedacht hat.«

»Das ist alles ...«, murmelt Kit. »Ich habe keine Ahnung, was eigentlich los ist, aber wir müssen nach Hause gehen, damit ich euch weiter anbrüllen kann, ohne dass halb Oxlea denkt, wir spielen eine Folge von den *Eastenders* nach oder so.«

»Ich bitte den Türsteher, uns ein Taxi zu rufen«, sagt Christopher. »Vorausgesetzt, ihr beiden bringt euch nicht gegenseitig um.«

»Damit kann ich noch warten«, faucht Kit.

»Wir kommen zurecht«, verspricht Haf. »Aber kannst du bitte auch meinen Mantel mitbringen? Meine Brüste fallen gleich ab in der Kälte.«

»Musst du mir denn dauernd was von deinen Brüsten erzählen?«, brummt er und verschwindet eilig. Mit einem entschuldigenden Blick zu den beiden anderen trabt Laurel ihm nach.

Wieder herrscht zwischen Haf und Kit sofort eiserne Stille, was irgendwie schlimmer ist als Kits lautes Schimpfen oder Weinen. Sie macht nichts und sagt nichts. Sie starrt einfach ins Leere mit einem unfokussierten Blick, als würde sie versuchen, die Erinnerungen an die letzten Tage zu verarbeiten.

»Kit …«, beginnt Haf schließlich, aber Kit bringt sie mit einer Handbewegung zum Schweigen.

»Nein. Ich möchte nicht mehr reden, bis wir zu Hause sind und ich Dads Whiskyschrank plündern kann. Das ist …« Sie schüttelt den Kopf, weil sie nicht weiterweiß, aber ihre unfertigen Sätze hängen ebenso zwischen ihnen wie ihre Atemwolken.

Also schweigen sie wieder. Ziemlich nah beieinander stehen sie in der eisigen Nachtluft.

Von fern hört man das Wiehern der Pferde, und Haf wünscht sich, sie könnte einfach zu den Ställen verschwinden und sogar wie die Heldin eines historischen Fantasy-Romans einfach davonreiten.

Kurze Zeit später kommt Christopher mit den Mänteln zurück, und fast im nächsten Augenblick trifft auch schon ein Taxi für sie ein – offenbar haben die Howards Autos für die Gäste bereitgestellt, die in der Nähe warten.

»Ich hab unseren Eltern Bescheid gesagt, dass wir früher gehen«, erklärt Christopher, als sie alle im Auto sitzen. »Offenbar hat unsere Generation kein Durchhaltevermögen mehr – ein schrecklicher Satz, wenn ich näher darüber nachdenke.«

Da es sich unangemessen anfühlt zu lachen, reagiert Haf nur mit einem schwachen Lächeln.

Bestimmt denkt der Fahrer, es wäre eine Familientragödie passiert, und Christopher steckt ihm, als sie am Ziel der Reise fluchtartig aussteigen, schnell noch einen Geldschein zu. Erleichtert stellt Haf fest, dass er ein Portemonnaie voller Zwanziger verfügbar zu haben scheint, um irritierte Taxifahrer zu besänftigen.

Natürlich sind die Hunde extrem aufgeregt, als sie eintreffen, jaulen und hopsen um Kit herum, die sie zum Pinkeln nach draußen lässt. Kit folgt ihnen, aber Haf und Christopher bleiben im Haus. Sie braucht vermutlich Zeit für sich.

Entsetzt nimmt Haf zur Kenntnis, dass die Uhr im Flur gerade mal halb elf zeigt. Nach allem, was passiert ist, hätte sie geschworen, es wäre mindestens halb drei am nächsten Morgen. So fühlt es sich jedenfalls an. Aber womöglich liegt das nur daran, dass sie an Aschenputtel und die überstürzte Mitternachtsflucht im Märchen denken musste.

Sie folgt Christopher ins Wohnzimmer, wo er sich daranmacht, den Kamin in Gang zu bringen – offensichtlich ist er so unruhig, dass er seine Hände beschäftigen muss, und Haf ist froh über das Feuer, denn es ist nicht nur von der Temperatur her, sondern auch im übertragenen, emotionalen Sinn recht kühl hier.

Mit einem Schwall kalter Luft kommt Kit mit den Hunden zurück. Sie eilt sofort zu dem hölzernen Getränkewagen, nimmt eine der teuer aussehenden Flaschen und kippt die bernsteinfarbene Flüssigkeit in einen großen Tumbler.

Haf und Christopher schauen einander an, aber niemand sagt ein Wort. Zu hören sind nur Stella und Luna, die wieder ins Haus wandern und sich an ihrem üblichen Platz vor dem Feuer zusammenrollen.

Schließlich wirft Kit sich in Ottos Sessel, holt tief Luft und trinkt dann einen Schluck Whisky.

»Okay, ich bin bereit«, verkündet sie.

»Bereit?«, fragt Christopher, steht auf und klopft sich die Asche von den Fingern.

»Bereit, dass ihr beiden mir endlich erklärt, was zum Teufel es mit diesem bekloppten Plan auf sich hat.«

»Der Plan ist überhaupt nicht *bekloppt*.«

»Na gut, wie wäre es mit *total lächerlich*?«

Am liebsten möchte Haf den beiden sagen, sie sollen sich beruhigen, aber sich in einen Geschwisterstreit einzumischen, wäre wahrscheinlich übergriffig.

»Ich möchte vor allem gern wissen, warum ihr das ganze Theater abgezogen habt«, sagt Kit langsam. »Warum habt ihr nicht einfach Fake-Schluss gemacht? Oder wenigstens Nein gesagt zu Esther?«

»Es ist nicht so leicht, Nein zu Mutter zu sagen.«

»Das tue ich doch dauernd.«

»Und trotzdem hast du am Ende diese Horrorshow von einem Lebkuchenhaus gebaut.«

»Stimmt. Aber da musste ich nur etwas Albernes backen und nicht … Nicht vor allen Leuten eine verlogene Scharade vorführen.«

»Ich …«, beginnt Christopher und fährt sich mit der Hand übers Gesicht. »Ich wollte mich nicht mit Mutters Plänen, mich zu verkuppeln, auseinandersetzen müssen, und ich wollte gern etwas, über das ich mich mit unseren Eltern unterhalten kann und das weder etwas mit meinem Job noch mit der Firma noch mit sonst etwas von dieser Art zu tun hat.«

»Dann ist sie also einfach nur ein Gesprächsthema für dich?«, fragt Kit und gestikuliert mit ihrem Glas zu Haf hinüber.

»Das ist wirklich ein bisschen zu eng gefasst.«

»Nach dem, was du gesagt hast, eigentlich nicht. Du hast erklärt, dass du diese ganze Fake-Dating-Geschichte angeleiert hast, damit Esther dich nicht mit irgendjemand anderem zu verkuppeln versucht und damit unsere Eltern dich nicht wegen deinem Arbeitsleben drangsalieren.«

Christopher sagt nichts, wird aber knallrot.

Kits Mund ist eine schmale, harte Linie. »Christopher, findest du nicht, dass es total bescheuert ist, so einen Schlamassel zu konstruieren, nur damit du nicht mit ihnen sprechen musst?«

»Es ist … Es ist doch nur …«, stammelt er und reibt sich den Nacken – seine typische nervöse Übersprungshandlung.

»Lass mich raten – du hast ihnen immer noch nicht gesagt, dass du deinen Job hasst?« Christopher schaut auf seine Socken hinunter. »Warum?«, fährt Kit fort. »Wovor hast du denn solche Angst?«

»Ach komm, Kit, schon als ich noch ein Teenager war, stand für Dad fest, dass ich seine Firma eines Tages übernehmen sollte. Ich kann doch nicht sagen *Sorry, Dad, ich kündige jetzt meinen Job, aber ich möchte auf keinen Fall bei dir arbeiten*, weil das bedeutet, dass ich all das verschmähe, was er für uns aufgebaut hat, einfach alles, und ich kann einfach nicht …«

»Ja, er hat es für uns aufgebaut, aber das zwingt dich doch zu nichts, das ist seine Sache, nicht deine«, sagt sie, und jetzt wird ihr Ton tatsächlich sanfter. »Es ist nicht deine Aufgabe, Dads Firma zu übernehmen. Das ist nicht verfluchtes oldschool Erstgeburtsrecht, Christopher. Du bist nicht der Nächste in der Thronfolge.«

»Für dich ist das einfach zu sagen.«

»Ach ja?« Sie lacht. »Wie kommst du denn auf die Idee? Verrat es mir. Los, ich bin neugierig.«

»Du hast immer dein eigenes Ding gemacht, und deswegen haben sie dich respektiert. Du bist eine eigenständige Person. Warst du schon immer.«

In Kits Mundwinkel erscheint ein Grinsen, das sich zu einem ungläubigen Lachen entwickelt. »Meinst du das tatsächlich ernst?«

»Natürlich meine ich das ernst!«

»Christopher, es blieb mir nichts anderes übrig, sonst hätte Esther mich in Watte gepackt und mich nie irgendwas tun lassen. Nicht weil ich unbedingt so sein wollte, bin ich so geworden, sondern weil ich musste. Kannst du dir vorstellen, wie mein Leben aussehen würde, wenn sie ihren Willen durchgesetzt und mich gezwungen hätte, hier in Oxlea zu bleiben? Statt mich in die Welt hinausziehen zu lassen?«

»Hm. Stimmt eigentlich«, murmelt er. »Wahrscheinlich hätte es deutlich mehr Morde gegeben.«

»*Mehr* Morde?«, quietscht Haf.

»Es gab keine Morde«, schnaubt Kit.

»Sie hat aber nicht versucht, dich einzusperren, Kit«, sagt Christopher matt.

»Ist das deine Erinnerung?«, fragt Kit und klingt unendlich müde.

Christopher versucht eine Kombination von Nicken und Achselzucken, offensichtlich ein bisschen schuldbewusst, dass seine Erinnerung nicht mit ihrer übereinstimmt.

»Na ja, nichts für ungut, Kumpel«, lacht Kit. »Aber du warst ein dreizehnjähriger Junge. Natürlich hast du nicht gemerkt, was vorging, du warst viel zu sehr damit beschäftigt, dich an Laurel ranzumachen. Anscheinend ein wiederkehrendes Thema.«

Haf ist so schockiert, dass sie in Gelächter ausbricht. Christophers Gesicht ist inzwischen puterrot, aber wenigstens lächelt er ein wenig.

»Danke. Als wäre dieses Gespräch nicht schon peinlich genug.«

»Das hast du komplett dir selbst zu verdanken, Kleiner«, entgegnet Kit und schüttelt den Kopf. »Aber es ist wirklich okay. Ich mache es dir nicht zum Vorwurf, dass du nicht weißt, was damals vorging. Schließlich ist allgemein bekannt, dass ich selbst in meinen besten Zeiten nicht gerade ein offenes Buch bin, ganz zu schweigen von damals, als ich eine sturköpfige Fünfzehnjährige war.«

»Aber es tut mir trotzdem leid, dass ich nichts davon mitgekriegt habe«, sagt er. »Und dass ich jetzt nicht ganz da bin. Vielleicht war es als Teenager okay, wichtige Dinge nicht wahrzunehmen, aber inzwischen bin ich kein Teenager mehr.«

»Vordergründig«, kichert Kit. »Dieses ganze Fake-Dating-Ding fühlt sich sehr teeniemäßig an, findest du nicht?«

Luna gähnt zustimmend.

Kit seufzt. »Aber ich kann mir schon vorstellen, dass unsere Eltern dich stärker unter Druck gesetzt haben, vor allem da Otto wild entschlossen war, die Firma einem von uns zu vererben.«

»Warum sagst du das?«, fragt Christopher.

»Ich glaube nicht, dass sie mir das Unternehmen anvertrauen würden. Sie denken immer noch, es geht mir nicht gut genug, um zu arbeiten«, sagt sie leise. »Weißt du, wie oft Esther mir praktisch vorgeschlagen hat, ich soll vorzeitig in Rente gehen?«

Esthers Stimme imitierend, fährt sie fort: »Weißt du, Katharine, wenn du zusammen mit deinem Partner erst mal Kinder hast, dann solltest du zu Hause bleiben. Wäre das für dich nicht besser, als Vollzeit zu arbeiten? Katharine, hast du jemals in Erwägung gezogen, zu fragen, ob du Teilzeit arbeiten kannst? Katharine, ich habe diesen Artikel gelesen über Leute, die ihren Beruf gewechselt haben, um von zu Hause aus arbeiten zu können, und das erscheint mir eine faszinierende Idee zu sein. Katharine, warum hörst du nicht einfach auf zu arbeiten und ziehst zurück nach Hause?«

»Ach du meine Güte, das ist ja ganz schön hart«, ruft Haf entsetzt.

»Allerdings. Und wenn ich versuche, großherzig zu sein – was, wie ich deutlich sagen muss, momentan sehr schwierig für mich ist –, kann ich mir vorstellen, dass dir das nur noch mehr Stress gemacht hat.« Christopher setzt zu einer Antwort an, aber sie kommt ihm zuvor. »Ich entschuldige mich nicht, ich bestätige nur, dass die Umstände für uns unterschiedlich sind.«

»Was würdest du eigentlich am liebsten tun, Christopher?«, fragt Haf. »Backen vielleicht?«

Und – vielleicht weil es spät ist oder weil er so müde und erschöpft ist, antwortet Christopher ehrlich. »Ja. Ich möchte eine Ausbildung zum Konditor machen, in die Lehre gehen und darauf hinarbeiten, eine eigene Bäckerei zu besitzen.«

»Dann solltest du unseren Eltern sagen, dass du das willst, und es dann tun«, sagt Kit. »Das Geld hast du doch längst zusammen, da bin ich sicher. Und die kleine Wohnung gehört auch dir.« Als Christopher darauf den Kopf schüttelt, steht Kit auf und setzt sich neben ihn aufs Sofa. »Du kannst nicht dein Leben lang etwas tun, von dem du glaubst, dass deine Eltern es von dir erwarten. Du hast ein eigenes Leben. Keine Fake-Freundinnen und keinen Beruf mehr, den du hasst.«

»Wahrscheinlich ist es für mich zum Umsatteln längst zu spät.«

»Christopher, du bist siebenundzwanzig, du liegst also wohl kaum auf dem Sterbebett. Und selbst wenn du es tätest, dann wäre das erst recht ein Grund, um deinen Traum zu verfolgen«, sagt Kit.

Er seufzt nur matt.

Er ist noch nicht an dem Punkt angekommen, an dem er eine Entscheidung treffen kann, das fühlt Haf in ihren Knochen. Aber mit ihrer und Kits Hilfe könnte er bald dort ankommen. »Vielleicht wäre das ein Gesprächsthema für nach Weihnachten?«, meint Haf. »Oder wenigstens, wenn es wieder hell geworden ist?«

Kit nickt zustimmend.

Wenigstens haben sie über eines der anstehenden Themen gesprochen.

Vor dem nächsten Teil und auch vor dem, was unausweichlich danach kommen wird, fürchtet sich Haf allerdings.

»Dann sollten wir wahrscheinlich darüber sprechen, was jetzt passiert.«

»Was meinst du denn?«, fragt Kit.

»Das Geheimnis ist gelüftet, oder nicht?«, meint Haf achselzuckend. »Zumindest zur Hälfte? Ich weiß es nicht genau. Aber was machen wir jetzt damit?«

Kit steht auf und füllt ihr Glas nach.

»Weißt du, eigentlich könntest du uns auch was davon anbieten«, sagt Haf, ohne selbst aufzustehen.

»Leute, die lügen, kriegen keinen Whisky«, sagt Kit und streckt Haf und Christopher die Zunge heraus. Aber dann nimmt sie doch zwei Gläser vom Getränkewagen, gießt ein, gibt jedem eines und geht zur Couch zurück.

»In Anbetracht der Umstände und der Tatsache, dass ihr schon seit vier Tagen in dieser Lüge steckt, erkläre ich mich bereit mitzumachen, allerdings nur unter ein paar Bedingungen.«

»Wirklich!?«, ruft Haf, und gleichzeitig flüstert Christopher: »Wirklich?«

»Ganz gleich, wie sehr du es verdienst, dass man dir auf die Schliche kommt, werde ich nicht diejenige sein, die diese Bombe abwirft. Ich bin nicht der größte Weihnachtsfan der Welt, aber ich neige auch dazu, den Weg des geringsten Widerstands zu gehen, und deswegen mache ich lieber bei dem ganzen Schlamassel mit. Außerdem – könnt ihr euch vorstellen, wie Esther reagiert, wenn sie davon erfährt?«

»Danke, Kit«, haucht Christopher, und Haf könnte schwören, dass er kurz davor ist, vor Erleichterung umzukippen.

»Du solltest dich lieber noch nicht bedanken, du hast meine Bedingungen noch nicht gehört.«

»Leg los«, drängt Haf.

»Bedingung eins«, beginnt Kit und zeigt dabei auf Christopher. »Im Januar musst du unseren Eltern sagen, dass du deinen Job kündigst. Bis dahin hast du einen Plan und zeigst ihnen, wie das funktioniert und welche Ziele du verfolgst – also eine vollständige Geschäftsidee. Ich helfe dir auch dabei.«

Christopher wird bleich, und seine Augen erinnern an die eines Kaninchens im Scheinwerferlicht.

»Kit«, sagt Haf leise und schüttelt den Kopf. »Lass ihm ein bisschen Zeit. Ich glaube nicht, dass wir ihn mit einem Ultimatum bedrängen sollten.«

»Ich finde, er braucht einen Schubs.«

»Ja, aber nicht von der Klippe.«

Kit verdreht die Augen.

»Kann ich es mir durch den Kopf gehen lassen?«, flüstert Christopher, und Hafs Herz schwillt an vor Stolz. »Es ist nur … Ich sage nicht, dass ich das nicht mache. Ihr habt recht damit, dass ich es unseren Eltern sagen muss, und ich glaube, dass es mir auch helfen wird. Aber ich habe mir bisher nicht erlaubt, richtig darüber nachzudenken, und das ist gar nicht hilfreich.«

»Okay«, stimmt Kit zu. »Keine Deadline. Aber du verpflichtest dich, daran zu arbeiten. Und ich, dir zu helfen.«

»Abgemacht«, sagt er, und sie schütteln einander die Hände.

»Ich kann gar nicht glauben, dass ihr mich von meiner ersten

Bedingung runtergehandelt habt«, brummt Kit und trinkt noch einen kräftigen Schluck.

»Was ist die zweite Bedingung?«

»An der arbeite ich noch.«

»Ich bin nicht sicher, ob du in der Position bist, so viel zu verlangen, wenn du meine Freundin geküsst hast«, schnaubt Christopher mit der Spur eines Lächelns auf den Lippen.

»Ja, deine Fake-Freundin. Ich glaube, das zählt nicht.«

»Das wusstest du zu diesem Zeitpunkt aber noch nicht«, gibt Haf zu bedenken.

»Warte mal, Christopher. Warum bist du auf mich wütend und nicht auf deine Fake-Freundin da drüben?«, fragt Kit grinsend. »Sie war schließlich damit beschäftigt, sich an mich ranzumachen!«

»Hmm. Das ist ein guter Hinweis«, sagt er, zieht eine Augenbraue hoch und wendet sich zu Haf um. Erst jetzt, wo sie beide mit dem gleichen Gesichtsausdruck zu ihr schauen, nimmt Haf zum ersten Mal die Ähnlichkeit der beiden Geschwister wahr.

»Hey, hey, ich dachte, wir hätten es hier mit einem wunderschönen Augenblick der Geschwisterversöhnung zu tun«, protestiert Haf. »Und ich habe mich nicht *rangemacht*! Wenn ich das gemacht hätte, wüsstet ihr es.«

»Was für eine schreckliche Vorstellung«, meint Christopher ironisch.

»Wie kann es mir entgangen sein, dass ihr nicht zusammen wart? Ihr strahlt ungefähr die sexuelle Chemie von Salz-und-Pfeffer-Streuern aus.«

»Und um Haf gegenüber fair zu sein – ich wusste schon, dass sie dich kennt und etwas für dich empfindet.«

»Was? Echt? Und das hast du einfach so hingenommen?«

»Er hat das gar nicht hingenommen«, widerspricht Haf spöttisch.

»Sie hat recht. Ich war in heller Aufregung.«

»In *heller Aufregung*?« Vor Lachen erstickt Haf beinahe an ihrem Whisky.

»Ja, in heller Aufregung. Das ist ein schöner Ausdruck. Und

ich habe mich nur so gefühlt, weil du vergessen hast, es mir sofort zu sagen.«

»Wann hat sie es dir gesagt?«

»Gestern Abend.«

Kit wirft ihr einen vielsagenden Blick zu.

»Schau, es war nur, weil ich nicht wollte, dass du mich rauswirfst oder so. Und ich hab wirklich versucht, alles zu unterdrücken. Du weißt schon, alles in mich reinzufressen und das Geheimnis mit ins Grab zu nehmen.«

»Ich finde euren gemeinsamen Mangel an gesundem Menschenverstand echt erschreckend«, sagt Kit gedehnt. »Ihr seid euch viel ähnlicher, als ich dachte – beide emotional verkümmert und grausig verklemmt.«

»Das sagt ausgerechnet du«, witzelt Haf. »Und *du* warst diejenige, die mich geküsst hat.«

Kit stößt eine Reihe kleiner Wutgeräusche aus, wird aber von Christophers Lachen unterbrochen, einem fast hysterischen Lachen, das ihn richtig durchschüttelt. Einem Lachen großer Erleichterung.

»Ach je, ich glaube, der Weihnachtswahnsinn hat eingesetzt«, sagt Haf kopfschüttelnd.

»Nein, ich frage mich nur ...«, stößt er hervor und wischt sich eine Träne aus dem Augenwinkel. »Wie hoch sind die Chancen, dass ihr euch ineinander verliebt habt?«

Beim Wort *verliebt* durchläuft sowohl Kits als auch Hafs Gesicht sämtliche denkbaren Rotschattierungen, und sie beginnen beide protestierend zu murmeln, aber Christopher hebt die Hand, um sie gleich zum Schweigen zu bringen. »Ihr wisst doch, was ich meine. Das ist irgendwie echt schön.«

»Das hast du erschreckend erwachsen ausgedrückt«, sagt Kit. »Ich schwöre, vor einer Sekunde warst du höchstens zwölf.«

Christopher verdreht scherzhaft die Augen, genau wie Kit vor ein paar Minuten. Dann steht er auf, weckt damit die Hunde, die zu ihm aufschauen und darauf warten, dass er ihnen sagt, dass Schlafenszeit ist.

Aber er sagt etwas ganz anderes.

»Mir ist durchaus bewusst, dass die Umstände, unter denen ihr euch kennengelernt habt, alles andere als ... ideal sind.«

»Kann man so sagen«, spottet Kit.

»Aber ich sehe doch, wie ihr euch anschaut. Ihr habt euch offensichtlich gern. Kit, lass Haf nicht dafür büßen, dass sie mir geholfen hat, mich wie ein Feigling zu benehmen.«

Damit dreht er sich um und geht, gefolgt von den Hunden, zur Treppe und nach oben.

Die Stille, die er hinterlässt, hängt schwer in der Luft.

Und jetzt, wo er nicht mehr auf der Couch sitzt, ist Haf sich sehr bewusst, dass sie mit Kit allein ist. Der Platz, an dem Christopher war, kommt ihr vor wie eine unüberwindbare Kluft, dabei könnte sie eigentlich die Hand ausstrecken und Kit berühren. Wenn sie mutig genug wäre.

»Er ist ein guter Kerl«, sagt sie schließlich.

»Stimmt. Aber er muss endlich erwachsen werden.«

»Ich auch.«

Kit schweigt, und das ist schon Antwort genug. Haf hat in puncto Erwachsenwerden eine Menge nachzuholen.

Das wenigstens haben sie geklärt. Jetzt bleibt nur noch ... der ganze Rest.

Jetzt oder nie.

»Kit ...«

»Nein«, fällt Kit ihr ins Wort und schaut auf das leere Glas in ihren Händen. »Ich ... Ich muss das alles noch verarbeiten.«

Als Christopher gegangen ist und ihnen damit sozusagen seinen Segen gegeben hat, hat Haf einen Moment lang gehofft, dass sie einen Neuanfang geschafft hätten und sich jetzt vielleicht versöhnen könnten. Dass Kit sagen würde, alles sei vergeben und vergessen. Und dass sie sich dann küssen würden ... Nun jedoch wird ihr klar, dass der Gedanke vollkommen albern ist. Kit würde so etwas niemals tun, und die Situation ist ja auch wirklich nicht einfach.

»Ach, jetzt mach doch nicht so ein Gesicht«, stöhnt Kit und schaut aus den Augenwinkeln zu ihr herüber.

»Was für ein Gesicht denn?«, ruft Haf. »Ich mach doch gar nichts.«

»Doch. Du siehst aus wie ein Hündchen, dem jemand gerade einen Fußtritt versetzt hat.«

»Woher weißt du denn, wie das aussieht?«

»Im übertragenen Sinn natürlich.« Kit seufzt genervt. »Schau mal, Christopher ist mein Bruder, meine Familie. Ich muss doch wenigstens versuchen, diesen Kindskopf dazu zu bringen, sein Leben auf die Reihe zu kriegen, statt sich seine Probleme mit Fake-Dating vom Hals schaffen zu wollen.«

Mit einem Ausdruck tiefen Bedauerns wendet sie sich dann Haf zu.

»Und du? Ich kenne dich ja kaum. Und ich habe mir immer geschworen, ich würde niemals mit einer Person zusammen sein wollen, die mich angelogen hat. Ich habe wirklich genug von Leuten, die zu allem bereit sind, um die Wahrheit zu vermeiden oder zu verschleiern, was sie meinen, weil sie mich nicht *aufregen und krank machen wollen*«, erklärt sie und malt dabei Anführungszeichen in die Luft, und Haf realisiert, dass das tatsächlich schon mal jemand zu Kit gesagt hat. »Das ist wichtig für mich. Ich verstehe schon, dass du es für meinen Bruder und keineswegs aus bösem Willen getan hast ...«

»Aber?«, fügt Haf für sie hinzu, und Kit lächelt traurig.

»Aber ich muss herausfinden, ob das zu allem anderen für mich ein K.-o.-Kriterium ist.«

In Hafs Brust flackert ein kleines bisschen Hoffnung wie eine Motte bei ersterbendem Licht. Wenn Kit sich überlegt, ob es ein K.-o.-Kriterium für sie ist, dann überlegt sie ja auch, ob es für sie nicht doch eine Zukunft gibt. Haf bleibt vorerst anscheinend nichts anderes übrig, als zu warten.

Zusammen schauen sie ins Feuer und trinken langsam ihre Gläser leer. Als die Asche langsam verglüht, bemerkt Haf, dass Kit dabei ist einzuschlafen, und nimmt ihr schnell das Glas aus der Hand.

»Kit?«, sagt sie leise, als würde sie mit einem schläfrigen Kind sprechen.

»Ich mache hier nur ein Nickerchen, während ich auf Mum und Dad warte. Dann wage ich mich die Treppe hinauf«, erklärt sie mit schlaftrunkener Stimme.

»Okay«, erwidert Haf, nimmt eine Wolldecke vom Sessel und deckt Kit damit zu.

Die Großvateruhr im Esszimmer schlägt zwölf, und Haf fragt sich, ob die Calloway-Geschwister rechtzeitig ihre Weihnachtswünsche formuliert haben.

Während sie die Lichter ausmacht, die Hintertür abschließt und langsam die Treppe hinaufgeht, versucht sie, den Schmerz in ihrer Brust zu ignorieren.

Kaum hat sie den Treppenabsatz erreicht, hört sie auch schon Esther und Otto durch die Haustür hereinpoltern, lachend und tanzend wie zwei Frischverliebte. Von oben beobachtet sie, wie Esther einen kleinen Mistelzweig aus der Tasche zieht, ihn zwischen ihnen hochhält und Otto sie in die Arme schließt und sanft küsst.

Es ist ein echter Filmkuss. Er neigt den Kopf zu ihr herab, beide haben noch Schneeflocken auf den Mänteln.

Genau das wünscht sich auch Haf. Diese Albernheit, eine lebenslange Liebe. Eine eigene Familie.

Und sie wünscht es sich zusammen mit Kit. Vorausgesetzt natürlich, dass Kit ihr verzeihen kann.

Oben liegt Christopher schon im Bett.

»Ging es gut?«, fragt er, setzt sich auf und knipst die Nachttischlampe an. Er trägt einen hinreißenden grünen Pyjama mit schottischem Karomuster, den Haf noch nicht kennt. »Konntest du alles in Ordnung bringen?«

»Bist du jetzt mein Wingman?«, erwidert sie die Frage liebevoll. »Deine Rede war ja schon ziemlich gut.«

»Und?«, drängelt er. »Was hat sie denn gesagt?«

»Sie ... denkt nach.«

»Dann lass ihr einfach Zeit.«

Haf nickt. »Bitte erzähl mir was über deinen Schlafanzug. Du siehst so unglaublich süß darin aus.«

»Schau mal unter deinem Kissen nach – da ist auch einer für dich.«

Natürlich hat er recht – sie findet einen identischen Pyjama, zusammengebunden mit einer leuchtend roten Schleife und einem Kärtchen, auf dem steht: *Mit Liebe vom Weihnachtsmann.*

»Ich hoffe, du hast nicht gelinst«, sagt sie, als sie unter die Decke schlüpft. Nach allem, was sie heute erlebt haben, hat sie keinen Gedanken darauf verschwendet, dass es peinlich sein könnte, wenn sie sich in seiner Gegenwart umzieht. So gut wie nackt vor Laurel zu stehen, hat wahrscheinlich auch geholfen.

»Natürlich nicht. Ich bin ein Ehrenmann. Ein Ehren-Wingman vielleicht.«

Haf kuschelt sich an ihn. »Du hättest das nicht tun müssen, weißt du«, flüstert sie.

»Ich weiß. Aber was ich gesagt habe, war ernst gemeint. Wie Kit dich ansieht ... Ich glaube, so hat mich noch nie jemand angesehen. Es wird alles gut.«

Haf seufzt leise. »Ich hoffe, dass du recht hast.«

Er dreht sich zu ihr um und streckt den kleinen Finger zu ihr.

»Wieder großes Ehrenwort?«, fragt sie. Als er nickt, fragt sie: »Worauf?«

»Auf einen neuen Tag, wir zwei zusammen.«

Sie schlingt ihren kleinen Finger um seinen, und sie lächeln beide.

»Zusammen«, wiederholt sie.

Kapitel 18

Haf wacht auf, weil ihr Telefon vibriert und dabei fast vom Nachttisch rutscht.

»Fröööööhliche Weihnachten!«, ruft Ambrose. Auf dem Display ist dey bereits angezogen und mit Weihnachtsmütze und einer Schürze ausgestattet.

»Kochst du schon? Wie viel Uhr ist es?«, ächzt Haf.

»Zu früh«, brummt Christopher.

»Ist das Christopher bei dir im Bett? Hallo, Fake-Schwager – ich hoffe, du sorgst gut für unser Täubchen. Ihr Überleben liegt in deinen Händen.«

Christopher wälzt sich herum und reibt sich den Schlaf aus den Augen. »Hallo, Ambrose. Entschuldige, aber mir war nicht klar, dass wir jetzt zur selben Familie gehören. Aber ich gebe mein Bestes, nur für dich.«

»Das klingt schon besser. Du siehst echt umwerfend aus in diesem Pyjama«, sagt dey mit so schmeichelnd-schnurrender Stimme, dass Christopher sich sofort unter die Decke und aus der Reichweite der Kamera zurückzieht.

»Ambrose, hör gefälligst auf, mit meinem Fake-Freund zu flirten!«

»Ach, seit wann verstehst du denn keinen Spaß mehr«, erwidert Ambrose. »Wo ist denn deine Weihnachtsstimmung geblieben?«

»Meine wacht jedenfalls normalerweise erst nach acht auf«, murmelt Christopher unter der Decke.

»Ich dachte immer, du bist Frühaufsteher«, kontert Ambrose, was Christopher mit einem Schnauben quittiert.

»Meine Weihnachtsstimmung ist angewiesen auf Geschenke, Croissants und etwas Perlendes zu trinken, und momentan habe ich nichts davon«, schmollt Haf.

»Ich glaube nicht, dass ich dir das alles ganz spontan über Deliveroo zukommen lassen kann«, sagt Ambrose und trinkt einen großen Schluck von etwas eindeutig Perlendem aus einer Sektflöte.

»Ach, rutsch mir doch den Buckel runter.«

»Sehr weihnachtlich formuliert. Ist das vielleicht Walisisch für *Fröhliche Weihnachten*?«

Statt einer Antwort murmelt Haf etwas sehr, sehr Ungehobeltes auf Walisisch, das sie Ambrose einmal beigebracht hat, und dey fängt hemmungslos an zu lachen.

Als Ambrose sich erholt hat, lässt er das Handy herumwandern und zeigt die Küche hinter sich.

»Was machst du denn da eigentlich?«

»Die Gans ist im Ofen. Und ich hab die Ganspflicht«, lacht dey.

»Dieses Weihnachten gab es für meinen Geschmack schon zu viele Gänse«, murmelt Haf.

»Stell es dir einfach als Rache vor.«

»Wer hat dir denn die Gänse-Aufsicht anvertraut?«

»Hör zu, Haf, nur damit du Bescheid weißt: Ich bin eigentlich ein ganz hervorragender Koch, wenn jemand mir die richtigen Anweisungen gibt, das heißt, mir genau sagt, was zu tun ist, und mich bei der Ausführung überwacht. Mum und Dad machen einen Powerspaziergang um den See, und anscheinend kann man mir die Gans durchaus eine halbe Stunde anvertrauen.«

»Oder wenigstens eher als deinen Cousins.«

»Ach, kommt doch aufs Gleiche raus.«

»Vielleicht solltest du dich beim Alkohol ein bisschen zurückhalten.«

»Wo läge denn da der Spaß? Wie war der Ball gestern Abend? Abgesehen von den Fotos hab ich von euch nur absolute Funkstille empfangen und mir schon Sorgen gemacht, ihr wärt womöglich tot. Oder die Treppe runtergefallen oder so.«

Hinter Haf stöhnt Christopher.

»Was hast du getan?«, fragt Ambrose ausdruckslos, und plötzlich ist der ganze Frohsinn verschwunden.

»Warum gehst du immer davon aus, dass *ich* irgendwas gemacht habe?«, beklagt sich Haf.

Unvermittelt hebt Christopher den Kopf und ruft: »Sie hat Kit geküsst.«

»Halt deinen hübschen Mund!«

Schockiert über den plötzlichen Ausbruch, gehorcht Christopher ohne Widerrede.

»Du hast sie geknutscht? Ha ha ha ha. Ich meine, sorry, Christopher, aber …« Ambrose kichert.

»Ja, und er war damit beschäftigt, Laurel zu knutschen, die dank deiner Twitter-Beiträge alles über unser Fake-Dating wusste.«

»OMG«, ruft dey mit leuchtenden Augen, als wäre das ein vollwertiges Wort. »Wie dramatisch! Erzählt mir alles.«

Die Top-Ereignisse des Abends zusammenzufassen, erfordert erstaunlicherweise weniger Zeit, als Haf erwartet hat. Während sie erzählt, schnipselt Ambrose mit einem sehr großen Messer irgendwelche Kräuter, doch auf seinem Gesicht erscheint immer ein passender mimischer Ausdruck.

»Also, was jetzt? Wartest du, ob Kit sich entscheidet, dich mit diesem ganzen Ballast zu daten?«, sagt dey am Ende und gestikuliert mit dem Messer wild durch die Luft.

»Hast du etwa gerade auf mich gezeigt?«, fragt Christopher.

»Nein, ich hab eher auf Hafs generelle Aura gezielt, aber ja, jetzt vermutlich auch auf dich. Übrigens – wenn deine Familie herausfindet, was da vor sich geht, und dich verstößt, kannst du immer gern bei uns unterschlüpfen. Ich liebe es, Heimatlose und Streuner aufzunehmen. Vor allem, wenn sie süß sind.«

»Weißt du, was? Ich mag den betrunkenen Ambrose. Das ist echt nett«, meint Christopher.

»Für dich vielleicht«, schnaubt Haf. »Ich dagegen kann überhaupt nichts tun, außer Kit Raum zu geben und Zeit zu lassen …«

»Ja, zwei Dinge, die am Weihnachtstag doch notorisch üppig verfügbar sind.«

»Ich komm schon klar. Immerhin sind wir so weit gekommen. Was kann das Leben noch für uns auf Lager haben?«

»Hat dir schon mal jemand gesagt, dass man das Schicksal nicht herausfordern soll?«, stöhnt Christopher.

»Es spielt aber eigentlich keine Rolle, wenn das Schicksal euch noch mehr zumutet, oder? Die Quintessenz bleibt: Wer datet beide Geschwister ein und derselben Familie? Vermutlich kommt das nicht oft vor – ist ja eine eher peinliche Situation am Familientisch. Nach allem, was du erzählt hast, bezweifle ich, dass das ihr Ding wäre – von deinen Eltern, die ihr beide anscheinend unbedingt beeindrucken wollt, mal ganz zu schweigen.«

Da ist sie, die ungeschönte Wahrheit, auf die Haf nur gewartet hat.

»Sorry«, sagt Ambrose und blickt in die Kamera. »Ich meine nur ... Ich möchte nicht, dass du verletzt wirst.«

»Ich weiß«, sagt Haf sanft.

»Ich ziehe mich jetzt zurück, aber bitte schaltet mich beim Dinnergespräch zu, wenn es pikant wird, ja? Wozu haben wir schließlich FaceTime? Danke.« Damit verschwindet dey vom Display.

»Bricht Ambrose das Gespräch immer so plötzlich ab?«

»Ja, das scheint irgendwie deren Ding zu sein.«

Christopher streckt sich und setzt sich dann mit überkreuzten Beinen im Bett auf. Die Bewegung ist so kindlich, dass sie Haf eher an den Jungen erinnert, dessen Bücher sie auf den Regalen gesehen hat, oder an den hoffnungsvollen Glanz in seinen Augen, als er das Lebkuchenhaus gebastelt hat.

»Soll das ein Zeichen sein, dass wir jetzt aufstehen müssen?«, krächzt Haf. »Mein Lügengesicht ist noch nicht startbereit.«

»Also, während du dich bereit machst«, sagt Christopher, beugt sich nach unten und angelt ein sehr kleines Päckchen aus der Schublade seines Nachttischchens, »hab ich hier noch was für dich.«

»Ein Geschenk?«

Auf der ganzen Welt gibt es keine Stimmung, die nicht von einem Geschenk verbessert werden könnte – zumindest nicht für Haf. Sicher würden manche Menschen sie deshalb als materialistisch bezeichnen, aber sie zieht es vor, sich als leicht zufriedenzustellen zu sehen. Ungefähr so wie Stella und Luna, denen schon ein kleines Leckerli reicht. Da Ambrose das weiß, sorgt er dafür, dass die Lebkuchendose niemals leer wird.

Sie streckt die Hände aus, Handflächen nach oben, und Christopher legt eine kleine Schachtel darauf. Sie ist mit einer winzigen goldenen Schleife geschmückt, die Haf sofort löst.

Die Box öffnet sich, und zum Vorschein kommt ein Ring.

Glänzend goldene, ineinander verschlungene Geweihe, besetzt mit winzigen pfirsichrosa Steinen. Auf eine der Verästelungen schmiegt sich eine winzige Blume, und bei näherem Hinsehen erkennt Haf, dass es sich um ein vierblättriges Kleeblatt handelt.

»Ehe du anfängst, dir Sorgen zu machen – es ist nicht *diese* Art von Ring.« Er lacht. »Es ist … einfach ein Freundschaftsring.«

»Ein Freundschaftsring? Oh, Christopher, du bist echt süß!«

Er wird knallrot über beide Ohren. »Das gibt es.«

»Bestimmt gibt es das, und es ist sehr schön.«

»Das war alles ziemlich seltsam, und ich glaube, außer dir wäre niemand gut genug gewesen, diesen albernen Plan durchzuziehen.«

»Gut? Ich denke, du meinst eigentlich *lächerlich*.«

»Ja, nah dran. Aber der Ring soll so eine Art Versprechen sein.«

»Ist das nicht eher was für tiefreligiöse abstinente Teenager?«

»O Gott, hoffentlich nicht. Oder hab ich womöglich irgendwas falsch verstanden?«

»Ach, ich wollte dich nur ärgern. Was versprichst du mir denn? Deine Seele? Deinen immensen Reichtum? Deine Sammlung von Fantasy-Romanen aus den frühen Nullerjahren? Hoffentlich Letzteres.«

»Sei mal einen Moment still, bitte«, ermahnt Christopher sie freundlich. »Ich verspreche dir, dass ich genauso für dich da sein werde, wie du für mich da gewesen bist.«

Haf schaltet zwei Gänge zurück.

»O Christopher. Da wollte ich mich einfach über dich lustig machen, und du sagst so etwas Nettes, dass ich nicht mehr dazu fähig bin.«

»Die Geweihe sind ein Symbol für deinen Wagemut, mit dem du mich befreit hast«, erklärt er. »Und ich hab gelesen, dass ein Kleeblatt in der Blumensprache ein Versprechen bedeutet, und das kam mir angemessen vor.«

Haf spürt ein Ziehen in der Brust und fängt fast an zu weinen. Was für ein lieber Mann. Was für ein lieber und unglaublich alberner Mann.

»Christopher, du bringst mich echt um den Verstand. Blumensprache? Dieser Ring könnte das lesbischste Ding der Welt sein, und du bist ein Heteromann.«

»Hauptsächlich jedenfalls.«

»Hauptsächlich?«, wiederholt sie und zieht dabei die Augenbrauen so weit hoch, dass sie ihr praktisch vom Gesicht fallen. »Ohhh. Das passt. Absolut.«

»Wie das?«

»Zum Fake-Dating, dazu, dass ich mich in deine Schwester verliebe, zu dem ganzen anderen Unsinn. Die vereinten Kräfte zweier chaotischer Bi-Menschen.«

Gott sei Dank muss Christopher lachen.

»Danke, dass du es mir erzählt hast«, sagt Haf, nimmt ihn in den Arm und drückt ihn an sich. »Und dafür, dass du mir ... na ja, überhaupt alles anvertraut hast.«

Als sie ihn wieder loslässt, holt er erst einmal tief Luft.

»Hab ich dich gerade mit meinem Busen erdrückt?«, fragt sie lachend.

»Nein, ich hab das nur seit Langem keinem erzählt. Fühlt sich irgendwie schön an, endlich mal wieder darüber gesprochen zu haben.«

»Uuuuh – das kann ich ja überhaupt nicht nachvollziehen.« Jetzt lachen sie beide.

»Sollen wir losziehen und unten unseren Auftritt hinlegen? Damit du endlich ein bisschen Alkohol kriegst?«

»Gott, ja bitte«, antwortet Haf, steigt aus dem Bett, holt aus ihrem Rucksack ein eingewickeltes Geschenk und drückt es an die Brust. »Du weißt schon, dass mein Geschenk nach dem, was du mir gegeben hast, jetzt viel weniger cool wirken wird. Du bekommst es nachher unten, dann sieht es vielleicht nicht mehr ganz so scheiße aus.«

»Ich bin überzeugt, dass es kein bisschen scheiße ist.«

Die Arme voller Geschenke, folgt Christopher ihr die Treppe hinunter. Im Haus riecht es nach frischem Gebäck mit Butter.

Glücklicherweise stellt sich heraus, dass die Calloways sehr entspannt sind, was das Tragen von Pyjamas beim Weihnachtsfrühstück und Geschenkeaustausch angeht. Für Haf ist es auch viel zu kalt, um den Schlafanzug auszuziehen, und sie hasst es, auf das Geschenkeauspacken warten zu müssen, auch wenn sie aller Wahrscheinlichkeit nach ohnehin nur diesen Ring bekommen wird. Sie liebt einfach die ganze Zeremonie. In Freddies Familie bestand man darauf, die Weihnachtsgeschenke erst nach dem Weihnachtsdinner zu öffnen, was Haf für eine Verletzung der Menschenrechte hielt oder zumindest für eine spezifische Form der Folter mit dem Ziel, alle Beteiligten möglichst unglücklich zu machen.

»Fröhliche Weihnachten!«, ruft Esther, der sie unterwegs mit einem Blech frischem Weihnachtsgebäck begegnen. Zusammen gehen sie ins Wohnzimmer.

Unter dem Baum liegt ein großer Stapel hübsch verpackter Geschenke, und Haf legt das Päckchen für Christopher dazu.

In der Sofaecke sitzt Kit, in eine dicke Decke gehüllt, und ihre Blicke begegnen sich, nur für eine Sekunde.

»Fröhliche Weihnachten euch allen«, sagt Christopher, und im gleichen Augenblick kommt Otto hereingerauscht, energisch einen Flaschenöffner und eine riesengroße Flasche Champagner schwenkend. Den echten natürlich.

»Dann lasst uns feiern, ja?«, ruft er, und ein lauter Knall hallt durch den Raum. Otto füllt die Gläser, die auf seinem Getränkewagen bereitstehen, und beginnt, sie herumzureichen.

Ehe Haf sich taktvoll irgendwo anders hinsetzen kann, komplimentiert Otto sie mit einem bis zum Rand gefüllten Glas auf die Couch, und so landet sie eingequetscht zwischen den beiden

Calloway-Geschwistern. Ihr erscheint das ein bisschen zu eindeutig – selbst für ihren Geschmack.

Entschlossen, sich ein bisschen Gebäck zu schnappen, hüpfen Stella und Luna um alle herum und versuchen es bei einem Familienmitglied nach dem anderen, bis Christopher Luna schließlich hochhebt und zwischen sich und Haf auf die Couch packt, wo sie umgehend einschläft. Nur als Esther Haf auf einem winzigen Teller ein Pain au Chocolat reicht, wacht sie kurz auf.

Obwohl Haf sich redlich bemüht, schafft sie es nicht, gleichzeitig ihr Glas zu balancieren, den Hund zu streicheln und das Tellerchen entgegenzunehmen, doch schließlich kommt Kit ihr zu Hilfe und stellt den Gebäckteller vor sie auf den Couchtisch.

Als dann alle ihr Getränk in der Hand halten, wechselt Otto vom Champagnerausteilen zum Geschenkausteilen, und zu ihrer großen Verblüffung geht Haf keineswegs leer aus.

Zum Glück packen die Calloways nicht abwechselnd ein Geschenk nach dem anderen aus – eine ziemlich demütigende Prozedur, die Hafs Vater eingeführt hat, um Actionfotos der Beteiligten beim Geschenkeauspacken zu bekommen – sondern machen sich alle gleichzeitig darüber her.

Und Haf hat sowieso kein Geschenk erwartet.

Hafs Geschenk ist mit einem leuchtend roten Band umwickelt, und als sie es löst, geht die Box wie von alleine auf.

Darin befindet sich eine schicke Kerze einer Marke, die sie vage aus Laurels Schlafzimmer kennt, und als sie die Pappe entfernt, ist sie im Nu umgeben von Feigenduft. Es riecht richtig, richtig gut.

Außerdem ist in der Box noch ein Paar dicker blau-gelber Socken von The White Stuff, einem Laden, von dem Haf anfangs dachte, er würde nur weiße Sachen verkaufen, der in Wirklichkeit jedoch nur relativ teuer ist.

»Herzlichen Dank. Das ist echt nett«, bedankt sie sich bei den Calloways.

Esther zwinkert ihr freundlich zu. »Sehr gern geschehen, Haf. Fröhliche Weihnachten.«

Neben Haf reißt Christopher ein Päckchen auf, und Haf erkennt, dass es das von ihr ist. Zum Glück konnte sie es im Laden als Geschenk einpacken lassen, sonst hätte sie es in einen Kissenbezug wickeln müssen.

Christophers Augen leuchten, als er den marineblauen, an beiden Enden mit einer Paddington-Bear-Stickerei verzierten Wollschal entdeckt, den sie ihm gekauft hat.

»Wann hattest du denn Zeit, so was zu suchen?«, fragt er und wickelt sich den Schal probeweise um den Hals.

»Ich hab ihn gesehen, als wir zusammen einkaufen waren. Vermutlich ist er für Kinder gedacht, aber ich finde, jeder Mensch braucht einen Paddington-Schal.«

»Korrekt.«

»Du magst also Paddington?«, fragt Kit knochentrocken.

»In meiner Brust schlägt ein Herz, oder etwa nicht?«, antwortet Haf mit todernstem Gesicht.

In diesem Augenblick summt Hafs Handy, und auf dem Display erscheint ein Foto von ihren Eltern am Strand, bereits sonnengebräunt, Cocktails schlürfend. Die Nachricht ihrer Mum lautet:

Fröhliche Weihnachten, Schätzchen! Schick uns doch bitte ein paar Fotos. Dad ist schon betrunken x

Haf ist ziemlich sicher, dass zwischen Madeira und Großbritannien kein Zeitunterschied besteht, was die Botschaft zum Zustand ihres Vaters noch beeindruckender macht.

Auch Ambrose hat ein Foto geschickt. Dey und deren Cousins posieren vor dem Weihnachtsbaum wie K-Pop-Idole.

»Sieht aus, als ginge alles seinen gewohnten Gang«, lacht Christopher.

Entschlossen, sich über ihr Gebäck herzumachen, greift Haf sich ihren Teller vom Couchtisch, und als sie sich wieder zurücklehnt, streift ihr Arm den von Kit.

Und während sie es sich bequem macht und an ihrem Gebäck herumzupft, könnte sie schwören, dass Kit sie berührt.

Und so ist es tatsächlich. Kit hat die Arme verschränkt, aber die

Hand, die Haf am nächsten ist, streicht über ihren Arm. Eine absichtliche, sanfte Berührung. Ein eindeutiges Streicheln.

Da Haf nicht weiß, was sie sonst tun soll, stopft sie sich weiter Gebäck in den Mund, wirft Kit aber auch – wie um Hallo zu sagen – einen kurzen Blick zu.

Als sie alles aufgegessen hat, stellt sie den Teller zurück auf den Tisch, packt die Arme zurück in die Falten des Morgenmantels, und bevor sie selbst weiß, was sie tut, schließen sich ihre Finger um die von Kit. Und Kit erwidert die Geste mit einem leichten Druck.

Hafs Herz rast, und sie ist sicher, dass ihr Gesicht rot angelaufen ist, aber niemand scheint etwas davon zu bemerken – es ist fast so, als wären Kit und sie in ihrer privaten Blase, unsichtbar für alle anderen.

Zumindest hofft sie das.

Hat das Drücken etwas zu bedeuten?, fragt sie sich. Ist es ein Zeichen, dass Kit alles neu überdenkt? Hat sie Haf den ganzen irren Scheiß verziehen? Hoffentlich können sie sich bald mal richtig unterhalten, aber bis dahin muss es wohl bei heimlichen Berührungen bleiben. Es hält nicht lange an – wie könnte es? –, aber es war genug. Obgleich ihr ganzer Körper schmerzt, als die Berührung endet.

Inzwischen werden weitere Geschenke herumgereicht, ausgepackt, geteilt und in Augenschein genommen, alles ganz entspannt, offensichtlich eine gut eingeübte Routine.

»Ehe wir uns ans Kochen machen, sollten wir an die Luft und zusammen ein Stück spazieren gehen«, sagt Esther zu Otto, der sich auf die Oberschenkel schlägt, was die Hunde aufweckt.

Sie stehen auf, gefolgt von Christopher, der die leeren Teller einsammelt und in die Küche trägt. Stella und Luna trotten hoffnungsvoll hinter ihm her.

Dankbar, endlich mit Kit allein zu sein, aber zu nervös, um etwas zu sagen, spielt Haf mit ihrem Ring herum.

»Was ist das denn?«, fragt Kit prompt und greift nach Hafs Hand, um den Ring zu inspizieren.

Jedes Mal, wenn Kit sie berührt, fühlt sich Hafs Haut an, als stünde sie in Flammen. Ein Gefühl, das sie regelrecht süchtig macht.

»Den hat Christopher mir geschenkt«, flüstert sie.

»Sehr hübsch, steht dir gut. Geweihe als Symbol für die Schutzheilige kleiner Säugetiere«, bemerkt Kit lächelnd.

»Ist alles wieder okay zwischen uns?«, fragt Haf, ohne die Tür aus dem Blick zu lassen. Sie hat keine Ahnung, wie lange sie und Kit ihre Ruhe haben, und sie möchte unbedingt wissen, woran sie ist.

Die längste Pause der Menschheitsgeschichte tritt ein, dann sagt Kit: »Ich bin noch nicht sicher. Vielleicht.«

»Vielleicht?«

»Vielleicht, vielleicht«, erwidert Kit, aber wieder mit einem winzigen Lächeln.

»Okay.«

»Wärst du so nett, diese Gläser für mich in die Küche zu bringen? Ich bin ein bisschen steif nach gestern Abend«, erklärt sie und rollt die Schultern. »Und ich möchte sie nicht fallen lassen.«

»Und dann vertraust du sie ausgerechnet mir an?«, lacht Haf, steht auf und sammelt die Gläser ein. »Brauchst du Tee? Und Schmerztabletten?«

»Du machst den Tee. Ich suche die Drogen«, antwortet Kit und steht auf, immer noch in ihre Decke gewickelt.

Als Haf alle Gläser eingesammelt hat, geht sie in die Küche und stellt sie in die Spüle, wo Christopher mit dem Abwasch begonnen hat, und füllt dann den Wasserkessel.

An der Kücheninsel brütet Esther, umringt von mehreren aufgeschlagenen Kochbüchern mit zerlesenen und fleckig bespritzten Seiten, über einem Notizblock, der eine genaue Auflistung der einzelnen Zeiteinheiten anzeigt, die sie für das Essen später veranschlagt. Haf muss an die Anweisungen für das Lebkuchenhaus denken – eine Art Moodboard, das von fern chaotisch wirkt, aber bei genauerem Hinsehen minutiös organisiert ist.

»Kann ich irgendwie helfen?«, fragt sie und stellt den Wasserkocher an. »Vielleicht ein bisschen Koffein für den Spaziergang?«

»Nein danke, Liebes. Alles gut, an beiden Fronten – ich überprüfe nur noch mal die Zeiten, ehe wir rausgehen.«

»Das Angebot steht, wann immer du zwei nicht sehr kompetente Hände gebrauchen kannst.«

Esther kichert heiser und bringt damit Hafs Herz fast zum Überlaufen, weil ihr Lachen dem von Kit so ähnlich ist. »Vielleicht ist es das Beste, wenn wir dich fürs Erste von der Küche fernhalten.«

»Da hast du wahrscheinlich recht. Ich bleibe einfach die Tee-Beauftragte.«

»Eine ganz wichtige Rolle«, meint Esther und legt ihren Stift beiseite. »Haf, ich möchte dir danken. Du hast dich gerade erst unserer Familie angeschlossen, aber ich bin sehr beeindruckt, wie intensiv du dich um uns alle gekümmert hast. Du hast die Feier gerettet und mir damit erheblichen Stress erspart – und ich habe gehört, dass du diesen Ratliff-Zouche-Knaben aufs rechte Gleis gebracht und außerdem auch noch ein Auge auf Kit hast, wenn es ihr nicht so gut geht. Das ist weder Otto noch mir entgangen.«

Leider hat Haf das Gefühl, dass sie dieses Lob überhaupt nicht verdient hat, und ihr Mund wird trocken. Was würde Esther sagen, wenn sie auch den Rest der Geschichte kennen würde?

Jetzt ergreift sie Hafs Hand, vielleicht, weil sie noch etwas sagen will, aber dann nimmt ihr Gesicht für einen kurzen Moment einen verwirrten Ausdruck an. Sie schiebt den Ärmel von Hafs Morgenmantel hoch und hebt Hafs Hand an, um den Ring zu betrachten.

Voll Entsetzen wird Haf klar, was Esther jetzt durch den Kopf geht.

»Ist das …?«, setzt sie an, und ein strahlendes Lächeln erscheint auf ihrem Gesicht.

Ehe Haf protestieren oder den Irrtum aufklären kann, hat Esther sie bereits in eine Umarmung gezogen, die ihr komplett den Atem raubt.

»Otto! Otto! Komm schnell! Die beiden sind verlobt!«, ruft Esther aufgeregt.

Auf der anderen Seite der Küche blickt Christopher erschrocken auf. Herr des Himmels, würde er jetzt vermutlich sagen.

»Oh, was für ein Freudentag!«, fährt Esther fort und flitzt, wiederholt seinen Namen rufend, aus der Küche, um Otto zu suchen. Haf ist dankbar, dass sie aus der Umarmung entlassen ist, denn sie kann endlich wieder atmen.

Wie immer von Aufregung und Lärm unwiderstehlich angezogen, kommen nun auch Stella und Luna angerannt, bellend, jaulend und springend, unmittelbar gefolgt von Otto, der hereinmarschiert wie Santa beim Geschenkeausliefern, eine riesige und furchtbar teuer aussehende Champagnerflasche im Arm, dicht gefolgt von seiner Frau. Wo bewahren diese Leute bloß ihren ganzen Schampus auf?

»Wartet ...«, blökt Christopher, aber seine Eltern hören ihn gar nicht.

Otto öffnet mit einem lauten Knall die Flasche, Esther hat saubere Gläser zum Anstoßen mitgebracht, und zu ihren Füßen streiten sich die Hunde um den Korken.

»Mein Junge! Ich wusste doch, du hast das Zeug dazu«, brüllt Otto und gibt ihm einen Klaps auf den Rücken.

Haf bleibt der Mund offen stehen, aber als ihr klar wird, dass sie glücklich aussehen sollte, setzt sie schnell ein *Wallace-and-Gromit*-artiges Lächeln auf. Zu sehr gebleckte Zähne, aber hoffentlich wirkt es angemessen erfreut.

»Eine Hochzeit! Ich kann noch gar nicht glauben, dass es bei uns eine Hochzeit geben wird«, lacht Esther.

Sie sehen so glücklich aus, als hätten Christopher und Haf ihnen das Weihnachtswunder schlechthin beschert.

Und Haf kann weiter nichts tun, als mit einem angedeuteten Achselzucken zu Christopher hinüberzuschauen. Ist denn der Unterschied zwischen Fake-Dating und Fake-Verlobung wirklich so groß? Wahrscheinlich schon, aber hoffentlich nicht so groß, dass die nächsten drei Tage grundlegend anders verlaufen werden als das Chaos, das sie bisher schon angerichtet haben ... richtig?

Aber, o Gott ... Kit! Was wird Kit dazu sagen?

Wie aufs Stichwort erscheint sie in der Tür.

»Jetzt ist es also raus? Hurra!«, ruft sie, und ihre Stimme klingt so unfeierlich, wie man es sich in der Geschichte vorgetäuschter Verlobungen nur vorstellen kann.

Noch immer in ihre Decke gewickelt, schlurft sie herüber, umarmt sowohl Christopher als auch Haf und sagt: »Was für ein brillantes, absolut unkompliziertes Sahnehäubchen auf unserem gemeinsamen Weihnachten!«

Dann lässt sie die beiden los, und Haf wünscht sich, sie könnte alles zurücknehmen. Das ist eine grässliche Idee.

»Wo bleibt der Trinkspruch, Dad?«, wendet sich Kit an ihren Vater, nimmt sich ein perlendes Glas Champagner und kippt es runter, ehe irgendjemand anstoßen kann.

»Nicht so schnell, Mädchen, es ist noch früh am Tag«, lacht Otto und hebt sein Glas. »Auf das glückliche Paar.«

Haf bricht in ein nervöses, pseudoglückliches Lachen aus und stößt mit Otto an, um schnell ihr Gesicht hinter ihrem Glas verstecken zu können.

»Wir sollten deine Eltern anrufen, Haf!«, ruft Esther, und Haf läuft ein eiskalter Schauer über den Rücken. »Was wäre ein besserer Zeitpunkt, sie zu treffen, als zu Weihnachten?«

»Oh, das geht leider nicht. Sie sind im Urlaub«, erwidert Haf.

»Aber sie haben dir doch heute eine SMS geschickt, oder nicht?«

»Ja, schon«, beginnt Haf, während sie sich verzweifelt den Kopf nach einer Ausrede zerbricht, um diese Scharade nicht auch noch mit zwei Familien weiterführen zu müssen. Dass sie denken, Christopher sei ihr Freund, ist schlimm genug. Wenn sie glauben, sie seien verlobt, wird sie das ihr Leben lang verfolgen.

Los jetzt, los jetzt, lass dir was einfallen!

»Sie telefonieren an Weihnachten nie, weil ...«

»Weil sie nicht dürfen«, schaltet Kit sich ruhig ein, und Haf rutscht das Herz in die Hose, weil sie keine Ahnung hat, was als Nächstes kommt.

»Das ist doch eine Regel bei diesem Weihnachts-Wellness-Retreat, auf dem sie sind, stimmt's, Haf?«, fragt Kit, wirft Haf einen herausfordernden Blick zu und wendet sich dann wieder an ihre Eltern. »Gestern Abend hat Haf mir alles darüber erzählt. Klingt echt faszinierend.«

Nun bleibt Haf nichts anderes übrig, als sich ins Zeug zu legen und gleichzuziehen. »Ja, genau. Sie können ihre Handys nicht benutzen, weil sie wahrscheinlich ...«

»... an der Ayahuasca-Zeremonie teilnehmen, richtig?«, sagt Kit mit einem Grinsen. Eigentlich wollte Haf als Grund angeben, ihre Eltern wären furchtbar beschäftigt. Aber klar, das Trinken eines psychedelischen Pflanzentranks ist auch nicht schlecht.

»Ja, genau. Es ist eine sehr ... langwierige Zeremonie, die natürlich nicht unterbrochen werden darf.«

Wie leicht und elegant Kit lügen kann, ist schon ein bisschen erschreckend. Und es wird schmerzhaft deutlich, dass sie es viel, viel zu sehr genießt.

»Ein altes Hippiepärchen, deine Leute?« Otto lacht. »Oder vielleicht eher eine Midlifecrisis?«

»Eine Krise jedenfalls ganz bestimmt«, murmelt Christopher, leicht grün im Gesicht, als könnte er jeden Moment in Ohnmacht fallen.

Mit sichtbarem Unbehagen sucht Esther nach einer angemessenen Reaktion und sagt schließlich: »Ich wusste gar nicht, dass Madeira so ein Zentrum für ... alternative Praktiken ist.«

»Aber ja, meine Eltern haben sich schon lange auf diesen Urlaub gefreut.« Haf trinkt einen großen Schluck Champagner.

»Warum habt ihr uns nichts davon erzählt?«, fragt Otto.

»Ja, warum habt ihr euren Entschluss eigentlich geheim gehalten?«, schließt Kit sich an.

»Wir wollten einfach keinen Wirbel machen«, antwortet Christopher.

»Ihr zwei Geheimniskrämer«, sagt Esther. »Aber es ist eine wunderschöne Überraschung.«

»Ja, wunderschön«, ruft Kit ein bisschen zu fröhlich.

Esther wirft einen Blick auf ihre hübsche goldene Armbanduhr, die Otto ihr zu Weihnachten geschenkt hat. »Aber kommt jetzt, lasst uns ein bisschen frische Luft schnappen. Auf zum Gassigehen!«

Sofort rennen die Hunde aufgeregt winselnd zur Tür.

Im Vorbeigehen beugt Esther sich zu Kit, tätschelt ihren Arm und sagt: »Schätzchen, möchtest du vielleicht ein Glas Wasser?«

Unsicher, was sie sonst tun könnte, macht Haf den Tee für sie drei.

Während Esther und Otto sich gehbereit machen, sagt keiner von ihnen etwas. Unbehaglich stehen sie da, umklammern ihre Teetassen und vermeiden es, einander anzusehen. Als die Haustür jedoch ins Schloss gefallen ist, bekommt Kit einen Lachanfall, der sie so heftig schüttelt, dass sie sich an die Wand lehnen muss.

»Findest du solche Praktiken gut, Haf?«, fragt Christopher etwas besorgt.

»Natürlich nicht«, schnaubt sie. »Kit hat einfach beschlossen, das Skript außer Acht zu lassen.«

»Herr des Himmels«, sagt Christopher und lässt sich gegen die Theke sinken. »Was für ein Chaos.«

»Ich kann nicht glauben, dass du ihr einen Ring geschenkt hast, ohne daran zu denken, dass unsere Eltern genau so reagieren würden!«, stößt Kit zwischen Lachsalven hervor.

»Es ist ein Freundschaftsring!«

»Das gibt es gar nicht!«

»Aber der Ring hat überhaupt keine Ähnlichkeit mit einem Verlobungsring! Allein das Geweih!«

»Unsere Eltern denken wahrscheinlich, du bist total unkonventionell, weil Haf auch so verrückt ist.«

»Oi!«, unterbricht Haf die Geschwister. »Ich hätte ihn einfach im Schlafzimmer lassen sollen.«

»Meinst du?!« Kit wischt sich die Lachtränen aus den Augen.

»Und was genau hast du dir eigentlich bei deiner Geschichte gedacht, Kit?«, schnaubt Christopher. »Damit hast du alles bloß noch komplizierter gemacht.«

»Es war das Erste, was mir eingefallen ist!«, verteidigt sich Kit, obwohl Haf ihr die Erklärung nicht abnimmt.

»Na ja, meine Eltern sind jetzt also Alt-Hippies. Eigentlich glauben die Engländer ja sowieso, dass die Waliser nur aus Mythen, Magie und Sex mit Schafen bestehen, also war es wahrscheinlich eine ziemlich gute Lüge«, räumt Haf ein, worauf Kit vielsagend eine Augenbraue hochzieht.

»Ich verschwinde jetzt, ziehe mich an und wärme mich ein bisschen auf«, verkündet sie dann und nimmt den von Haf zubereiteten Tee mit.

»Sie ist ein bisschen daneben«, seufzt Haf, als Kit weg ist. »Da ist es vermutlich nur fair, wenn sie auf unsere Kosten ein bisschen Spaß hat.«

»Wir sollten wahrscheinlich auch nach oben gehen und uns anziehen, ehe meine Eltern wiederkommen«, sagt Christopher. »Als ich das letzte Mal an Weihnachten um die Mittagszeit noch im Schlafanzug war, hat Dad mich faul geschimpft.«

»Und warst du faul?«, fragt Haf, als sie die Treppe hinaufgehen.

»Ich war grade mal *neun* Jahre alt.«

Als Christopher den Raum verlässt, um unter die Dusche zu gehen, und die kalte Luft ihre nackte Haut berührt, muss Haf ein Kreischen unterdrücken. Schnell schlüpft sie in ein Shirt mit Leopardenmuster, das sie in einen schwarzen Jeansminirock stopft. Darüber zieht sie den weichen, mit Goldfäden durchwirkten Oversize-Pulli, den sie extra für ein nettes Festessen aufgehoben hat.

Ehrlich, nach allem, was passiert ist, sollte sie den Rentiersex-Pullover tragen, aber den packt sie sicherheitshalber für die Heimfahrt weg.

Als sie sich wieder auf den Weg nach unten macht, kommt sie am Badezimmer vorbei und begegnet Christopher, frisch und rosa vom Duschen, in einem Nebel aus Dampf, nur ein Handtuch um die Taille gewickelt. Sie pfeift ihm zu, was ihn noch ein bisschen rosaroter macht.

Unten in der Küche beschließt sie, trotz allem die Essenspläne durchzulesen, falls sie sich doch irgendwie nützlich machen kann.

Dann saugt sie mit dem Handstaubsauger die Tannennadeln unter dem Weihnachtsbaum weg, wie sie es neulich bei Esther gesehen hat. Wenn sie beim Lunchzubereiten nicht helfen kann, hilft sie wenigstens beim Saubermachen. Vor allem, nachdem Esther sie so nett gelobt hat. Haf ist zu fast allem bereit, um ihre Schuldgefühle Esther gegenüber zu lindern, denn sie hat ein furchtbar schlechtes Gewissen wegen ihrer ständigen Lügen und Halbwahrheiten.

Kurz darauf sieht sie Esther und Otto die Auffahrt heraufkommen, die beiden schmutzstarrenden Terrier im Schlepptau. Bevor sie losgezogen sind, haben sie ein Handtuch bereitgelegt, um die Hunde trockenzurubbeln, und Haf greift es sich, öffnet die Haustür und kniet sich in die Vorhalle, um die schmutzigen Hundepfoten sofort abzureiben. Tatsächlich stürzen sich Stella und Luna auf das Handtuch, so ungestüm, dass Haf fast mit dem Hintern auf dem Fußboden landet. Doch sie beruhigen sich bald und präsentieren gewissenhaft eine Pfote nach der anderen zum Abtrocknen.

Aufgewärmt und von Haf mit einer frischen Tasse Tee versorgt, beginnt Esther, die Küche zu organisieren. Auf der Theke liegt ein großes Stück Fleisch.

»Lamm?«, fragt Haf.

»Nein, Wild«, entgegnet Esther, während sie den Kühlschrank durchforstet.

»Wow, ich hab noch nie Wild gegessen.«

»Es ist sehr reichhaltig, aber ich denke, du wirst es mögen. Wild ist Ottos Kompetenzbereich.« Esther kichert leise. »Was ist das bloß mit den Männern und riesengroßen Fleischstücken?«

»Irgendwas aus grauer Vorzeit wahrscheinlich«, meint Haf. »Kann ich dir irgendwie helfen?«

»Ja, gern. Ich brauche diese Sachen aus der Speisekammer und habe Otto gerade weggeschickt, um den Howards eine Kleinigkeit zu Weihnachten zu bringen. Könntest du sie vielleicht für mich holen?«

Sie reißt einen Zettel von ihrem Notizblock und drückt ihn Haf in die Hand.

»Klar, ich finde die Sachen bestimmt«, verspricht Haf.

Es ist eine kurze Liste mit Anweisungen, wo die einzelnen Dinge in der Garage, der Speisekammer und der zweiten Kühltruhe zu finden sind, mit zusätzlichen kleinen Hinweisen wie »gleich beim Öl, unter dem Eis, aber nicht gleich aufessen«, und Haf wird klar, dass die Kommentare für Otto bestimmt sind und nicht für sie.

Von dem Abend, als sie und Kit ihre dreckigen Sachen in den Wäscheraum gebracht haben, meint sie sich vage zu erinnern, dass es noch ein paar weitere Türen gibt. Bestimmt wird sie dahinter finden, was sie braucht.

Es ist ein seltsamer kleiner Korridor, der sich ganz anders anfühlt als der Rest des Hauses – vielleicht einfach ein bisschen zu modern. Sie hält inne und überlegt, welche Tür sie als erste ausprobieren soll, denn sie möchte nicht herumschnüffeln, doch da öffnet sich plötzlich eine Tür direkt neben ihr nach innen, eine Hand kommt zum Vorschein, zieht sie in den Raum, und die Tür schließt sich wieder.

In einer winzigen Kammer, die eine Art Rumpelkammer zu sein scheint, steht Kit vor ihr.

»Hallo!«, flüstert Haf. »Hilfst du mir mit meiner Liste?«

»Auf gar keinen Fall«, lacht Kit. »Ich hab mich genau deshalb hier versteckt, damit ich dafür nicht eingeteilt werden kann.«

»Und was treibst du dann jetzt hier drin?«

»Ich habe meine Wäsche in die Maschine gestopft, aber als ich dich kommen gehört habe, wollte ich dich erschrecken.« Sie wirft die Haare nach hinten und sagt mit einem wölfischen Grinsen: »Du hast noch nicht erlebt, wie ich jemandem einen Streich spiele.«

Obwohl Haf schon behaupten würde, dass das mystische Chaos in der Küche definitiv ein von Kit erdachter Streich war, gerät ihr Herz einen Moment ins Stolpern. Weil sich das jetzt anfühlt wie die alte Kit. Die Buchladen-Kit.

»Klingt bedrohlich«, krächzt sie. »Und du bist sogar angezogen wie ein gender-swapped Loki auf einer Weihnachtsparty.«

Verzweifelt versucht sie zu ignorieren, wie schön Kit in ihrem Samtwickelkleid aussieht. Wie ihre weichen Haare glänzen. Wie gut sie riecht.

»In Anbetracht der Tatsache, dass Grün meine Farbe ist, hatte ich eher Hera im Sinn.«

Ja, denkt Haf, *genau. Grün ist deine Farbe.* Ihr Mund ist trocken.

»Du hast mich also in dein Geheimversteck gezogen – zu welchem Zweck? Um schändliche Dinge zu tun? Damit ich dir helfe, dich zu verstecken, oder mit dir Verstecken spiele?«

Mit einem Finger auf Hafs Lippen bringt Kit sie zum Schweigen, und Haf ist ziemlich oder vielleicht sogar ganz sicher, dass sie gleich in Ohnmacht fällt. »Psst.« Der Befehl sendet Schauer ihren Rücken herunter.

»Ich bin ja schon still.«

»Ich hab dich hergeholt, weil mir klar geworden ist, dass es wahrscheinlich keinen anderen Ort gibt, an dem ich das tun kann, ohne dass wir dabei erwischt werden.«

Bevor Haf etwas sagen oder spontan in Flammen aufgehen kann, umfasst Kit ihr Gesicht, zieht sie an sich und küsst sie, tief und sanft.

Warm liegt ihr Mund auf ihrem, Haf möchte ihn einatmen. Der ganze Kuss schmeckt nach Kits Lippenstift und seinem süßen Beerenaroma.

Durch den Nebel der Erregung und mangelnder Impulskontrolle versucht Hafs letzte verfügbare Gehirnzelle, sie darauf hinzuweisen, dass das, was sie hier tut, eine sehr schlechte Idee ist.

Sie sollte aufhören, schließlich könnte jederzeit jemand hereinkommen.

Aber Haf will nicht aufhören.

»Kit«, flüstert sie, und Kit küsst sie noch inniger, noch gieriger, bis Haf den letzten Widerstand aufgibt. Wie auch nicht?

Nichts in der Welt könnte diesen Kuss stoppen.

Ein Schauder läuft Haf über den Rücken, als Kit ihre Haare packt, und sie keucht auf, sie kann es einfach nicht verhindern.

»Die Tür«, flüstert sie mühsam.

»Die ist abgeschlossen«, haucht Kit, schmiegt sich an Hafs Hals, knabbert an der zarten Haut, und mit diesem kleinen Biss wird alles andere unwichtig.

Flaschen klirren, als Kit sie an das Regal drückt. Zum ersten Mal ist Haf sich wirklich ihres Größenunterschieds bewusst, denn Kit scheint über ihr aufzuragen, mit einem Arm an das Regalbrett über Hafs Kopf gestützt.

In Gedanken sieht Haf in Bettlaken gekrallte Hände und Kits über das Kissen ausgebreitete dunkle Haare.

Der Funke zwischen ihnen lodert, leckt an ihren hellwachen Nerven. Ihr ganzer Körper fühlt sich an, als stünde er in Flammen, eine schmerzhafte Hitze sammelt sich zwischen ihren Beinen. Himmel, wie sehr Haf diese Frau will.

Sie schlingt einen Schenkel um Kit, zieht sie fest an ihren Körper, und Kits scharfe Beckenknochen antworten den ihren mit einem weichen Reiben, das sie laut aufstöhnen lässt.

»Kit«, flüstert sie wieder.

»Sei still«, antwortet Kit leise durch den Kuss. »Oder willst du etwa aufhören?«

Die Frage hört sich an wie ein Schnurren, und natürlich möchte Haf nicht aufhören.

»Nein, ich möchte nicht aufhören.«

Mit einem gierigen Blick zieht Kit sich zurück, sodass ihre kussstrapazierten Lippen sich für einen kurzen Augenblick voneinander trennen.

»Du hast zwei Optionen«, erklärt sie, und wieder klingt es wie ein Schnurren. »Soll ich weiterreden? Oder möchtest du, dass ich dich ficke?«

Ohne die Antwort abzuwarten, gleiten Kits Finger in die weiche Falte zwischen Bauch und Hüfte, in der das Gummi von Hafs Slip liegt.

Vollkommen überwältigt kann Haf nur die Lippen zusammenpressen und heftig nicken.

Ein Schwindelgefühl erfasst sie, als Kit die Hand über die Kurven von Hafs Körper nach oben wandern lässt, hinauf zum Rand ihres BHs. Die Küsse werden noch tiefer, als Kit Hafs Brust erforscht. Sie reibt langsam, verführerisch langsam, mit ihrem Daumen über den Nippel, und Haf stöhnt in Kits Mund. Kit nimmt den Laut begierig auf, als wäre er die Nahrung, die sie zum Überleben braucht.

Als Kits Hand wieder nach unten zu Hafs Slip wandert, entfährt Haf ein leises: »Ja, Kit.«

Einen kurzen Moment ärgert sie sich, dass sie keine hübschere Unterwäsche anhat, denn sie hat leider nur ihre praktischsten bauchnabelbedeckenden Baumwollhöschen von M&S eingepackt. Was Kit jedoch allem Anschein nach nicht im Geringsten stört.

»Hab ich nicht gesagt, es wird nicht mehr geredet?«, flüstert Kit. »Obwohl ich es wirklich mag, wenn du meinen Namen sagst.«

Die Hitze zwischen Hafs Beinen ist unerträglich, und sie ruckt nach vorn, als Kits Hand am Rand ihres Slips entlangfährt.

»Möchtest du?«

»Bitte, ja«, haucht Haf und versucht, ihre Stimme möglichst ruhig zu halten, obwohl sie am liebsten laut schreien möchte.

Dann fühlt sie, wie Kits Daumen direkt zum heißesten Punkt zwischen ihren Beinen gleitet – und kann nur noch keuchend nach Luft schnappen.

Es ist wie Elektrizität, wie sprühende Funken und sämtliche Farben des Regenbogens, und Haf muss ihr Gesicht mit aller Kraft an Kits harte Schultern drücken, um vor Lust nicht laut aufzuschreien. Es ist überwältigend. Sie sehnt sich danach, von Kit überall berührt zu werden, sie will sie in sich spüren, und dann ist sie genau dort. In diesem Moment könnte Haf einfach sterben, einfach in einem einzigen Augenblick ausgelöscht von einem Übermaß an herrlichen Gefühlen.

Sie kommt schnell, stürzt kopfüber in den Orgasmus durch die Anspannung, die Heimlichkeit, Kit und alles andere. Ihr aufgewühlter Körper zerfließt unter dem von Kit.

Atemlos, keuchend starrt sie zu Kit empor, die ihre Zunge über ihre makellos weißen Zähne wandern lässt.

Haf möchte ihr das selbstzufriedene Lächeln vom Gesicht küssen.

Und das tut sie auch, zieht Kits Gesicht einfach wieder herunter an ihre heißen Lippen.

»Jetzt bin ich dran«, flüstert sie, und es ist eine Frage und ein Befehl zugleich.

Sie lehnt Kit über ein – hoffentlich stabiles – Regal und küsst sie vom Mund bis hinunter zum Schlüsselbein. Das Samtkleid ist hochgerutscht, Haf greift nach unten zu Kits Strumpfhose und Unterwäsche.

Kit stöhnt ein leises »Bitte«, als Hafs Hand an dem Stoff zieht und ihn langsam über Kits Hüfte schiebt.

»Ich dachte, du hast gesagt, es wird nicht mehr geredet.«

»Nur weil ich dich lange genug zum Schweigen bringen wollte, damit ich dich zum Kommen bringen kann.«

»Na gut«, murmelt Haf, fällt auf die Knie und rollt die Strumpfhose mit sich nach unten. Kit erbebt, als Haf einen Kuss nach dem anderen auf die Innenseite ihres Schenkels drückt, ihre Haut erglüht, die weichen Härchen richten sich auf zu einer Gänsehaut. Gemächlich arbeitet Haf sich nach oben, macht zwischen einem Kuss und dem nächsten eine Pause, und Kit zittert unter ihrer Berührung.

»Ist das okay?«, flüstert Haf, aber bevor die Frage ganz aus ihrem Mund ist, brummt Kit etwas, was klingt wie: »Jaseistill.«

Das winzige lustvolle, erleichterte Stöhnen, das sie ausstößt, als Haf sie zwischen den Beinen küsst, ist der wundervollste Laut, den Haf jemals gehört hat. Kit vergräbt ihre Hand in Hafs Haaren, während sie am ganzen Körper unter Hafs Berührung bebt, und als sie kommt, ist sie so hinreißend schön, dass Haf sich nichts anderes mehr wünscht, als Kit bald wieder so zu sehen, immer wieder, ein ganzes Leben lang.

Berauscht sinkt Kit neben Haf auf den Boden und überschüttet sie mit Küssen.

»Also das war ...«

»Einfach großartig«, ächzt Kit, berauscht von ihrem Orgasmus.

»Chaotisch genug?«

»Ich glaube, alles war zumindest ein bisschen chaotisch.« Kit zieht ihre Strumpfhose und ihren Slip wieder hoch und streicht sich die zerwühlten Haare glatt.

»Wahrscheinlich sollten wir die Sachen auf der Liste zusammensuchen, sonst kommt Esther uns suchen«, meint Haf, kommt wacklig auf die Füße und holt die Liste von ihrem sicheren Platz auf einem Regalbrett. »Brauchst du Hilfe beim Aufstehen?«

Kit nickt, Haf nimmt sie fest in die Arme und zieht sie sanft in die Höhe. Wenn Kit nicht so viel größer wäre, wären sie jetzt auf Augenhöhe.

Kit klopft sich ausgiebig Staub und Hundehaare vom Rock.

»Ich weiß, dass ihr, also du und mein Bruder, eine extrem seltsame Freundschaft geschlossen habt, aber vielleicht solltest du ihm trotzdem nichts von dem allen erzählen«, flüstert sie.

Haf schnaubt. »Ich glaube, wir haben sowieso die unausgesprochene Regel, nicht über Sex zu reden, schon gar nicht, wenn es um dich geht.«

Kit greift nach dem Schloss, und Haf möchte sie fragen, wie es jetzt weitergeht, aber die Worte kommen ihr nicht über die Lippen.

»Ich kann nicht versprechen, dass es noch mal passiert, Haf«, sagt Kit leise, als könnte sie Hafs Gedanken lesen. »Wahrscheinlich hätte es von vornherein nicht passieren dürfen.«

»Warte … Was?«

»Ich bin noch nicht bereit, darüber zu sprechen.«

»Aber du warst bereit, Sex mit mir zu haben?«, fragt Haf unwillkürlich etwas lauter. »Tu jetzt bloß nicht so, als wäre das gerade nur zum Abreagieren gewesen.«

»War es auch nicht. Aber ich kann diesen ganzen seltsamen Scheiß, der abgeht, nicht einfach ignorieren. Die meiste Zeit versuche ich zu entscheiden, ob ich dich in den Hintern treten oder küssen möchte.«

»Fifty-fifty ist ja nicht schlecht, aber ich vermute, ich muss bei dir mit beidem rechnen.« Es klingt schärfer, als sie beabsichtigt hat, und Kit fixiert sie hart.

»Es ist mein Ernst, Haf. All das? Ich kann durchaus zugeben, dass es großartig werden könnte, irgendwann ... aber der Preis ist ziemlich hoch.«

»Wovon redest du?« Hafs Stimme schwankt, was ihr gar nicht gefällt. Zum Sex in einen Abstellraum gezerrt zu werden, kam ihr wie eine ziemlich eindeutige Entscheidung vor, aber Kit blinzelt sie wütend an, und ihr wird klar, dass sie sich wohl geirrt hat.

»Haf, im Allgemeinen ist es mir egal, was meine Eltern denken, aber das jetzt – dass ich meinem Bruder die Freundin stehle ...«

»Die Fake-Freundin«, verbessert Haf.

»... könnte für mehr verfluchten Irrsinn sprechen, als selbst ich verkraften kann. Und Christopher – Gott segne ihn – könnte ein Rückgrat nicht mal bei einem anatomischen Modell lokalisieren. Er wird unseren Eltern nie gestehen, dass alles eine Lüge war – folglich würden wir als Paar in so einem verqueren Szenario existieren. Möchtest du, dass wir so in eine Beziehung starten? Dass um uns herum alle denken, du bist eine Betrügerin und ich bin einfach nur das Letzte?«

Zwar möchte Haf Christopher gern verteidigen, aber alles, was herauskommt, ist: »Stimmt. Na ja. Wenn du mir, bevor du das nächste Mal Sex mit mir hast, Bescheid sagen könntest, dass trotzdem noch darüber nachdenkst, wäre das schön.«

Mehr gibt es nicht zu sagen, und Kit beendet das Gespräch, indem sie Haf Sachen von der Liste auf die Arme packt, dann flitzt sie aus der Kammer in die Garage. Haf folgt ihr schweigend, und Kit lädt ihr noch ein paar Listendinge mehr auf. Als sie wieder in der Küche sind, verschwindet Kit blitzschnell den Flur hinunter. Haf fühlt sich wie im Nebel.

Sie lädt die ganzen Sachen auf einer freien Arbeitsplatte ab, und Esther kommentiert ihre deutlich verlängerte Abwesenheit mit keinem Wort. Wahrscheinlich weil sie umgeben ist von geputztem, klein geschnittenem Gemüse, das in wassergefüllten Schüsseln zur weiteren Verarbeitung bereitsteht.

Haf entschuldigt sich, geht zur Toilette, setzt sich dort auf den geschlossenen Sitz und nimmt ihr Handy in die Hand.

Haf: Ich hab was Dummes gemacht
Ambrose: heiß und sexy dumm oder einfach nur dumm?
Haf: Beides
Ambrose: bitte sag jetzt nicht, dass du mit diesem mädchen sex hattest

Haf antwortet nicht.

Ambrose: wow okay
Ambrose: war es wenigstens gut????
Haf: Viel zu gut
Haf: Bucketlist-gut
Ambrose: hast du etwa vor, zu versterben?
Ambrose: wenigstens kann ich dann sagen, dass du verstorben bist, während du das getan hast, was du liebst, nämlich jemanden gevögelt, den du besser nicht vögeln solltest
Haf: ☹
Ambrose: so schlimm?
Haf: So schlimm
Haf: Christopher wird mich umbringen
Ambrose: nein, das wird er nicht, er ist ein netter, lieber mensch
Ambrose: ich tu es aber vielleicht, dem universum zuliebe
Ambrose: allein das chaos, das du innerhalb der letzten fünf tage verursacht hast, kann nicht gut sein für das karmische gleichgewicht oder wie man das nennt
Ambrose: jedes Mal, wenn du eine schlechte entscheidung triffst, öffnet sich ein schwarzes loch
Ambrose: aber egal, es ist doch genau das, was du wolltest
Ambrose: vielleicht ist es ja auch eine gute sache, selbst wenn es chaos ist
Haf: Könnte man meinen
Haf: War aber wohl eher »Fröhliche Weihnachten, die

Entscheidung steht noch aus«
Ambrose: neeeee wtf
Haf: Jepp
Haf: Uuuuggggggggghhhhhhhh
Haf: Ich muss so tun, als wäre es nicht passiert
Ambrose: viel glück
Ambrose: fick aber lieber sonst niemand, der im haus wohnt
Ambrose: könnte die situation womöglich noch schwieriger machen

Kapitel 19

@ambroseliew gays und deys – ist sex in einer abstellkammer …

heiß?: 37 %
bisschen platt?: 44 %
ungemütlich?: 19 %
619 votes

Zu Hafs großer Erleichterung geht der Rest des Tages in einem Wirbel von Aktivität schnell vorbei, und sie muss nicht dauernd an Kit denken. Stattdessen kann sie sich einreden, dass alles in Ordnung ist, und sie spielt das genauso gut wie Kit.

Alles, was Laurel über das Konkurrenzdenken der Calloways erzählt hat, entpuppt sich als deutlich untertrieben und hört keineswegs beim Karaoke auf. Brettspiele werden herausgeholt, und alle vier Familienmitglieder nehmen die Sache sehr, sehr ernst. Während das Abendessen auf dem Herd köchelt, bewältigen die Calloways zwei Runden Siedler von Catan, gefolgt von einer Runde Cheat, die so furios ist, dass Haf jedes Mal, wenn jemand engagiert »Schwindel!« brüllt, kurzfristig in Panik verfällt. Aber sie ist doch keine Betrügerin, jedenfalls nicht wirklich! Schließlich hat Christopher ihr und Kit praktisch seinen Segen gegeben, obwohl sich der Segen vielleicht nicht auf Sex in diesem Haus bezogen hat. Aber die alte beschissene Lüge, dass Bisexuelle grundsätzlich mehr zum Betrügen neigen und deshalb grundsätzlich als unglaubwürdig gelten, rattert in den ruhigen Augenblicken, wenn Haf gerade nicht an der Reihe ist, gnadenlos durch ihren Kopf.

Schon bald füllt sich das Haus mit köstlichen Essensdüften, und Otto flitzt immer mal wieder weg, um nach seinem Wild zu schauen, das schon den ganzen Nachmittag langsam brät.

Die Zeit verfliegt, und bald sitzen alle am Esstisch. Der Braten ist in Scheiben geschnitten, sodass die Füllung aus Wildbeeren und Gewürzen hervorquillt. Dazu gibt es jede Menge Röstkartoffeln, mit Parmesan bestreute Pastinaken sowie geschmorten und mit rotem Chili garnierten Rosenkohl. Auf einmal hat Haf einen Bärenhunger und merkt, dass das endlose weihnachtliche Knabbern sie nicht wirklich satt gemacht hat.

Alle heben die Gläser – um in Sicherheit zu sein, hat Haf sich diesmal für ein ausgefallenes alkoholfreies Getränk entschieden – und machen sich über das Essen her.

Nach einer Weile klopft Esther mit dem Löffel an ihr Glas.

»Wir haben auch etwas bekanntzugeben, nicht wahr, Schatz?«, sagt sie zu Otto.

»O ja! Unbedingt.«

Mit einem strahlenden Lächeln wendet er sich Christopher zu. Als Haf klar wird, dass es wahrscheinlich etwas mit der Hochzeit zu tun hat, wird ihr flau im Magen, und sie drückt unter dem Tisch Christophers Hand.

»Mein Junge«, beginnt Otto, »ich bin sehr stolz auf dich. Du hast hart dafür gearbeitet, um dorthin zu kommen, wo du jetzt bist, und du bist zu dem jungen Mann geworden, den ich immer in dir gesehen habe.« Er wirft auch Haf einen freundlich-anerkennenden Blick zu, ehe er sich wieder Christopher zuwendet. »Du hast eine wundervolle Partnerin gefunden, um mit ihr durchs Leben zu gehen. Glaub mir, wenn ich sage«, er nimmt Esthers Hand, »dass die Familie im Leben immer das Wichtigste ist. Und deshalb habe ich beschlossen, dass es Zeit wird für dein richtiges Erbe.«

Was in aller Welt meint er damit?

»Richtiges Erbe« klingt in Hafs Ohren nicht einfach nur nach Geld, wie es realistisch für ein potenzielles Hochzeitsgespräch zu erwarten gewesen wäre. So machen das reiche Eltern doch, oder nicht? Sie bezahlen.

Ein sehr seltsamer Ausdruck überschattet Christophers Gesicht. Resignation trifft es nicht genau. Ist es ... vielleicht ... Angst?

Sogar Kit hat die Stirn gerunzelt.

Irgendetwas geht vor, worüber Haf nicht informiert ist.

»Dad ...«, setzt Christopher an, aber Otto übertönt ihn sofort.

»Es ist Zeit, dass du dich der Firma anschließt. Ich möchte, dass du dich bei uns einarbeitest und mein Nachfolger wirst. Dann gehört das Unternehmen dir.«

O nein.

Genau das, was Christopher nicht wollte. Und was mit dem ganzen Fake-Dating verhindert werden sollte. Und es ist trotzdem passiert.

Nach alldem ... Vielleicht haben sie es mit der Fake-Verlobung noch schlimmer gemacht. Haf wird schwindlig, sie kann keinen klaren Gedanken fassen.

Christopher ist grün im Gesicht, als müsste er sich womöglich gleich übergeben.

»Ich ... Ich ...«, stammelt er.

»Schaut nur, er ist überwältigt! Das sind großartige Neuigkeiten, was? Vater und Sohn gemeinsam, und ich werde dich mit allem vertraut machen.«

Jetzt schnappt Christopher nach Luft wie ein Fisch auf dem Trockenen.

»Möchtest du das überhaupt, Christopher?«, mischt Kit sich vorsichtig ein, um Christopher ein Stichwort zu geben.

Seine Eltern können diese Entscheidung nicht für ihn treffen; er muss mutig genug sein, es selbst zu tun.

»Aber natürlich möchte er das, Katharine«, schaltet Esther sich ein. »Was für eine alberne Frage.«

»Die Frage ist überhaupt nicht albern. Schaut ihn doch an. Findet ihr, er sieht glücklich aus?«

Natürlich hat Kit vollkommen recht – die grüne Gesichtsfarbe hat zwar etwas nachgelassen, aber Christopher wirkt wie vor den Kopf geschlagen und starrt stumm und regungslos auf seinen Teller.

»Er ist einfach nur überrascht, stimmt's, Christopher?«, meint Otto, immer noch übers ganze Gesicht strahlend. »Darauf hat er doch schon sein ganzes Leben lang gewartet.«

»Ich ...«

Weiter kommt Christopher erst einmal nicht. Er blickt nicht von seinem Teller auf, und unter dem Tisch spürt Haf, dass sein Bein vor Nervosität zittert. Schnell legt sie die Hand auf seinen Oberschenkel, als wollte sie sagen: »Ich bin da und unterstütze dich.«

»Du musst einfach nur die Kündigung einreichen, dann können wir organisieren, zu welchem Datum du im Frühjahr anfängst. Wenigstens hast du dann Ruhe vor diesen Ratliff-Zouches«, endet er und lacht dröhnend.

Vom Regen in die Traufe, denkt Haf. Mit einer noch größeren Verantwortung.

»Selbstverständlich ist auch eine Gehaltserhöhung damit verbunden.«

»Und ich weiß, dass du gern in London lebst, Christopher, aber wir möchten auch betonen, dass euch, wenn ihr ein bisschen näher zu uns zieht, jederzeit Großeltern zur Verfügung stehen, die gerne helfen«, sagt Esther mit einem vielsagenden Lächeln, bei dem Haf noch flauer im Magen wird.

Offenbar ist das der Tropfen, der das Fass zum Überlaufen bringt, denn Christopher richtet sich auf, sieht seinen Vater an und sagt laut und deutlich: »Nein.«

»Nein?«, wiederholt Otto, sein Lächeln verschwindet, während auf seinem Gesicht ein verwirrter Ausdruck erscheint.

»Nein. Danke, Dad«, erwidert Christopher, ganz langsam zuerst, aber mit jedem weiteren Wort gewinnt er an Selbstbewusstsein. »Danke, aber ich kann das Jobangebot nicht annehmen.«

»Warum denn nicht? Du hast es redlich verdient.«

»Ich kann einfach nicht ...«

»Was kannst du nicht, Christopher?«, hakt Esther nach, auch sie vollkommen verblüfft.

»Ich kann das nicht machen. Ich ...« Er holt tief Luft. »Ich muss eine Weile freinehmen.«

»Was ist denn los, Christopher?«, fragt Esther und klingt plötzlich mütterlich besorgt. »Ist irgendwas passiert?«

»Vielleicht nach und nach, ja.«

Haf und Kit sehen sich über den Tisch hinweg an. Wird Christopher es seinen Eltern jetzt womöglich erzählen?

»Ich bin ausgebrannt, und mein jetziger Job macht mich unglücklich. Total. Ich kann dort nicht mehr arbeiten. Und ich weiß, wenn ich für dich arbeite, Dad, wird es nur noch schlimmer, und das liegt weder an dir noch an deiner Firma.« Er sammelt sich und holt noch einmal tief Luft. »Es liegt an mir. Einfach nur an mir. Ich bin nicht für diese Art Arbeit geschaffen, es macht mich krank, ständig im Büro zu sitzen. Und ich habe Angst, dass in mir etwas kaputtgeht, wenn ich weiter versuche, mich zu zwingen, der zu sein, den ihr euch wünscht.«

Eine Weile herrscht Schweigen, dann sagt Esther laut: »Oh.«

Otto dagegen scheint vor Zorn zu zittern. »Du glaubst also, dass alles, was ich für dich aufgebaut habe, nicht gut genug für dich wäre? Ist es das, Junge?«, blafft er so laut, dass Kit, die neben ihm sitzt, erschrocken zusammenzuckt und ihr Besteck laut klappernd auf den Teller fallen lässt.

»Nein, Dad, es ist nicht ...«

»Ich hab mein Leben lang hart gearbeitet, um dir und deiner Schwester eine Zukunft bieten zu können, und du? Dir ist das ganz egal?«

Otto ist verletzt, so viel ist Haf klar. Er wollte Christopher eine Zukunft schenken, die ihm und seinen imaginären Kindern ein finanziell abgesichertes Leben garantiert. Und Christopher hat das Geschenk mit der Begründung zurückgewiesen, dass Ottos Vorstellung von dem, was gut ist, für ihn genau das Gegenteil bedeutet.

Otto steht auf und beginnt, im Raum auf und ab zu gehen, unsicher, was er mit sich anfangen soll.

»Dad, Christopher hat nicht gesagt, dass es ihm egal ist, überhaupt nicht«, schaltet Kit sich ein, steht ebenfalls auf und nimmt seinen Arm, als wäre sie die Schöne, die das Biest beruhigt. »Hol erst mal tief Luft, Dad, und setz dich wieder. Du musst Christopher zuhören.«

»Was weißt du denn darüber?«, will Esther wissen.

»Ich weiß, dass Christopher in seinem Job unglücklich ist, das ist schon lange offensichtlich.«

»Das war überhaupt nicht offensichtlich«, widerspricht Esther beleidigt.

»Können wir uns nicht darauf besinnen, dass es uns allen wichtig ist, ob die Mitglieder dieser Familie glücklich sind? Darum müssen wir uns kümmern, oder etwa nicht?«

Haf nickt enthusiastisch, aber niemand sonst reagiert, und einen Moment herrscht bedrückte Stille.

»Darüber kann ich jetzt nicht nachdenken«, verkündet Otto, steht auf und marschiert aus dem Zimmer.

In der Ferne hört man eine Tür zuknallen, und das Glas der Großvateruhr rappelt.

Ohne ein Wort steht auch Christopher auf und verlässt ebenfalls den Raum.

Auf der anderen Tischseite kehrt Kit dagegen auf ihren Platz zurück.

»Tja, das lief wohl nicht nach Plan«, stellt Ether fest und beginnt, die Teller einzusammeln, obwohl niemand mit dem Essen fertig zu sein scheint. »Man sollte doch meinen, dass er sich freut, die Firma zu erben.«

»Ach komm, Mum«, sagt Kit – das erste Mal, dass sie ihre Mutter in Hafs Anwesenheit nicht *Esther* nennt.

»Nicht jetzt, Kit.«

»Ich weiß, das habt ihr beide anders gewollt, aber vielleicht solltet ihr auf ihn hören, wenn er sagt, dass es nicht das ist, was er sich wünscht. Immerhin ist es doch *sein* Leben.«

»Kit, ich möchte das momentan wirklich nicht hören.«

»Das solltest du aber. Unsere Familie muss endlich lernen, sich die Wahrheit zu sagen.«

Da inzwischen allen der Appetit vergangen ist, helfen Kit und Haf, den Tisch abzuräumen. In jeder Hand eine Schüssel, verschwindet Kit in der Küche.

»Es tut mir leid, Esther«, sagt Haf und hofft, mit dieser Entschuldigung gleich mehrere Sünden abzudecken.

»Schau doch bitte, ob du ihn wieder zur Vernunft bringen kannst, ja? Das heißt, vorausgesetzt, dass du ihn nicht selbst zu dieser Entscheidung gedrängt hast«, faucht Esther sie unvermittelt an.

Sosehr Haf sich auch bemüht, es sich nicht zu Herzen zu nehmen, tut es dennoch weh. Sie möchte für Christopher einstehen, wie Kit es getan hat, aber anscheinend macht sie die Situation nur noch schlimmer.

Also sammelt sie die noch halb vollen Teller ein und geht ebenfalls in die Küche, wo Kit dabei ist, die Spülmaschine einzuräumen.

»Ich kann es nicht fassen, dass er es ihnen wirklich gesagt hat«, flüstert Haf, während sie die Essensreste von den Tellern in den dafür vorgesehenen Behälter füllt.

Stella und Luna sitzen auf dem Küchenteppich und machen schon große Augen. *Irgendjemand in diesem Haus hat es doch verdient, glücklich zu sein*, denkt Haf und wirft jedem Hund die Hälfte eines Miniwürstchens im Speckmantel zu. Die beiden verdrücken die Leckerei fröhlich und wedeln in der Hoffnung auf Nachschub mit dem Schwanz.

»Ich hätte es auch nicht für möglich gehalten«, erwidert Kit mit gedämpfter Stimme. »Aber ich bin froh, dass er es geschafft hat.«

Auf einmal erscheint ihr Gespräch von vorhin nicht mehr so wichtig, die Spannung zwischen ihnen hat sich deutlich gelockert. Vielleicht eine Art Waffenstillstand auf Zeit. Dass Kit Christopher ermutigt hat, wärmt Hafs Herz. Es ist immer noch ein bisschen angeschlagen, aber sie fühlt sich entspannter, zumindest für einen Moment.

»Himmel, ich bin froh, dass sie mich nie gefragt haben, ob ich in der Firma arbeiten will. Ich wäre im Handumdrehen wieder in London«, sagt Kit lachend.

»Meinst du, ich soll nach ihm sehen?«

Aber Kit schüttelt den Kopf. »Lass ihn erst mal in Ruhe. Schon als Kind hat er Zeit für sich gebraucht. Er muss das Problem erst mal in seinem Kopf durcharbeiten, bevor er darüber sprechen kann. Er weiß ja, dass du stolz auf ihn bist.«

Kaum hat sie den Satz vollendet, werden die Stimmen im Esszimmer lauter.

»Klingt, als sollten sich alle beruhigen.«

»Gehst du rein?«

»Nein«, schnaubt Kit. »Ich hab's versucht, aber ich glaube, momentan mache ich es nur schlimmer. Christopher muss ihnen die Stirn bieten. Komm, wir schauen uns Weihnachtsfilme an, vielleicht hören wir sie dann nicht mehr. Und du solltest ihnen im Moment lieber auch aus dem Weg gehen.«

»Warum?«

»Du glaubst doch nicht, dass das vorhin alles war, was Esther dir sagen möchte, wenn sich die Gelegenheit dafür bietet. Sie haben Christopher den Job angeboten, weil sie glauben, dass ihr zwei euch niederlassen und zwei Komma vier Kinder in die Welt setzen wollt.«

»Iiiieh.«

»Eben.«

Keiner der Calloways gesellt sich zu ihnen, und so lassen Kit und Haf sich gemütlich auf die Couch sinken und schauen sich einen Weihnachtsfilm an, den sie beide schon des Öfteren gesehen haben. Stella und Luna kuscheln sich zwischen sie, und als beide anfangen zu furzen, bereut Haf, ihnen die Würstchen gegeben zu haben.

»Waren sie wirklich so stark gewürzt?«, jammert sie und schlägt sich die Hände vors Gesicht.

Doch obwohl der Film zu ihren Favoriten zählt, kann sie sich nicht richtig konzentrieren. Immer wieder wandern ihre Gedanken von Christopher, wo immer er im Moment sein mag, zu Kit am anderen Ende der Couch und wieder zurück, ein endloser Kreis der Sorge.

»Apropos mein Bruder«, sagt Kit plötzlich und unterbricht ihr Gedankenkarussell.

»Hab ich irgendwas gesagt?«, fragt Haf.

»Nein, aber du hast sehr laut gedacht. Wirst du auch eine Entscheidung treffen?«

»Was für eine Entscheidung denn?«
»Hinsichtlich deines beschissenen, grässlichen Jobs.«
»So schlimm ist mein Job gar nicht«, sagt sie ein bisschen defensiv.
»Haf, ich bin ziemlich sicher, dass ich dich gerade direkt zitiert habe.«
»Oh.«
»Willst du nicht dem Vorbild meines Bruders folgen?«, fragt sie leise. »Vielleicht wird es nicht so schlimm, wenn jemand anderes das auch tut?«
»Ich bin ziemlich sicher, dass Christopher ganz gut verdient und auch was auf die hohe Kante gelegt hat, auf das er zurückgreifen kann.«
»Dafür bist du mutig und würdest bestimmt im Handumdrehen etwas Neues finden. Ich finde wirklich, du solltest aufhören«, sagt sie. »Man verbringt so viel Lebenszeit im Job, was hat es da für einen Sinn, etwas zu tun, das man überhaupt nicht mag?«
Haf seufzt tief. Darüber wollte sie an Weihnachten ganz bestimmt nicht nachdenken. »Ich habe das Gefühl, dass ich versagt habe, wenn ich einfach aufhöre. Was hatte es dann für einen Sinn, dass ich in eine andere Stadt umgezogen bin und mein ganzes Leben umgekrempelt habe? Wofür war das alles, wenn ich jetzt alles hinschmeiße?«
»Das ist doch kein Versagen. Es ist eben nicht jeder Job für jeden Menschen perfekt. Hör auf, so streng mit dir zu sein.« Kit seufzt. »Himmel, niemand könnte mich dafür bezahlen, wieder in deinem Alter zu sein.«
»Aber du bist doch gerade mal drei Jahre älter als ich, oder?«
»Glaub mir, das macht einen Riesenunterschied. Du musst nur daran denken, was du dir wirklich von deinem Leben wünschst, weißt du.«
In Gedanken schreit Haf: *Dich, dich, dich!*
»Wenn du dir nichts aus einer hochfliegenden Karriere machst, warum suchst du dir dann nicht einen Job, mit dem du die Rechnungen bezahlen kannst, und findest deine Leidenschaft anderswo?«

»Wer weiß, vielleicht bin ich eigentlich eine Karrierefrau, die nur darauf wartet, sich aus ihrem Chaos-Kokon zu befreien«, wendet Haf ein.

»Krass.« Kit lacht. »Aber das klingt nicht nach Haf Hughes.«

»Weißt du, was ich viel verlockender finde? Über die Feiertage mit jemandem die Wohnung zu tauschen und mal richtig aus dem Alltag rauszukommen«, sagt sie, und obwohl bereits der Abspann läuft, lenkt sie das Thema wieder auf den Film. »Jack Black sollte viel öfter romantische Hauptrollen spielen.«

»Männer sind nicht so mein Ding, aber ich verstehe, was du meinst«, murmelt Kit.

»Seine Szene in *School of Rock*, in der es darum geht, sexy und rundlich zu sein und gern zu essen, hat mich absolut überzeugt.«

Es ist noch früh, also beschließen sie, sich noch einen Weihnachtsfilm zu gönnen, und diesmal entscheiden sie sich für den neuesten, in dem Vanessa Hudgens mehrere Versionen von sich selbst spielt.

»Weißt du, ich stelle mir gern vor, dass der Film im gleichen Universum spielt wie *Orphan Black*.«

»Ist das nicht die Serie mit den Klonen?«

»Ja«, antwortet Haf. »Da gab es das Projekt Leda und das Projekt Castor. Vielleicht ist das hier das Projekt Extrafeiner Zucker.«

Kit schnaubt. »Du bist echt irre.«

Irgendwo in der Mitte des Films schlafen sie beide ein und wachen erst auf, als ein lautes, poppiges Weihnachtslied zum Abspann erklingt.

»Komm, wir sollten ins Bett gehen«, seufzt Haf, stemmt sich von der Couch hoch, und plötzlich erstarren sie beide. »In unser jeweiliges Bett natürlich«, stammelt Haf verlegen.

Erschöpft von dem seltsamen Weihnachtstag brechen sie in nervöses Gekicher aus.

Am Fuß der Treppe seufzt Kit müde. »Dieses Haus ist echt verdammt groß.«

»Soll ich dich anschieben?«, fragt Haf, und ehe Kit sich erkundigen kann, was sie damit meint, legt Haf beide Hände auf Kits Hintern und schiebt, was das Zeug hält.

»Nicht!«, Kit lacht. »Du schmeißt mich noch um.«

»Nein, komm schon. Das kriegen wir hin. Ich glaube an uns. Du schaffst das«, beharrt sie, und zusammen steigen sie die zwei Stockwerke hinauf, gefolgt von Stella und Luna.

»Gute Nacht«, flüstern sie, als sie angekommen sind, und verschwinden in ihrem jeweiligen Zimmer. Die Hunde begleiten Kit.

Wie es aussieht, hat Christopher tatsächlich das magische Talent, seinen Seelenschmerz einfach wegzuschlafen. Bewundernswert. In seinem Flanellpyjama schnarcht er laut und ungeniert und rührt sich nicht einmal, als Haf beim Ausziehen nicht nur herumpoltert, sondern auch noch mehrmals das Licht an- und ausknipst.

Das Reden müssen sie offensichtlich auf den nächsten Morgen verschieben.

Sie haben eine Menge zu klären, und vielleicht kann Haf ihm helfen, seinen Eltern verständlich zu machen, was er gerne tun will, ganz ohne Geschrei und Aufregung.

Gerade als sie in ihren Schlafanzug schlüpfen will, merkt sie, dass sie ihr Handy unten vergessen hat. Da Ambrose ihr zu jeder Tages- und Nachtzeit Nachrichten schickt, wäre es zu riskant, es herumliegen zu lassen – selbst wenn es gesperrt ist.

Also schleicht sie leise die Treppe wieder hinunter, verflucht jeden Schritt, findet ihr Handy aber gleich, seitlich ins Polster der Couch gequetscht.

Vom Flur aus sieht sie ein Licht brennen, das sie womöglich bei dem ganzen Treppenspaß vergessen hat.

Doch als sie ins Esszimmer geht, um es auszuschalten, findet sie dort Otto, der in der Ecke sitzt, den Kopf in die eine Hand gestützt, in der anderen ein Whiskyglas.

»Oh, hi, sorry«, sagt sie nervös, als er aufblickt und sie entdeckt. »Ich hab gesehen, dass das Licht brennt, und wollte es ausmachen.«

»Möchtest du auch einen Schluck?«, fragt er, ohne darauf einzugehen, und hebt sein Glas.

Haf weiß, dass Kit ihr geraten hat, sich nicht einzumischen, aber vermutlich ist dies die einzige Gelegenheit, die sich ihr bietet.

»Gern«, antwortet sie kurz entschlossen.

Otto steht auf, öffnet das Seitenschränkchen, holt ein frisches Glas heraus und füllt es mit dem Inhalt der Flasche, die auf dem Tisch steht.

»*Saluti*«, sagt er leise und stößt mit ihr an.

»*Saluti*«, antwortet Haf und setzt sich neben ihn an den Esstisch.

»Ich möchte mich bei dir entschuldigen, Haf. Vorhin habe ich mich dir gegenüber absolut unmöglich benommen, so wollte ich dich wirklich nicht in der Familie willkommen heißen. Offen gesagt schäme ich mich ein bisschen.«

»Es war eben ein sehr emotionales Gespräch«, erwidert sie. »Konntest du dich denn mit Christopher aussprechen?«

Otto brummt etwas unzufrieden. »Es gab viel Geschrei und wütende Blicke – also nein. Noch nicht. Diskutieren gehört nicht zu meinen besten Fähigkeiten, sagt meine Frau immer.«

Zu meinen auch nicht, denkt Haf.

»Es muss schwierig für dich sein«, meint sie vorsichtig. »Zu hören, wie unglücklich er ist.«

»Stimmt«, flüstert er. »Stimmt genau. Und ich komme mir dumm vor, weil ich es nicht bemerkt habe. Es ist das Wichtigste für mich, dass meine Kinder glücklich sind, und ich habe ihm das Gefühl gegeben, das wäre bestenfalls drittrangig.«

»Hast du ihm das gesagt?«

Er wird ein bisschen rot. »Leider nein. Ich war zu sehr damit beschäftigt, ihm nahezulegen, er solle etwas anderes machen. Ich habe versucht, das Problem zu lösen, statt ihm wirklich zuzuhören. Die Firma hat so viele Unterabteilungen – nicht nur die Luxusapartments, sondern auch die Altenheime und sonstige Bereiche, von denen ich dachte, dass er, wenn ich einfach weiter mit ihm darüber rede, sagen würde: *Aha, das ist es, was ich machen möchte, ehrlich*. Ich muss akzeptieren, dass er vielleicht etwas ganz anderes will.«

Ja, er möchte backen, denkt Haf. Aber sie kann es nicht aussprechen, das ist Christophers Aufgabe, und anscheinend hat er bislang nichts davon erwähnt.

»Erzähl mir doch mal von den Altenheimen, bitte«, sagt sie und wechselt leicht das Thema. »Das scheint doch eine ganz andere Richtung zu sein als …«

»… als schicke Häuser für Leute mit zu viel Geld?«, unterbricht Otto mit einem ironischen Grinsen.

»Das hast du gesagt«, lacht Haf.

»Richtig. Na ja, das Ding mit dem Älterwerden ist, dass man unglücklicherweise anfängt, sich eine Zukunft vorzustellen, in der man noch viel, viel älter ist. Als ich für meine Eltern nach Möglichkeiten für betreutes Wohnen Ausschau gehalten habe, ist mir klar geworden, dass es einen großen Mangel an Wohnungen mit gehobenem Standard gab.«

»Ich weiß, was du meinst«, bestätigt Haf. »Ich bin aufgewachsen in einer Gegend, wo viele Senioren wohnen, aber manche Wohnungen sind …«

»Ein bisschen grausig?«

»Ja. Als meine Granny in so einer Wohnung gelebt hat, habe ich, wenn ich sie besucht habe, den Bewohnern vorgelesen. Das war ganz schön.«

»Ich kann mir gut vorstellen, dass du das wunderbar machst.«

»Jedenfalls war es nett. Eine Frau war ganz verrückt nach historischen Liebesromanen mit möglichst viel Erotik, so richtige Nackenbeißer. Und sie meinte, ich kann das sehr lebendig wiedergeben, vor allem die Stimmen.«

Otto lacht laut.

»Deshalb hast du beschlossen, selbst Altenwohnungen zu bauen?«, fragt sie.

»Sozusagen, ja. Ich konnte ein paar Grundstücke kaufen, und nachdem wir die Häuser instand gesetzt hatten, waren sie perfekt, und die Bewohner lieben es, dort spazieren zu gehen und die Natur zu genießen. Die Siedlung ist beständig gewachsen, und um sie richtig zu führen, müsste jemand vor Ort sein. Doch das war es nicht, was ich für Christopher im Sinn hatte – er ist höflich, aber er redet nicht sonderlich gern.« Er lässt seinen Drink im Glas kreisen. »Im Grunde brauchen wir wahrscheinlich eher eine Person wie dich, die bereit ist, auf die Leute zuzugehen und mit anzupacken.«

Haf trinkt ihr Glas leer und versucht, nicht das Gesicht zu verziehen, als der torfige Geschmack sie in der Nase kitzelt. »Ach, ich bin sicher, es gibt eine Menge Leute, die bereit sind, den Achtzigjährigen einen schmissigen Nackenbeißer-Roman vorzulesen.«

Als sie ihr Glas abstellt, überkommt sie plötzlich ein gewaltiges Gähnen. »Der Whisky hat mir echt den Rest gegeben, ich glaube, ich sollte schlafen gehen. Danke für den Absacker.«

»Gern geschehen. Und Haf – danke, dass du mit mir geredet hast. Das war sehr nett von dir.«

An der Tür bleibt sie noch einmal stehen, dreht sich um und sagt: »Rede einfach mit Christopher. Hör dir an, was er zu sagen hat. Er möchte euch nicht enttäuschen. Ich weiß, dass es nicht ganz leicht ist, über Gefühle zu sprechen, aber fangt einfach damit an.«

Er lächelt sie voller Zuneigung an und verabschiedet sie mit einem Nicken.

Der Whisky hat Hafs Knochen aufgewärmt, und sie gleitet förmlich die Treppe empor.

Vielleicht ist das ein gutes Zeichen, vielleicht wird alles okay, denkt sie noch, als sie unter die Decke kriecht.

Der zweite Feiertag ist ein neuer Tag.

Kapitel 20

Als Haf aufwacht, ist Christopher nicht mehr da, hat aber einen Zettel auf seinem Kissen hinterlassen.

Bin bei Laurel, um ihr beim Abnehmen der Deko zu helfen. Eine gute Entschuldigung, um mir und Dad ein bisschen Raum zu geben. Sorry fürs Verschwinden, und danke für gestern. Komme nach dem Lunch zurück, hoffentlich. C x

Diese Frühaufsteher, verflucht sollen sie sein, denkt sie.

Als sie das Handy unter ihrem Kissen hervorgräbt, findet sie dort eine Nachricht von ihrer Mutter – ein verdächtiger, von einem kurzen *Schau mal, was wir gemacht haben* begleiteter Link, gefolgt von einem Zwinker-Emoji. In der Hoffnung, dass es sich nicht um eine WhatsApp-Gaunerei oder um etwas schrecklich Anzügliches handelt, klickt sie auf den Link.

Zu ihrer Überraschung lädt die Facebook-App. Haf hätte nicht gedacht, dass sie auf ihrem Handy installiert ist, weil sie es schon so lange nicht mehr verwendet hat.

Auf der Seite des Hotels, in dem ihre Eltern wahrscheinlich wohnen, ist ein Foto, wie die beiden sehr gut den Limbo tanzen, erschreckend und beeindruckend zugleich. Ihr Dad ist unter der Stange beinahe in der Horizontalen, und hinter ihm jubelt ihre Mum.

Sie klickt das Foto weg, doch ehe sie zurück zu der Nachricht von ihrer Mum gelangt, erscheint ein neues und wesentlich erschütterndes Foto.

In sehr geschmackvollen Partner-Weihnachtspullovern stehen Freddie und Jennifer vor einem riesigen Weihnachtsbaum. Jennifer hält die Hand zur Kamera, und auf einem ihrer perfekt manikürten Finger steckt ein Riesenklunker.

Die beiden sind verlobt.

Wirklich verlobt, nicht fake-verlobt wie Haf.

Als sei es gestern gewesen, ist sie auf einmal in ihrem alten Haus und sieht zu, wie Jennifer einfach in ihr früheres Leben marschiert. Haf erinnert sich, wie Freddie sie einfach sitzenließ, als hätte er ihr niemals eine Zukunft versprochen oder gar behauptet, sie sei die Liebe seines Lebens. Sicher, sie hatten sich getrennt, aber sie dachte, nur so lange, bis sie sich in ihr neues Leben eingefunden hatte. Er war seiner Wege gegangen, ohne den geringsten Zweifel. So viele Dinge hatte er ihr versprochen, als sie zusammen waren, so viele Zukunftspläne hatten sie geschmiedet. Aber allesamt stellten sich als Lügen heraus.

Vielleicht waren es immer Lügen gewesen.

Sie liebt ihn gar nicht mehr, aber die Verletzung ist immer noch real.

Ehe Haf richtig weiß, was sie tut, öffnet sie die Kommentare und scrollt durch die Nachrichten ihrer gemeinsamen Uni-Freunde, die den beiden gratulieren. Eigentlich dürfte sich das nicht anfühlen, als wäre sie betrogen worden, aber das tut es trotzdem. Alle wissen doch, was Freddie ihr angetan hat. Es versetzt ihr einen Stich.

Was für eine Scheiße.

Warum sagen die Leute nie, was sie denken. Alles leere Worte und Herzschmerz für Haf.

Jetzt tut ihr Herz so weh, als wollte es sich mit Krallen und Zähnen einen Weg aus ihrer Brust bahnen, und sie schleudert ihr Handy quer durchs Zimmer, wo es gegen die Wand donnert.

Dann kriecht sie unter die Decke, rollt sich zusammen und weint, bis keine Tränen mehr kommen.

Schließlich steht sie wieder auf, zieht die Klamotten von gestern an, pinselt ein bisschen Make-up über ihr fleckiges, verheultes Gesicht und macht sich auf den Weg in die Küche, weil sie Koffein braucht.

Unten findet sie Kit mit einer Tasse Kaffee und einem Buch an der Küchentheke. Irgendwie hat Haf gehofft, sie wäre auch weg.

»Morgen«, krächzt Haf. Die Uhr am Backofen blinkt elf Uhr. »Stimmt die Zeit?«, fragt sie und deutet darauf.

»Jepp«, antwortet Kit nickend und blickt von ihrem Buch auf. Als sie Haf anschaut, runzelt sie die Stirn. »Alles okay bei dir?«

»Hab nicht gut geschlafen.«

»Willkommen im Club«, erwidert Kit langsam.

Die Hunde trotten herein, bereit für morgendliche Streicheleinheiten. Als Haf sich hinunterbeugt, um sie zu kraulen, springt Luna hoch und leckt ihre Wange, als wollte sie sagen: *Ich weiß, du bist auf die Facebook-Seite deines Ex gegangen – tut mir echt leid.*

»Sind alle weg?«

Kit hält ein grellgelbes Post-it hoch. »Ich glaube, sie machen einen langen Spaziergang.«

»Was hat deine Familie bloß immer mit diesen Zettelchen?«, brummt Haf. »Christopher ist bei Laurel.«

»Ach ja, die Dekorationen«, sagt Kit und streicht sich übers Gesicht. »Das einzige Zugeständnis, zu dem die Howards sich durchringen. Wenn die Geschirrspülmaschine voll ist, können die Bediensteten heimgehen, dann helfen Christopher und ich normalerweise mit dem Weihnachtsschmuck. Eine nette Tradition. Laurel nötigt uns meistens zu einem Ausritt.«

»Hast du heute keine Lust?«, fragt Haf und schenkt sich eine Tasse Kaffee ein.

»Nein, und … äh, ich sollte dir wahrscheinlich sagen, dass ich Laurel alles erzählt habe.«

»Du meinst …?«

»Das Abenteuer in der Abstellkammer, ja«, vollendet Kit den Satz. »Sorry, ich musste wirklich mit ihr reden, und seit sie Bescheid weiß, schickt sie mir dauernd Nachrichten zu der … Situation.«

»O Gott, dann sind sie schon zu zweit. Ich wusste, dass es keine gute Idee war, sie mit Ambrose bekannt zu machen. Ich hoffe, sie erzählt Christopher nichts davon.«

»Nein, nein. Und sie hat gesagt, sie kümmert sich um Christopher unter der Bedingung, dass ich, äh, dass ich mit dir spreche.« Sie rutscht etwas unbehaglich auf ihrem Stuhl herum.

»Worüber?«

Als Antwort gestikuliert Kit wild in die Luft, und Haf nimmt an, dass sie einfach alles meint, was zum Thema gehört.

Plötzlich hat sie das Gefühl, dass die Küche zu klein ist, um ihren Gefühlen genügend Platz zu geben. »Wollen wir die Hunde ausführen?«, schlägt sie vor.

»Guter Plan«, sagt Kit und gießt auch schon den Rest ihres Kaffees in einen Thermosbecher. »Gassi gehen!«

Draußen ist alles mit einer weichen Schneeschicht bedeckt, der Tag ist perfekt, strahlend sonnig, kalt. Die Hunde rennen durch den Garten voraus zu einem Tor, durch das sie direkt auf die Wiese kommen. Stella und Luna schlüpfen hindurch, kaum dass es weit genug offen ist, und tollen ausgelassen auf der schneeweißen Wiese herum.

In der Ferne läuten Kirchenglocken, ansonsten hört man eigentlich nur das Schnuppern und Keuchen der Hunde, die hin und her rennen, als müssten sie Kit und Haf weitertreiben. Die Luft riecht frisch und frostig.

Kit zieht ein schäbiges Bällchen aus der Tasche und hält es Haf hin.

»Wow, für mich? Das war doch nicht nötig.« Haf springt schnell zur Seite, als Kit sie mit ihrem Gehstock bedroht, und rutscht dabei auf dem Schnee aus.

»Du sollst es für die Hunde werfen, du verrücktes Huhn!«, lacht Kit.

Natürlich steht Stella schon zu ihren Füßen und vibriert förmlich vor Aufregung. Haf war nie gut im Werfen, und der Ball fliegt nicht sehr weit. Aber die Hunde sind offensichtlich zufrieden, überhaupt ein bisschen Aufmerksamkeit zu bekommen, und sausen dem Ball begeistert nach.

»Wow, du wirfst ja fast so schlecht wie ich. Aber wenn ich richtig aushole, springt meine Schulter aus dem Gelenk.«

»Jetzt sei nicht gemein!«, lacht Haf. »Ich habe nämlich keine gute Ausrede, sondern bin einfach eine furchtbar schlechte Werferin. Aber …«

Sie bückt sich und formt einen Schneeball.
»Ich zeige dir gern, wie schlecht ich werfen kann.«
»Wag es nicht! Ich hau dich!«
»Das kannst du gern versuchen, aber ich bin sehr schnell.«
»Das ist unfair«, lacht Kit, duckt sich vor dem Schneeball, und er fliegt über ihren Kopf hinweg.
Sofort bückt Haf sich wieder, um neuen Schnee aufzusammeln, aber zu ihrem Entsetzen stopft Kit ihr von hinten eine Handvoll Schnee in den Mantel, und das kalte Zeug auf der warmen Haut bringt sie zum Kreischen. Mit einem Hexenkichern flitzt Kit davon.
»Aaaaah! Ich krieg dich schon!«
Haf holt Kit ein, packt sie von hinten um die Taille und drückt sie fest an ihren Körper. Lachend windet Kit sich und versucht, sich loszumachen, aber Haf hält sie fest.
»Ich lasse dich nicht entkommen, nur damit du noch mehr Schneeverbrechen begehen kannst!«
»Du hast doch damit gedroht, mich zu bewerfen!«
Plötzlich schafft es Kit doch, aus Hafs Umklammerung zu entfliehen, die schnelle Bewegung bringt Haf aus dem Gleichgewicht, ihre Doc Martens geraten auf dem vereisten Schnee unter der Puderschicht ins Schlittern, und sie fallen beide um.
»O mein Gott, bist du okay?«, fragt Haf erschrocken, als Kit auf ihr landet. »War ich wenigstens eine gute Matte?«
»Nichts passiert!« Kit lacht. »Und wenn mir doch was passiert, kannst du mich ja zurücktragen.«
Hafs Schock verfliegt augenblicklich, zurück bleibt nur das Bewusstsein, dass Kit auf ihr liegt.
»Auf meine schlappen Armmuskeln würde ich nicht wetten«, sagt sie leise und versucht zu ignorieren, wie gut es sich anfühlt, Kits Gewicht auf sich zu spüren.
Schneeflocken glitzern in Kits Haaren, ihre Nase ist rot vor Kälte. Sie sieht extrem süß aus, was seltsam ist, denn normalerweise würde sie Kit nie mit diesem Wort beschreiben. Umwerfend, ein bisschen angsteinflößend, unglaublich sexy – klar. Aber jetzt im Schnee sieht sie unbestreitbar bezaubernd aus, und Haf

tut das Herz weh. Diese Frau hat so vieles an sich, was sie interessiert. Am liebsten wäre sie Expertin in allem, was Kit angeht.

»Dann musst du eben einen Schlitten basteln und die Hunde dazu kriegen, dass sie ihn nach Hause ziehen. Ich glaube an dich. Außerdem sind deine Hände eiskalt, o mein Gott! Warum hast du denn keine Handschuhe an?«

»Oh, ich habe vergessen, sie einzupacken«, meint Haf locker. »Aber ich habe sowieso fast immer kalte Hände.«

»Stimmt«, bestätigt Kit langsam, richtet sich auf, sodass sie rittlings auf Haf sitzt, und blickt zu dem Baum über ihnen auf. »Hey, schau mal. Das ist deine Lieblings-Horrorpflanze«, sagt sie und deutet dabei auf einen Zweig, an dem irgendjemand mit einem karierten Band einen Mistelzweig befestigt hat.

Als Kit sich über sie beugt, um Haf zu küssen, ist es das Natürlichste der Welt, fast so, als hätten sie schon ihr Leben lang miteinander im Schnee herumgetollt. Der Kuss ist weich und warm, sanft und ganz anders als die gierigen Küsse in der Abstellkammer.

Aber in Hafs Gehirn gehen die Sirenen los, ihre Gedanken springen von Jennifer und Freddie zu der Diskussion in der Kammer.

»Stopp«, sagt sie und richtet sich zum Sitzen auf.

Kit rutscht von ihr herunter in den Schnee. »Was ist, Haf? Bist du okay? Rede mit mir.«

Heiße Tränen brennen in Hafs Augen, sie kann nicht richtig durchatmen. »Ich kann nicht. Ich kann nicht«, stößt sie hervor und ringt nach Atem wie ein Fisch auf dem Trockenen. Schmelzender Schnee dringt durch ihre Kleidung, aber ihr ist trotzdem heiß.

»Was kannst du nicht?«, fragt Kit, steht auf und streckt die Hand aus, um Haf hochzuhelfen.

Haf möchte schreien: »Ich kann nicht einfach okay sein, wenn wir es nicht beide sind. Ich kann nicht einfach mit dir zusammen sein, wenn du gar nicht weißt, was du für mich empfindest. Ich kann nicht hier sein und wieder verletzt werden.«

Aber stattdessen dreht sie sich um und rennt davon.

Zuerst hört sie Kit hinter sich rufen. Eine blöde Reaktion, einfach davonzulaufen, aber Haf kann einfach nicht anders.

Sie rennt ins Haus, lässt die Tür hinter sich sperrangelweit offen und steht dann an der Küchenspüle, nicht sicher, ob sie gleich ohnmächtig wird, sich übergeben muss oder einfach einen Schluck Wasser trinken soll. Kurz darauf poltern die Hunde herein, gefolgt vom fernen Geräusch eines davonfahrenden Autos. Vermutlich Kits Auto.

Wenigstens ist Haf jetzt allein und kann nachdenken. Nicht dass sie darauf große Lust hätte.

Die Hunde schnüffeln mit ihren nassen Nasen behutsam an ihr herum, und sie sinkt zu Boden.

Himmel, was für ein Schlamassel, denkt sie.

Die Hunde sind patschnass vom Schnee, und schließlich steht Haf auf, um das Hundehandtuch von der Heizung zu holen. Natürlich springen die beiden sofort auf und jagen durchs Haus. Dass Esther wegen Schmutzspuren ausrastet, ist so ziemlich das Letzte, was Haf erleben möchte.

»Hierher, Mädels!«, ruft sie, schlüpft eilig aus ihren Stiefeln und läuft mit dem Handtuch hinter den Hunden her.

Zum Glück bleiben beide lange genug stehen, dass Haf sie abtrocknen kann, ehe sie auf den Flur trotten. Zur Sicherheit wischt Haf noch den Boden mit dem Handtuch auf und folgt den Hunden ins Haus. Sie muss sich ein bisschen hinsetzen.

Außer ihnen ist es ganz still im Haus.

Doch dann sieht Haf plötzlich Esther mit vor sich verschränkten Händen an der Haustür stehen.

Zu ihren Füßen befindet sich eine Tasche.

Hafs Tasche.

»Äh, hi? Ist alles in Ordnung? Was ist denn los?«

Esther kommt einen Schritt näher. »Ich habe beschlossen, dass es das Beste ist, wenn du gehst. Deine Sachen sind gepackt, und wenn ich etwas vergessen habe, schicken wir es dir nach den Feiertagen zu. Ich habe ein Taxi für dich bestellt, das dich zum Bahnhof bringen kann. Es müsste in ein paar Minuten da sein.«

Haf blinzelt und versucht zu begreifen, was Esther gerade gesagt hat. »Tut mir leid, aber ich verstehe das nicht ganz. Du möchtest, dass ich gehe? Weiß Christopher Bescheid?«

»Ja, Haf, ich möchte, dass du gehst. Und nein, ich habe Christopher noch nichts davon gesagt. Zum Glück war er mit seinem Vater unterwegs und musste nicht mitansehen, wie du dich gemeinsam mit Katharine im Schnee vergnügt hast.«

In Haf krampft sich alles zusammen.

»Schlimm genug, dass wir uns mitten in einer familiären Auseinandersetzung befinden, die bislang auch deine Zukunft mit meinem Sohn betraf«, sagt sie, und ihre Stimme ist so ruhig wie eine Schlange kurz vor dem Zuschlagen. Auch die Vergangenheitsform ihrer Worte entgeht Haf nicht. »Aber die Tatsache, dass du in unser Haus kommst und unsere Tochter verführst ... Kannst du nicht genug kriegen?«

Esthers Wut brodelt dicht unter der Oberfläche, ein grimmiger mütterlicher Schutzinstinkt. Mit gesenkter Stimme fährt sie fort: »Ich werde nicht zulassen, dass jemand meine Kinder in diesem Haus verletzt. Deshalb musst du gehen.«

Panik breitet sich in Hafs Brust aus, und auf einmal ist sie so erschöpft von allem, was die letzten Tage passiert ist, dass sie nur noch ein mühsames »Okay« hervorbringt.

»Und kein Wort zu Christopher und Katharine, hast du das verstanden?«

Haf nickt, fest entschlossen, vor Esther nicht in Tränen auszubrechen. Sie wird nicht weinen. Sie darf nicht weinen.

»Alles klar.«

Kies knirscht vor der Tür und durchschneidet die schwere Stille. Esther öffnet die Haustür und sagt mit leiser Stimme: »Weißt du, ich habe dich echt gemocht, Haf. Möglicherweise habe ich auch nur die Person gemocht, für die ich dich gehalten habe. Ich bin sehr enttäuscht, dass es so gekommen ist.«

»Ich auch.«

»Gute Heimreise«, sagt Esther, und die Fürsorge unter all dem anderen droht Haf endgültig die Fassung zu rauben.

Als Stella und Luna ihr die Treppe hinunterfolgen, wird es noch schlimmer.

»Bleibt, Mädels«, stößt sie hervor, und die Hunde legen verwirrt ihre kleinen Köpfe schief und lassen die Schwänze hängen.

Zum Glück nimmt der Taxifahrer kaum Notiz von Haf und verstaut auch ihre Tasche wortlos im Kofferraum. Erst als das Auto sich vom Haus der Calloways entfernt, lässt sie ihren Tränen freien Lauf.

Kapitel 21

Das Taxi bringt sie zu einer Station mit direkter Zugverbindung nach London. Haf weint den ganzen Weg, und auch als der Fahrer sie samt ihrer Tasche im Schnee absetzt, schnieft sie weiter.

Wie sich herausstellt, hat ihr Telefon, als sie es durchs Zimmer geschleudert hat, einen verdächtigen Riss quer übers Display davongetragen, und auch die Handyhülle mit dem Gänseblümchendesign ist völlig verbeult. Infolgedessen kann Haf die Ticket-App nicht nutzen, die sie doch so gewissenhaft installiert hat.

Da sie niemanden am Kartenschalter mit ihrem etwas hysterischen Zustand konfrontieren möchte, kauft sie ihr Ticket am Automaten, obwohl sie zusammenzuckt, als sie den Preis sieht. Der nächste Zug fährt erst in gut fünfundvierzig Minuten.

Ein paar Leute wuseln herum, unter ihnen auch eine Gruppe topmodischer Teenager.

Typischerweise ist das Pumpkin Café am Bahnsteig geschlossen, aber dem Schild an der Tür ist zu entnehmen, dass es in einer halben Stunde wieder öffnen soll. Genug Zeit für Haf, um sich einen Kaffee und ein bisschen Trostschokolade zu kaufen, ehe sie in den Zug steigt.

»Hey, Siri«, schnieft sie und hofft, dass das Mikrofon noch funktioniert, worauf sie magischerweise auch tatsächlich eine Antwort bekommt. »Ruf Ambrose an.«

Es klappt.

»Hey, Stinker.«

Sie will antworten, aber als sie Ambroses Stimme hört, bricht sie erneut in Tränen aus.

»Warte, heulst du etwa? Haf? Was ist los, verdammt? Geh sofort auf Video.«

»Kann ich nicht«, schluchzt sie. »Mein Handy ist hinüber.«

Sie lässt sich auf die Bank fallen und fährt heftig zusammen, als ihr schneenasser Hintern das kalte Metall berührt. Wenn Esther ihr wenigstens die Zeit gelassen hätte, sich vor dem Rausschmiss noch schnell umzuziehen.

»Ach du Scheiße. Was ist denn passiert?«

Irgendwie schafft Haf es, zwischen heftigen Schluchzanfällen die ganze Geschichte zu erzählen.

Plötzlich erscheint in der Luft vor ihrer Nase ein Taschentuchpäckchen, und als Haf aufblickt, steht einer der Teenager vor der Bank. Sie nimmt es an und flüstert: »Danke.«

»Ich hoffe, es geht dir bald besser«, sagt der Teenager und schlendert wieder zurück zu seinen Freunden.

»Lässt du dich von fremden Menschen trösten?«, fragt Ambrose sofort.

»Könnte man sagen, ja«, antwortet sie und balanciert beim Naseputzen das Telefon zwischen Kinn und Schulter.

»Was hast du denn mit deinem Handy gemacht?«

»Ich hab es an die Wand geschmissen, weil ich Freddies und Jennifers Verlobungspost gesehen habe.«

»Nein!«

»Doch.«

»Warte mal.« Es klingt, als wechsle Ambrose das Zimmer, gefolgt von einer gedämpften Unterhaltung, in der dey von einem der Teenager im Haus verlangt, ihm deren Laptop rüberzureichen.

»Wenn du mir den Laptop nicht gibst«, zischt dey, »dann schicke ich diesem Mädchen, das du magst, sämtliche Videos, die ich von dir beim Karaoke gemacht hab. Wie heißt die Kleine noch mal? Carmela? Wetten, dass sie es lieben würde, wie du Celine Dion singst.«

»Das tust du nicht.«

Eine Pause tritt ein, in der Ambrose vermutlich deren »Wetten, dass«-Blick einsetzt, denn kurz darauf hat er offensichtlich den Laptop.

»Hey, hier bin ich wieder«, verkündet dey.

»Erpresst du deine Cousins für mich?«, schnieft Haf.

»Nur ein bisschen. Schau, bis du in Paddington ankommst, müsste ich es mit meinem ganzen Zeug auch nach London schaffen. Wir treffen uns in St Pancras, da gibt es anständigen Kaffee, und kommen dann entweder hierher zurück, oder ich fahr mit dir heim nach York. Klingt das …? O je, du heulst ja schon wieder.«

»Aber auf gute Art«, wimmert Haf. »Weil ich dich liebe. Danke. Du musst das aber nicht machen.«

»Ich weiß, aber ich fühle mich verantwortlich. Ich hätte dich einfach einsperren sollen, dann wäre diese ganze Scheiße nie passiert.«

»Sei nicht albern, diese ganze Scheiße ist voll und ganz meine Schuld.«

»Selbstverständlich. Ich hab nur versucht, nett zu sein. Aber dein Chaos hat mir großen Spaß gemacht, deshalb denke ich, ich muss mich revanchieren.«

»Schon okay. Schau, das Café öffnet gerade wieder, da kann ich mich ein bisschen aufwärmen. Falls mein Handy stirbt, treffen wir uns unter dem großen Weihnachtsbaum in St Pancras.«

Damit beenden sie das Gespräch, und fast im gleichen Augenblick gibt Hafs Telefon ein unheilvolles Geräusch von sich. Sie ist sich ziemlich sicher, dass der Akku leer ist, und steht etwas wacklig auf. Von den Teenagern, die immer noch besorgt um sie herumstehen, bekommt sie dafür den Daumen hoch, was sie sofort erwidert und sich dabei sehr nach »How do you do, my fellow kids?« fühlt.

Der Zug hat ein paar Minuten Verspätung. Niemand steigt in das gleiche Abteil wie sie, was wahrscheinlich ganz gut ist, denn die Trübsal, die sie ausstrahlt, könnte ja ansteckend sein. Da jemand alle Fenster aufgesperrt hat, ist der Wagen die reinste Kühlbox. Haf kauert sich auf einem der vier Tischsitze ganz in die Ecke, weil sie dort etwas entdeckt, was eine Heizung sein könnte, es verbreitet aber leider keinerlei Wärme.

»Willkommen an Bord des direkten Zugs nach London-Paddington, verehrte Reisende. Wie wir soeben erfahren haben, gibt es auf der Strecke vor uns eine Störung, die jedoch hoffentlich bald behoben sein wird, sodass wir unsere Fahrt ungehindert fortsetzen können.«

Mit beiden Händen umklammert Haf ihren rapide abkühlenden scheußlichen Kaffee und hofft, dass die Information kein Zeichen dafür ist, dass ihr heute noch Schlimmeres bevorsteht.

Langsam tuckert der Zug durch die weiße Schneelandschaft, die Haf durchs Fenster vorüberziehen sieht. Als sie in den nächsten Bahnhof einfahren, an dem ziemlich viele Leute einsteigen, schneit es noch immer. Der Zugführer verkündet, dass sie wegen des Schnees ihre Geschwindigkeit etwas reduzieren müssen.

»Ach du Kacke«, murmelt Haf, gerade als sich jemand auf den Platz gegenüber setzt. Und zu ihrer großen Überraschung ist es der ...

»Ruhewagen-Typ!«, begrüßt sie ihn.

»O nein.« Er seufzt. Der Weihnachtspullover mit dem voluminösen Schal ist verschwunden, stattdessen trägt er jetzt einen geschmackvollen, cremefarbenen Islandpullover. »Ich kann mich auch umsetzen.«

»Geh nicht«, stößt sie flehend und mit zittriger Stimme hervor, und schon wieder strömen ihr die Tränen übers Gesicht. »Tut mir leid, dass ich dich wahnsinnig mache. Eigentlich bin ich ganz normal. Ehrlich!«

Das scheint ihn nicht zu überzeugen, aber er bietet ihr etwas nervös eine Serviette von Costa Coffee an.

»Bist du ... einigermaßen okay?«, fragt er leise, und statt einer Antwort putzt sie sich die Nase. »Sieht aus, als hätte es mit dem Fake-Dating nicht so ganz geklappt.«

»Du hast das wirklich alles mitgehört?« Haf schnieft.

»Ja, wirklich.«

»Sorry. Als ich dich überall gesehen hab, hatte ich schon Angst, du würdest uns auffliegen lassen oder so.« Sie lacht reumütig.

»Ich bin allergisch gegen Drama, daher wart ihr bei mir in Sicherheit«, nuschelt er.

»Ich habe das Drama selbst geschaffen, ganz allein. Und so gründlich!«

Er zuckt zurück.

»Sorry, ich sollte aufhören, von meinem albernen Leben zu erzählen. Ich kenne ja nicht mal deinen Namen.«

»Bryn«, antwortet er seufzend und fährt sich mit der Hand durch seine schwarzen Locken.

»Bist du etwa auch Waliser?«, schluchzt sie, erleichtert, in diesem einsamen Zug wenigstens ein bisschen Vertrautheit vorzufinden.

»Teils.«

»Ich bin Haf.«

»Oh, das hab ich nicht vergessen, glaub mir.«

Durch die Lautsprecher verkündet der Zugführer, dass sie auf freier Strecke halten und warten müssen, bis die Züge vor ihnen den nächsten Bahnhof verlassen haben.

»Das wird wohl eine lange Reise«, seufzt Bryn.

Und er hat recht. Der Zug stoppt und startet, und selbst wenn er sich vorwärtsbewegt, ist er so langsam, dass er genauso gut still stehen könnte.

Doch als Bryn von Hafs Akku-Desaster hört, bietet er ihr sein eigenes Telefon an, damit sie Ambrose ein Reise-Update schicken kann. Bryns Handy ist ein ganz einfaches Klappmodell, das Haf an ihre Teenagerzeit erinnert.

»Die Nachricht besteht aus drei Zug-Emojis und einer Aubergine. Wie übersetzt man das in Worte?«

»Ich wünschte, ich wüsste es. Vermutlich bedeutet es einfach so was wie okay. Und bestimmt auch, dass ich versuchen soll, nicht zu viel darüber nachzudenken.«

»Was für ein bizarres kleines Leben du lebst«, sagt Bryn und seufzt erneut.

Ein Bahnbediensteter erscheint mit dem Getränkewagen und zeigt großzügig seine Weihnachtsstimmung, indem er jedem Passagier eine Flasche Wasser und einen Keks spendiert. Bryn kauft dazu noch zwei wässrige Tees für sich und Haf.

»Danke«, sagt Haf und drückt die Tasse an sich.

»Ich würde das sonst nicht trinken«, sagt er und späht in die Tasse, als sich dort der Kaffeeweißer verbreitet. »Aber das Zeug hält einen wenigstens warm. Und da wir hier festsitzen und ich bei einem Teil der Geschichte anwesend war, kannst du mir als Gegenleistung ja die Fortsetzung erzählen.«

Froh, jemanden zum Reden zu haben, beginnt Haf zu erzählen, und zu ihrer Überraschung lauscht Bryn fasziniert. Nur hin und wieder unterbricht er sie, um sich eins der seltsameren Details erklären zu lassen.

Wie sich herausstellt, hat auch Bryn seine Familie besucht und ist obendrein ein Cousin zweiten Grades von Laurel, was auch der Grund dafür war, dass sie sich bei der Party begegnet sind. Abgesehen von den Ereignissen in der Rumpelkammer – die ihr zu privat erscheinen, um sie mit ihm zu teilen – erzählt sie ihm alles.

Warum ist es manchmal leichter, mit einem Fremden über solche Dinge zu sprechen?

Als sie am Ende angekommen ist, lässt der Zug gerade langsam den Bahnhof von Reading hinter sich, sodass er sich praktisch auf der Zielgeraden nach London befindet, und Bryn wird plötzlich richtig gesprächig.

»Eines verstehe ich nicht«, sagt er. »Warum hast du nicht einfach erzählt, dass die ganze Geschichte ein Fake ist? Dann hättest du doch einfach die Schwester daten können, oder nicht?«

»Ihr Name ist Kit, aber das konnte ich doch nicht! Christopher war ja nicht mal anwesend, um sich zu verteidigen.«

»Wen kümmert das? Du bist rausgeschmissen worden! Meinst du, er wäre sauer gewesen? Wo doch die einzige andere Option war, dass du mit einem Wildfremden mitten im Schneesturm in einem Zug festsitzt?«

»Du bist längst kein Wildfremder mehr, Bryn«, lenkt Haf ab und tätschelt seine Hand.

»Jetzt versuch nicht, mich zu bezirzen, nur um keine richtige Antwort geben zu müssen.«

Haf schmollt ein bisschen und ärgert sich, dass ihr Manöver nicht funktioniert hat. »Ich wollte ihn beschützen.«

»Und dadurch hast du dafür gesorgt, dass du für dich selbst keine Entscheidung treffen musstest. Ganz schön clever.«

»Wie meinst du das?«

»Na ja, wenn du verraten hättest, dass du nur seine Fake-Freundin bist, hättest du gestehen können, dass du unsterblich in seine Schwester verliebt bist.«

»Wenn sie mich überhaupt will«, entgegnet Haf im Jammerton. »Außerdem – schau dir doch meine Entscheidungen mal an: Alles ist schiefgegangen. Ich habe einen Job, in dem ich mich sterbenselend fühle. Ich habe einen Mann fakegedatet, den ich buchstäblich gerade erst kennengelernt hatte. Und dann habe ich mich auch noch in seine Schwester verliebt«, schimpft Haf und zählt ihre Sünden an den Fingern auf.

Er widerspricht ihr und sagt: »Du bist doch in die richtige Stadt gezogen und dort diesem Schreckens-Emoji-Menschen begegnet. Was das Fake-Dating angeht, hast du dich darauf eingelassen, weil du diesen Christopher mochtest, und jetzt ist er ein guter Freund. Und dann hast du dich auch noch verliebt! Was gibt es denn Schöneres? Jemanden zu lieben, das ist eine Entscheidung, die man jeden Tag von Neuem trifft, und für meine Ohren klingt das alles andere als schlecht.«

»Ich mochte dich lieber, als du mich nervtötend fandest.«

»Hab ich denn unrecht? Hab ich unrecht?«, fragt er und breitet seine großen Hände aus.

»Persönlich denke ich, dass ich selbstloser bin, als es nach deiner Beschreibung klingt.«

»Natürlich. Wenn du eine Märtyrerin bist, dann hat sich alles gelohnt.«

Haf legt ihren Kopf auf den Tisch und stöhnt laut.

»Und jetzt? Willst du einfach weglaufen und die ganze Geschichte vergessen?«

»Nein«, murmelt sie. »Das will ich nicht. Aber wahrscheinlich ist es die einzige Möglichkeit.«

»Vorausgesetzt, du bist darauf aus, dich wie ein Feigling zu benehmen. Ich hab gesehen, wie du auf einer Rentierjagd ein Lebkuchenhaus in der Luft aufgefangen hast. Außerdem hast du auch noch einen Betrunkenen von einer schicken Party entfernt. Das klingt eigentlich nicht nach einer Memme.«

»Wow, du bist echt aufmerksam.«

»Widerwillig, ja. Ich bin durch und durch Beobachter.«

Obwohl der Zug inzwischen ein bisschen schneller fährt, ist es im Wagen noch immer eiskalt, und ohne den heißen Spülwasser-Tee setzt Haf die Kälte ziemlich zu. Sie tapst zur Gepäckablage und öffnet ihren Rucksack, der alarmierend ordentlich gepackt ist. Ihr tut das Herz weh – wenn Esther wirklich gemein wäre, hätte sie einfach alles reinstopfen können. Aber stattdessen hat sie sich die Mühe gemacht, Hafs Sachen ordentlich zusammenzufalten.

Ganz oben liegt ein in braunes Papier gewickeltes und mit einer Schnur zusammengebundenes Päckchen.

Haf nimmt das Päckchen und einen Pullover mit zurück zu ihrem Platz.

»Was ist das?«, fragt Bryn, während sie den Pullover schultertuchartig um sich wickelt. »Ein Nimmerwiedersehensgeschenk von deiner Fake-Schwiegermutter?«

»Keine Ahnung«, antwortet Haf wahrheitsgemäß. »Ist es überhaupt ein Geschenk?«

»Mach es doch einfach auf«, drängt er und späht interessiert über den Tisch.

Sehr vorsichtig wickelt sie das Päckchen aus. Als sie das Band entknotet hat und das Papier aufschlägt, kommt ein Paar Handschuhe zum Vorschein. Genau solche, wie sie bei der Feier gesehen hat, nur dass auf diesen hier keine Schneeflocken, sondern kleine, weiße Rentiere zu sehen sind.

Auf ihnen liegt eine braune Karte mit einer in wunderschöner Handschrift geschriebenen Nachricht:

Ich bin dabei, wenn du mich willst. Merry Christmas. Alles Liebe K x

»O mein Gott!«, stammelt Haf. »O mein Gott, o mein Gott!«

Bryn nimmt ihr die Karte aus der Hand und liest sie. »Warte mal, wann hat sie dir das gegeben?«

»Hat sie nicht!«, kreischt Haf, und ihre Gedanken rasen. »Ich hab das Päckchen nicht gesehen, aber – o Gott! – sie hat mich sogar nach meinen Handschuhen gefragt, als wir spazieren gegangen sind. Und ich dachte, sie lacht nur über meine grässlich kalten Hände. Es ist genau wie in dem Buch! O nein!«

»Was?«

»Ich bin weggelaufen!«

»Emotional?«

»Nein, buchstäblich! Ich bin wirklich weggelaufen, und sie hat gesagt, Laurel hätte ihr aufgetragen, mit mir über alles zu sprechen. Vielleicht hatte sie vor, mir zu sagen, dass sie mit mir zusammen sein will, und ich bin weggelaufen!«

Haf packt ihr ramponiertes und definitiv totes Handy und schüttelt es, als könnte sie es irgendwie dazu bringen, wieder zu funktionieren. »Ich weiß ihre Nummer nicht, ich weiß nicht mal Christophers Nummer. Ach, so ein Mist, ich muss es ihr doch sagen.«

Sie blickt auf und grinst Bryn an.

»Ich werde es tun. Ich werde ihr sagen, dass ich sie liebe.«

»Braves Mädchen!«

Sie steckt die Karte ein und schlüpft in die Handschuhe. Ihr Herz flattert und klopft im Rhythmus von: Kit-Kit-Kit.

Kurz darauf verkündet der Zugführer die Einfahrt in London, und bald darauf verlassen die Passagiere den Zug und strömen in die Paddington Station.

Direkt vor der berühmten Bronzestatue von Paddington Bear hilft Bryn ihr, ihren riesigen Rucksack wieder aufzusetzen.

»Was ist dein nächstes Ziel?«, erkundigt sich Bryn, als sie das Ende des Bahnsteigs erreichen.

»St Pancras. Dort treffe ich mich mit Ambrose. Wahrscheinlich sollte ich ein Taxi nehmen, damit ich mit dem Ding unterwegs niemanden bewusstlos schlage«, antwortet sie und hievt sich den Rucksack höher auf den Rücken.

»Und dann?«

»Keine Ahnung. Ich muss eine Möglichkeit finden, mit Kit zu sprechen.«

»Guter Plan. Dann müssen wir uns wohl verabschieden«, meint Bryn.

Und zu Hafs Erstaunen schließt er sie in die Arme. »Hol sie dir.«

Und damit ist er verschwunden.

Haf flitzt durch die Paddington Station und zum Taxistand. Der Taxifahrer hilft ihr, den Rucksack auf den Rücksitz zu manövrieren, und Haf quetscht sich daneben.

Es schneit auch hier, dabei hat Christopher doch behauptet, in London gäbe es so gut wie nie Schnee. Ein bisschen ist sogar auf den Haus- und Autodächern liegen geblieben.

Haf lehnt den Kopf an die Fensterscheibe und hofft, eine dieser Londoner Fotomontagen zu erleben, in denen man am London Eye, Big Ben und überhaupt an den ganzen Wahrzeichen vorbeikommt, aber sie trudeln stattdessen langsam kleine Seitenstraßen entlang. Schon bald erreichen sie St Pancras, und Haf händigt dem Fahrer die halsabschneiderische Summe aus, die er von ihr verlangt.

Auch heute, am zweiten Weihnachtsfeiertag, ist hier viel los, und Haf schaut aufmerksam in alle Gesichter und sucht nach Kits. Noch hängt natürlich überall der Weihnachtsschmuck. Obwohl viele Läden bereits die Schilder für den Sale angebracht haben, sind die Schaufenster größtenteils unverändert.

Als sie Ambrose unter dem Weihnachtsbaum stehen sieht, freut sie sich so, dass ihr sofort wieder die Tränen kommen.

Ambrose breitet die Arme aus, und Haf wirft sich ihm so stürmisch an den Hals, dass sie demm mit ihrem großen, schweren Rucksack beinahe umreißt.

»Danke«, schnieft sie und heult in Ambroses schöne Klamotten. »Danke, dass du gekommen bist, um mich zu holen.«

Dey schiebt Haf aus der Umarmung, um sie besser anschauen zu können. »Jemand musste doch kommen, um dich vor dir selbst zu retten«, sagt dey, und Haf lacht-schluchzt.

»Ich glaube irgendwie, dass ich alles noch mehr vergeigt habe«, erklärt sie nervös und hält die Handschuhe in die Höhe.

»Hübsche ... Handschuhe?«

»Diese Handschuhe sind eine Liebeserklärung!«

»Macht man das jetzt so?«

»Wie in *Carol*!«, stammelt sie.

Ambrose stutzt. »Ohhh, okay, ich bin ziemlich sicher, dass das nicht der Handlung des Buchs entspricht, aber ich verstehe. Sehr gut. Sehr gay.«

»Ich muss es ihr sagen. Ich muss ihr sagen, dass ich ...«

Ambrose legt ihr die Hände auf die Schultern. »Stopp. Zuerst mal Kaffee. Genau genommen lieber etwas ohne Koffein, du zitterst ja jetzt schon wie Espenlaub. Dann kannst du mir erklären, was zur Hölle eigentlich los ist, und wir überlegen gemeinsam das weitere Vorgehen.«

Haf öffnet den Mund, um etwas zu sagen, aber Ambrose bringt sie mit einem kurzen »Psst« zum Schweigen und schleppt sie hinüber zur Takeaway-Theke des kleinen Bistros, in dem sie sich vor ein paar Tagen mit Christopher zum Lunch getroffen hat. Ambrose bestellt einen großen Kaffee für sich und eine heiße Schokolade für Haf, dazu noch ein paar eingepackte Sandwiches zum Mitnehmen.

»Bist du jetzt mit Laurel richtig befreundet?«, fragt Haf, während sie warten.

Plötzlich wirkt Ambrose verlegen und wird sogar ein bisschen rot. »Sie, äääh, sie hat mir vorgeschlagen, zusammen mit ihr an einer Kollektion zu arbeiten.«

»Was? Das ist ja krass! Ich bin total stolz auf dich!«, ruft Haf begeistert und hüpft vor Freude.

»Ja, ich glaube, das wird cool. Wir werden Kollektionen entwerfen, die von ganz unterschiedlichen Körpertypen getragen werden können, also wird es viel Muster-Akrobatik geben, aber Laurel scheint wild entschlossen, das alles zu lernen. Vielleicht machen wir sogar eine Unisex-Kollektion, die ganz bestimmt nicht nur aus beigen Sackklamotten besteht.«

»Wow – aber werdet bloß nicht zu ehrgeizig«, lacht Haf.

Genau das braucht sie jetzt: bei Kaffee und Kakao Ambroses Erfolge zu feiern und an lauter schöne Dinge zu denken, die sie erwarten, wenn sie wieder zusammen bei sich zu Hause sind.

Sie nehmen ihre Getränke und Snacks und laufen zur Halle.

»Das bedeutet, dass ich gelegentlich nach Oxlea fahre, weißt du«, sagt Ambrose leise. »Womöglich bin ich an den Wochenenden deshalb nicht mehr ganz so oft da.«

»Und wenn du zu Hause bist, dann bist du bei Paco.«

»Na ja, da bin ich mir noch nicht so ganz sicher«, sagt dey beiläufig, aber mit leicht geröteten Wangen. »Aber du weißt ja, dass du jederzeit mit mir nach Oxlea kommen kannst.«

»Ich glaube nicht, dass ich dort jemals wieder gern gesehen sein werde.«

»An deiner Stelle wäre ich mit der Prognose vorsichtig«, widerspricht Ambrose und deutet in die Bahnhofshalle.

Und tatsächlich entdeckt Haf dort ein ganzes Stück von ihnen entfernt Kit, Laurel und Christopher, die sich umschauen, als suchten sie etwas.

Fast im gleichen Moment entdeckt Laurel Ambrose und fängt an, wie wild zu winken, als wollte sie ein Taxi anhalten.

Kit wirbelt zu ihnen herum und ruft: »Haf!«

»Kit?«, flüstert Haf, aber dann brüllt auch sie: »Kit!«

Ehe sie selbst weiß, was sie tut, rennt sie los beziehungsweise trabt und schwankt sie mit ihrem riesigen, schweren Rucksack dahin, sich mühsam einen Weg durch die Menge bahnend.

»Kit!«

Auch Kit legt Tempo zu und schnauzt gelegentlich sogar jemanden an, ihr aus dem Weg zu gehen: »Haf! Himmel noch mal, aus dem Weg! *Haf!*«

Da sie keiner der beiden überholen wollen – obwohl es ein Leichtes wäre, da weder Haf noch Kit sonderlich schnell sind –, folgen Christopher und Laurel gemächlich Kit, und auch Ambrose geht in Ruhe weiter.

In der Mitte, direkt unter dem riesigen Weihnachtsbaum, treffen sie sich. Kit und Haf bleiben ein paar Meter voneinander entfernt stehen, beäugen einander, so überwältigt, dass sie kein Wort herausbringen und plötzlich bewegungsunfähig sind.

»Was machst du hier?«, stößt Haf schließlich mühsam hervor.

Jetzt kann Laurel nicht mehr länger warten, drückt Kits Schulter und ruft: »Wir haben uns auf den Weg gemacht, um euch zu finden. Es war herrlich aufregend. Hi, Ambrose!«

»Hi, Laurel«, antwortet dey und stellt sich hinter Haf.

»Warte, hast du ihnen etwa verraten, dass ich hier sein würde?«, fragt Haf so leise, dass nur Ambrose sie hören kann. »Ist das eine Intervention? Habt ihr mich in einen Hinterhalt gelockt?«

»Wie kannst du es wagen, mich einer so konventionellen Aktion zu verdächtigen?«, erwidert dey und grinst, als Haf ihren Riesenrucksack endlich abnimmt und auf den Boden stellt. »Und nein, es ist keine Intervention, du Einfaltspinsel.«

Allem Anschein nach nimmt Christopher keine Kluft zwischen Haf und seiner Schwester wahr, denn er eilt direkt auf Haf zu, schließt sie in die Arme und flüstert ihr ermutigend ins Ohr: »Geh einfach zu ihr und rede mit ihr.«

»Ich fürchte mich aber«, flüstert sie zurück. »Was, wenn ich meine Chance verspielt habe?«

»Kit ist doch nicht den weiten Weg hierhergekommen, um dir irgendeinen Scheiß zu erzählen und dich als Schwachkopf zu beschimpfen.«

»Wahrscheinlich wird sie mich sehr wohl als Schwachkopf beschimpfen.«

»Okay, aber nicht nur. Schau mich an«, befiehlt Christopher sanft und hält Haf ein Stück von sich weg, um ihr in die Augen sehen zu können. »Wie man es dreht und wendet, bleibt es seltsam für mich, aber ich sage es trotzdem: Sag meiner Schwester endlich, dass du sie liebst.«

Anscheinend hat Kit von Laurel ähnlich aufmunternde Worte zu hören bekommen, denn im gleichen Moment sieht sie auf, ihre Blicke treffen sich, sie schauen sich tief in die Augen, und auf einmal erscheinen die paar Meter, die sie noch trennen, gar nicht mehr unüberwindbar.

Die Zeit bleibt stehen, als Kit ganz langsam zu Haf herüberschreitet. In dem smaragdgrünen Wollmantel, in dem Haf sie zum ersten Mal gesehen hat, ist Kit genauso wunderschön wie vor fünf Tagen, als sie sich in dem kleinen Buchladen gegenüber begegnet sind. Der einzige Unterschied sind der Zuckerstangen-Gehstock und die tiefe Sicherheit, dass Haf diese Frau liebt.

»Kit!«, sagt sie. »Es tut mir so leid.«

Und streckt die Hände in den Handschuhen nach ihr aus.

»Ich hab sie gerade erst ausgepackt«, erklärt sie. »Ich schwöre dir, ich wusste nicht, dass du sie mir zu Weihnachten geschenkt hast, und es tut mir so leid, dass ich weggelaufen bin, denn das ist überhaupt nicht das, was ich will, und …«

»Haf«, unterbricht Kit sie. »Ich hab verstanden. Es war nicht … Nicht die offenherzigste Kommunikation meines Lebens. Wahrscheinlich hätte ich mich nicht auf eine Karte verlassen sollen.«

»Warte, wie hast du …?«

»Bryn hat mir eine Nachricht geschickt«, meldet Ambrose sich zu Wort. »Und ich habe es ihr gesagt, weil sie dabei war auszurasten.«

»Ihr habt euch alle verschworen?«, fragt Haf.

»Ja«, antworten die anderen im Chor.

»Ich hätte es dir einfach sagen sollen«, fügt Kit hinzu.

»Allerdings! Statt eine Schneeballschlacht zu veranstalten«, schnaubt Laurel hinter ihnen.

Kit verdreht die Augen, lächelt jedoch dabei. »Dann mach ich es jetzt, okay?«

Haf nickt stumm, und Kit atmet tief ein.

»Seit Tagen habe ich versucht, meine Gefühle zu verdrängen und wegzudrücken. Mein Leben ist kompliziert, Haf – mein Job, meine Gesundheit, das Glücklichsein. Und ich weiß, dass ich verschlossen wirke, ich halte Abstand, aber das hat bisher gut für mich funktioniert. Und du verursachst dermaßen viel Chaos.« Sie lacht, und ihre Augen funkeln. »Ich meine, du bist in einen verfluchten Ententeich gewatet, um mit einer Gans zu kämpfen, um Himmels willen. Wer macht denn so was?«

»Ich musste ein Rentier befreien«, antwortet Haf prompt.

Aber Kit fährt lachend fort: »Der Punkt ist, dieses ganze Durcheinander, wie irre und albern du sein kannst und hundertprozentig loyal, auch wenn es jede Logik übersteigt ... Das alles macht mir eine Heidenangst. Aber genau diese Dinge liebe ich an dir.« Ihre dunklen Augen strahlen im Glanz der Weihnachtslichter.

Jetzt fängt Haf wieder an zu weinen, und sie ergreift Kits Hände.

Sie *liebt* diese Frau.

»Ich weiß, es sind erst fünf Tage, was wahrscheinlich sogar für lesbische Frauen ein Rekord ist.« Kit lacht leise. »Aber irgendwie fühlt es sich gleichzeitig an wie das Normalste, was dieses Weihnachten passiert ist.« Sie hält inne und spricht dann langsamer und ernster weiter. »Du musst so viele Lebensentscheidungen treffen – zum Beispiel, deinen beschissenen, grässlichen Job aufzugeben –, aber ich möchte eine von deinen Entscheidungen sein. Falls ich das alles falsch verstanden habe und du tatsächlich davonlaufen willst, dann serviere mich bitte möglichst behutsam ab, okay?«

»Ich kann dir versichern, dass ich nicht vor dir weggelaufen bin. Also doch, das bin ich, aber nur zurück zu eurem Haus. Weil ich mich beruhigen und ein paar Dinge verarbeiten musste. Aber deine Mum war so stinksauer ...«

»Haf«, unterbricht Kit sie. »Ich muss nur wissen, dass es nicht blöd war, dir buchstäblich quer durchs ganze Land nachzulaufen.«

»Überhaupt nicht!«, ruft Haf.

Christopher, Ambrose und Laurel drängen sich neben ihnen zusammen und beobachten die Szene mit hoffnungsvollen Blicken.

»Mach weiter«, formt Christopher mit den Lippen in Hafs Richtung.

Haf holt tief Luft und blickt zu Kit empor, zu der Frau, die sie liebt, zu dieser mutigen, wunderschönen, klugen Frau mit dem schlimmsten Mundwerk der Welt, dieser Frau, die soeben zugegeben hat, dass sie Haf ebenfalls liebt.

»Es war alles dermaßen chaotisch. Ich wusste wirklich nicht, dass du dich für mich entschieden hast. Wenn ich es gewusst hätte, wäre ich augenblicklich aus dem Taxi gesprungen.« Sie lachen beide, dann fährt Haf fort: »Ich hab ein bisschen Angst, weißt du, weil ich das Gefühl habe, dass sämtliche Entscheidungen, die ich im Lauf des letzten Jahres getroffen habe, nach hinten losgegangen sind, aber das war, weil ich mich in den schlechten Teilen verfangen habe, statt mich mit meinen Gefühlen auseinanderzusetzen ... Und dann habe ich mich auch vor den guten Dingen, die ich habe und vielleicht haben *könnte*, gefürchtet. Du hast schon recht – mein Leben ist ein einziges Chaos. Ständig greife ich nach Strohhalmen, und alles fühlt sich dauernd so schwierig an, und ich weiß einfach nicht, was ich da anstelle. Ich hab dir nicht viel zu bieten. Aber wenn ich dich anschaue, dann sehe ich nicht nur die Gegenwart. Es ging mir nie nur um Küsse im Schnee oder in der Rumpelkammer ...«

An dieser Stelle hört sie, wie Christopher irritiert »In der Rumpelkammer?« murmelt, was Kit und sie dazu bringt, loszukichern wie zwei betrunkene Teenager.

»Für uns wünsche ich mir, dass wir für immer zusammenbleiben. Ich möchte mich zu der Person entwickeln, die du verdient hast. Ich liebe dich, und ich möchte mein ganzes Leben mit dir verbringen.«

»Worauf warten wir dann noch?«, flüstert Kit, das typische, inzwischen so vertraute schiefe Lächeln auf den Lippen.

Als sie sich dann endlich küssen, ist es pure Magie und Sternenlicht. Das Universum, in dem sie zusammen sein können, hat sich als dieses hier entpuppt, und vor ihnen eröffnet sich eine Zukunft wie eine Wahrheit, die sie anfassen kann. Ein Leben, in dem sie in der Küche tanzen, zusammen einschlafen und sein können, was immer sie wollen.

Als sie sich umarmen, vermischen sich ihre Tränen auf ihrer beider Wangen, und zwischen wundervollen Küssen lachen sie zusammen, froh und erleichtert. Ein Augenblick wie entlehnt aus ihren wildesten Träumen.

Arm in Arm weinen auch Ambrose und Laurel sich vor Rührung die Augen aus dem Kopf.

»Es ist einfach …«

»So wunderschön.«

»Ich bin so stolz!«

»Ich auch!«

Um sie herum erhebt sich ein Chor von Jubelrufen und Applaus, der im Gewölbe der Station laut widerhallt. *All I Want for Christmas is You* erklingt von einem der Klaviere auf der anderen Seite des Gastronomiebereichs, und Haf könnte schwören, dass es Bryn ist, der da spielt.

Christopher kommt zu ihnen und umarmt sie beide gleichzeitig.

»Ihr zwei habt einiges zu bereden«, flüstert Kit und schlüpft aus seinem Arm.

Haf schnieft und wischt sich die Tränen aus den Augen. »Es tut mir leid, Christopher. Ich habe das Gefühl, dass ich alles kaputtgemacht habe. Wir haben uns so bemüht, und ich hab es komplett vergeigt, indem ich mich wie der notgeile Kobold benommen habe, der ich nun mal bin.«

Jetzt lachen und heulen sie gleichzeitig.

»Vielleicht bist du ein notgeiler Kobold, aber du hast nichts kaputtgemacht. Im Gegenteil – du hast mir sehr geholfen. Ohne dich hätte ich meinen Eltern niemals sagen können, dass die Hoffnungen, die sie sich für mich machen, nicht das sind, was ich will. Aber mit deiner Unterstützung hab ich genau das getan. Die ganze Geschichte hab ich ihnen erzählt.«

»O nein. Wie haben sie es aufgenommen?«

»Sie waren ein bisschen … verwirrt.«

»Das ist stark untertrieben. Esther hat sogar geflucht«, mischt Kit sich ein und fügt in einer perfekten Imitation ihrer Mutter hinzu: »*Ach du Scheiße, Christopher, bring dieses Mädchen sofort hierher zurück.*«

»Ich kann nicht glauben, dass du mich dazu gebracht hast, eine absolut nette junge Frau am zweiten Weihnachtsfeiertag rauszuwerfen, Christopher«, fährt Christopher in einer ebenso treffenden Nachahmung seiner Mutter fort. *»Mir ist ehrlich schleierhaft, wie wir es geschafft haben, jemandem weiszumachen, wir wären ein Paar.«*

»Hey, ich bin eine heiße Nummer. Du hättest mich sehr wohl daten können«, protestiert Haf.

»Stellt euch vor, was für ein Chaos das erst gewesen wäre«, pflichtet ihr Ambrose bei.

»Egal, ich hab weiter nichts getan, als ein Lebkuchenhaus zu zerstören und ein paar Streitereien zu provozieren«, meint Haf abschließend.

»Zwar ist das eigentlich die Wahrheit, aber längst nicht die ganze, und das weißt du auch. Vielleicht war es Schicksal, dass wir uns kennengelernt haben, weil wir beide ein bisschen erwachsener und mutiger werden mussten. Und das hast du geschafft. Deine Freundschaft und die Tatsache, dass du an mich geglaubt hast, haben mir Mut gemacht und mich dazu gebracht, das Leben zu wählen, das ich mir wirklich wünsche«, sagt Christopher und wischt Haf die Tränen von den Wangen.

»Okay, das klingt wirklich nach ein bisschen mehr«, gibt sie zu und schaut zu Kit. »Danke, dass du mich mit der Liebe meines Lebens bekannt gemacht hast.«

»Krass!«, ruft Kit und schließt Haf fest in die Arme.

»Diese schöne Geschichte werde ich noch meinen Enkelkindern erzählen«, meint Christopher.

»Wer ist das denn?«, fragt Kit plötzlich und deutet auf den Mann, mit dem Laurel gerade redet.

Als Haf ihn erkennt, muss sie lachen. »Das ist der Buchhändler, der mich dazu bringen wollte, bei ihm meine Nummer für dich zu hinterlassen.«

»Na, dann sagen wir ihm doch mal Hallo«, meint Kit aufgedreht und zerrt sie in die Richtung.

Als sie Hand in Hand auf ihn zukommen, stößt der Buchhändler einen begeisterten Schrei aus. »Ich wusste es! Man erlebt ja in der Abteilung für lesbische Literatur nicht alle Tage einen emotional so aufgeladenen Moment. Ich wusste, dass das Schicksal euch noch einmal zusammenführen würde. Und man erlebt auch nicht alle Tage den Beginn einer großartigen Liebesgeschichte.«

»Allerdings«, strahlt Laurel.

»Also, was nun?«, fragt Ambrose.

Diese Frage, die sich so umfassend anfühlen könnte, verliert unter dem Weihnachtsbaum etwas von ihrem Schrecken.

»Gehen wir nach Hause«, schlägt Christopher vor.

»Was? Zurück nach Oxlea?«, fragt Haf nervös.

»Warum nicht? Ich bin gefahren, also ist Platz genug für uns alle«, schaltet sich Laurel ein. »Es sei denn …«

Sie schaut zu dem Buchhändler, der die Hand hebt.

»Macht euch keine Sorgen um mich, ich gehe wieder an die Arbeit. Viel Glück euch allen!« Und damit eilt er zurück in seinen Laden.

»Also, eins ist damit schon mal geklärt. Ambrose, warum kommst du nicht auch mit? Wir können uns direkt an unsere Arbeit machen.«

»Sehr gern, ich hab ja schon gepackt«, sagt Ambrose.

»Na gut, das klingt, als wäre die Sache bereits entschieden«, sagt Haf und versucht, ihre Nervosität hinunterzuschlucken.

»Alles wird gut«, versprechen Kit und Christopher gleichzeitig, und Haf glaubt ihnen.

Ihr Herz ist so voller Zuneigung für diese vier Menschen, die ihr so ans Herz gewachsen sind, und obwohl Haf drei von ihnen erst seit kurzer Zeit kennt, weiß sie doch, dass sie Freunde fürs Leben gefunden hat. Und der Buchhändler scheint auch sehr nett zu sein.

Als sie am Klavier vorbeikommen, blickt Bryn auf und zwinkert ihr zu. So viel dazu, dass sie einander nie wiedersehen werden.

Endlich sieht die Zukunft richtig rosig aus.

Kapitel 22

In Laurels Auto sitzen sie wie in einer Sardinenbüchse – Haf, Ambrose und Kit hinten, Christopher auf dem Beifahrersitz, damit er Platz für seine langen Beine hat.

»Gott, das wird bestimmt seltsam, oder nicht?«, flüstert Haf, als sie London verlassen. »Der Inbegriff einer echt albtraumhaften Schwiegertochtersituation für eure armen Eltern.«

»Ich glaube nicht, dass so etwas jemals dokumentiert wurde«, gähnt Ambrose. »Vielleicht wirst du die erste Fallstudie zu diesem Thema. Der Fall der fake echten Ex-fake-jetzt-echten-Nichtschwiegertochter.«

Haf beschäftigt sich damit, auf Kits Handy ein Kündigungsschreiben zu entwerfen, und in einem plötzlichen Mutanfall loggt sie sich in ihrem Mailkonto ein und verschickt es gleich. Noch eine Entscheidung ist getroffen. Kit strahlt vor Stolz und küsst sie auf die Wange.

Und obwohl Haf immer noch besorgt ist, weil sie Angst hat, einen Fehler zu machen, ist es nicht mehr ganz so belastend. Denn jetzt begleitet sie die Liebe einer ganzen Autoladung von Freunden.

Vorne kichern Laurel und Christopher, und plötzlich fällt Haf ein, was sie wegen ihres eigenen Dramas schon fast vergessen hatte, nämlich, dass sie und Kit die beiden beim Küssen erwischt haben.

»Wartet mal. Seid ihr beiden eigentlich wieder zusammen?«, fragt sie und beugt sich durch die Lücke zwischen den Sitzen zu ihnen vor.

»Na ja, wir hatten ein gutes Gespräch darüber, dass wir uns echt verändert haben«, beginnt Christopher, in einem Ton, in dem ein Elternteil seinem Kind einen komplexen Sachverhalt erklärt.

»Genau, und wir haben uns vorgenommen, beide unserer Leidenschaft zu folgen, was echt aufregend ist. Und wir hatten auch ein sehr ehrliches Gespräch darüber, wie wir uns womöglich aus Versehen gegenseitig auf den Weg geschubst haben, den wir eigentlich nicht gehen wollten.«

»Wie unsere Eltern«, ergänzt Christopher und seufzt.

»Richtig typisch!« Laurel stößt ihr herrliches Trompetengelächter aus.

»Und du hast mit Mark Schluss gemacht?«, hakt Haf nach.

»Ich hab mit Mark Schluss gemacht!«, antwortet sie, und alle jubeln. »Wow, ihr habt ihn also wirklich alle gehasst?«

»Ja, haben wir«, bestätigen ihre Freunde im Chor.

»Wie hat er es aufgenommen?«, fragt Kit. »Ich hoffe, er hat geweint.«

»Das hat er tatsächlich«, sagt Laurel und unterdrückt dabei ein Lächeln. »Seid nicht so gemein. Er ist auch ein Mensch mit Gefühlen.«

»Sehr fraglich.«

»Vielleicht können wir ein bisschen Mitleid mit ihm haben, weil er mich verloren hat, und ich bin bekanntlich toll.«

»Stimmt«, ruft Christopher, und die beiden kichern wieder.

»Also, ihr seid tatsächlich wieder zusammen?«, fragt Haf noch einmal.

Laurel schaut sie im Seitenspiegel an, dann brechen die beiden wieder in Gelächter aus.

»Überhaupt nicht«, sagt Laurel.

»Oh«, sagt Haf und kommt sich ein bisschen dumm vor.

»Wir haben beschlossen, einfach Freunde zu sein«, erklärt Laurel. »Jedenfalls sind wir das jetzt.«

»Wir schließen nichts aus, aber dieser Beziehungskram ist nicht unsere oberste Priorität, wir legen einfach Wert darauf, im Leben des anderen zu sein«, erklärt Christopher.

»Wow ... Das ist ja furchterregend erwachsen«, murmelt Haf.

»Ich weiß. Und es war mir nicht klar, dass ich so was in mir habe«, lacht Christopher.

»Und statt zu daten, sind wir einfach für den anderen so was wie, ich weiß auch nicht ... ein Coach?«, ergänzt Laurel. »Wir unterstützen einander. Wir werden uns gegenseitig bei unseren neuen Plänen helfen. Christopher hat sich bereit erklärt, für Ambrose und mich zu modeln, und er wird seine zahlreichen grauen Zellen nutzen und mir bei der Buchhaltung helfen. Im Gegenzug helfe ich ihm, eine Schule zu finden, und ich habe auch versprochen, ein Foodstagram einzurichten.«

»Aber es wäre mir recht, wenn du es nicht so nennen würdest.«

»Wie denn sonst? Cakestagram vielleicht?«

»Und was ist, wenn ich Sachen backe, die keine Kuchen sind?«

»Backstagram?«, schlägt Ambrose verschlafen vor.

»Der Punkt ist doch, dass Laurel mir hilft, ein professionelles Social-Media-Ding einzurichten.«

»Und dich ins Fernsehen bringt. Du bist für eine eigene Back-Show geboren, zumindest für eine mit irgendwelchen witzigen Wettbewerben.«

»Mal sehen.«

»O ja, wir werden es sehen, klar! In der nächsten Staffel!«

Christopher und Laurel verdrehen lachend die Augen, und zwischen ihnen ist so viel Liebe, dass es sich anfühlt wie ein ganz eigenes Happy End, speziell für sie. Eines, in dem sie sich entscheiden, wieder am Leben des anderen teilzunehmen, aber auf ganz neue Art, um die neue Phase in ihrem Leben zu markieren.

Es ist wunderschön.

An einer Tankstelle machen sie halt, damit alle zur Toilette gehen und sich bei Starbucks zuckrige Weihnachtsgetränke kaufen können. Haf ist mit ihrem erst kurz vor Oxlea fertig und fummelt nervös am Deckel herum. Vielleicht war es nicht die beste Idee, sich vor einer schwierigen Familiensituation so viel Koffein und Zucker einzuverleiben.

Beruhigend legt Kit ihre Hand auf Hafs. »Alles okay bei dir? Bisschen nervös?«

»Ziemlich untertrieben. Das wird zutiefst seltsam werden, oder etwa nicht?«

»O doch, absolut.«

»Wenigstens haben wir unseren kleinen Fanclub dabei«, meint Haf und lacht verlegen.

»Ich vermute, das werden sie genauso seltsam finden wie den Rest – mindestens.«

Als sie vor dem Calloway-Haus halten, stehen Otto und Esther schon wartend an der Tür.

»Dann kommt mal alle rein«, ruft Otto und strahlt dabei übers ganze Gesicht, als wollte er dem Weihnachtsmann Konkurrenz machen und als wären die Neuankömmlinge nur gerade mal im Pub um die Ecke gewesen.

»Vor allem du, Haf«, fügt Esther freundlich hinzu, als Haf sich nähert. »Und ich denke, unsere albernen Kinder können auch reinkommen.«

Im nächsten Augenblick erscheinen Stella und Luna zu Hafs Füßen, hopsend, jaulend und mit dem Schwanz wedelnd. Haf kauert sich nieder, um sie zu streicheln, aber sie rennen wild um sie herum, viel zu aufgeregt, um stillzuhalten.

Schließlich steht Haf wieder auf, denn so gern sie es möchte, kann sie den peinlichen Moment nicht länger hinauszögern.

Christopher und Laurel folgen Esther ins Haus, und Otto, der noch an der Tür wartet, winkt auch Haf, Kit und Ambrose mit ins Haus. Haf schluckt schwer an ihrer Nervosität, während sie im Flur die Schuhe auszieht und dann den anderen ins Wohnzimmer folgt. Esther setzt sich in ihren üblichen Sessel, aber Otto bleibt hinter ihr stehen, statt sich in seinem niederzulassen.

Kit, Haf und Christopher quetschen sich auf die Couch, während Laurel und Ambrose noch einen Moment beim Weihnachtsbaum verharren und sich von den Babybildern ablenken lassen.

Ein seltsamer Gedanke, dass Haf erst vor fünf Tagen in diesem Raum war, sich am Glühwein verschluckt und versucht hat, Otto und Esther zu beeindrucken. Und nun? Wo sollen sie anfangen?

Glücklicherweise durchbricht Otto die Stille mit einem lauten Räuspern. »Also! Willkommen zurück, Haf. Ich denke, wir sind dir eine Entschuldigung schuldig.«

»Nein, ehrlich, das ist überhaupt nicht nötig. Niemand hat hier die Schuld. Na ja, höchstens vielleicht Christopher und ich, weil wir euch angelogen haben«, entgegnet Haf und kämpft gegen das Grummeln in ihrem Bauch. »Aber du, Esther, hast nur getan, was alle Eltern unter diesen … diesen äußerst seltsamen Umständen tun würden.«

Esther sammelt sich offensichtlich, und erst als Otto ihr liebevoll die Hand auf die Schulter legt, blickt sie auf und holt tief Luft. »Haf, bevor … Bevor das alles passiert ist, habe ich dir gesagt, dass ich es sehr bewundere, wie du dich bemühst, anderen zu helfen. Und das empfinde ich noch immer genauso, selbst wenn ich denke, dass Christopher dich dazu gebracht hat, dich … für mich vollkommen unbegreiflich zu verhalten.«

Obwohl das Gesagte hauptsächlich ein Kompliment ist, möchte Haf sich zusammenrollen und im Erdboden versinken. Christopher scheint das Gleiche zu fühlen, denn er duckt sich.

»Und obwohl ich nicht alles verstehe, hat Christopher sehr einleuchtend erklärt, dass du es nur getan hast, um ihm zu helfen. Es wäre falsch, wenn ich dich wegen etwas, das ich an dir schätze, kritisieren würde, selbst wenn ich es nicht ganz verstehe.«

»Es war nicht nur das«, beginnt Haf, und prompt stößt Kit sie hart mit dem Ellbogen an, als würde sie ihr sagen, sie solle den Mund halten. Aber Haf fährt unbeirrt fort. »Ich möchte nicht, dass ihr denkt, das wäre total selbstlos von mir gewesen. Ich wollte nämlich Weihnachten einfach nicht allein verbringen …«

Die Worte hängen in der Luft, und Haf wünscht sich, sie könnte sie sich zurück in den Mund stopfen.

»Einsamkeit bringt uns doch alle manchmal dazu, merkwürdige Dinge zu tun«, meint Otto verständnisvoll.

»So kam es auch zu unserem ersten Date«, erwidert Esther, und das löst die Spannung. »Heute Morgen war ich so aufgebracht, weil ich dachte, du hättest dich als jemand anderes ausgegeben. Wie du vielleicht schon erraten hast, fällt es mir nicht leicht, jemandem zu vertrauen, und ich habe reagiert, ohne ausreichend nachzudenken. Und das tut mir sehr leid. Selbst wenn du mein

Verhalten verständlich findest, war ich einfach nicht nett zu dir und habe dir obendrein jede Chance verwehrt, dich zu erklären oder erst einmal mit meinen Kindern zu sprechen.«

»Danke, Esther. Es tut mir leid, dass ich dich verletzt habe.«

Esther nickt ihr kurz zu. »Nur damit ich das richtig verstehe«, sagt sie dann, und jetzt klingt sie wieder wie die typisch spitze und skeptische Esther. »Ihr zwei wart also nie wirklich zusammen? Und jetzt bist du mit Kit zusammen. Und ihr seid nicht wieder zusammen, aber wieder Freunde?«, fährt sie, an Christopher und Laurel gewandt, fort, ehe sie sich dann zum Schluss noch an Ambrose wendet. »Tut mir schrecklich leid, aber ich weiß gar nicht, wer du bist.«

»Oh, ich bin Ambrose, ich wohne mit Haf zusammen und bin als moralische Unterstützung mitgekommen«, erklärt dey. »Und ja, das klingt ansonsten ungefähr richtig.«

»Natürlich«, sagt Esther, immer noch leicht verwirrt. »Das ist so ähnlich wie am Schluss einer Schlüsselparty.«

»O Gott, Mutter, warum weißt du, was eine Schlüsselparty ist?«

»Ich bin noch nicht tot, Kit.«

»Ich wünschte, ich wär's.«

»Das ist doch alles ganz einfach, wenn ihr mich fragt!« Otto lacht. »Also, ich bin nicht sicher, welche Details wir feiern sollten und welche vielleicht nicht, aber ich finde, wir sollten zumindest auf das aufregendste Weihnachten anstoßen, das wir jemals hatten. Was meinst du, mein Schatz?«

»Ja, ich denke, wir sollten mit dem offiziellen neuen Familienmitglied anstoßen«, bestätigt Esther und fügt nach einer kurzen Pause hinzu: »Und mit Ambrose.«

Zu Hafs Erleichterung läuft alles glatt. Jetzt, da sämtliche Geheimnisse offen ausgesprochen sind, ist ihr ein großer Stein vom Herzen gefallen. Alle scharen sich ums Feuer, knabbern Kanapees und trinken Cocktails, als wäre es ein vollkommen normales Familientreffen und nicht etwa die Auflösung des seltsamsten Weihnachtsfests der Geschichte. Wie üblich schleppen die Hunde alles, was sie erbetteln können, ins Wohnzimmer, um es dort gemütlich zu verspeisen.

Als Haf die Teller wegräumt und in der Küche sauber macht, kommt Esther zu ihr und drückt dankbar ihren Arm. Sicher wird es eine Weile dauern, bis die Dinge zwischen ihnen leicht werden, aber es fühlt sich wie ein guter Start an.

Ermutigt von den anderen, erzählt Christopher von seinen Plänen, eine Konditoreischule zu besuchen, und zu Hafs Freude wirken seine Eltern ehrlich stolz auf ihn. Fast im gleichen Moment, als er fertig ist, zieht Esther ihren Kalender hervor und bucht ihn für einige bevorstehende Events zum Kuchenbacken, ja, sie bittet sogar Laurel und Ambrose, ihr ein paar neue Outfits zu entwerfen.

Während die anderen fröhlich plaudern, nimmt Otto Haf beiseite und sagt: »Also, mir ist klar, dass es unter den gegebenen Umständen vielleicht seltsam wirken könnte, aber ich habe wirklich eine Stelle bei den Pflegeheimen des Unternehmens, die ich besetzen muss, und ich denke immer noch, dass sie zu dir passen würde. Ich hab dir ja schon erzählt, dass die Grundstücke groß sind, und ganz ehrlich, ich weiß nicht, wo wir anfangen sollen und wie wir unseren Standort am besten nutzen, ganz zu schweigen davon, wie wir ihn für die Bewohner zugänglicher machen und vielleicht sogar für die Öffentlichkeit öffnen können. Ich glaube, dass du mit deiner Kombination von sozialer Kompetenz und Erfahrung großartig auf die Stelle passen würdest. Und um das klarzustellen – ich biete dir den Job ohne Erwartungen und auch nicht deswegen an, weil du meine tatsächliche und Fake-nicht-so-ganz-Schwiegertochter bist. Sondern weil ich überzeugt bin, dass du für das Unternehmen ein großer Zugewinn wärst.«

»Danke«, antwortet Haf etwas überwältigt. »Können wir vielleicht nach Weihnachten noch mal endgültig darüber reden? Ich möchte wirklich gern mehr darüber erfahren.«

Otto tätschelt ihr den Rücken, und daraus wird eine einarmige Umarmung.

Später sagt Haf irrtümlicherweise, sie könnte gar nicht glauben, dass sie mit dem ganzen Chaos ungestraft davongekommen ist, aber da erinnert Ambrose sie daran, dass sie ihren Eltern noch nichts davon erzählt hat.

»Uuups, tja, mein Handy ist leider tot«, seufzt sie. »Das muss wohl warten.«

»Keine Sorge, ich habe die Nummer«, sagt Ambrose und startet den Anruf, ehe Haf protestieren kann. Zum Glück hilft dey ihr dabei, alles zu erklären – Christopher, das Fake-Dating, dass sie gerade ihren grässlichen Job gekündigt hat und dann noch das Allerbeste: Kit. Natürlich sind Hafs Eltern ein bisschen verwirrt – sogar noch mehr, als Esther sich nach der Ayahuasca-Zeremonie erkundigt, die natürlich nie stattgefunden hat –, scheinen aber trotzdem alles zu akzeptieren.

Als der Abend zur Nacht wird, brechen Laurel und Ambrose auf. Laurel hat darauf bestanden, dass Ambrose, wenn dey schon mal da ist, mit zu ihr kommt, denn dann können sie gleich mit ihren Plänen loslegen. Als sie sich im Flur Mantel und Schuhe anziehen, packt Haf sie beide und umarmt sie fest.

»Danke. Euch beiden«, murmelt sie.

»Gern geschehen. So viel Spaß hatte ich schon seit einer Ewigkeit nicht mehr«, lacht Laurel und öffnet der eisigen Nachtluft die Haustür.

»Genieß die Villa«, flüstert Haf Ambrose zu.

»Oh, du kannst darauf wetten, dass ich sie dazu kriege, morgen früh mit mir auszureiten.« Dann beugt dey sich zu ihr und küsst sie auf die Stirn. »Bin sehr stolz auf dich.«

Das bringt Haf wieder zum Weinen, und sie umarmt Ambrose schnell noch einmal. »Bis morgen dann«, ist alles, was sie herausbringt.

Als Nächste verschwinden Otto und Esther mit einem leicht angetrunkenen »Gutenacht« und einer sanften Mahnung, nicht zu lange aufzubleiben.

Als sie weg sind, streckt Christopher sich auf dem Sessel aus, in dem Otto normalerweise sitzt, die langen Beine auf dem Couchtisch, während Kit und Haf zusammen die Couch in Beschlag nehmen. Stella und Luna schnarchen am Feuer, alles fühlt sich genau richtig an.

»Müssen wir immer noch ein Bett teilen, jetzt, wo die Wahrheit ans Tageslicht gekommen ist?«, fragt Christopher grinsend.

»Ach, du wirst mich vermissen, weil dich keiner mehr ärgert.«

»Du bist ja gleich im Zimmer gegenüber, bestimmt könntest du laut genug brüllen, damit ich es höre.«

»Oi, oi«, lacht Haf, und die beiden Geschwister stöhnen.

»Ich berühre dich nie wieder«, behauptet Kit und stößt mit dem Fuß nach ihr.

»Das ist nur fair. Ich schlafe hier unten bei den Hunden.«

Zum Glück kommt es nicht so weit, und bald liegt sie eingekuschelt in Kits Bett. Ein Teil von ihr kann immer noch nicht glauben, dass sie nach allem, was passiert ist, tatsächlich hier ist.

Sie streckt ihren müden Körper aus, dankbar für die Heizdecke, die Kit benutzt. In einem bezaubernden Pyjama mit Knöpfen klettert Kit kurz darauf zu ihr ins Bett und legt den Kopf auf Hafs Brust. Träge streichelt Haf über ihre Haare, und die Kombination aus der warmen Decke, der Erleichterung und reiner Glückseligkeit zieht sie sanft in den Schlaf.

So viele Dinge müssen noch geregelt werden – wo wird sie arbeiten? Wird sie nach London ziehen, um bei Kit zu sein? Oder wird Kit dorthin ziehen, wo Haf ist, und sich einen Job in einer anderen Firma suchen? Aber all das Unbekannte fühlt sich seltsamerweise überhaupt nicht beängstigend an. Nicht mit Kit in ihren Armen und all den anderen Menschen in ihrem Leben, die sie lieben. Ein aufregendes Gefühl. Als gäbe es da draußen eine Zukunft, die nur darauf wartet, dass Haf sie ergreift.

»Ich liebe dich«, flüstert sie.

»Ich liebe dich auch«, antwortet Kit schläfrig. »Hoffentlich ist nächstes Weihnachten weniger aufregend.«

»Ach, ich weiß nicht, teilweise habe ich es sehr genossen.« Haf lächelt. »Selbst wenn es kein Fake-Dating gibt, können wir bestimmt für ein bisschen Chaos sorgen.«

»Aber vielleicht nur ein kleines Chaos, ja? Ein kontrolliertes kleines Chaos?«, murmelt Kit mit verschlafener Stimme.

»Für dich tu ich alles.«

Da die Vorhänge nicht ganz zugezogen sind, kann Haf am dunkel samtigen Himmel den hellen Mond sehen, und als ihre Augen sich daran gewöhnt haben, entdeckt sie sogar ein paar Sterne.

»Hey«, flüstert sie. »Bist du überhaupt dazu gekommen, dir an Weihnachten etwas zu wünschen?«

»Natürlich«, gähnt Kit.

»Und was war dein Weihnachtswunsch? Oder würdest du ihn verhexen, wenn du ihn mir verrätst? Oder gilt das nur, wenn es noch nicht passiert ist?«

»Dann würde ich ihn ja schon verraten.« Kit schmiegt sich an ihre Seite. »Das ist gegen die Regel.«

»Du hast mir nie erklärt, was die Regeln sind.«

»Regel eins: nicht verraten. Fertig. Hmm, vermutlich gibt es nur diese eine Regel.«

»Hatte der Wunsch was mit mir zu tun?«, fragt Haf und quietscht, weil Kit sie knufft.

»Du nimmst die Sache einfach nicht ernst genug«, lacht Kit, stemmt sich hoch und klettert auf Haf. »Aber in diesem besonderen Fall kann ich die Regeln vermutlich ein bisschen beugen.«

Kits Haare fallen über Hafs Gesicht, und ihre Augen schimmern im spärlichen Licht.

»Du bist mein Weihnachtswunsch, Haf Hughes. Du wirst immer mein Weihnachtswunsch sein.«

»Nicht nur an Weihnachten?«

»Nach dem ganzen Chaos, das wir durchlaufen haben, um hierherzukommen?«, sagt Kit, beugt sich über Haf und gibt ihr einen wundervoll zarten Kuss, der zugleich ein Versprechen ist.

»Ich werde dich niemals gehen lassen.«

Nachwort

Hallo, ich bin's, die Person, die dieses Buch geschrieben hat. Danke, dass du mein Buch gelesen hast. Das heißt, falls du so bist wie ich und das Nachwort zuerst liest, hoffe ich, dass es dir gefallen wird! Auf alle Fälle wollte ich mal kurz bei dir reinschauen und noch etwas sagen.

Zwar sind Haf und ich nicht identisch, aber viele ihrer am Anfang des Buchs beschriebenen Gefühle stammen aus einem bestimmten Teil meines Lebens, in dem sich alles angefühlt hat wie ein endloses Chaos. Zum großen Teil, weil ich nicht wusste, dass ich autistisch bin. Es gab, genau wie bei so vielen anderen Menschen, unzählige Gründe, weshalb mein Autismus erst im Erwachsenenalter diagnostiziert wurde, und während ich Haf beschrieb, wurde mir klar, dass er bei ihr höchstwahrscheinlich auch übersehen worden wäre.

Weil Haf es nicht weiß, wird es in meinem Buch auch nie ausdrücklich gesagt, aber sie wurde erdacht als autistische Person (die mit an Sicherheit grenzender Wahrscheinlichkeit ebenfalls an einer bisher nicht diagnostizierten Dyspraxie leidet). Wenn ein Buch fertig ist, versuche ich grundsätzlich, nicht über das weitere Leben meiner Charaktere nachzudenken, aber ich weiß, dass Haf herausfinden wird, dass sie autistisch ist, und dann werden eine Menge Dinge für sie endlich Sinn ergeben.

Wenn etwas von Haf in euch einen Widerhall findet, wenn ihr also etwas von ihr in euch selbst wiederfindet, freut mich das sehr.

Alles Liebe, Hux

Dank

Obwohl auf dem Cover nur mein Name steht, würde dieses Buch ganz sicher nicht existieren ohne die Hilfe, Liebe und Unterstützung sehr vieler anderer Menschen.

Zuerst: Danke an meine Agentin Abi Fellows: Für deine Ermutigung und für die ganzen wunderbaren Live-Antworten, nachdem du den ersten vollständigen Entwurf gelesen hattest – ich habe Screenshots deiner Nachrichten gespeichert, damit ich sie lesen kann, wenn ich ein bisschen Aufwind brauche. Danke auch für den Büchertausch und alles andere. Danke an alle bei The Good Literary Agency dafür, dass sie mich unterstützt haben; es ist mir eine Ehre, mit solch unglaublichen Weltveränderern verbunden zu sein.

Ich danke meiner wundervollen Lektorin Bea Fitzgerald, die sich für mich entschieden und mir damit ermöglicht hat, das ganze Jahr über Weihnachten zu genießen. Noch nie habe ich ein Lektorat gesehen, in dem so viele begeisterte Großbuchstaben und Ausrufezeichen vorkamen. Danke auch für die Ermunterung, in lustigen, verrückten und verspielten Szenen richtig aufzudrehen.

Danke dem Team von Hodder Studio und Hodder Books für buchstäblich alles, was dafür sorgt, dass ein Buch entsteht. Laura Bartholomew, Rebecca Miller, Izzy Smith, Rachel Southey, Kay Gale und Ellie Wheeldon, die alle geholfen haben, dieses Buch zum Abheben zu bringen. Danke auch an Natalie Chen und Kerry Hyndman für das sensationelle Cover.

Ich danke all den wunderbaren Menschen, die zu den Honks, Queer Tears, Hogs, Peps, Snaccs etc. gehören und mich immerzu angespornt haben – ich liebe euch alle. Die Honks und Snaccs bekommen einen Extradank dafür, dass sie mir geholfen haben, mir mithilfe von Crowdsourcing außerhalb der Saison tolle Weihnachtssachen zu beschaffen. Danke an The 2022 Debut Chat 2: Schnall dich an, Patricia. Steig aus Goodreads aus.

Speziellen Dank an Charlie, da du mich mit *Imagine Me & You* bekannt gemacht hast, wohl einem der großartigsten lesbischen Liebesfilme überhaupt, der definitiv dieses Buch beeinflusst hat, an Momo für die sehr nützliche Playlist und an Elle Ha (plus Matzo und Catzo) für die Sprints – ihr habt zugesehen, wie immer mehr Wörter zusammengekommen sind.

Extradank auch an Lauren & Slice, dass sie zu einem BBQ rübergekommen sind und für all die Pandemiegespräche im Garten; an Tom für seinen ungebremsten Enthusiasmus der letzten zweiundzwanzig Jahre, der sich auch auf diese Romcom erstreckte, und an Magoo und Facey dafür, dass sie in meinen eigenen Chaoszeiten die Ambroses in meinem Leben waren – ihr habt dafür gesorgt, dass ich nur in halb so viele heikle Situationen geraten bin wie Haf.

Ich danke meiner Familie, die meine Schreibkarriere so grandios unterstützt hat, vor allem meine Schwester Julie. Ihr Enthusiasmus für meine Kuss-Bücher macht mich sehr glücklich.

Wie immer entschuldige ich mich bei Nerys dafür, dass sie von mir sträflich ignoriert wurde, während ich das hier geschrieben habe. Stella und Luna basieren absolut auf dir, aber weil du nicht lesen kannst, musst du es mir einfach glauben.

Und schließlich geht mein großer Dank an Tim. Du hast dir mein endloses Reden über dieses Buch immer geduldig angehört und machst mich zu einer besseren Autorin, indem du mir die richtigen Fragen stellst und jeden einzelnen Tag deine bedingungslose Liebe zeigst. Sorry, dass unser Haus immer voller Bücher ist. Aber ich bin nirgendwo lieber als an dich gekuschelt.